W0251337

DIE RATTE

MARTIN WEHRLE

DIE RATTE

KRIMINALROMAN

BENEVENTO

FSC
www.fsc.org
MIX
Papier aus verantwortungsvollen Quellen
FSC® C083411

Die Zitate im Innenteil des Buches stammen aus Songtexten von Heinz Rudolf Kunze. Genauere Angaben dazu am Ende des Bandes.

1. Auflage 2019

Dieses Werk wurde vermittelt durch die Montasser Medienagentur, München

Medieninhaber, Verleger und Herausgeber:
Red Bull Media House GmbH
Oberst-Lepperdinger-Straße 11–15
5071 Wals bei Salzburg, Österreich

Lektorat: Anja Freckmann
Satz: MEDIA DESIGN: RIZNER.AT
Gesetzt aus der Minion Pro, Balance
Umschlaggestaltung: © BÜRO JORGE SCHMIDT, München
Umschlagmotiv: © plainpicture / Goto-Foto / Neville Mountford-Hoare
Printed in Germany

ISBN:978-3-7109-0054-9

»Ich muss es wissen: Wo war der Junge?«
»Er hat Indianer gespielt.«
»Ich habe dich gefragt, wo er war!«
»Er ist doch noch ein Kind.«
»Hat er Ohren, oder hat er keine?«
»Er ist erst sechs Jahre alt!«
»Wenn er nichts gehört hat, warum weint er dann?«
»Vielleicht ist er hingefallen.«
»Warum läuft er weg vor mir?«
»Kinder sind eben manchmal komisch.«
»Warum schaut er mich an, als wäre ich ein …«
»Sag es nicht schon wieder!«
»Ich glaube, er war hier im Gebüsch, direkt hinter der Hollywoodschaukel.«
»Er hat nicht verstanden, was du erzählt hast.«
»Du gibst zu, dass er im Gebüsch war!«
»Du hättest es nicht erzählen sollen.«
»Musste er denn lauschen?«
»Beruhige dich doch endlich. Du siehst Gespenster!«
»Ich sehe Tatsachen!«
»Er ist ein Kind.«
»Jetzt ist er ein Zeuge!«

ERSTE MÄRZWOCHE

Reinstadt, 2. März
Aufmacher *Tagesbote*: »Nahverkehr immer bequemer: Endlich wieder Sitzplätze im Bus!«

Iris hatte mich missverstanden, das merkte ich sofort, als sie mein Büro betrat. Sie rauschte auf mich zu, strahlend und mit diesem wissenden Gesichtsausdruck, den sie aufsetzte, wenn sie in meinen Kopf zu schauen glaubte.

»Gratuliere, Prinzessin!«, rief sie. »Jetzt schießt du ihn endlich ab, stimmt's?«

Ich saß starr hinter meinem Schreibtisch und quetschte in meiner Faust den Kugelschreiber, mit dem ich das Dokument unterschrieben hatte. Mein Hals war so eng, dass ich kaum Luft bekam. Aus dem Augenwinkel linste ich auf meine Digitaluhr am Handgelenk. Achtundfünfzig Sekunden waren vergangen, seit ich Iris angerufen und zu einem »ernsten Gespräch« gebeten hatte.

Mit federndem Gang, ich zählte acht Schritte, durchmaß sie den Raum und umkurvte meinen Schreibtisch. Kaum war ich aufgesprungen, um sie abzuwehren, hatte sie mich schon in den Arm genommen. Steif wie eine Litfaßsäule stand ich da, während sie mich zärtlich drückte.

Mir wurde klar, dass ich einen Fehler begangen hatte. Ich hätte ihr am Telefon sagen müssen, dass die »ernste«

Angelegenheit dienstlicher Natur war. Meine Finger pressten sich noch fester um den Kugelschreiber.

»Wir sollten an den Konferenztisch gehen«, sagte ich und schaute auf meine Uhr. Solange ich die Sekunden im Blick behielt, fühlte sich die Welt geordnet an, Zahl folgte auf Zahl, Sekunde auf Sekunde, auch wenn sich alles in mir überschlug.

Iris ließ sich auf einen Stuhl am Konferenztisch plumpsen. Ihr Modeschmuck am Armgelenk klimperte, und sie wischte sich eine lange Strähne ihres dunklen, zum Pagenkopf geschnittenen Haares von der Nasenwurzel hinters Ohr. »Stimmt's, Prinzessin, du lässt dich scheiden von dem Scheißkerl? Endlich!«

Mit Scheißkerl war Heiko gemeint, mein getrennt lebender Ehemann, er arbeitete als Polizist und hatte sich bislang mit allen Mitteln gegen eine Scheidung gewehrt. Ich schüttelte den Kopf. »Iris, es geht nicht um mich, es geht um eine dienstliche Angelegenheit.«

Von einer Sekunde auf die nächste verdunkelte sich ihr Blick. Kampfbereit schnellte sie nach vorne. »Vergiss es, Susanne! Ich werde mich nicht bei Gleim entschuldigen. Ich weiß schon, pfui Teufel, wie eklig von mir, was Positives über versiffte Obdachlose zu schreiben! Von mir wird's keine Gegendarstellung geben!«

»Es geht im Moment nicht darum, was der Verleger zu deiner Reportage gesagt hat, es geht um …«

»Ich bitte dich! Der verflixte Gleim hat doch 'ne Meise hoch zehn. Der dreht schon am Rad, wenn er mit einer Fliege in einem Raum sein muss. *Luftverschmutzung! Ansteckungsgefahr! Großalarm!* Weißt du noch, wie er die Redaktionskonferenz gecancelt hat, nur weil eine Schmeißfliege immer wieder in seine Richtung geflogen ist? Die wissen halt, wie Scheiße riecht.«

Sie stieß ihr brodelndes Lachen aus, ich zählte sechs hohe Laute in Zweiersalven. Ich wollte die Gelegenheit nutzen, meine Botschaft loszuwerden, aber sie redete einfach weiter. »Für den Gleim sind Obdachlose doch nur menschlicher Müll. Weg mit den Stinkern! Aber wir sind eine Zeitung, verflixt noch mal. Wir schreiben, wie die Welt ist: wie elend, wie verlogen, wie stinkend, wie …«

»Iris«, fiel ich ihr ins Wort. »Du hast ganz recht, Herr Gleim hat sich über deinen Artikel beschwert. Und wir sind gezwungen, eine Gegendarstellung der Stadtverwaltung abzudrucken. Aber heute geht es nicht um den Artikel. Es geht um dich, persönlich.«

»Persönlich?« Sie zuckte ein Stück zurück, und ihre Augen verengten sich zu Schießscharten. »Jetzt sag bloß nicht, dass du mich rauswerfen willst.« Sie schob ein Lachen nach, das aufgesetzt klang.

»Ich will dich nicht entlassen«, begann ich und merkte, wie mein Hals dichtmachte.

»Und ich dachte schon, ich werde die dritte Kerbe in deinem Colt.« Sie klang erleichtert, und mein Hals fühlte sich endgültig wie zugeschnürt an. Ich musste schlucken.

»Iris«, nahm ich wieder Anlauf, »ich *will* dich nicht entlassen – aber ich *muss*.«

Endlich war es raus! Ich hatte schon befürchtet, an dem Satz zu ersticken.

Iris öffnete den Mund ganz langsam, gerade so weit, dass man ein Radiergummi hätte hineinschieben können. Ich hörte kein Atmen mehr, es war völlig still im Raum. Ihre Augäpfel machten sich auf unheimliche Weise selbstständig, flogen wie nervöse Insekten von einer Seite zur anderen – als suchte sie einen Fixpunkt im Raum, wo in dicken Lettern eine Erklärung für das stand, was ihr gerade zustieß.

Dann saugte sie tief Luft ein. Ihre wild gewordenen Pupillen sahen auf einmal wässrig verschleiert aus. Dann nahmen sie mich ins Visier. »Susanne, du bist meine beste Freundin!«

»Ich bin als Ressortleiterin auch deine Vorgesetzte«, antwortete ich und musste mich anstrengen, dass meine Stimme nicht zitterte.

»Wir kennen uns seit einer Ewigkeit. Du kannst mich nicht einfach vor die Tür setzen wie einen verflixten Stapel Altpapier.«

Es stimmte, wir waren schon lange befreundet. Und genau genommen war sie nicht nur meine beste, sondern meine einzige Freundin. Mit Anfang zwanzig hatten wir uns in Hamburg auf der Journalistenschule kennengelernt, eine Wohngemeinschaft gegründet und abends oft zusammen am Elbufer bei Blankenese gehockt und Wein aus der Flasche getrunken. Und egal ob eine von uns in der Liebe einen Höhenflug oder eine Bruchlandung erlebte, immer war die andere mit von der Partie, freute sich mit, litt mit und wusste Bescheid.

Nach dem Studium war ich in Hamburg geblieben, ich hatte als Redakteurin bei einem angesagten Magazin angefangen, und sie war in die Provinz gegangen, wo sie nacheinander bei verschiedenen Regionalzeitungen arbeitete. Vor drei Jahren, fünf Tage vor meinem neununddreißigsten Geburtstag und am vorläufigen Ende meiner Karriere, war ich auf ihre Empfehlung als Leiterin des Lokalressorts zum *Tagesboten* nach Reinstadt gekommen. Ich war die erste Ressortleiterin überhaupt, ansonsten regierten Männer das Blatt.

Ich beugte mich ein Stück zu ihr vor. »Iris, Gleim hat mir die Pistole auf die Brust gesetzt. Die Zeitung steht am Rande des Ruins, wir müssen sparen. Die anderen Kollegen haben Kinder und Familie. Die Sozialauswahl hat dich getroffen. Er wollte das so.«

Iris zog ein angeekeltes Gesicht, und eine ihrer dunklen Haarsträhnen rutschte ihr wieder auf die Nasenwurzel. »Du schießt deine eigene Freundin ab, nur weil es ein Affe im Sakko von dir verlangt? Und dir ist völlig wurscht, ob das richtig ist oder nicht?«

»Hätte ich denn sagen sollen: ›Iris ist unkündbar, denn sie ist meine Freundin!‹ Damit hätte ich mich als Führungskraft ja wohl total disqualifiziert.«

Sie wischte sich die Haarsträhne aus dem Gesicht. »Ach, daher weht der Wind! Seit ich dich kenne, bist du scharf darauf, Chefredakteurin zu werden. Und am Jahresende hebt Rainer Mehl seinen fetten Arsch vom Chefsessel. Mit meiner Entlassung willst du dich also für den Job empfehlen.«

Es kostete mich einige Anstrengung, mir meine Verlegenheit nicht anmerken zu lassen. »Ich empfehle mich durch journalistische Arbeit für den Job.«

»Du hast jetzt drei Leute rausgeworfen! Wenn das journalistische Arbeit ist, dann ist Atombombenwerfen der reinste Pazifismus. Was hätte wohl dein Vater dazu gesagt?«

Dass sie ihn erwähnte, versetzte mir einen Stich. Ich hatte ihn über alles geliebt. Seit er gestorben war, als gebrochener Mann, lag ein Schatten über meinem Leben. »Und woran ist mein Vater kaputtgegangen? An seiner sozialen Ader! Er war zu weich für diese Welt.«

»Diesen Vorwurf kann *dir* jedenfalls keiner machen. Aber ich wette meinen Arsch darauf, dass die Kollegen den Aufstand proben. Jeder weiß doch, er kann der Nächste sein. Du wirst verflixten Ärger kriegen. Überleg es dir gut!«

»Iris, es bleibt dabei: Wir können deinen Arbeitsplatz nicht länger erhalten.«

Die Spannung wich aus ihrem Körper, sie sackte auf ihrem Stuhl zusammen. Ich stand auf, um zu signalisieren, dass unser Gespräch vorbei war. Sie folgte meinem Beispiel und wandte sich zum Gehen.

»Halt«, rief ich. »Du musst noch deine … ähm, diesen Brief mitnehmen.« Sie trat an meinen Schreibtisch und nahm die Kündigung. Ihr Pagenschnitt ragte leicht über das Kinn hinaus und sah jetzt aus wie ein leicht verrutschter Helm. Mit mechanischem Gang schleppte sie sich zur Tür, diesmal waren es vierzehn Schritte.

Ich schaute auf die Uhr. Sechs Minuten und dreiundzwanzig Sekunden waren seit meinem Anruf vergangen. Meine Finger waren taub und weiß. Ach ja, der Kugelschreiber. Ich ließ ihn los.

Ich hoffte, er würde nicht in seinem Büro sein. Ich hatte Angst vor ihm. Angst, dass er mir wieder zu nahekam. Angst, dass er seine ekligen Geräusche ausstieß. Angst, dass er wieder über mich herfiel, so wie damals. Ich war fünfzehn Jahre alt gewesen und wäre fast verblutet, damals im Wald. Seit dieser Zeit tat ich keinen Schritt mehr ohne mein Pfefferspray in der Handtasche, nicht einmal bei der Arbeit.

Es dauerte achtundsechzig Sekunden, bis ich in den dritten Stock hinaufgestiegen war. Durch die Glasfront im Flur fiel winterlich-schmutziges Licht, schwarze Wolken wucherten am Himmel und senkten sich immer tiefer auf die Stadt. Der Wetterbericht hatte für Anfang März noch mal einen Schneesturm versprochen, und er schien Wort zu halten. Die beiden Birken drüben vorm Rathaus schwankten wie Schiffsmasten auf hoher See. Die Passanten auf dem Gehsteig gingen gebeugt, als wollten sie unter dem Wind hindurchschlüpfen.

Ich warf einen kurzen Blick auf mein Spiegelbild im Fenster, der dunkelgraue Hosenanzug unterstrich mein geschäftsmäßiges Auftreten und neutralisierte die fraulichen Formen meines schlanken Körpers, für den ich mir dreimal die Woche meine Seele aus dem Hals joggte. Mein hochgestecktes Haar ließ mich größer, strenger und weniger engelsblond als sonst erscheinen. Ganz im Sinne der Erfinderin.

Das Büro von Hans-Otto Gleim hatte eine tote Tür, die sich nur von innen öffnen ließ. Ich musste das Vorzimmer überwinden, genauer: seine Sekretärin »Grisu«. Sie war kein kleiner Drache, wie der Spitzname vermuten ließ, sondern ein ausgesprochen großer. Frau Ziepert war rothaarig, 1,60 Meter und zierlich, aber führte sich auf wie ein zwei Meter großes Muskelpaket an der Tür einer Edeldisco. Wer zu ihrem Chef wollte, wurde als potenzieller Zeitdieb gefilzt.

Ich hatte Glück, Grisu war ausgeflogen. Ich huschte vorbei an der weinroten Ledergarnitur und an sechs großen Zeitungskollagen an der Wand, die bis Adenauer zurückreichten und Gleim eine lange Tradition andichten sollten. Dabei hatte er den Verlag erst vor neun Jahren von seinem Vater übernommen, da war er schon über fünfzig gewesen.

Heinrich Gleim hatte seine Firma bis ins siebenundachtzigste Lebensjahr geführt. Erst als seine Demenz so schlimm geworden war, dass er sich ein Farbband aus seiner Schreibmaschine wie einen schwarz-roten Schal um den Hals gewickelt hatte und bald darauf starb, war sein Sohn ans Ruder gekommen. Der hatte die Schreibmaschine im Sperrmüll entsorgt. Nur eine kostbare Münzsammlung in einer Vitrine des Chefbüros wies noch auf den Altverleger hin.

Heinrich Gleim hatte seinen ältesten Sohn für einen Hallodri gehalten, der sich als Berufssoldat zwar knapp über Wasser hielt, aber ein Leben weit unter dem Niveau der Familie führte. Eigentlich hätte Friedemann den Verlag übernehmen sollen, der fünf Jahre jüngere Bruder von Hans-Otto. Schon mit neunundzwanzig hatte er in Jura promoviert. Er saß im Stadtrat, wirkte magisch auf Menschen und konnte mit einem Händedruck mehr erreichen als andere mit langen Reden. Deshalb hatte man ihn in Reinstadt auch den Kleinen Kennedy genannt. Diesem Spitznamen wurde er auf unheimliche Weise gerecht: Mit Anfang dreißig war er bei einem tragischen Verkehrsunfall in der Steigenhof-Kurve ums Leben gekommen.

Vor der Cheftür drückte ich meine Handtasche mit dem Pfefferspray fest an mich. Würde er schon auf mich lauern? Ich atmete tief durch. Von drin hörte ich ein gepresstes Stöhnen: »Oah, oah, oah.« Ich ahnte, was der Chef da trieb, aber davon ließ ich mich nicht abhalten.

Ich klopfte an. Aus dem Raum drang ein metallischer Schlag. »Heiliger Strohsack, Frau Ziepert, ich hab Ihnen doch gesagt, dass ich nicht gestört werden will!«

Langsam schob ich die Tür auf. Ein beißender Geruch nach Männerschweiß stieg mir in die Nase, ich musste an die Turnhalle meiner alten Schule denken. Mein Blick wanderte über den edlen Teppich des weitläufigen Büros, um die Gefahr zu orten.

Hans-Otto Gleim lag neben seinem Schreibtisch auf dem Rücken, die dicken Beine angewinkelt, den Kopf ein winziges Stück gehoben. Sein Jackett hing über dem Schreibtischstuhl, sein kariertes Hemd war bis zu den Ellenbogen hochgekrempelt.

»Frau Mikula, reinspaziert! Reitende Boten von der Front stören nie. Wie ist Ihr Gefecht gelaufen? Treffer versenkt?«

Er machte keine Anstalten, zur Begrüßung aufzustehen. Ich ging auf ihn zu, sechzehn Schritte, und schaute zu ihm runter. Sein kahler Schädel spiegelte das Licht der Deckenscheinwerfer, sein Doppelkinn sah aus wie eine geballte Faust, die unter dem Kiefer hervorwuchs. Ihn von oben zu betrachten fühlte sich seltsam an. Heute Morgen hatte ich Sebastian so im Bett gesehen, er hatte den Wecker überhört, um bloß nicht pünktlich in der Schule zu erscheinen.

»Ich kann mir schönere Aufgaben vorstellen, als meine beste Freundin vor die Tür zu setzen. Aber ich hab's gemacht.«

Gleim nickte anerkennend. »Hut ab, Frau Mikula! Unsere Führungsetage ist voll mit Weicheiern. Sie wissen jedenfalls, wie man scharf schießt. Aus Ihnen wird noch mal was.«

Er griff zu einem schneeweißen Handtuch und wischte sich den Schweiß von der Stirn. »Aber eines müssen Sie mir jetzt unbedingt noch verraten: Warum haben Sie ausgerechnet Ihre Freundin für die Entlassung vorgeschlagen?«

Was sollte ich ihm antworten? Dass es der einzige Weg war, ihm zu beweisen, dass meine Ellbogen hart genug waren, dass ich auch vor solchen Aufgaben nicht zurückschreckte? Um es mir selbst zu beweisen, seit ich mir nach meiner schweren Niederlage damals in Hamburg geschworen hatte, nicht mehr den Kürzeren zu ziehen? Oder opferte ich Iris, um selbst keinen Schaden zu nehmen? Immerhin hatte ich ihre Reportage über die Obdachlosen durchgewinkt und damit Bürgermeister Volker Kleinjohann, einen alten Spezi des Verlegers, schwer erzürnt.

»Ich habe Iris gewählt, weil ich Ihnen nicht den bequemsten, sondern den besten Vorschlag machen wollte«, hörte ich mich antworten. »Sentimentalität hat im Geschäftsleben nichts verloren. Wo gekegelt wird, fallen nun mal Hütchen.«

Mir blieb der Atem weg. Hatte ich das mit den Hütchen wirklich gesagt? Mein Gott, wenn Iris das gehört hätte!

Gleim lachte herzhaft: »Sie gefallen mir immer besser, Frau Mikula! Mit Ihnen kann man Schlachten gewinnen.«

Diese Militärsprache war typisch für ihn. Wahrscheinlich trug er zu Hause lieber seine alte Offiziersuniform statt der englischen Sakkos, in denen er hier im Verlag immer herumstolzierte.

»Ich glaube, jetzt haben wir die richtige Personalstärke«, sagte ich vorsichtig. »Wenn wir noch mehr kürzen, bluten wir aus.«

Er schüttelte den Kopf: »Man kann mit einer kleinen Truppenstärke verdammt viel erreichen. Rommel hat es doch vorgemacht, dort unten in Afrika.«

»Wir sind in Reinstadt«, erinnerte ich ihn. »95 126 Einwohner, mitten in Deutschland, nicht mitten in Afrika und nicht mitten im Krieg.«

»Das ganze Leben ist ein Krieg, Frau Mikula. ›Krieg‹ kommt von ›kriegen‹. Wenn Sie was erreichen wollen, müssen Sie marschieren und kämpfen. Ohne Rücksicht auf andere.«

Er war bekannt für seine harten Bandagen. Sogar mit Jan, seinem einzigen Kind, hatte er sich pünktlich zu dessen Abitur so überworfen, dass der seit über einem Jahrzehnt keinen Fuß mehr in diese Stadt gesetzt hatte.

Gleim ließ seinen Kopf auf die gepolsterte Ablage sinken, und seine Stimme klang auf einmal weicher: »Unser Verlag ist ein kranker Mann. Die Anzeigenkunden desertieren scharenweise, die Abozahlen rauschen in den Keller, und das Internet wirft keinen Cent ab. Wir müssen sparen, sonst kriegen wir die Kurve nicht – sehen Sie, da ist es wieder: ›kriegen‹ wie ›Krieg‹.«

»Ich habe doch schon drei Mitarbeiter freigestellt«, sagte ich.

»Eins«, sagte er und drückte seine Langhantel nach oben. Sein fülliges Gesicht verzerrt sich, ein Stöhnen entfuhr seinem Mund. »Zwei«, keuchte er, stemmte das Gewicht erneut und wiederholte das Spiel: »Drei«.

»Und wie soll's jetzt weitergehen?«, fragte ich.

Er holte tief Luft und drückte die Langhantel erneut nach oben: »Vier!«

Ich glaubte, seine Botschaft zu verstehen. Und sie gefiel mir nicht. »Sie haben mir versprochen, dass die dritte Entlassung die letzte ist.«

»Und ich habe mir versprochen, dass heute die Sonne scheint«, sagte er. »Aber das Wetter richtet sich nicht nach mir – ich muss mich nach dem Wetter richten.«

Ich schaute aus dem Fenster. Viel zu früh war die Dämmerung vom Himmel gefallen. Der Wind hatte weiter aufgedreht, rüttelte an den Scheiben und peitschte Schnee durch die Luft.

Ich spürte, dass es klug gewesen wäre, ihm jetzt volle Unterstützung zu versichern. Aber vor meinem inneren Auge sah ich die Gesichter meiner Redakteure. Welcher Kopf sollte als nächster rollen?

Gleim schien meine Gedanken zu erraten. »Heiliger Strohsack, Frau Mikula, wir handeln doch im Sinne der Mitarbeiter! Wir sind Ärzte in einem Lazarett. Sollen wir den Patienten verrecken lassen, nur weil ein Glied entzündet ist? Oder amputieren wir, um den ganzen Körper zu retten?«

Der Wind schleuderte eine Portion Hagelkörner ans Fenster. Das Prasseln tat weh in meinen Ohren. »Da bin ich ganz bei Ihnen«, behauptete ich. »Aber Entlassungen im Tagesrhythmus sind eine ganz schlechte Motivation für die verbleibenden Redakteure.«

Er nickte grinsend. »Warten Sie ein paar Wochen, dann herrscht wieder Ruhe an der Front. Dann können Sie das Feuer neu eröffnen.«

Er begann, die Langhantel wieder zu stemmen. Damit war unser Termin beendet. Der dicke Teppich schluckte meine Schritte. Als ich schon fast an der Tür war, rief Gleim: »Ach ja, eines noch: Wenn Sie so weitermachen, sind Sie eine ganz heiße Anwärterin für die oberste Redaktions-Heeresleitung.«

Der Chefredakteursposten. Dafür tat ich das hier schließlich alles. Ich hätte jubeln können, bemühte mich aber um einen routinierten Tonfall: »Vielen Dank, Herr Gleim.«

»Und Ihr ekliges Hobby soll dabei kein Hindernis sein.«

Er konnte es nicht lassen, mich damit aufzuziehen, dass ich in meiner Freizeit gerne Angeln ging. Schon als kleines Mädchen war ich mit meinem Vater draußen gewesen. Es beruhigte mich, am Wasser zu sitzen, immer noch. Für Gleim dagegen eine Beschäftigung des Grauens.

»Es ist gar nicht so eklig, wenn man sich daran gewöhnt hat«, antwortete ich. »Außerdem angelt man nicht alle Fische mit Maden …«

Er stieß einen durchdringenden Laut aus. Seine Insektenphobie war legendär. Immer wieder musste Frau Ziepert in seinem Büro als Kammerjägerin anrücken, um sein Leben zu retten vor Marienkäfern, Motten oder ähnlichen Ungeheuern, die durchs offene Fenster eingefallen waren. Eine Schwäche, über die die Kollegen hinter seinem Rücken nicht selten herzogen.

»Kein Wort mehr von dem Ekelzeug«, rief er und schüttelte sich. »Und jetzt: Abmarsch!«

Erst draußen wurde mir klar, welches Glück ich gehabt hatte: Gleim war allein in seinem Büro gewesen. Ohne die Bestie.

* * *

»Eine Fahrkarte bitte.«
»Macht sechs Euro.«
»Ich will nicht den ganzen Bus kaufen, junger Mann – nur eine einfache Fahrt.«
»Macht sechs Euro.«
»Aber beim letzten Mal habe ich noch zwei Euro bezahlt.«
»Dann sind Sie wohl schon länger nicht mehr Bus gefahren!«
»Der Preis kann sich doch nicht in ein paar Monaten verdreifacht haben!«
»Ich habe gesagt: sechs Euro.«
»Sind die Benzinkosten denn so gestiegen?«
»Ich bin kein Tankwart, sondern Busfahrer.«
»Hat sich Ihr Gehalt denn verdreifacht?«
»Scheich bin ich auch nicht, nur Busfahrer.«
»Warum dann dieser Preis?«
»Ich schließe gleich die Tür. Wollen Sie nun mit oder nicht?«
»Ich habe nur fünf Euro dabei.«
»Dann treten Sie bitte zurück!«

* * *

Ich schlug ihm mit einem Kantholz auf den Kopf, einmal, zweimal, dreimal. Das Krachen der Schläge hallte gespenstisch über den See. Ich war gründlich bei allem, was ich tat, auch beim Töten. Ich zielte auf den Hinterkopf und schlug mit voller Wucht zu, das hatte ich von meinem Vater gelernt.

Der Körper vor mir im Schnee zuckte ein letztes Mal, bevor er erschlaffte. Blut sickerte vom Kopf in den Schnee, bildete einen roten Kreis auf weißem Grund. Sorgsam wusch ich das Holz im eiskalten Wasser ab und rieb meine Hände mit einem Handtuch sauber. Ich spürte eine tiefe Zufriedenheit in mir aufsteigen. Dieser Morgen lief gut.

Mein Vater wäre stolz auf mich gewesen. Früher war mir das Töten nie gelungen. Dabei hatte er es mir wieder und wieder vorgemacht. »Das ist der Lauf der Natur«, hatte er gesagt. »Der Starke frisst den Schwachen.« Mittlerweile war er selbst gefressen worden, dieser Narr.

Vielleicht tat ich, was er immer getan hatte, um ihm nahe zu sein. So wie andere im Fotoalbum blätterten, besuchte ich seinen liebsten Ort, den See. Dann spürte ich ihn an meiner Seite. Nie hätte ich es übers Herz gebracht, seine Sachen wegzuwerfen, nicht mal das alte Kantholz.

»Mama, was machst du bloß?«, sagte Sebastian. Mit knirschenden Schritten war er neben mich getreten, angelockt vom Krachen der Schläge. Seine Baseballkappe trug er verkehrt herum, ein paar blonde Strähnen schauten hervor, er wirkte immer noch verschlafen, obwohl wir seit zwei Stunden am Wasser waren. Die Kälte hatte seinen Ohren einen roten Anstrich verpasst.

»Du meinst: Was mach ich bloß besser als du? Ich füttere auf den Punkt. Ich verwende einen leichteren

Schwimmer. Und ich konzentriere mich auf meinen Futterplatz, statt um den ganzen See zu wandern.«

Sebastian rollte mit den Augen. »Ich meine: Was machst du bloß für einen Lärm? Du haust auf dieser Regenbogenforelle rum, als wäre sie Moby Dick.« Er schaute auf den schwarz gepunkteten Fisch, der silbrig schimmernd im Schnee lag, mit einem roten Streifen auf der Flanke. Der Blutkreis war jetzt noch größer geworden, ich schätzte seinen Durchmesser auf acht bis neun Zentimeter. Der Köder, eine glasige Fleischmade, war im Maul der Forelle gequollen.

Typisch mein Sohn! Er wünschte mir nicht »Petri Heil« zu meinem Fang, er mäkelte herum.

»Hat dir Opa nicht beigebracht, dass man als Angler seine Fische weidgerecht töten muss? Wenn ich halbherzig zuschlage, muss das Tier lange leiden. Willst du das?«

Sebastian wandte den Blick ab und sah auf den See hinaus, wo gerade ein Schwanenpaar durch den dampfenden Winternebel glitt.

»Lena muss auch leiden«, sagte er. »Und das ist deine Schuld!«

Ging das schon wieder los! Ich war extra vor der Arbeit zum Angeln gefahren, um mich abzulenken, aber mein eigener Sohn brachte das Thema wieder auf.

»Ich habe Lena nichts getan«, sagte ich.

»Du hast ihren Vater entlassen!«

»Er wurde freigestellt.«

»Freigestellt«, äffte er mich nach, riss die Baseballkappe vom Kopf und holte damit aus. »Lena ist voll sauer und will mit mir nichts mehr zu tun haben. Ist doch klar! Soll sie zu Hause etwa sagen: Papa, seine Mutter hat dich zwar rausgeworfen, aber er ist trotzdem ein netter Kerl!«

Wenn er sich aufregte, wurde seine Stimme ganz hoch, fast so, als wäre er noch im Stimmbruch. Was wollte er von mir? Tom Harris war ein Macho, der es verdient hatte, von einer Frau in die Schranken verwiesen zu werden. Daran änderte auch ein Flirt zwischen unseren Kindern nichts. Sein Nachname »Harris« stammte von seinem Vater, einem US-Soldaten, der sich seine Langeweile in Deutschland offenbar mit Frauen vertrieben hatte.

»Sebastian«, antwortete ich, »mein Beruf ist nicht nur, Mitarbeiter einzustellen, sondern auch, sie zu entlassen, wenn das nötig ist.« Das klang immerhin freundlicher als die Formulierung mit den Kegelhütchen.

»Aber du hast doch selbst mal gesagt, dass Lenas Vater dein bester Reporter ist! Er hat damals die Sache mit den Bauplätzen aufgedeckt.«

»Er wurde nicht entlassen, weil er ein schlechter Reporter ist. Er wurde entlassen, weil die Finanzlage schlecht ist. Wir müssen sparen, sonst ist der ganze Verlag futsch. Und übrigens ...« – Ich zögerte und suchte nach Worten – »... musste ich gestern auch Iris freistellen.«

»Tante Iris? Du hast Tante Iris gefeuert? Ich glaub, jetzt hakt's!«

Seit er in die Pubertät gekommen war, vergriff er sich immer öfter im Ton. Aber da ich wusste, wie sehr er an Iris hing, ließ ich mildernde Umstände gelten.

Trotzig starrte er mich an: »Lena hasst mich! Wenn euer Verlag kein Geld mehr hat, dann entlass nicht immer andere, sondern dich selbst!«

»Und wer bezahlt dann deine Sportklamotten? Wer finanziert dein Taschengeld? Und wer tilgt den Kredit für unser Haus? Dein Vater bezahlt nur noch Miete für seine eigene Wohnung.«

Sebastian schleuderte seine Kappe in den Schnee, fast hätte er die Forelle getroffen. »Das ist es doch!«, rief er. »Seit Papa weg ist, knüppelst du auf alle ein. Aber das sind keine Fische, Mama, das sind Menschen.«

Ich spürte, dass meine rechte Hand das dringende Bedürfnis meldete, ihm eine Ohrfeige zu verpassen. Er stand immer noch auf der Seite seines Vaters, trotz allem. Aber ich hatte ihn als Kind nie geschlagen, und ich würde es auch jetzt nicht tun.

»Sebastian, pack dein Zeug, wir fahren.«

Meine Digitaluhr zeigte 8.27 Uhr und 24 Sekunden. Es waren 148 Schritte bis zum Auto, dort wechselte ich meine Kleidung: raus aus den Angelklamotten – rein in den Hosenanzug und den Kaschmirmantel. Der Motor meines Geländewagens heulte auf, im Rückspiegel sah ich schwarzen Dreck in den Schnee spritzen. Damit das Schweigen nicht zu laut wurde, schaltete ich das Radio ein. Am Fenster flog eine Zuckergusslandschaft vorbei, dann waren wir wieder in der Stadt.

Die Schule, ein klotziger Flachbau, lag in einer engen Tempo-30-Zone zwischen Einfamilienhäusern. Ich hielt am Straßenrand. Eine Gruppe Jugendlicher kam uns munter plaudernd durch die verschneite Straße entgegen. Offenbar Mitschüler von Sebastian, er hatte heute die ersten beiden Stunden freigehabt.

»Auch das noch«, murmelte Sebastian – er hatte Lena in der Gruppe entdeckt. Ihr schwarzer Zopf machte beim Gehen kleine Sprünge. Sie war ein hübsches Ding mit hellem Schneewittchenteint, ihre üppigen geschwungenen Lippen verliehen ihr einen leicht schmollenden Grundzug.

Der Blick, den sie uns zuwarf, war kälter als der Schnee. Sie ging in die Hocke und machte eine schnelle Bewegung. Sekunden später knallte etwas gegen unsere Windschutzscheibe, ich zuckte zusammen. Eine kleine Lawine aus Schneekristallen rieselte die Windschutzscheibe hinab.

»Die hat meinen Vater entlassen«, rief Lena. Ein paar Jungen um sie herum verstanden das Kommando und grölten los. Von allen Seiten prasselten Schneebälle auf unsere Scheibe, ich zählte drei, fünf, sieben, neun. Mir war, als ob die Scheibe zitterte.

Sebastian funkelte mir einen bösen Blick zu. »Jetzt siehst du es. Alle hassen mich. Wegen dir!« Er riss die Beifahrertür auf, duckte sich dahinter weg und spurtete auf den Schulhof.

»Jetzt ist die Tür offen!«, hörte ich Lena rufen. Ich beugte mich über den Beifahrersitz, streckte mich, um die Tür schnell zuzuziehen, doch mein Arm war zu kurz. Zwei pubertäre Bengel hatten das Auto schon umrundet und wollten mich nun direkt mit ihren Schneebällen bombardieren.

Da zückte ich mein Handy und tat so, als würde ich filmen. Augenblicklich drehten die Jugendlichen ab, ließen die Schneebälle fallen und verwandelten sich von einer marodierenden Horde in Musterschüler.

»Ich habe alles gefilmt«, rief ich. »Das geht heute noch an den Direktor. Ihr fliegt von der Schule!« Am liebsten hätte ich noch hinzugefügt: »Frag mal deinen Vater, Lena, wie das ist, wenn man rausfliegt!«

Aber das konnte ich mir gerade noch verkneifen. Der Schultag, der vor Sebastian lag, würde schwer genug werden. Und mein Tag in der Redaktion ebenso.

»Was macht das mit Ihnen, dass Sie Mitarbeiter entlassen müssen? Wie gehen Sie mit diesem emotionalen Ausnahmezustand um?« Markus Hanser saß mir schräg gegenüber im Sitzungsraum und tat wieder einmal, was er am besten konnte: in emotionalen Wunden bohren. Er hielt seinen sanften Blick aus den braunen Augen wohl für einen Dosenöffner, mit dem er im Nullkommanichts direkt an mein Innerstes kam. Darin sah er als Business-Coach und gelernter Psychologe seinen Job. Doch ich stand nicht so auf Seelen-Striptease, auch wenn Gleim diese Beratungsgespräche für alle leitenden Redakteure zum Pflichtprogramm erklärt hatte. Was genau ihn dazu bewogen hatte, war mir ein Rätsel, vielleicht wollte er uns so auf Spur halten.

Ich hatte meine Beine überkreuzt. Heimlich schielte ich auf meine Digitaluhr. Fünf Sekunden waren seit der Frage vergangen, sieben Sekunden, zehn Sekunden.

Hanser gab nicht auf, er nickte mir aufmunternd zu. Erst nach 21 Sekunden startete er einen neuen Anlauf. »Mal angenommen, ich könnte einen Menschen befragen, der Ihnen sehr nahesteht, zum Beispiel Ihren Sohn. Was würde er mir sagen, wie es seiner Mutter mit diesen Entlassungen geht?«

»Er würde sagen: ›Ich glaub, jetzt hakt's!‹«

Hanser glotzte verständnislos. »Und wenn ich ihn bitten würde, diesen Satz näher zu erläutern?«

»Er würde Ihnen seine Baseballkappe vor die Füße schleudern.«

Der Coach schüttelte den Kopf und legte sein Kinn in den Handteller. »Mal angenommen, ein Kamerateam hätte Sie begleitet, als Sie heute Morgen im Großraumbüro die

Entlassung von Iris Bader verkündet haben. Was genau wäre auf dem Film zu sehen?«

Das war eine seiner typischen Fragen, sie begannen alle mit »Mal angenommen« und sollten mich zum Sprechen verlocken. Tatsächlich versetzte mich die Frage in den heutigen Morgen zurück. Ich sah, wie ich das Großraumbüro betrat, wie eine Leichenhalle, still und leblos. Als ich »Guten Morgen« sagte, versanken die Köpfe der Redakteure noch etwas tiefer hinter den Bildschirmen. Ich musste die Entlassung vom späten Abend des Vortages nicht mehr verkünden; sie war längst bekannt.

Iris hatte ihren Schreibtisch, sonst eine Trümmerlandschaft, mit einer geradezu provokanten Gründlichkeit geräumt. Zwischen all den mit Papier beladenen Tischen wirkte er nun wie ein nacktes Mahnmal. Dieser Eindruck wurde verstärkt durch zwölf dunkelrote Rosen, einen Geburtstagsstrauß aus der letzten Woche, den sie auf dem Tisch hatte stehen lassen. Fehlte nur noch, dass jemand eine Kerze anzündete, um an die Verblichene wie an das Opfer eines Verbrechens zu erinnern.

»Ich sehe schon, hier herrscht Feierstimmung«, rief ich in den Raum hinein. »Also, was ist los? Kritisiert mich! Stellt mir Fragen! Aber verkriecht euch nicht einfach so hinter euren Bildschirmen!«

Es war, als hätte ich tonlos gesprochen. Niemand schaute auf. Ich überlegte mir, wie ich diese Leute aus ihrer Starre holen konnte.

»Ihr trauert um Iris? Also gut, ich mache euch einen Vorschlag: Ich stelle Iris wieder ein. Wie wäre das?«

Auf einmal hoben sich die Köpfe. Christian Niggert, der Chef vom Dienst, ein junger Soziologe mit einer grotesk dicken Brille und buschigen Augenbrauen, legte seine Stirn in Falten. Er stammte aus einer Malerfamilie, hatte mit Stipendium studiert, und wenn er zwei Artikel schrieb, forderten drei davon mehr soziale Gerechtigkeit. Er sah mich skeptisch an. »Meinst du das wirklich ernst, Susanne?«

»Iris kommt zurück, ja. Aber nur unter einer Bedingung.«

»Die Redaktion erklärt sich solidarisch mit Iris. Und ich bin sicher, dass wir jede Bedingung erfüllen werden.« Seine nervösen Pupillen hinter der dicken Brille erinnerten mich an Kaulquappen, die ich als Kind durch den Boden dicker Einweckgläser unter Wasser beobachtet hatte. Merkwürdig, woran mich Pupillen in letzter Zeit denken ließen.

Ich wartete einen Moment, um die Spannung zu erhöhen. Dann sagte ich ganz ruhig: »Ist einer von euch bereit, seinen eigenen Arbeitsplatz für Iris zu räumen? Also, Freiwillige vor – wer meldet sich?«

Christian Niggert senkte den Kopf, die neun Kollegen und sechs Kolleginnen taten es ihm gleich. Keiner gab ein Zeichen, jeder verhielt sich unauffällig und suchte Deckung hinter seinem Bildschirm. Von wegen Solidarität.

»Das ist ja merkwürdig«, sagte ich. »Mich schaut ihr nicht mehr an, weil ich Iris entlassen habe. Dabei war meine Wahl genau dieselbe wie jetzt eure: sie entlassen – oder einen von euch. So war das auch schon bei den Entlassungen zuvor. Offenbar habe ich richtig entschieden.«

Julia Klein, die Redakteurin für den lokalen Sport, die in jedem Artikel mindestens zweimal das Wort »Spitzenleistung« verwendete, zwirbelte nervös eine blonde Haarsträhne. »War das denn jetzt die letzte Entlassung?«

»Herr Gleim hat mir das vor einiger Zeit versichert«, antwortete ich wahrheitsgetreu, ohne den aktuellen Stand zu erwähnen.

Ben Steiner, der freche Volontär mit seiner gebleichten Igelfigur, der die Kommas nach dem Streuprinzip immer an den falschen Stellen verteilte, zog ein spitzes Mausgesicht. Ich schloss nicht aus, dass diese Grimasse mir gewidmet war. Ich würde ihn mir später vorknöpfen.

In der Mittagspause, als alle beim Essen waren, hatte ich den Grabschmuck unauffällig von Iris' Schreibtisch in meinen Papierkorb verfrachtet.

»Was ist nun, Frau Mikula?«, riss mich Markus Hanser aus meinen Gedanken. Ich fasste den Ablauf des Vormittags für ihn zusammen.

»Dann haben Sie also gar kein schlechtes Gewissen?«, fragte er mich.

»Wenn Sie noch länger danach fragen, bekomme ich eines.«

»In einer früheren Sitzung haben Sie mir von Ihrer Erfahrung in Hamburg erzählt. In diesem Gespräch habe ich Sie als feinfühlig und empathisch wahrgenommen. Deshalb mache ich mir Sorgen.«

»Sie sorgen sich, dass ich ein grober Klotz geworden bin?«

»Ein Mensch kann seine Werte nicht einfach ablegen wie Kleidungsstücke. Wenn Sie ein sozialer und empathischer Mensch sind, dann bleiben Sie es.«

»Ich bin so sozial und empathisch, dass ich gerade meine beste Freundin entlassen habe.«

»Vielleicht stehen Sie ja unter Schock.«

Ich sah ihn fassungslos an. »Unter Schock? Warum sollte ich?«

Er stand auf und ging zum Flipchart, ich zählte vier Schritte. Er schrieb: *Phasen des Schockverlaufs.* Darunter zeichnete er eine Kurve, die ein Stück nach oben verlief. »Dieser Kurvenanstieg markiert eine Verleugnung«, kommentierte er. »Nach einem Schock wollen die Leute nicht wahrhaben, was geschehen ist. Im Gegenteil, sie treten übertrieben stark und selbstbewusst auf.«

Ich musste daran denken, wie patzig und kämpferisch Iris zunächst auf ihre Entlassung reagiert hatte.

»Aber nach einiger Zeit setzt sich die Einsicht in die Tatsachen durch – und die Gefühlskurve stürzt steil ab.« Der Stift auf dem Papier quietschte, er ließ den Strich abwärts sausen.

Wieder dachte ich an Iris. Wie es ihr jetzt wohl ging? Ob sie schon die Kraft hatte, sich über einen neuen Job Gedanken zu machen? Oder ob sie als Häufchen Elend in ihrer Dachgeschosswohnung kauerte?

»Warum sollte ich einen Schock haben? *Mir* ist doch nichts passiert.«

»Weil nicht nur Schmerz wehtut, den wir erleiden, sondern auch solcher, den wir zufügen. Ich glaube, dass Sie sich in einem Wertekonflikt befinden. Ihre Gerechtigkeitsliebe und die Entlassungen …«

»Kapieren Sie doch endlich: Ich bin an meiner Erfahrung gewachsen. Ich habe gelernt, dass ich andere Menschen nicht immer wichtiger nehmen darf als mich selbst. Bei einem Mann wäre das ganz normal. Aber bei mir machen alle ein Drama daraus.«

Ich bereute, dass ich so emotional geworden war. Wahrscheinlich war genau das sein Plan gewesen. »Wer macht denn ein Drama daraus?«, hakte Hanser nach.

Ich erzählte ihm, wie Sebastian heute Morgen reagiert hatte, von dem Streit am Wasser und von dem Schneeballhagel vor der Schule.

Er atmete so tief durch seine leicht schiefen Zähne ein, dass es wie ein Schlürfen klang. »Sie haben Ihre beste Freundin entlassen. Sie haben dem Vater der Freundin Ihres Sohnes gekündigt. Und Ihr Sohn wird jetzt über den Schulhof gejagt. Und das alles, wollen Sie mir weismachen, berührt Sie kein bisschen?«

Allmählich wurde ich wütend. »Sind Sie erst zufrieden, wenn ich in Tränen ausbreche, einen Zitterkrampf bekomme und hysterisch kreische?«

»Sie waren in der Vergangenheit sehr offen zu mir. Sie haben mir sogar von der traumatischen Erfahrung als Jugendliche im Wald erzählt.«

Wie schade, dass es noch keine Software gab, um ein Gedächtnis zu löschen! Außer ihm und Iris wusste im Verlag niemand, was damals geschehen war.

»Ich war naiv, nicht offen. Was wollen Sie eigentlich von mir?«

»Ich wäre schon zufrieden, wenn Sie einfach mal über Ihre Gefühle reden könnten.«

»Mein Gefühl sagt mir, ich sollte jetzt gehen.«

Ich stand auf, ging in Richtung Tür und warf noch einen Blick über meine Schulter. »Was macht das jetzt mit Ihnen?«, sagte ich. »Wie gehen Sie mit diesem emotionalen Ausnahmezustand um?«

Er sah mich wortlos mit großen Augen an.

Ich brauchte sieben Schritte, um aus dem Raum herauszukommen.

»Er ist mir im Weg und euch auch.«
»Damit müssen wir leben.«
»Müssen wir das?«
»Er wird sich nicht einfach in Luft auflösen.«
»Was tust du, wenn ein Hindernis im Weg liegt?«
»Ihn beseitigen? Bist du irre? Du kennst meine Stellung! Ich kann das nicht riskieren.«
»Du weißt, wie das Spiel funktioniert.«
»Ich bin kein Killer!«
»Hast du Angst, es zu tun? Oder nur, erwischt zu werden? Damals hast du auch nicht mit der Wimper gezuckt.«
»Wir sind angesehene Bürger dieser Stadt!«
»Wie lange noch? Wir geraten allmählich ins Hintertreffen.«
»Besser im Hintertreffen als hinter Gittern! Das Risiko ist zu groß!«
»Welches Risiko? Wenn der noch mehr rumschnüffelt, fliegt am Ende noch alles auf – vielleicht sogar die Sache von damals. Ich habe einen Schlachtplan, es wird keine Spuren geben, die auf uns zurückführen.«
»Kein Verbrechen ist perfekt. Ich weiß, wovon ich spreche.«
»Habe ich gesagt, dass wir ein Verbrechen begehen?«
»Du hast gesagt, dass wir ihn beseitigen.«
»Nicht wir: einer, der später nicht auspacken wird.«
»Alle können singen. Ich hör das jeden Tag.«
»Glaub mir: Eine tote Kehle singt nicht mehr.«

DRITTE APRILWOCHE

Reinstadt, 16. April
Aufmacher *Tagesbote:* »Hotel für jedermann: Obdachlosigkeit beruht auf Freiwilligkeit.«

Ich lehnte mich über die Brücke und starrte in die Tiefe. Was ich sah, faszinierte mich: eine Welt, in der alles in geordneten Bahnen verlief. Ein donnerndes Geräusch brandete auf und schwoll wieder ab. Ein Zittern fuhr durch meine Beine. Mit den Händen umklammerte ich das schmutzige Geländer. Ich genoss es, hier zu stehen. Die benzinhaltige Luft schien meinen inneren Tank zu befüllen.

Mittlerweile hatte ich 423 Autos gezählt, 159 davon mit Reinstädter Kennzeichen, 24 aus dem Ausland und drei mit so schmutzigen Nummernschildern, dass ich sie zu meinem Ärger nicht zuordnen konnte. Wenn ich es richtig erfasst hatte – was angesichts des Tempos nicht einfach war –, hatten sich in 234 Autos mindestens zwei Menschen befunden. In der gleichen Zeit waren 36 Laster vorbeigedonnert, neun davon mit ausländischem Kennzeichen, exakt ein Drittel aus Polen.

Diese Autobahn war für mich großes Kino, ich wurde beim Schauen einfach nicht satt. Es gab Hunderte Möglichkeiten, die Fahrzeuge zu zählen, nach Marken, nach Typen, nach Fahrbahnen, nach Städten, nach Farben, nach Formen, nach Antennen, nach Dachgepäckträgern, nach Anhängern, nach Häkelklopapierrollen, nach Tempo, nach Fahrweise, nach Altersklasse, nach Überholvorgängen oder nach Abstand zum Vordermann. Und wenn der Verkehr zähfließend tröpfelte, wie oft nach Feierabend, konnte ich sogar gewaschene und ungewaschene, verbeulte und unverbeulte Fahrzeuge unterscheiden.

Auf dieser Brücke musste ich nichts tun, hier kam die Welt auf mich zugegrollt, ich war nur eine Registrierkasse, die Eingänge zählte, statt das Geschäft des Lebens selbst zu betreiben. Dies war meine Art der Meditation, begleitet vom Rauschen der Verkehrsbrandung. Auf der Brücke war ich fast immer allein, sie war nur über einen einsamen Forstweg zu erreichen.

Jetzt hatte ich aufgehört zu zählen, schloss die Augen und hing meinen Gedanken nach. Mein Handy hatte etwas dagegen und klingelte.

»Mikula.«

»Springen Sie bloß nicht runter!«

»Herr Gleim?«

»Gerade vorbeigefahren.«

Sein Arbeitsweg führte über die Autobahn, schon mehrfach hatte er mich auf der Brücke erkannt und später darauf angesprochen. Alle wussten, dass das Zählen auf der Brücke mein Lieblingsport war, keiner verstand es.

Warum rief Gleim mich vor der Arbeit an?

»Es ist jetzt sechs Wochen her, dass wir Frau Bader aus unserem Regiment verabschiedet haben.«

Mir war sofort klar, worauf er hinauswollte.

»Ich soll wieder jemanden entlassen?«

»Wäre doch schade, wenn Sie aus der Übung kämen.« Unten donnerte ein Lkw mit holländischem Kennzeichen vorbei, ein Geflügeltransporter, schon der dritte an diesem Morgen. »An wen denken Sie?«

»Ich bin ein toleranter Befehlshaber.«

»Ich soll also selbst einen Redakteur auswählen?«

»Besser gleich zwei.«

Wenn er dachte, ich würde protestieren, täuschte er sich. Ich hatte Iris entlassen, meine beste Freundin, dagegen war alles andere ein Klacks. Nach dem Coaching mit Markus Hanser hatte ich beschlossen, mich für die Entlassungen nicht zu schämen. Ich tat, was getan werden musste, das nannte man Management. Ich duckte mich nicht weg, wie die feigen Redakteure hinter ihren Bildschirmen, sondern übernahm Verantwortung.

Mir fiel wieder ein, was Gleim gesagt hatte: Ich war eine Chirurgin und setzte mein Messer an, um noch größeres Leid zu verhindern. Wohin zu viel Weichheit führte, konnte ich jeden Tag an Sebastian sehen. Er litt wie ein Tier, nur weil diese dumme Göre Lena durch ihn hindurchsah und er seit dem Schneeballangriff ein paar Kumpels verloren hatte. Man nahm ihn in Sippenhaft.

Ich hatte ihm mehrfach erklärt, dass man auf diese Weise nur falsche Freunde verliert, aber er wollte einfach nicht auf mich hören. Er wollte nie auf mich hören. Darum ging er beim Angeln meistens leer aus. Hoffentlich würde es ihm im Leben nicht genauso ergehen.

»Zwei – geht in Ordnung«, sagte ich. Das klang beiläufig, als hätte ich eine Kaffeebestellung aufgenommen. Gleim sollte merken, dass die Brücke, auf der ich gerade stand, eine Kapitänsbrücke war – die seiner künftigen Chefredaktion.

Eine halbe Stunde später war ich im Büro, bat Christian Niggert zu einem »ernsten Gespräch« und stieß ihm die schlechte Nachricht ohne Umschweife vor den Kopf. Diese Direktheit hatte ich aus dem Missverständnis mit Iris gelernt. Fasziniert sah ich zu, wie sich sein Gesicht zu einer Maske entstellte, die Mundwinkel verloren ihren Halt, die Brille schien mir wie zwei Vergrößerungsgläser, die seine weit aufgerissenen Augen herauspräparierten. Kurz begehrte er auf und schimpfte, ich hätte doch weitere Kündigungen ausgeschlossen. Ich nahm das nicht persönlich, sondern wertete es als Phase eins nach dem Schock, die Verleugnung; so hatte mein Coaching mit Hanser doch noch einen Nutzen gehabt.

Und schließlich zählte ich, wie lange Niggert bis zur Tür brauchte. Es waren zwölf Schritte, zwei weniger als Iris. Beim Betreten meines Büros hatten ihm noch zehn Schritte gereicht. Offenbar hatte die Kündigung einen deutlichen Energieverlust für ihn bedeutet, sein Gang hatte Antrieb und Reichweite eingebüßt.

Danach rief ich Julia Klein zu mir. Das Entlassungsgespräch kam mir vor wie die Wiederholung eines Films, sie reagierte ähnlich wie Christian. Fast ein Routinefall. Nur brauchte sie am Ende dreizehn Schritte bis zur Tür, einen mehr als Christian. Beide wurden sofort freigestellt, damit auch keiner auf die Idee kam, die Geschichte seiner eigenen Entlassung ins Blatt zu schmuggeln.

Es war gar nicht so schwer, jemanden abzuservieren. Es war sogar überraschend leicht. Bei jeder Tätigkeit kam man früher oder später an einen Punkt, an dem man sie ohne Nachdenken ausführen konnte. Als Kind lernte man das Gehen, in der Schule das Schreiben und in einer Führungsposition eben das Entlassen. Ich spürte, ich hatte den Punkt der Automatisierung bereits erreicht.

Dass ich diese rasche Abhärtung ausgerechnet meiner besten Freundin zu verdanken hatte, kam mir wie blanke Ironie vor. Nachdem ich es bei ihr geschafft hatte, konnte ich es bei allen. Aber war Iris überhaupt noch mit mir befreundet? Oder war für sie die Kündigung des Arbeitsverhältnisses gleichzeitig die Kündigung unserer Freundschaft?

Ich spielte mit dem Gedanken, sie anzurufen.

Die Gegendarstellung der Stadtverwaltung sollte auf der ersten Seite des Lokalteils erscheinen, ganz oben, so wollte es Hans-Otto Gleim. Viel zu spät war der Text eingegangen, 48 Tage nach der Reportage von Iris. Aber so war das oft, wenn Anwälte ins Spiel kamen und an jeder Formulierung herumschraubten. Ohnehin handelte es sich dabei nur um ein Scheingefecht, das Neutralität vorgaukeln sollte, denn auch ohne Anwälte fand der Standpunkt des Bürgermeisters täglich seinen Weg in unser Blatt.

Ich saß vor meinem Bildschirm, dort flimmerte der Artikel. Es waren genau 200 Wörter. Damit musste die Zahl der Zeichen etwa bei 1500 liegen, inklusive Leerzeichen. Die Gegendarstellung war mit einem aktuellen Foto des Rathauses aufgemacht. Draußen war der April schon in die zweite Halbzeit gegangen, die beiden Birken glänzten im Sonnenlicht, von Sturm und Schnee keine Spur mehr. Die Bildunterschrift hatte Gleim selbst getextet: »Unser Rathaus – ein Platz an der Sonne, auch für Obdachlose.« Ich gab den Druckbefehl.

Als Journalistin hätte ich Gleims Bildunterschrift gern umgetextet: »Ein sonniger Ort für Verwaltungsmitarbeiter – Obdachlose bleiben im Regen stehen«. Aber ich saß hier als leitende Redakteurin. Und Volker Kleinjohann stand bei unserem Verleger unter Artenschutz. Ich hätte alles im Lokalteil veröffentlichen und sogar die Bundesregierung stürzen dürfen, aber eben nicht den Bürgermeister.

Er war ein alter Freund der Familie Gleim und hatte im Stadtrat derselben Fraktion wie Hans-Ottos Bruder Friedemann, der Kleine Kennedy, angehört. Beide galten als große Nachwuchstalente der Lokalpolitik. Nach dem Tod des Kleinen Kennedys hatte Kleinjohann die Fraktionsleitung von ihm übernommen und es in nur drei Jahren vom jungen Stadtrat zum Bürgermeister gebracht.

Kleinjohann war hier aufgewachsen, Mitglied in einem halben Dutzend Vereine und außerdem der beste Bierfassanstecher weit und breit. Seine letzten beiden Wahlkämpfe hatte er stets mit demselben Slogan geführt: »Kleinjohann – der große Kämpfer für Reinstadt!« Auf dem Foto war sein fülliges Gesicht zu sehen, von dessen Röte man nie wusste, ob sie von der frischen Luft kam – er wanderte in seiner Freizeit – oder vom hohen Blutdruck.

Auf wundersame Weise hatte Kleinjohann den Haushalt der Stadt schon in seiner ersten Amtszeit von den tiefroten Zahlen in ein fettes Plus katapultiert. Auf einmal schwamm die Stadt im Geld. Keiner wusste genau, wie ihm das gelungen war, jedenfalls profitierten die Bürger davon: Der öffentliche Nahverkehr wurde billiger, die Müllgebühren sanken, das Abwasser kostete weniger. Solche Maßnahmen hatten ihm die Wiederwahl beschert.

Sein Engagement für Reinstadt kannte keine Grenzen, auch nicht die des Naturschutzes. In einem Flusstal am Stadtrand hatte er vor fünf Jahren einen großen Zoo mit Freizeitpark durchgesetzt. Die Baupläne wären fast noch von Naturschützern durchkreuzt worden, weil Forscher eine seltene Fledermausart in einer Höhle ausgemacht hatten. Aber als die Expertenkommission der EU die Tiere begutachten wollte, war plötzlich keines mehr zu finden. In der Stadt galt es als offenes Geheimnis, dass der Bürgermeister den Bürokraten einen Streich gespielt hatte. Tags zuvor war er mit seiner Wanderausrüstung und hohen Stiefeln in der Nähe der feuchten Höhle gesehen worden. Aber statt dem Verdacht nachzugehen, wurde er im *Tagesboten* wie ein Popstar gefeiert, als die Baugenehmigung dann tatsächlich kam.

Zuletzt kehrte sich sein Ruf als Finanzgenie allerdings ins Gegenteil: Die fetten Jahre waren vorbei, die Stadt türmte immer höhere Schulden auf, alle Gebühren schossen durch die Decke. Immer mehr Reinstädter fühlten sich abgezockt und haderten mit dem Bürgermeister. Doch bei uns im *Tagesboten* durfte kein Wort über diese Missstände erscheinen. Natürlich nicht. Dort blieb er Reinstadts großer Retter.

Ein blechernes Stottern verriet mir, dass der Drucker meinen Befehl endlich ausführte. Ungeduldig griff ich das Blatt mit der Gegendarstellung und las den Text Korrektur:

Gegendarstellung

Hotel für jedermann: Obdachlosigkeit beruht auf Freiwilligkeit

In der Reportage »Armut in unserer Nachbarschaft« ist von Iris Bader der Eindruck erweckt worden, Menschen in unserer Stadt müssten im Winter unter freiem Himmel nächtigen und Hunger leiden. Ebenso wurde der

Eindruck erweckt, im Auftrag eines privaten Sicherheitsdienstes würden Obdachlose von den Gebäuden der Stadtverwaltung und ihren Schächten mit warmer Abluft ferngehalten.

Beide Behauptungen entsprechen nicht den Tatsachen. Wahr ist, dass jeder Bedürftige eine Übernachtungsmöglichkeit über unser Sozialamt erhalten kann, hierunter fallen zum Beispiel die ›Männerwohngelegenheit Tötzstraße‹ und die ›Frauenwohngelegenheit am Stadtpark‹.

Diese Einrichtungen entsprechen – entgegen der Darstellung in der Reportage – sowohl unter Aspekten der Hygiene als auch unter solchen der Sicherheit den Standards. Als Bürgermeister habe ich dort selbst genächtigt, um mich zu vergewissern, dass es sich um ein Hotel für jedermann handelt.

Ebenso ist es falsch, dass unser Ordnungsdienst gezielt Obdachlose vom Rathausgelände vertreibt. Vielmehr wird die Hausordnung, welche ein nächtliches Betreten des Geländes untersagt, unabhängig vom sozialen Stand einer Person umgesetzt.

Darüber hinaus ist es unwahr, dass Obdachlose hungern müssen. Durch das Angebot mehrerer Tafeln, die wir in Kooperation mit örtlichen Geschäftsleuten anbieten, ist auch bei Minderbemittelten für eine ausreichende, kostenlose und hochwertige Ernährung gesorgt.

Volker Kleinjohann, Bürgermeister

Im Großraumbüro übergab ich den Text Ben Steiner, unserem Volontär mit der gebleichten Igelfrisur. Fast rund um die Uhr hatte er Kopfhörerstöpsel in den Ohren, und so wie andere Leute Mundgeruch verbreiteten, verströmte er penetranten Hardrock. Die Zahl der Bassschläge lag in der Regel über 120 pro Minute.

Zur Feier des Tages pulte er die Stöpsel aus den Ohren. Er hatte Iris bei der Reportage begleitet. Je länger er las, desto mehr verfinsterte sich sein Gesicht: »Mensch, das ist doch alles Quatsch. Billige Propaganda. Kein Wort wahr.«

»Ich sehe schon, Sie haben in Ihrer Ausbildung gelernt, Behauptungen mit Fakten zu belegen.«

»Iris und ich haben gesehen, wie der Sicherheitsdienst die Obdachlosen vom Rathausgelände gescheucht hat. Das war eine Treibjagd, einer ist dabei gestürzt und lag später im Krankenhaus.«

»Wenn jemand mit 1,8 Promille stürzt, sind nicht immer die anderen schuld«, sagte ich. Die Krankenakte war mir zugespielt worden.

»Sprechen Sie von unserem Bürgermeister?«

»Werden Sie nicht frech!«

Ach, hätte Gleim doch diesen Wortwechsel verfolgt! Ich schlug mich gut als seine Stellvertreterin auf Erden, fand die leitende Redakteurin in mir. Meine innere Journalistin dagegen schämte sich zutiefst: Iris hatte mir selbst geschildert, wie der Mann zu Fall gekommen war, so brutal waren die Sicherheitsleute vorgegangen.

Ben Steiner sah mich skeptisch an. »Mensch, warum verteidigen Sie den Bürgermeister? Sie sind Ressortleiterin, nicht die Pressesprecherin des Rathauses!«

Das Großraumbüro hatte Ohren, jemand kicherte hinter meinem Rücken – ein Geräusch, das wahrlich selten vorkam seit den jüngsten Entlassungen. Ich ärgerte mich über den Lacher, ließ es mir aber nicht anmerken.

»*Mein* Vertrag, Herr Steiner, läuft nicht in drei Monaten aus«, konterte ich. »An Ihrer Stelle würde ich einer Jobalternative im Rathaus nichts Schlechtes nachsagen.«

Er schluckte. »Schon klar, nach meinem Volontariat gehen hier die Lichter für mich aus. Aber ich habe es doch selbst gesehen: Die Tafel wird früh morgens von armen Familien abgegrast. Bis die Obdachlosen kommen, liegen da nur noch ein paar Kartoffeln rum, und die bekommen sie nicht gekocht. Beim Männerwohnheim hat die Stadtverwaltung den Etat gekürzt, es wird jetzt nur noch einmal pro Woche geputzt und riecht wie ein Bahnhofsklo. Und das Frauenhaus ist überfüllt wie eine Geflügelfarm, seit die Stadt eine Wohnung darin auch noch privat vermietet hat. Jetzt ist noch nicht mal mehr für die geprügelten Ehefrauen genug Platz, geschweige denn für Obdachlose.«

»Sie haben Frauen gerade mit Hühnern gleichgesetzt! Hören Sie genau hin, ich rede nicht: gack, gack, gack!«

Eine leichte Röte stieg in sein Gesicht. »Mensch, legen Sie nicht jedes Wort auf die Goldwaage.«

»Falls Sie es noch nicht bemerkt haben: Es ist Ihr Beruf, Wörter auf die Goldwaage zu legen; Sie sind Journalist. Und jetzt sorgen Sie dafür, dass diese Gegendarstellung gedruckt wird. Wort für Wort.«

»Zu Befehl!«, sagte er.

Kaum hatte ich mich umgedreht, setzten die Bässe wieder ein. Er hörte »Highway to hell«.

»Hallo, Gero, alter Kampfgenosse! Wie ist die Lage?«
»Ich würde sagen: stabile Seitenlage. Gut laufende Verlagsgeschäfte sehen anders aus. Aber da kannst du ja ein Lied von singen.«
»Deshalb rufe ich an.«
»Ich soll dir einen Gefallen tun?«
»Woher weißt du …?«
»Weil du mir auch einen Gefallen getan hast.«
»Du meinst den doppelten Entsorgungsfall? War mir ein Vergnügen, zwei deiner übereifrigen Möchtegernschreiberlinge abzusägen.«
»Du hast mir zwei teure Prozesse erspart!«
»Könntest du das Gleiche jetzt für mich tun?«
»Doppelentsorgung?«
»Eher ein Dreierpaket. Die wollen einfach nicht von alleine gehen.«
»Drei sind heikel. Was, wenn sie miteinander sprechen?«
»Die werden nicht sprechen – die schnappen gierig zu!«
»Und wenn sie doch was wittern?«
»Dann sitzen sie längst in der Falle.«
»Her mit den Namen!«
»Du bist wirklich ein Kumpel.«
»Ich bin Egoist. Das nächste Mal hilfst du mir wieder.«

»Antreten, Mikula!« Mit diesen Worten hatte Gleim mich zu sich bestellt. Doch mein Versuch, im Vorzimmer an Grisu vorbeizuspazieren, scheiterte furios: Der kleine Rotschopf, im lila Kostüm mit weißer Bluse, sprang mir energisch in den Weg und parkte mich in der Sofaecke zwischen. Nachdem sie den Chef wichtigtuerisch über die Sprechanlage informiert hatte, begleitete sie mich zur Bürotür, damit ich mich auch ganz sicher nicht verlief. Ihr feines Grinsen ließ nichts Gutes erahnen.

Ich betrat das Chefbüro und sah ihn sofort: Er lauerte neben dem Schreibtisch. Sein Anblick versetzte meinen Körper in Alarmbereitschaft: Mein Atem beschleunigte, Schmerz bohrte sich in mein Bein, und meine Hände waren schlagartig nass wie frisch gefangene Fische. Und ebenso kalt.

Die Erinnerung riss mich in die Vergangenheit zurück. Bilder stürmten über meine Netzhaut. Es war Oktober gewesen und später Nachmittag, die Felder atmeten schon Nebel, der dicht über den gelbbraunen Grasflächen hing. Ich hatte meine Hausaufgaben gemacht, ein Referat über Erich Kästner, und wollte noch eine Runde joggen, ehe es dunkel wurde.

Das heißt: Joggen wollte ich eigentlich nicht, nur drei, vier Kilo meistbietend abgeben, denn als Jugendliche fand ich mich immer zu dick. Ich war fünfzehn. Wenn mir ein Junge hinterhersah, fürchtete ich, seine Augen führten nur einen spöttischen Dialog mit meinem dicken Hintern.

Die Abenddämmerung war dabei, das Herbstlicht mit dunklen Fäden zu durchziehen, ich musste schnell aufbrechen. Ich schnürte meine Joggingschuhe, sprang aus dem Haus und legte zügig den ersten Kilometer zum

Tenger Forst entlang der Landstraße zurück. Die Autos fuhren bereits mit eingeschaltetem Licht. In einer halben Stunde würde es dunkel sein.

Auf dem Waldparkplatz fiel mir ein Kombi mit vergitterter Ladefläche auf. Ich dachte mir nichts dabei und bog in den Waldweg ein. Das rostbraune Laub auf dem kleinen Trampelpfad lag so hoch, dass ich meine Beine beim Joggen wie in hohem Schnee anheben musste. Das Rascheln klang nach der Flucht eines Tieres, es war durch den halben Wald zu hören.

Beim Laufen dachte ich über das Laub nach. Wie konnte es im Herbst seine Farbe wechseln? Woher wusste es überhaupt, wann Herbst war? Und wie kam es, dass nicht alle Blätter gleich gefärbt waren? Jedes trug sein ganz eigenes Farbmuster. Mein heißer Atem bildete kleine Wölkchen in der kalten Luft.

Er kam aus einem Gebüsch vor mir gestürmt, ich weiß es noch genau: wie ich wendete und anfing zu rennen; wie ich um Hilfe schreien wollte, aber nur ein tonloses Ächzen hervorpresste; wie ich spürte und hörte und nicht wahrhaben wollte, dass er immer näher kam; wie mich das hohe Laub, in dem meine Füße umso weniger Halt fanden, je schneller ich lief, immer mehr ins Wanken brachte; und wie ich schließlich stürzte, ohne mit den Armen zu rudern, ohne Gegenwehr, als wären meine Glieder versteift.

Mein Kopf landete auf dem Laub. Noch heute fand ich den modrig-fauligen Geruch des Herbstlaubs unerträglich.

Sekunden später spürte ich ihn: seinen Speichel, den brennenden Schmerz, mein eigenes Blut. Ich spürte alles, und ich spürte doch nichts. Ich fühlte mich tot wie das

Laub, in dem ich lag, abgeschüttelt vom Baum des Lebens. Ich wollte zerfallen und vermodern.

Als man mich schließlich fand, um neunzehn Uhr – meine Eltern hatten eine Suchaktion angestoßen –, hatte ich schon viel Blut verloren. Niemand machte mir einen Vorwurf, aber der Arzt wollte doch wissen, warum ich nicht versucht hatte, den Wald zu verlassen. Mit meinen Verletzungen hätte ich durchaus noch gehen können.

Ich war hilflos liegen geblieben, aber innerlich hatte ich einen Weg gefunden, die Situation zu kontrollieren: Ich zählte, zum ersten Mal in meinem Leben zählte ich ganz bewusst. Ich zählte, wie oft mein Herz seine Spitzhacke von innen gegen meinen engen Hals rammte. Als der Suchtrupp der freiwilligen Feuerwehr mich fand, hatte mein innerer Pulszähler 10 398 Schläge registriert.

Von diesem Tag an zählte ich alles, was sich zählen ließ: die Verkehrsschilder auf meinem Schulweg, die Stifte in meinem Mäppchen, die Ausrufungszeichen in einem Text aus dem Unterricht, die sichtbaren Zähne im sprechenden Mund eines Lehrers oder die Rippen und Stücke von Schokoladentafeln.

Der Kinderpsychologe, mit dem ich fortan jede Woche einmal verabredet war, nannte das Arithmomanie, ein Wort mit zwölf Buchstaben, in dem »i« und »m« jeweils zweimal vorkamen. Ich sah es nicht als Krankheit, nicht als »Zahlenwahn« (zehn Buchstaben) oder »Zählzwang« (neun Buchstaben), wie es übersetzt hieß, sondern als Gewinn: Bis dahin war ich blind durchs Leben gelaufen, ich hatte nicht einmal gewusst, wie viele Tage ich schon auf der Welt war (zum Zeitpunkt der Hundeattacke waren es 5575), wie viele Schritte mein Weg zum Schulbus ausmachte (1266) oder wie viele Wörter auf eine A-4-Seite in mein Schulheft passten (zwischen 137 und 153, je nach Wortlänge).

Silvia, meine beste Freundin, zeigte mir einen Vogel, als ich sie über die Zahl der Karos auf einer Seite ihres karierten Blocks informierte. Und die Zahl ihrer Schritte zwischen Tisch und Klassenzimmertür war für sie völlig uninteressant. Deshalb schaltete ich meinen inneren Rechner zwar bald auf stumm, aber nie wieder aus. Die Welt war für mich berechenbar geworden, ein Zahlengebäude, in dem ich jeden Raum kannte. Sie konnte mich nicht mehr überrumpeln wie damals diese Bestie im Tenger Forst.

Gleim war meinem Blick zum Boden neben seinem Schreibtisch gefolgt. »Wie oft muss ich es noch sagen: Kanone tut Ihnen nichts!«

Mein Herz hämmerte wie das Schlagzeug zu »Highway to hell«. Meine schweißnasse Hand hing angespannt über meiner Handtasche mit dem Pfefferspray. Abgesehen davon, dass Kanone kein sehr vertrauenserweckender Name für einen großen schwarzen Terrier war, misstraute ich allen Hunden. Und noch mehr ihren Besitzern. Damals, als der Köter über mich hergefallen war, hatte sein Herrchen den unsichtbaren Dritten gespielt. Der Kombi war einfach verschwunden, mitsamt Hund. Seither hatte ich keine Hundephobie, das wäre ja noch gegangen. Die Hundephobie hatte mich.

Ich gab mir alle Mühe, gelassen zu klingen: »Können Sie Kanone ins Vorzimmer bringen? Ich kann nicht klar denken, wenn ein Hund in der Nähe ist.«

»Und ich werde durch Kanone inspiriert. Darum habe ich ihn zur Arbeit mitgebracht.«

Er wusste genau, wie sehr ich Hunde fürchtete. War das hier eine Mutprobe?

Eine Chefredakteurin in spe durfte kein Angsthase sein. Ich zwang meine Füße, sich drei Schritte in den Raum zu tasten, sie gehorchten nur widerwillig. Es fühlte sich an, als würde ich gegen eine starke Strömung waten, das kannte ich vom Angeln im Fluss.

Ich sah, wie Kanone sich aufrichtete. Der ganze Raum verengte sich auf die Größe eines Hundemauls. Die Schweißproduktion meines Körpers stellte jede Sprinkleranlage in den Schatten. Meine linke Hand rutschte – wie ich hoffte – unauffällig in die Handtasche.

»Sie haben mich zu sich gebeten, Herr Gleim. Worum geht es?«

Ich rechnete mit weiteren Entlassungen, doch er hatte anderes im Sinn: »Sie sollen einen Bericht über die Münzsammlung unserer Familie schreiben.« Er deutete auf die Vitrine neben der Tür. »Auf meinem Schlachtplan steht demnächst eine Ausstellung unten im Verlagsgebäude, deshalb brauche ich einen Aufmacher im Lokalteil.«

»Ich habe von Münzen keine Ahnung. Ich weiß nicht mal, woraus Ihre Sammlung besteht.«

»Das können wir ändern«, sagte er, kramte einen Schlüssel hervor und kam um seinen Schreibtisch gelaufen. Mit Entsetzen sah ich: Kanone folgte ihm.

»Bitte nicht!«, entfuhr es mir.

»Sie wollen die Münzsammlung nicht sehen?«

»Ich bin kein Fan von Hundezähnen.«

»Streicheln Sie ihn doch mal! Dann merken Sie, wie harmlos er ist.«

Meine rechte Hand umklammerte das Pfefferspray. Kanone fixierte mich und kam näher. Panik erfasste mich, doch ich machte auf tapfer.

»Herr Gleim, Marienkäfer sind auch harmlos. Würden Sie welche auf die Hand nehmen?«

Sein Gesicht verzog sich, als hätte er in Schimmel gebissen. »Sitz!«, rief er in schneidendem Offizierston. Der Hund war ein guter Soldat und gehorchte auf der Stelle. Leider lag diese Stelle nach großzügigen Schätzungen nur noch 4,20 Meter von mir entfernt, vielleicht waren es auch nur 4,10 Meter. Meine alten Narben am Bein begannen zu kribbeln.

Gleim beugte sich vor und schloss die Vitrine auf. »Bitte sehr, bedienen Sie sich.« Ich zwang mich, vier weitere Schritte auf ihn zuzugehen, nahm mir eine Münze heraus und betrachtete sie. Gleichzeitig behielt ich Kanone im Blick, der wiederum mich im Blick behielt. Ich war sicher, dass er meine Angst wittern konnte.

»In diesem Regal finden Sie die zehn wertvollsten Stücke der Sammlung. Nehmen Sie die Münzen erst mal mit, dann können Sie in Ruhe recherchieren. Vor allem der Wert interessiert mich und sicher auch unsere Leser. Wie viel würde man bei einem Verkauf bekommen?«

»Aber ich habe morgen meinen Homeoffice-Tag.«

»Umso besser, dann haben Sie Ruhe.«

Gleim lief um seinen Schreibtisch, leerte seine Ledertasche und sagte: »Packen Sie die Münzen mitsamt der Infomappen einfach in meine Aktentasche, ich leihe sie Ihnen gern. Ihre Handtasche sieht schon reichlich voll aus.«

Verlegen ließ ich das Pfefferspray los und zog meine Hand heraus. Offenbar hatte Gleim Vertrauen in mich. Ich beschloss, das als gutes Omen mit Blick auf die Chefredaktion zu deuten.

Kanone knurrte, als wollte er meinen Gedanken widersprechen. Ich belud die Tasche mit den Münzen, und Gleim wies mich zur Tür: »Abmarsch!«

Es war das beste Gefühl des Tages, eine geschlossene Tür zwischen den Hund und mich zu bringen. Endlich in Sicherheit!

Grisu saß kerzengerade hinter ihrem Schreibtisch und feilte mit Hingabe ihre übertrieben langen Fingernägel. Sie hielt es nicht für nötig, mich anzusehen. Ich spürte, dass ihr die neue Nähe zwischen mir und Gleim missfiel.

Ich war schon fast draußen, da stichelte sie: »Na, haben Sie sich mit dem Hund schon angefreundet?«

»Ich wusste gar nicht, dass unser Chef einen Spitznamen hat«, antwortete ich.

Darauf entgegnete sie nichts mehr.

Ich hatte lange gezögert, Iris anzurufen. Es war 49 Tage her, seit wir uns zuletzt in meinem Büro gesehen hatten. Mit sehr unschönem Ergebnis. Würde sie überhaupt abheben? Was, wenn sie mich beschimpfte? Am Abend meines Homeoffice-Tages wählte ich ihre Nummer, vorsichtshalber anonym. Sie meldete sich.

»Hallo, Iris«, sagte ich zögernd.

Sie dagegen zögerte kein bisschen mit ihrer Antwort: »Was willst du?«

»Dich sprechen.«

»Dann sprich.«

Was sollte ich sagen? Ihr versichern, dass ich nur ihr Arbeitsverhältnis, aber nicht unsere Freundschaft gekündigt hatte?

»Wie geht's?«

»Rate mal!«

Jetzt hatten wir schon vier Zweiwortsätze gewechselt, ich musste mich steigern. »Ich vermute, dir geht's nicht gut.«

»Falsch.«

Das war ein Missverhältnis: Ich hatte meine Wortzahl verdreifacht auf sechs, sie die ihre halbiert auf eines.

»Nicht schlecht?«, kehrte ich zum Zweiwortsatz zurück.

»Hey, ich werde Chefredakteurin. Was sagst du jetzt?«

»Du? Chefredakteurin?«

Schon wieder nur zwei Wörter. Und das »Du« mit Fragezeichen klang, als ob ich ihr den Job nicht zutraute. Wenn ich ehrlich war, stimmte das auch, aber das musste sie nicht unbedingt wissen. Iris war für eine solche Aufgabe einfach zu chaotisch. Ich glaubte, dass es an ihrer antiautoritären Erziehung lag. Ihre Eltern, die sie nie Mama und Papa, sondern immer nur Jörn und Inge nannte, hatten ihr als Mädchen alles erlaubt. Wenn sie keine Lust hatte, zur Schule zu gehen, ging sie nicht zur Schule. Wenn sie Lust hatte, ihr Chemieheft zu zerreißen, zerriss sie es. Und wenn sie etwas scheiße fand, durfte sie brüllen, so lange sie wollte, dass sie es »scheiße« fand. Auch in Gesellschaft, kein Problem.

Die schlimmste Strafe ihrer Eltern, die ihr auf meine Nachfrage eingefallen war: Als Grundschülerin hatte sie ihrem Vater eine Ohrfeige versetzt, denn der hatte es gewagt, ein Brettspiel gegen sie zu gewinnen. Jörn hatte sie traurig angesehen und gesagt: »Damit hast du dich selbst am meisten bestraft: Du musst damit leben, dass du deinen Vater geschlagen hast.«

Na ja, irgendwie hatte diese Erziehung am Ende doch funktioniert: Iris trug das größte Herz in der Brust, das ich mir nur vorstellen konnte. Aber sie war auch die größte

Chaotin unter der Sonne, auf ihrem Schreibtisch türmten sich Papierberge, die Achttausendergipfeln glichen. Und wenn sie doch mal in ihren Terminkalender schaute, dann hauptsächlich, um sich bei versetzten Freunden zu entschuldigen und sie mit neuen spontanen Terminen zu überrumpeln.

Iris als Chefredakteurin: Diese Nachricht versetzte mir einen Stich, obwohl ich ihr von Herzen einen neuen Job gewünscht hatte. Wer, zum Teufel, stellte mitten in der Medienkrise eine Frau von 41 Jahren als Chefredakteurin ein, die bislang einfache Redakteurin einer Regionalzeitung gewesen war?

Ein Klingeln an der Tür erinnerte mich daran, dass ich schon viel zu lang am Telefon schwieg. Es läutete Sturm, dreimal, viermal, fünfmal. Eigentlich hätte ich eine solche Ruhestörung nur Kumpels von Sebastian zugetraut. Aber seit dem Tag der Schneeballattacke hatte keiner seiner Freunde ihn mehr besucht. Außerdem war er gerade auf Klassenfahrt.

»Iris, ich melde mich gleich wieder.«

»Wenn's sein muss.«

Als ich die Tür öffnete, standen fünf Polizisten in Uniform vor mir. Ich kannte die Gesichter, es waren Kollegen von Heiko. In ihrer Mitte baute sich der Polizeichef Heiner Ibendorf auf, ein drahtiger Kerl von Ende fünfzig, dessen Markenzeichen ein gezwirbelter Bart war, den ich auf zwölf bis dreizehn Zentimeter schätzte. »Wir haben einen Durchsuchungsbeschluss«, sagte er und wedelte mit einem Papierwisch.

Ich glaubte zu wissen, wer hinter diesem Einsatz steckte.

»Dreht Heiko jetzt völlig durch? Richten Sie ihm aus, er soll seinen Ehestreit nicht dienstlich austragen!«

»Wir ermitteln in einer Diebstahlsache.«

Mir kam ein böser Verdacht: »Hat Sebastian etwa …?«

»Wir ermitteln gegen Sie.«

Es fühlte sich an, als wäre ich mitten in einem Krimi aufgewacht, jetzt fehlten nur noch die Handschellen.

»In dieses Haus werden Sie keinen Fuß setzen!«, rief ich. Dabei war mir im selben Moment klar: Es würden sogar zehn Füße meine Wohnung betreten. Meine Zunge war als Waffe nicht scharf genug, um mich gegen einen Durchsuchungsbeschluss zu wehren.

Ibendorf schob mich zur Seite, und seine Truppe schwärmte aus. Es war ein merkwürdiges Gefühl, dass fremde Leute in unser Haus spazierten. Fühlte sich an wie ein körperlicher Übergriff. Instinktiv folgte ich Bernhard Möller, einem langen Lulatsch, mit dem Heiko oft auf Streife gewesen war. Er stiefelte die Treppe hinauf, zwölf Stufen, und steuerte das Schlafzimmer an. Als Erstes beugte er sich vor und sah unter das Doppelbett.

»Mein Liebhaber ist gerade durchs Fenster geflohen«, sagte ich.

»Was haben wir denn da!«, hörte ich Ibendorfs Stimme aus meinem benachbarten Arbeitszimmer. Wie in Trance lief ich rüber. Triumphierend hob der Polizeichef Gleims Tasche hoch, mit spitzen Fingern in Gummihandschuhen, und ließ einen zufriedenen Blick über die Münzsammlung neben meiner Computertastatur wandern.

»Was ist das?«, fragte er und deutete auf ein Blatt mit handschriftlichen Notizen.

»Das ist der Verkaufswert der Münzen. Den habe ich recherchiert.«

»Tja, dieses Hehlergeschäft müssen wir Ihnen leider verderben.«

»Aber Herr Gleim hat mir die Tasche und die Münzen doch persönlich mitgegeben.«

»Herr Gleim hat Anzeige erstattet. Die Aktentasche mit der Münzsammlung ist ihm gestern gestohlen worden. Und Sie wurden beobachtet, wie Sie die Tasche in Ihren Kofferraum gelegt haben.«

Ich rang um Luft. Gleim hatte mich in eine Falle gelockt. Ich war nur sein Werkzeug gewesen, sein Entlassungsautomat. Jetzt wurde ich selbst entsorgt. Wenn ich jemals Mordlust empfunden hatte, dann jetzt!

Mehrere Stunden verbrachte ich auf dem Polizeirevier und erklärte immer wieder, wieso ich die Münzsammlung samt Aktentasche in meiner Wohnung gehabt hatte. An der Reaktion der Polizisten merkte ich, dass ich völlig unglaubwürdig klang. Die Tatsache, dass ich die persönliche Tasche meines Chefs zu Hause hatte, war höchst verdächtig. Und warum hatte ich sofort den Verkaufswert der Münzen recherchiert? Alles sprach gegen mich. Mein Notebook und der PC von Sebastian wurden als Beweismittel beschlagnahmt.

Um 23 Uhr war ich wieder zu Hause, mein Anwalt hatte auf mangelnde Fluchtgefahr hingewiesen und eine Übernachtung im Gefängnis abgewendet.

Sofort rief ich Iris an. Irgendwem musste ich diesen Horror einfach erzählen. Sie lachte laut auf. »Soll ich jetzt Mitleid haben? Erst tanzt du mit dem Teufel – und dann jammerst du, dass er dir auf die Füße tritt und du in der Hölle aufwachst.«

»Aber das ist absolut kriminell, Iris! Er unterstellt mir eine Straftat.«

»Ein guter Teufel war er für dich eben nur, solange er anderen in den verflixten Arsch getreten hat. Und jetzt ist er ein schlechter Teufel, weil er dasselbe bei dir tut, Prinzessin.«

Ein warmes Gefühl durchflutete mich. Sie hatte mich »Prinzessin« genannt, ich hatte schon befürchtet, diesen Kosenamen nie mehr aus ihrem Mund zu hören.

»Iris, ich weiß, dass der Wegfall deines Arbeitsplatzes …«

»Wegfall?«, unterbrach sie mich. »Du hast mich gefeuert. Rausgeworfen. Eiskalt abserviert. Deine verflixte Karriere war dir wichtiger als unsere Freundschaft. Das ist jetzt die Quittung.«

Hatte sie nicht vor ein paar Stunden erzählt, dass sie selbst Chefredakteurin werden würde? Ohne meine Kündigung wäre sie doch niemals so schnell dazu gekommen.

Meine Neugier siegte trotz meiner eigenen Misere. »Iris, du hast erzählt, dass du Chefredakteurin wirst. Wo denn?«

»Bei einer Regionalzeitung in Reinstadt.«

Ich spürte, wie der Boden unter meinen Füßen wegsackte. Es gab nur eine Regionalzeitung, den *Tagesboten*.

»Gleim hat dich wieder eingestellt? Er hat dich bestimmt für die Nachfolge von …«

»Krieg dich wieder ein! Es ist eine andere Zeitung.«

»Aber es gibt hier doch nur eine.«

»Eben. Darum gründe ich jetzt eine neue – mit einigen Kollegen vom *Tagesboten*. Und hey, weißt du was: Das wird eine verflixte Sensation werden. Wir machen die erste Obdachlosen-Tageszeitung der Welt. Bis jetzt gibt's nur Wochen- oder Monatszeitungen.«

Ich war wie elektrisiert. Die Idee hatte was, das spürte ich sofort. Damit könnte man dem *Tagesboten* tatsächlich Konkurrenz machen. All die Leser erreichen, die vom Gemauschel der Stadtoberen die Nase voll hatten. Das wäre der Rachefeldzug des Jahrhunderts, dem fiesen Gleim eine neue Zeitung vor die Nase zu setzen, ihm seine Abonnenten abspenstig zu machen und seinen Verlag aus dem Rennen zu kegeln – und das Ganze auch noch mit der Unterstützung von Obdachlosen, die er bekanntlich hasste und am liebsten aus der Stadt gejagt hätte.

»Iris, das ist genial: Wir gründen einen Club der Gefeuerten. Lass mich mitmachen. Ich würde alles dafür tun.«

»Du hast schon einmal alles für deine Karriere getan. Nur deshalb ist diese Zeitung nötig!«

»Komm schon, Iris, ich will es Gleim genauso heimzahlen wie ihr!«

»Wie stellst du dir das vor? Du hast mich rausgeworfen. Du hast die Kollegen rausgeworfen. Und du hast den Obdachlosen eins vor den Latz geknallt, indem du diese verlogene Gegendarstellung in deinem Lokalteil abgedruckt hast. Vergiss es, hey!«

Aber ich konnte es nicht vergessen. Die ganze Nacht lag ich wach und malte mir aus, wie es wäre: eine neue Zeitung auf die Beine zu stellen, ein echtes Qualitätsblatt, in dem ein kritischer Bericht über den Bürgermeister keine Majestätsbeleidigung wäre, sondern das, was seriösen Journalismus ausmachte: Missstände aufdecken und die Öffentlichkeit darüber informieren. Iris war die schlechteste Organisatorin unter der Sonne, sie würde meine Unterstützung brauchen.

Ich musste diese Zeitung mit aufbauen. Dafür hätte ich mir einen Eimer voll Asche auf mein Haupt gestreut. Aber ich ahnte schon: Ein Eimer würde nicht reichen.

»Endlich habe ich Sie am Telefon! Die Sache wächst mir über den Kopf. Die ganze Stadt schöpft schon Verdacht.«
»Und da rufen Sie ausgerechnet mich an?«
»Sie sind mein Ansprechpartner!«
»Wir waren bei dieser Sache nur der Arrangeur. Ihr Ansprechpartner sitzt auf einem anderen Kontinent.«
»Sie haben mir Millionen versprochen!«
»Und was haben Sie bekommen? Millionen!«
»Zuerst! Aber seit der Insolvenz des …«
»Ja, ja, ich weiß: Das neue Arrangement ist teuer.«
»Sie wissen gar nichts! Ich habe die halbe Stadt geopfert!«
»Niemand hat Sie dazu gezwungen.«
»Was soll ich jetzt tun?«
»Ihre Raten zahlen.«
»Und wovon?«
»Das müssen Sie wissen. Sie haben doch Einnahmen.«
»Wir nehmen schon lange nichts mehr ein – wir nehmen die Leute nur noch aus.«
»Das sagen böse Zungen meinem Berufsstand auch nach.«
»Aber wir sind so gut wie pleite!«
»Finden Sie eine Lösung. Sonst bekommen Sie unangenehmen Besuch aus Übersee.«

Um 21.14 Uhr und zwölf Sekunden verübte meine Türglocke ein schrilles Attentat auf mein Trommelfell. Ich saß schon eine Weile auf einem Küchenstuhl, die Ellbogen auf den Oberschenkeln, den Kopf in die Hände gelegt, und beobachtete ohnmächtig zählend, wie der Sekundenzeiger der Wanduhr die Zeit in zählbare Portionen zerhackte, seit neun Uhr hatte es 852-mal »tick« und »tack« gemacht.

Meine Wochenbilanz war ein Trauerspiel: Sebastian hatte sich für seine Klassenfahrt von mir verabschiedet, als ich noch auf dem hohen Ross der Ressortleiterin ritt, Kollegen entließ und von mir glaubte, ein Liebling des Verlegers und deshalb bald die Chefredakteurin des *Tagesboten* zu sein.

Wenn Sebastian morgen zurückkäme, würde er eine Arbeitslose vorfinden, der gerade fristlos gekündigt worden war. Eine Frau, gegen die ein polizeiliches Ermittlungsverfahren wegen Diebstahls und geplanter Hehlerei lief. Eine Journalistin, die wohl als einzige Ex-Kollegin bei der neuen Obdachlosen-Tageszeitung so wenig erwünscht war wie ein kahl rasierter Nazi bei einer Pro-Flüchtlings-Demo.

Und diese Arbeitslose, diese Frau, diese Journalistin war ich! Der Gedanke fühlte sich so fremd an wie ein Kleidungsstück aus dem Altkleidercontainer, das man mir gegen meinen Willen übergestülpt hatte. Wieder entlassen, wenn auch diesmal aus ganz anderem Grund. Dazu strafrechtlich verfolgt. Und auch noch eine Bittstellerin, die bei ihren ehemaligen Redaktionskollegen um das Almosen der Mitarbeit winseln musste.

Ich war keine Erfolgsfrau mehr, ich war ein gefallener Engel. Alle Opfer, die ich für meine Karriere gebracht hatte, waren umsonst gewesen. Eine böse Stimme in mir zischte: »Welche Opfer denn? Die haben doch andere gebracht, zum Beispiel Iris, Tom Harris, Christian Niggert und Julia Klein!«

Sie alle mussten jetzt vom Arbeitslosengeld in einer Stadt leben, in der die Müllgebühren mittlerweile so hoch waren, als würde der Abfall per Taxi entsorgt. Auch die städtischen Wasserwerke hatten ein Preisniveau erreicht, als flösse Château-Mouton-Rothschild durch die Leitungen. Es war nur eine Frage der Zeit, bis Kleinjohann eine Atemsteuer einführte, die jeden Luftzug zum teuren Vergnügen für die Bürger und zur Einnahmequelle für ihn machte.

Ich wischte mein Selbstmitleid weg, Entlassungen gehörten nun mal zum Wirtschaftsleben. Manchmal waren sie unumgänglich. Aber gab es überhaupt wirtschaftliche Gründe für die Entlassungen? Oder hatte der Verleger mich auch in diesem Punkt hinters Licht geführt?

Es klingelte erneut an der Tür, gleich dreifach. Mein Puls galoppierte, ich schätzte 95 bis 97 Schläge pro Minute. Ich öffnete. Wieder stand ein Polizist in Uniform vor mir. Ich konnte fürs Erste keine Polizeikleidung mehr sehen – und noch weniger den speziellen Typen, der hier vor mir stand, auch wenn er verdammt gut aussah, mit seinem markanten Gesicht, den beiden Grübchen neben den Mundwinkeln und dem pechschwarzen Sommernachtshaar, das immer eine Spur zu akkurat gekämmt war.

»Heiko, du bist nicht willkommen, das weißt du doch. Dein Sohn ist auf Klassenfahrt.«

»Mir ist zu Ohren gekommen, dass du Einsatzkräfte der Polizei in größerer Zahl empfängst.«

»Hast du noch einen Kollegen hinter der Tür versteckt?«, spottete ich. Offenbar hatte er die Hausdurchsuchung mitgekriegt und wollte den Trumpf gegen mich ausspielen.

Der Sorgerechtsstreit um Sebastian schwelte seit Monaten, unsere Scheidung blockierte er mit fadenscheinigen Ausreden. Er hing noch an mir, aber ich nicht an ihm.

»Mein heutiger Tagesordnungspunkt ist Sebastian«, fuhr er fort. »Mir ist dran gelegen, das Spannungsverhältnis zwischen euch im Interesse beider Parteien zu schlichten.«

Ich hasste diese Bürokratensprache, die er im Laufe seiner Dienstjahre regelrecht verinnerlicht hatte und auch privat immerzu verwendete. Er sprach von Staatsbürgern, wenn er Menschen meinte. Es gab keine Fakten mehr, nur noch eine Aktenlage. Ein Taschendieb klaute nicht, sondern beging ein Eigentumsdelikt. Es hätte mich kaum gewundert, wenn er Sex als Verwaltungsakt bezeichnet hätte. Einmal den Stempel aufdrücken, das war's. Aber am Ende unserer Beziehung lief auch der Sex nur noch auf Sparflamme.

»Pass mal auf«, sagte ich und merkte, welche Wut in meinem Bauch kochte. »Unser Sohn ist kein Tagesordnungspunkt, ein Wortgefecht ist kein Spannungsverhältnis, und Mutter und Sohn sind keine Parteien. Kapierst du das?!«

Mit traurigen Augen sah er mich an. »Deine Erziehungskompetenz liegt offenbar weit hinter deiner Sprachkompetenz zurück.«

»Verglichen mit einem Vater, der mich mit einer Politesse betrogen hat, bin ich die Mutter des Jahres.«

»Dein Verhältnis zu Sebastian ist nachhaltig gestört. Das ganze Polizeirevier teilt diese Sichtweise.«

»Was weiß das Polizeirevier schon von meiner Erziehung?«

»Alles.«

Ich spürte, dass etwas hinter meinen Rücken gelaufen war – nichts Gutes. »Heiko, jetzt komm mal ganz schnell auf den Punkt!«

Er drehte sich um, ging zum Streifenwagen und trug die beiden Computer zur Tür. »Soll ich sie dir reinbringen?«

»Mein Bedarf an Polizeibesuch ist gedeckt.« Er stellte die Geräte direkt hinter der Türschwelle auf dem Boden ab.

Ich tat so, als würde ich mich danach bücken. Auf halber Höhe begegneten sich unsere Blicke. Ich sah ihn so zärtlich an, wie es meine Wut nur zuließ, und rückte mit meinem Gesicht ganz dicht an seines heran. »Was ist mit Sebastian, sag schon«, hauchte ich.

Er war kurz davor, mir eine kostenlose Speichelprobe zu geben. Doch mein Blick machte ihm deutlich, dass ich erst eine Antwort erwartete.

»Wusstest du nicht, dass er Tagebuch führt? Die Kollegen haben seinen Computer ausgewertet.«

Ich schoss hoch und gab ihm einen heftigen Stoß gegen die Brust. Er taumelte rückwärts über die drei Treppenstufen am Eingang und stürzte nach hinten. Das Geräusch, mit dem er auf den Asphalt schlug, klang nicht wirklich gesund. Seine Hand griff sofort nach seinem Hinterkopf. »Ich blute«, jammerte er.

»Wenn du nicht gehst, blutest du gleich noch mehr. Schämst du dich denn gar nicht? Dein ganzes Revier liest das Tagebuch deines Sohnes?«

Er rappelte sich auf, ungelenk, weil die rechte Hand immer noch den Hinterkopf hielt, und sagte: »Wir waren aus dienstlichen Gründen gezwungen, alle Dokumente zu sichten.«

»Weil die gemeingefährliche Verbrechermutter ihre krummen Geschäfte ausgerechnet im Tagebuch des 15-jährigen Sohnes festhält? Das ist so, als würde ein geifernder Voyeur sagen: Ich prüfe die nackte Haut nur auf verdächtige Muttermale, zur Hautkrebsvorsorge!«

Ich knallte die Tür mit voller Wucht zu. Iris hatte recht: Ich musste meine Scheidung konsequenter vorantreiben. Dieses Exemplar von einem Ehemann war eine »polizeiliche Strafe«.

Als ich wenig später am Küchentisch saß, wälzte ich die Zwickmühle, in der ich mich befand: Sollte ich das Tagebuch lesen? Oder nicht? Zu gern hätte ich gewusst, was Sebastian über mich schrieb, wenn Heiko schon meinte, schlichtend eingreifen zu müssen. Es interessierte mich brennend, was jetzt auch noch über meine Erziehung polizeibekannt war. Vielleicht flossen diese Erkenntnisse ja sogar bei der drohenden Gerichtsverhandlung mit ein.

So gesehen war ich gezwungen, einen Blick in das Tagebuch zu werfen. Ich fuhr den PC hoch und fand schnell eine Datei, die »ME1N L1FE« hieß.

Erst um zwei Uhr nachts fuhr ich Sebastians Computer wieder runter und wechselte an meinen Laptop. Die Lektüre hatte mich wie ein Hammerschlag getroffen. So sah er mich also, seine eigene Mutter! Und so sah mich jetzt das ganze Polizeirevier, Heiko inklusive.

Ich spürte das dringende Bedürfnis, mit jemandem über dieses Tagebuch und meine Gefühle zu reden. Ob Markus Hanser mich nach meinem letzten Abgang überhaupt noch als Klientin nehmen würde? Aufträge konnte er sicher gebrauchen, denn der Verlag hatte ihn als freien Berater abserviert. Offenbar hatte er die Mitarbeiter genug auf Spur gebracht. Oder auch er war Opfer des Gleim'schen Sparzwangs geworden.

Noch am Tag meiner Entlassung war im Verlag das endgültige Chaos ausgebrochen, etliche Redakteure waren vor die Wahl gestellten worden: entweder einen Auflösungsvertrag unterschreiben und freier Mitarbeiter werden, ohne Sozialleistungen und für kleines Geld – oder durch eine betriebsbedingte Kündigung rausfliegen. Die meisten Redakteure unterschrieben ihr eigenes Todesurteil, hofften auf eine Art Begnadigung durch freie Mitarbeit. Es war ein perfides Spiel, das Gleim mit seinen Angestellten trieb.

Ob er wohl schon wusste, dass Anfang Mai die Totenglocken für seine Zeitung geläutet wurden? Die öffentliche Gründungsversammlung für die erste Obdachlosen-Tageszeitung der Welt war schon angesetzt.

Den Rest der Nacht arbeitete ich an Ideen für dieses Treffen. Ich war bei den Kollegen nicht die Beliebteste, und Iris hatte mir ja bereits eine Absage erteilt. Aber ich musste einfach versuchen, sie mit konstruktivem Input zu überzeugen. Um 4.03 Uhr, nach 122 Arbeitsminuten, kam mir plötzlich die Idee für einen Slogan für die neue Zeitung: Auf der Titelseite, direkt unter dem Namen des Blattes, würden wir ihn drucken: »Frei von Gleimerei und Rathausmauschelei.« Vor lauter Ärger würde Hans-Otto wahrscheinlich die Langhantel auf die Nase fallen.

Ich war gut in meinem Job, das war das Ticket für die Rückreise in den Kreis der Kollegen, kombiniert mit mehreren Eimern Asche auf meinem Haupt. Ich war sicher, dass ich es irgendwie schaffen würde, bei der neuen Zeitung mitmischen zu dürfen.

Erst recht, wenn ich keinen Anspruch auf die Chefredaktion erhob. Und das hatte ich nicht vor. Zumindest nicht gleich.

»Guten Tag. Können Sie sprechen?«
»Hier brennt alles. Ich habe gleich Redaktionsschluss.«
»Sind Sie allein im Raum?«
»Ich habe keine Geheimnisse vor meinen Kollegen.«
»Noch nicht.«
»Wer sind Sie überhaupt?«
»Wichtiger ist, dass ich weiß, wer Sie sind.«
»Was wollen Sie von mir?«
»Ihnen ein Angebot machen, zu dem Sie nicht Nein sagen können.«
»Ich bin nicht interessiert.«
»Aber ich bin interessiert – an Ihnen!«
»Ich bin unbestechlich. Kommen Sie endlich zur Sache!«
»Es geht um 75 000 Euro.«
»Wie bitte? 75 000?«
»Rufen Sie mich nach Feierabend zurück. Wenn Sie ungestört sind.«

ERSTE MAIWOCHE

Reinstadt, 4. Mai
Aufmacher *Tagesbote*: »Schwimmen mit Beinfreiheit: Warum unsere Bäder immer attraktiver werden«

Ich hatte gewusst, dass ich die Gründungssitzung nicht als Ehrengast betreten würde. Aber auf die Idee, dass man mich an der Tür abweisen würde, war ich nicht gekommen. Ben Steiner, der offenbar ebenfalls gefeuerte Volontär, stellte sich mir in den Weg und sagte mir ins Gesicht, ich sei bei dieser Versammlung eine »unerwünschte Person«. Es kostete mich einige Anstrengung, mir mein »Danke, gleichfalls!« zu verkneifen. Ich sagte ihm, ich hätte gute Ideen für das Projekt im Gepäck. Er konterte mit der Frage, ob ich vielleicht eine vorauseilende Gegendarstellung des hochverehrten Bürgermeisters einbringen wollte.

Dieser Rotzlöffel! Wusste er nicht mehr, wer ihn eingestellt und vom Halblegastheniker zum Halbjournalisten gemacht hatte? Nein, Volllegastheniker und Vierteljournalist trafen es besser. Er war einer von der Sorte, die Worte nicht auf die Goldwaage legen, sondern sie wie Kartoffeln aus dem Sack schütten und daraus Gestampftes produzieren.

Während ich mit ihm diskutierte, strömten Ex-Kollegen an mir vorbei, ebenso Obdachlose und Flüchtlinge, die mit Flugblättern über die Gründungsversammlung informiert worden waren. Gerade ging Christian Niggert durch die Tür, natürlich ohne Gruß, seine dicke Brille schien mir undurchdringlich wie eine Scheibe aus Panzerglas. Für die alten Kollegen existierte ich nicht mehr.

»Es ist eine öffentliche Veranstaltung, Sie haben kein Recht, mich abzuweisen!«

»Mensch, dieses Recht nennt sich Hausrecht! Recherchieren Sie mal bei Gelegenheit.«

»Herr Steiner, Sie begehen gerade einen Fehler. Ich kann was beisteuern. Zum Beispiel habe ich mir einen Slogan für die neue Zeitung einfallen lassen.«

»Ich weiß schon, wie dieser Slogan heißt: Wählt Kleinjohann – den großen Kämpfer für Reinstadt!«

Typisch Volontär! Er hatte ja keine Ahnung, welche politischen Machtspielchen in den Chefetagen einer Redaktion abliefen.

»Also gut, ich verrate Ihnen den Slogan: ›Frei von Gleimerei und Rathausmauschelei‹.«

Für einen Moment hielt er inne, dann verlor er fast die Beherrschung über seine Gesichtsmuskeln. Ein Grinsen lief von seinen Mundwinkeln bis zu den Ohren, ehe er es wieder zurückpfiff und sagte: »Ich habe Anweisung, Sie nicht reinzulassen.«

Dann zog er die Saaltür vor meiner Nase zu. Ich hatte einen Blick in den Raum erhascht, nur die vorderen Reihen waren besetzt. Fünf Minuten später zog ich vorsichtig die Tür auf, huschte rein und setzte mich unbemerkt in die letzte Stuhlreihe. Ich überschlug die Zahl der Stühle auf 130, etwa 75 Plätze waren besetzt. Auf der Bühne sprach Markus Hanser. Was wollte der denn hier? Er war offenbar so etwas wie ein Moderator, gerade kündigte er Iris an, die mit vier Schritten die kleine Bühnentreppe hinaufstöckelte, freundlich nickte und in entschlossenem Ton zu reden begann. »Schön, dass wir heute hier zusammengekommen sind.« Das Publikum ließ ihre politisch korrekten Begrüßungsworte, die sich auch an die Obdachlosen und Flüchtlinge richteten, kommentarlos über sich ergehen. Dann kam Iris auf das eigentliche Thema des Abends zu sprechen: »Uns Journalisten im Raum fehlt was: der Arbeitsplatz. Und wir haben alle etwas gemeinsam: Wir können schreiben. Außerdem wollen wir alle was: eine neue Zeitung. Eine bessere Zeitung. Unsere eigene Zeitung!«

Applaus brandete auf, jemand pfiff durch die Finger, Christian Niggert rief: »Bravo!« Ich war beeindruckt: Iris kam auf den Punkt. Präzise, Worte wie von der Goldwaage, kein Gestampf wie beim Vierteljournalisten Steiner.

Iris führte ihren Zeigefinger an den Mund: »Hey, und was will unsere Zeitung? Erfolg. Wem dient unsere Zeitung? Den Lesern, den Obdachlosen, uns selbst. Und was kann unsere Zeitung? Das Licht einschalten in dieser verflixten Stadt! Jawohl! Bislang liegt vieles im Dunkeln, aber wir werden ab jetzt das Rathaus beleuchten!« Ein Zwischenapplaus schnitt ihr das Wort ab, jemand rief: »Zieh dich warm an, Kleinjohann!«

Der Satz – ich zählte fünf Wörter und sieben Silben – reimte sich. Und plötzlich schwoll ein Sprechchor an: »Zieh dich warm an, Kleinjohann!« Ich freute mich für Iris, ihr Auftritt lief großartig. Und ich ärgerte mich zugleich, dass ich hier nur ein Schattengewächs war. Aber mein großer Auftritt stand ja noch bevor. Mein Slogan »Frei von Gleimerei« würde bestimmt auch für Begeisterung sorgen, schließlich brachte er auf den Punkt, was Iris und die anderen mit dieser neuen Zeitung wollten.

Das Mikrofon stieß einen unmotivierten Pfiff aus, Iris redete weiter: »Ich finde, wir müssen Hans-Otto Gleim schonen.« Irritiertes Tuscheln. Dann fuhr sie fort: »Lasst ihn uns vorzeitig in Rente schicken, den alten Sack, das hat er verdient!« Den nächsten Satz musste sie brüllen, um den Applaus zu übertönen: »Oder schicken wir ihn gleich zur Hölle – denn jeder hat ein Recht auf die Rückkehr in seine verflixte Heimat!« Nun tobte der Saal endgültig, Pfiffe, Fußstampfen, Gegröle.

Danach stellte Iris den Titel für die neue Zeitung vor: *Der Stadtstreicher*. Die Doppeldeutigkeit des Wortes war grafisch umgesetzt worden: eine Power-Point-Folie des geplanten Layouts zeigte direkt unter dem Zeitungsnamen einen kleinen Geigenspieler, der über die Saiten strich. Das war gut: Die Zeitung erhob den Anspruch, ein feines journalistisches Instrument zu sein, das sich Gehör verschaffte und auf Stimmigkeit angewiesen war.

Als Nächstes sprach Iris die größten Probleme der neuen Zeitung an: Sie bräuchten Startkapital, um das Blatt auf den Weg zu bringen. Redaktionsräume müssten angemietet, Computer gekauft, Personalkosten aufgebracht, Druckkosten vorfinanziert und Anzeigenkunden gewonnen werden. Aber die örtlichen Banken und auch die Geschäftsleute waren seit Jahrzehnten mit Gleim verbandelt, vom Rathaus und Kleinjohann ganz zu schweigen. Würde der *Stadtstreicher* überhaupt die nötige Unterstützung bekommen? Oder würde er ein Luftschloss bleiben, mit dem sich arbeitslose Journalisten eine Zukunft vorgaukelten?

»Wir sind der Club der Gefeuerten«, sagte Iris – und ich freute mir ein Loch in den Bauch, dass sie meine Worte verwendete. »Wir haben keine Kohle. Aber wir haben verflixt gute Ideen. Und jetzt seid ihr dran, haut eure Ideen raus. Wer was sagen will, bitte auf die Bühne kommen.«

Endlich! Ich stand auf und wandte mich Richtung Bühne, etwa vier Schritte lagen zwischen mir und meiner Chance, hier mitzumachen. Aber der Vierteljournalist Steiner kam mir zuvor und griff das Mikrofon: »Unsere Zeitung braucht noch einen Slogan, der uns vom *Tagesboten* abhebt.«

Er legte eine Pause ein, gerade lang genug, dass ich ihn noch hätte erschießen können. Aber leider trug ich in meiner Handtasche nur ein Pfefferspray, keine Pistole.

Steiner fuhr fort: »Der Slogan lautet: ›Frei von Gleimerei und Rathausmauschelei‹! Was haltet ihr davon?«

»Gleimerei – das ist super!«, rief Julia Klein. Das heftige Klatschen verriet, dass auch die anderen diese Meinung teilten.

Ich konnte mich nicht mehr beherrschen: »Der Slogan ist von mir!«, rief ich von hinten. Alle Köpfe drehten sich zu mir um. Ein leises Murmeln schwoll zum Tumult an: »Was macht die denn hier?«, »Scher dich zum Teufel!«, »Raus mit dir!«, »Du steckst doch mit Gleim unter einer Decke!«

Nun hatte ich die Kollegen endgültig gegen mich aufgebracht. Hätte ich bloß den Mund gehalten!

»Meine Damen, meine Herren, bitte bewahren Sie Ruhe!« Markus Hanser war auf die Bühne getreten und hatte das Wort ergriffen. »Wenn ich richtig informiert bin, hat Frau Mikula dasselbe Schicksal wie Sie erlitten. Wäre es jetzt nicht an der Zeit, das Kriegsbeil zu begraben?«

»Sie hat mich entlassen!«, rief Christian Niggert, und zu meiner Scham echote ein mehrfaches »Mich auch« durch den Saal. »Wie soll ich da das Kriegsbeil begraben?«

»Angenommen, Sie wären nicht entlassen worden«, begann Hanser mal wieder einen Satz mit seiner liebsten Wendung, »würde es Ihnen besser gehen, drüben im Gleim-Verlag?«

Niggert grübelte und sagte dann: »Nein. Aber das heißt noch lange nicht, dass Susanne Mikula hier wieder als Redakteurin erwünscht ist.«

»Ihrem Satz entnehme ich, dass Sie für Frau Mikula eine Rolle als Redakteurin ausschließen«, entgegnete Hanser, der immer auf Botschaften zwischen den Zeilen lauerte. »Wäre es denkbar, dass sie das Projekt in einer anderen Funktion unterstützt?«

Sollte ich vielleicht die Anzeigenabteilung leiten? Einen Kodex entwickeln? Oder die Öffentlichkeitsarbeit übernehmen?

Der Vierteljournalist Steiner meldete sich zu Wort: »Mensch, Frau Mikula könnte doch den Vertrieb unterstützen. Selbst wenn alle Obdachlosen und Flüchtlinge Reinstadts unsere Zeitung anbieten, ist doch nie und nimmer das ganze Stadtgebiet abgedeckt.«

Für einen Vierteljournalisten war diese Idee gar nicht schlecht. »Danke für diesen Vorschlag, Herr Steiner«, sagte ich. »Natürlich kann ich die Vertriebsabteilung übernehmen. Organisation und Management sind durchaus auch mein Fach – vielleicht kann ich dann ja zu einem späteren Zeitpunkt in die Redaktion wechseln.«

»Ich rede nicht von Vertriebsleitung«, konterte Steiner. »Sie sollen unser Blatt auf der Straße verteilen.«

Kaum hatte er den Mund geschlossen, klatschten die Redakteure um die Wette und stampften auf den Boden. Der ganze Saal machte mit. Ich sah Hundezähne in ihren Mündern. Instinktiv griff ich an meine Handtasche.

»Sie haben den Vorschlag gehört, Frau Mikula«, sagte Markus Hanser. »Wollen Sie die neue Zeitung zusammen mit den Obdachlosen verteilen?«

Es war die größte Demütigung, die ich mir vorstellen konnte. Ein fettes »Nein« lag mir auf der Zunge. Aber hatte ich Iris nicht gesagt, ich würde alles tun, um mitarbeiten zu dürfen? Das hier war meine einzige Chance, den Fuß wieder in die Tür zu kriegen.

Ich antwortete mit drei Worten, die mir eher aus einem anderen Kontext bekannt waren: »Ja, ich will.« Durch den Saal lief ein Raunen, dann erhob sich wieder ein schüchternes Klatschen. Iris klatschte am lautesten.

Mein erster Tag in der Fußgängerzone schien ein Desaster zu werden. Meine neuen Kollegen hießen Klumpfuß Kalle, Iwan der Schreckliche, Mecker-Miriam und Ratte. Ihre Arbeitskleidung roch, als wäre sie ein halbes Jahr nicht mehr gewaschen worden, was vermutlich daran lag, dass sie ein halbes Jahr nicht mehr gewaschen worden war. Die Anrede »Alter« galt für jedermann, auch für Jugendliche ab vierzehn. Und man hielt sich streng an die ärztliche Empfehlung, pro Tag mindestens zwei Liter Flüssigkeit zu sich zu nehmen – wenn auch in etlichen Fällen in Form von billigem Fusel und Schnaps.

Jeder Obdachlose hatte ein Revier, das er mit Klauen und, falls noch vorhanden, mit Zähnen verteidigte. Je prominenter sein Bettelrevier platziert war, desto höher stand er in der Hierarchie. Ratte war eindeutig der König der Straße: Er saß direkt auf dem Abluftschacht des großen Kaufhauses, so lange schon, dass er zu einer Art Maskottchen des Geschäftes geworden war.

Ratte hieß in Wirklichkeit Axel, aber wenn ihn einer Axel nannte, sagte er beleidigt: »Ratte!« Denn Ratte war nicht einfach nur ein Name, sondern ein Ehrentitel – die Kollegen nannten ihn so, weil er immer Nahrung auftrieb und ein Schlupfloch zum Übernachten fand.

Ratte lebte, wie er sagte, »schon ewig« auf der Straße. Ein roter Schal sorgte dafür, dass man ihn von Weitem erkannte. Er trug eine alte Lederjacke, die im Winter etwas zu kalt war und im Sommer etwas zu warm, aber zu keiner Jahreszeit ganz unpassend. Sein stoppeliges Gesicht war so wettergegerbt, dass es fast alterslos wirkte. Ich schätzte ihn zwischen fünfundvierzig und fünfundfünfzig, ohne ausschließen zu können, dass er erst Ende dreißig war.

Sein ganzer Besitz bestand aus zwei prall gefüllten Plastikbeuteln, einem Schlafsack und einer schwarzen, nur leicht verschrammten Akustikgitarre, die ihn zu einer stadtbekannten Persönlichkeit gemacht hatte. Jeder Bewohner von Reinstadt hatte ihn schon mal singen gehört. Obwohl er Axel beziehungsweise Ratte hieß, wurde er in der Stadt nur Heinz Rudolf genannt, denn er sang ausschließlich Lieder von Heinz Rudolf Kunze. Wer der Meinung war, Kunze hätte in seinem Leben nur ein Lied geschrieben, nämlich »Dein ist mein ganzes Herz«, spitzte vor dem Kaufhaus verwundert die Ohren: Ratte beherrschte schätzungsweise 250 Kunze-Songs.

Im Lokalteil hatten wir vor rund zwei Jahren mal über ihn berichtet, ich hatte die Überschrift getextet: »Ich spiele schon immer Heinz Rudolf!« Und mich damals über die Doppeldeutigkeit der Schlagzeile gefreut.

Am Morgen meines ersten Einsatzes für den *Stadtstreicher* schmetterte er kritische Töne in die noch frische Frühlingsluft. Und während ich ihm so zuhörte, beschlich mich das sichere Gefühl, dass er mit diesem Kunze-Song auf die Stadtoberen zielte:

Versteht sich, Herr Direktor,
umgehend und diskret,
in einer Woche ha'm wir die soweit.
Das Parlament pariert,
der Ausschuß funktioniert,
bloß die Experten kosten eine Kleinigkeit.

Die Akten sind bei X,
und X wird nächste Woche
von allen seinen Ämtern suspendiert.
Danach gibt die Fraktion
den Terroristen einen Tip,
wenn die das regeln, läuft das wie geschmiert.

Mitten in der Nacht,
in der Lobby ist noch Licht,
die Dunkelmänner machen Politik.
Realos tragen Rolex,
Realos schlafen nicht,
die Lobby ist der Führerbunker im Kontenkrieg.

Wusste dieser Mann mehr als ich über die Kungeleien hinter den Kulissen dieser Stadt? Wer waren die »Dunkelmänner«, die bei uns heimlich Politik machten? Wo befand sich »der Führerbunker im Kontenkrieg«? Und welche scheinbar ehrenwerten Bürger ließen »umgehend und diskret« ihre dunklen Geschäfte erledigen?

Iris hatte mich beauftragt, möglichst viele »Vertriebskollegen« zu akquirieren. Sie hatte nicht gesagt, ich solle Penner anwerben, aber genau das war gemeint. Zwar war ich in Sachen Personalauswahl durchaus erfahren, aber hier lagen die Dinge ja völlig anders. Es gab keine Stellenausschreibung, und ich konnte keine Lebensläufe sortieren, Zeugnisse lesen, fein gekleidete Bewerber zum Vorstellungsgespräch empfangen, um sie mit schwachsinnigen Fragen zu löchern, etwa wo sie in fünf Jahren stehen wollten oder welches ihre größten Stärken und Schwächen waren.

Zumindest stand die erste Aufgabe des Vertriebs fest: Ein Flugblatt sollte verteilt werden, um Werbung für den *Stadtstreicher* zu machen und Vorfreude auf die erste Ausgabe zu schüren. Das Blatt war feuerrot und sollte brennende Neugier erzeugen:

Der Stadtstreicher besucht Sie jeden Morgen!

Aufgepasst, liebe Reinstädter, am 1. Juni findet eine Weltpremiere statt: *Der Stadtstreicher*, die erste Obdachlosen-Tageszeitung, erwartet Sie überall in der Stadt, in der Fußgängerzone, vorm Rathaus, vor den Supermärkten, in den Kneipen und Cafés.

Lesen Sie über Reinstadt, wie Sie noch nie über Ihre Stadt lesen konnten. Lesen Sie Journalismus, der Ihre Tage interessanter macht. Lesen Sie Journalismus, der

Reinstadt transparenter macht. Journalismus, der nicht haltmacht vor Autoritäten – frei von Gleimerei!

Wir, die Macher des *Stadtstreichers*, sind ehemalige Redakteure des *Tagesboten*. Wir wurden vom Verleger Hans-Otto Gleim vor die Tür gesetzt, weil ihm Profit wichtiger ist als Qualität. Bei uns gilt das umgekehrte Motto: Es geht nicht um Kohle, sondern um echten Journalismus, um gründliche Recherche und sachliche Berichterstattung. Darum haben wir keine Firma gegründet, sondern eine Arbeitsgemeinschaft. Wir nennen uns »Club der Gefeuerten« und haben die Absicht, den Mächtigen unserer Stadt kräftig einzuheizen.

Geben Sie dem *Stadtstreicher* eine Chance! Vergleichen Sie selbst und entscheiden Sie dann: Welche Zeitung hat es verdient, jeden Morgen von Ihnen gekauft zu werden?

Wir sind sicher, dass Sie eine kluge Wahl treffen. Wir sind sicher: *Der Stadtstreicher* wird Sie fortan jeden Morgen besuchen. Heißen Sie ihn willkommen.

Wir heißen Sie willkommen. Als unsere Leser.

Ihre *Stadtstreicher*-Redaktion
(Club der Gefeuerten)

Als Ratte hörte, dass ich den *Stadtstreicher* mit ihm und den anderen in der Innenstadt verteilen wollte, winkte er ab. Die Reviere seien verteilt, sagte er, ich solle mich fortscheren. All meine Versuche, ihn vom Gegenteil zu überzeugen, liefen ins Leere. Während ich noch mit ihm zu diskutieren versuchte, waren zwei weitere potenzielle Vertriebsmitarbeiter aufgetaucht: Mecker-Miriam, eine junge Blondine im Kapuzenpulli, deren Mundruine eine ganze Zahnarztpraxis über eine Woche hätte ernähren können, und Iwan der Schreckliche, ein Riesenbart, unter dem nach dreitägiger Rasur womöglich ein menschliches Gesicht freigelegt worden wäre. Vielleicht auch nicht.

Beide pflichteten Ratte bei. Iwan knurrte: »Ich bin doch kein Zeitungsjunge«, und Mecker-Miriam nölte: »Zeitungen sind viel zu teuer, man stopft damit ja eh nur die nassen Schuhe aus.«

Ich wurde den Verdacht nicht los, dass die drei in erster Linie mich ablehnten, nicht die Zeitung. In meinem feinen Kaschmirmantel, mit meiner braunen Lederhandtasche und meinen frisch gewaschenen, hochgesteckten Haaren fiel ich aus dem Kollegenraster. Nach dem Motto: Vornehme Tussi will die Pennernummer abziehen und wird von den Originalen gnadenlos durchschaut.

Ich malte mir aus, wie ich Iris die Hiobsbotschaft überbringen würde, dass der Straßenvertrieb nicht funktionieren würde und wir das Projekt in der Form aufgeben müssten.

Da schob sich ein Streifenwagen durch die Fußgängerzone auf uns zu, ich schätzte mit höchstens zehn Stundenkilometern, und hielt neben uns an. Ein Polizist, Lulatsch Bernard Möller, etwa 1,96 Meter, und eine kleine Polizistin, etwa 1,63 Meter, stiegen aus dem Wagen. Der Höhenunterschied zwischen den beiden Scheiteln entsprach nach meiner Schätzung exakt zwei Treppenstufen.

»Mist, was wollen die denn schon wieder von uns«, murmelte Ratte.

Der Lulatsch in Uniform baute sich vor unserer Vierergruppe auf. Die anderen saßen, ich befand mich in der Hocke.

»Endlich haben wir Sie gefunden!«, sagte Bernard Möller. »Es geht um Körperverletzung.«

»Das war keine Schlägerei«, sagte Ratte. »Wir haben uns nur ein wenig geschubst.«

»Sie verstehen mich falsch«, sagte der Lulatsch.

»Ich verstehe Sie schon richtig«, sagte Ratte. »Aber vielleicht sollten Sie sich endlich mal merken: Für uns gibt es keine Polizei. Womit wollen Sie uns denn drohen? Mit Geldstrafen? Können wir nicht bezahlen! Mit Vorladung zum Gericht? Wir haben nicht mal eine Postadresse! Mit Gefängnis? Das ist für uns wie ein Hotel!«

Ich staunte, wie eloquent Ratte dem sichtlich überforderten Polizisten gegenübertrat. Ehe der Streifenwagen aufgetaucht war, hatte er noch den derben Slang der Straße gesprochen. Drückte er sich so gut aus, weil er jeden Tag die geschliffenen Texte von Kunze sang? Oder brachte er das mit, was man in meiner Welt einen »Bildungshintergrund« nannte?

»Es geht nicht um Sie«, sagte der lange Polizist zu Ratte.

»Das ist egal«, konterte Ratte, »ich spreche auch für meine Kollegen.«

Iwan und Mecker-Miriam nickten.

Der Lulatsch schüttelte den Kopf und zeigte auf mich. »Aber für die da sprechen Sie bestimmt nicht!« Ratte legte verblüfft die Gitarre ab, die Saiten schwangen kurz an.

Ich suchte nach Worten, doch Ratte kam mir zuvor: »Was hat sie denn getan?«

»Ihren Ehemann eine Treppe hinabgestoßen. Platzwunde und Gehirnerschütterung. Er trägt jetzt einen riesigen Turban.«

Ich konnte es kaum glauben: Heiko musste mich angezeigt haben. Dabei wusste er doch, dass es ein Unfall war. Ich hatte nicht gewollt, dass er auf den Kopf fiel. Wenigstens nicht so hart.

»Sie hatte bestimmt ihre Gründe!«, sagte Ratte und grinste mich an. Offenbar gefiel es ihm, dass ich doch keine ganz so vornehme Tussi war.

»Es gibt nur ein Problem«, sagte der Lulatsch. »Ihr getrennt lebender Ehemann ist Polizist und hatte zum Zeitpunkt des tätlichen Übergriffs eine Uniform an.«

»Na da wissen wir ja schon, warum sie es getan hat!«, sagte Ratte. Er nickte mir anerkennend zu.

Ich wollte mich schon dazu äußern, spürte aber, dass hier gerade etwas geschah: Ratte sprach für mich, wie er für seinesgleichen gesprochen hätte. Vielleicht musste ich mich nur ein wenig zurückhalten, um ihn doch noch für den *Stadtstreicher* gewinnen zu können. Ich biss die Zähne aufeinander.

»Frau Mikula, wir müssen Sie jetzt mit aufs Revier nehmen.«

Hilfe suchend schaute ich zu Ratte.

»Frau Mikula verweigert jede Aussage und will sofort mit ihrem Anwalt sprechen. Sie haben kein Recht, sie auf offener Straße zu verhaften.«

Ich staunte, dass er sich meinen Namen gemerkt hatte.

»Das ist doch Unfug!«, sagte der Lulatsch in Uniform.

»Das ist die Wahrheit«, konterte Ratte. »Frau Mikula ist selbst von dem Polizisten angegriffen worden und hat sich nur gewehrt.«

Ich kam mir vor wie die Zuschauerin in einem Theaterstück, bei dem auf der Bühne meine Unterbringung für die kommende Nacht verhandelt wurde: Wohnung oder Gefängnis? Ich war gespannt, wie es ausgehen würde.

»Woher wollen *Sie* das denn wissen?«, fragte der Lulatsch.

»Sie hat es mir gesagt. Und sie erstattet hiermit Gegenanzeige. Ein Polizist, der seine eigene Ehefrau angreift – eine solche Schlagzeile wird Ihrer Revierleitung nicht gefallen.«

Irritiert sah der Lulatsch seine Kollegin an, die sich jetzt einschaltete: »Frau Mikula, haben Sie es wirklich nötig, diese *Herrschaften* für sich sprechen zu lassen?« Ihr Tonfall machte deutlich, was sie von meinen Unterstützern hielt.

»Diese Herrschaften sind meine Freunde«, sagte ich. Niemand widersprach.

Und Ratte fügte hinzu: »Sie behindern den Verkehr!«

Ein Radfahrer, der um den Polizeiwagen kurvte und wild gestikulierte, unterstrich diese Worte.

Vierzehn Sekunden später fuhr der Polizeiwagen ab. Ohne mich. Und zwei Stunden später war ich in der Redaktion zurück und konnte Iris melden: »Der Vertrieb klappt. Der Chef der Obdachlosen ist mit im Boot.«

Jetzt war er mein Duzfreund. Jetzt war er auch für mich Ratte. Und ich wusste sogar, was er in seinem früheren Leben beruflich gemacht hatte.

* * *

»Acht Euro für einmal Schwimmen? Sind Sie wahnsinnig?«
»Sorry, als Bademeisterin bestimme ich nur die Wassertemperatur, nicht den Eintrittspreis.«
»Aber ich will doch nicht in Goldtalern baden.«
»Na ja, wie Dagobert sehen Sie auch nicht aus.«
»Jedenfalls hab ich keinen Geldspeicher!«
»Ich auch nicht, falls Sie das tröstet.«
»Wenn die Preise weiter so steigen, ist es bald günstiger, sich ein eigenes Schwimmbad in den Keller zu bauen.«
»Aber nur, falls Sie schon ein Haus haben! Die Grunderwerbssteuer hat sich auch verdoppelt. Wir haben gerade eine Immobilie gekauft.«
»Was ist bloß los in dieser Stadt? Alles, was öffentlich ist, wird unerschwinglich.«
»Meine Oma hat immer gesagt: Nur der Tod ist umsonst, aber sogar der kostet noch das Leben.«
»Da täuschen Sie sich: Die Friedhofsgebühren sind auch um das Zweieinhalbfache gestiegen.«

* * *

ZWEITE MAIWOCHE

Reinstadt, 11. Mai
Aufmacher *Tagesbote*: »Internationalität ist Trumpf: Kleinjohann lockt US-Delegation nach Reinstadt«

»Dieses verflixte Schwein«, zischte Iris und lehnte sich gegen ihren Bürostuhl, der ein Quietschen ausstieß. Die beiden Armreife an ihrem Handgelenk klimperten. »Jetzt entlässt er seine Leute nicht mehr, jetzt bringt er sie mit fiesen Lockangeboten dazu, sich selbst zu liquidieren!«

Drei *Tagesboten*-Redakteure hatten ihre Verträge gekündigt, weil sie tolle Angebote anderer Verlage erhalten hatten. Angeblich war ihnen ein Jahresgehalt von jeweils 75 000 Euro geboten worden, rund ein Viertel mehr als im Gleim-Verlag. Mit Hurra waren sie in die Falle gegangen.

An der Decke gaben sich vier nackte Glühbirnen alle Mühe, den großen Kellerraum mit Licht zu füllen, aber die dunklen Möbel schienen jeden einzelnen Strahl zu verschlucken. Eine Glühbirne zuckte gespenstisch, sie würde bald den Geist aufgeben.

Iris und ich waren die Letzten im Büro, wir lehnten an der Fensterbank und sahen in einen schummrigen Fensterschacht.

Gerade hatte sich Tom Harris verabschiedet. Nur von Iris. Und natürlich mit einem seiner Machosprüche: »Ich habe eine schlechte Nachricht, Mädel: Auf meinen Anblick musst du jetzt bis morgen früh verzichten. Mach's gut!«

Mich hielt er nach wir vor für eine Unperson, er konnte es einfach nicht verkraften, dass er von einer Frau vor die Tür gesetzt worden war. Dabei wäre es gelogen, zu behaupten, dass ich diese Entscheidung sonderlich bereute. Denn der solargebräunte Harris trug ein Ego vor sich her, für das er einen Waffenschein benötigt hätte. Er brachte das Kunststück fertig, sich mit einer atompilzgroßen Wolke aus Aftershave einzunebeln, obwohl ein Dreitagebart sein Gesicht sprenkelte. Stets ließ er seine drei obersten Hemdknöpfe offen, damit seine Brustbehaarung ihn zuverlässig als Affen auswies. Was völlig unnötig war, man merkte es auch so.

Dass es immer wieder Frauen gab, die auf Typen wie Harris reinfielen, sprach aus meiner Sicht gegen die Emanzipation meines Geschlechts. Aus Sebastians Tagebuch, das ich inzwischen regelmäßig las – anders wusste ich mir nicht zu helfen, um herauszufinden, was in meinem Sohn vorging –, wusste ich, dass Toms Tochter Lena ganz nach Art des Hauses geraten war: Sie mobbte Sebastian. Und weil sie zu feige war, sich ihm allein zu stellen, hatte sie den Großteil der Klasse auf ihre Seite gezogen, und nun trieben sie meinen Sohn gemeinsam vor sich her. Diese Erfahrung war hart für ihn, aber sie hatte sicher auch was Gutes: Er würde lernen, dass es nur einen Menschen gab, auf den man sich hundertprozentig verlassen konnte, und dieser Mensch war man selbst.

Die Familie Harris würde von mir noch eine Abreibung bekommen. Zum passenden Zeitpunkt. Im Moment war ich dazu verdammt, das Gewand der Büßerin zu tragen.

Alle in der Redaktion – bis auf Iris, deren Großherzigkeit ich kaum fassen konnte – ließen mich spüren, dass ich hier nur geduldet war. Die freundlichste Geste, mit der ich rechnen durfte, war ein mürrisches Kopfnicken zur Begrüßung am Morgen.

Die Redaktion arbeitete fieberhaft am Themenplan für die erste Ausgabe. Und ausgerechnet ich als erfahrenste Themenplanerin im Raum durfte nicht mal »piep« machen. Kurz hatte ich es gewagt, für ein kritisches Porträt über Bürgermeister Kleinjohann die Überschrift »Der Höhlenmensch« vorzuschlagen, in Anspielung auf seine mörderische Aktion seinerzeit gegen die Fledermäuse und sein völlig veraltetes Verständnis von Politik.

Die Runde war kurz verstummt und hatte zu mir hinübergeblickt, fast erschrocken. Dann hatte Christian Niggert, Leiter der Themenkonferenz, einfach weitergeredet, als hätte nur die Kaffeemaschine etwas Dampf ausgestoßen.

Iris und ich starrten immer noch durchs Fenster in den Kellerschacht, in der Scheibe spiegelte sich das Licht der zuckenden Glühbirne.

»Raus mit der Wahrheit, Susanne«, begann sie einen Satz, und mir wurde flau im Magen. Was würde jetzt kommen? Wollte sie herausfinden, welchen Anteil ich wirklich an ihrer Entlassung hatte? Oder ob ich mein Handeln ernsthaft bereute? »Hat Gleim dich in diesen Trick eingeweiht? Dass er Mitarbeiter über einen Headhunter von seinem Verlegerfreund Gero Mühlenstein abwerben lässt?«

Ich war froh, dass ich nicht lügen musste: »Nein, das hat er nie erwähnt. Aber der Trick ist echt teuflisch: Gleim spart sich die Abfindung, denn der Vertrag wird vom Mitarbeiter selbst gekündigt – und sein Verlegerfreund kann den neuen Mitarbeiter in der Probezeit ohne rechtliche Konsequenzen abservieren. Dann liegt der Schaden nur bei einem einzigen Monatsgehalt und nicht bei zehn oder zwanzig, wie sie als Abfindung bei langjährigen Mitarbeitern ja oft fällig werden.« Ich überlegte kurz und fragte mich, ob Gleim mich nicht eingeweiht hatte aus Sorge, dass ich die Redakteure warnen würde. Ein absurder Gedanke. Gleim wusste, wie verschwiegen ich war. In Wirklichkeit vermutete ich eher, dass er erwogen hatte, mich selbst auch auf diese Weise loszuwerden. Sicher hätte man mich nicht lange mit einem Chefredaktionsangebot von außen locken müssen. Aber ich wollte vor Iris in einem möglichst günstigen Licht dastehen. Sie hatte mich als Einzige wieder akzeptiert, und das war kaum auszuhalten, weil ich es im umgekehrten Fall sicher nicht gekonnt hätte.

Als meine beste Freundin hätte sie viel wütender, viel verbitterter als die anderen sein müssen. Aber sie war es nicht. Woher nahm sie nur diese Größe? Ich musste sie fragen, auch wenn es unangenehm werden würde. »Iris, eigentlich müsstest du mich hassen. Warum tust du es nicht?«

»Weil du meine Freundin bist.«

»Aber ich habe dich entlassen.«

»In diesem Moment warst du eine verflixt dumme Freundin.«

Ich malte mir aus, was sie in Anspielung auf ihren Vater gedanklich ergänzte: »Damit hast du dich selbst am meisten bestraft: Du musst damit leben, dass du deine beste Freundin entlassen hast.« Und da war was dran.

Sie sah mich warmherzig an. Ihr schwarzer Pagenkopf, der geradlinig neben den elegant geschwungenen Augenbrauen abwärts verlief, umrahmte ihr helles Gesicht wie ein kostbares Gemälde. In diesem Moment war es für mich das Bild einer Heiligen.

Wir schwiegen. Die Glühbirne flackerte, ich schätzte pro Minute rund 210-mal. Gern hätte ich Iris in den Arm genommen, aber ich spürte, dass diese Geste nicht mir zustand, sondern nur ihr. Und weil sie es nicht tat, merkte ich, dass ich den Rückweg von der dummen Freundin zur wahren Freundin noch nicht ganz zurückgelegt hatte.

Um keine Peinlichkeit entstehen zu lassen, drehte ich mich um und sah zu der flackernden Glühbirne hoch. Iris folgte meinem Blick.

»Nicht gerade ein Luxusbüro«, sagte sie lachend. »Aber wir müssen froh sein, dass wir überhaupt was gefunden haben. Der Gleim hat ja alle Immobilienbesitzer der Stadt erpresst, uns bloß keinen Quadratmeter zu vermieten. Einem Ladenbesitzer hat er sogar negative Schlagzeilen über sein Geschäft angedroht. Der verflixte Sack ist noch krimineller, als ich es ohnehin schon vermutet hatte.«

»Ich finde die Räume gar nicht schlecht«, sagte ich. »Das ergibt doch eine tolle Story: Die erste Obdachlosen-Tageszeitung wäre fast obdachlos geblieben – bis sich die Leiterin der Bahnhofsmission erbarmte und einen Kellerraum zur Verfügung stellte, wo reihenweise gespendete Möbel stehen. Dunkel wie die Nacht. Aber massiv.«

Kaum hatte ich meinen Satz beendet, hörte die Glühbirne zu flackern auf. Sie leuchtete wieder. Heller als zuvor.

Ich wusste, was da auf mich zurollte. Es war der Mann, der mein altes Leben in Stücke zerlegt hatte. Der meinen größten Traum hätte erfüllen sollen und jetzt mein größter Albtraum geworden war.

Sein silberner Audi A8 mit dem Schriftzug *Tagesbote* – neun Buchstaben, kursiv gesetzt – war an diesem Morgen Pkw Nummer 489 in Richtung Reinstadt. Er drängelte sich auf die Überholspur, blies einem roten BMW-Cabrio seinen Fahrtwind zu und ließ den Blinker auf links gesetzt.

Vor einigen Jahren hatte er noch zwei weitere Autos dieses Kalibers besessen, einen Porsche und ein Mercedes-Coupé. Und in seiner Villa hatte er bei Empfängen Sterneköche aufmarschieren und den Champagner sprudeln lassen. Doch neuerdings hielt er sein Geld auffällig zusammen, ließ sich in der Kantine sogar kleine Beträge zurückgeben und verkniff sich seinen sechswöchigen Winterurlaub auf Mallorca. Entweder war er auf seine alten Tage geizig geworden – oder sein Geldesel war verreckt.

Ich schätzte die Geschwindigkeit seines Audis auf etwa 180 Stundenkilometer. Wenn *er* kam, sollten alle den Weg räumen. So war er im Leben, und so war er auf der Straße. Er wollte freie Fahrt. Wie eine Rakete zischte Hans-Otto Gleim unter der Autobahnbrücke hindurch. Das Geländer, an dem ich mich festhielt, zitterte wie eine ausklingende Gitarrensaite.

Ich musste an Ratte denken, an meinen zweiten Besuch bei ihm. Er flehte gerade Detektiv Marlowe an, eine gewisse Mable zu finden. Als der Barde mich sah, legte sein Plättchen mitten im Song eine Vollbremsung hin. Grinsend fragte er: »Haben Sie deinen Mann schon verhaftet, Susanne?«

»Der ist ohnehin in Polizeigewahrsam.«

Er lachte. »Ich habe die Ausnüchterungszelle hier im Revier schon ein paar Mal begutachtet und mich jedes Mal köstlich amüsiert«, sagte er. »Die meisten Menschen begreifen nicht, wie Gitterstäbe wirken: Sie sperren nicht nur ein, sie sperren auch aus. Auf beiden Seiten des Gitters ist man gleichermaßen gefangen.«

Er war klug, hatte Witz, war rhetorisch versiert. Es brauchte nur noch die Tonne, und ich hätte ihn für Diogenes, den Philosophen, gehalten. Er sah mich forschend an, fast hatte ich das Gefühl, er suchte nach den Gitterstäben meiner Überzeugungen, hinter denen ich gefangen saß. Höchste Zeit, das Thema zu wechseln. »Du hast neulich diesen Song über Dunkelmänner in der Lobby gespielt. Wem war der eigentlich gewidmet?«

»Den hohen Herren dieser Stadt!«

»Was weißt du über sie?«

»Zu viel, um ganz zu schweigen. Und zu wenig, um ganz zu sprechen.«

»Du kriegst einiges mit hier auf der Straße?«

»Neulich, es war schon dunkel, liefen zwei feine Amerikaner am Kaufhaus vorbei. Sie haben mich auf meinem Luftschacht nicht gesehen. Oder gedacht, ich könnte kein Englisch.«

»Aber zu den hohen Herren dieser Stadt gehören doch keine Amerikaner.«

»Sicher? Die beiden haben ein paar Sachen losgelassen, die mir ganz schön zu denken gegeben haben.«

»Das musst du mir erzählen!«

»Tut mir leid. Ich weiß zu wenig, um ganz zu sprechen.«

»Und zu viel, um ganz zu schweigen«, sagte ich. »Bei mir wirst du mal eine Ausnahme machen!«

»Wer's nicht einfach und klar sagen kann, der sollte schweigen und weiterarbeiten, bis er's klar sagen kann.«

Karl Popper – der wurde an der Journalistenschule auch rauf und runter zitiert. Ratte war ein Mann der klaren

Gedanken, der die Welt nicht mit Gerüchten verpesten wollte. Das musste ich respektieren.

»Soll ich mal einen Kunze-Song für dich spielen?«, sagte Ratte. Eine gute Strategie, das Gespräch über die Amerikaner vollends abzuwürgen. »Ein Lied, mit dem du sicher etwas anfangen kannst?«

»Leg los, Ratte«, sagte ich und staunte, wie leicht mir der Name über die Lippen kam. Ich hoffte inständig, dass es kein Liebessong wäre. Ratte war ein sehr sympathischer Obdachloser, aber eben doch ein Obdachloser. Und ich hatte fürs Erste genug damit zu tun, dass ich meinen Ex eine Treppe hinabgestoßen hatte. Das Nachspiel war schon terminiert: Es stand ein Verhör auf dem Polizeirevier an.

Ratte zupfte und kurbelte ein wenig an seiner schwarzen Gitarre herum, dann war das Instrument gestimmt. Er begann zu spielen:

Man sagt nicht, was man tut,
Man tut nicht, was man sagt.
Man meidet, was man liebt.
Man fürchtet, was man wagt.

Man bricht, was man verspricht,
behält, was man verrät.
Man nimmt es, wie es kommt,
gewöhnlich kommt's zu spät.

Wozu Feinde,
wenn man sich selber hat?
Wozu Feinde,
man hat sich selber satt.

Er sang das Lied mit echter Inbrunst, ohne dass es kitschig klang. Als er fertig war, war ich es auch. Mit den Nerven. Woher wusste Ratte von meiner inneren Zerrissenheit, von dem heimlichen Gefühl, meine eigene Feindin zu sein? Bei Iris' Entlassung hatte ich dieses Gefühl mitsamt meinem Kugelschreiber zwischen meinen Fingern zerquetscht. Aber es ließ sich nicht zerquetschen, es glich einem widerspenstigen Papierkarton, den man mit Händen und Füßen zusammenpresste, der sich aber, sobald der Druck nachließ, wieder ausdehnte. Ein kleiner Auslöser reichte schon, zum Beispiel ein Satz in Sebastians Tagebuch, und schon war ich wieder am Pressen.

Selten konnte ich sagen, was ich wirklich tat. Selten konnte ich tun, was ich sagte. Die weiche Seite in mir kämpfte mit der harten. Und weil die harte über die Jahre hart wie Stahl geworden war, gewann sie. Das war gut so, denn ich wollte nie mehr weich und hilflos sein, ein Opfer wie damals, als ich blutend und gelähmt im Herbstlaub lag. Aber es kostete viel Kraft.

Auf meine Frage, warum er mir gerade dieses Lied vorgespielt hatte, antwortete Ratte: »Weil ich wusste, dass es dich berührt.« Mehr war ihm nicht zu entlocken. Jedenfalls hatte ich mehr Grund denn je, zu vermuten, dass seine Menschenkenntnis mit seinem früheren Beruf zu tun hatte.

Ich stand immer noch auf der Autobahnbrücke, starrte nach unten, als mein Handy klingelte. Auf der Straße jagte gerade ein giftgrüner Smart vom Pizzaservice vorbei. Gedankenverloren ging ich ran: »Mikula«.

»Springen Sie doch runter!«, sagte ein tiefer Bass, den ich schon einmal an diesem Ort gehört hatte. Damals hatte er mir noch vom Sprung abgeraten.

»Das würde ich nur tun, wenn ich dabei durch die Windschutzscheibe Ihres Audis hageln könnte.«

»Mein Scheibenwischer hat noch alle Insekten weggefegt.«

Mein Puls begann zu hämmern. Abwesend beobachtete ich, wie sich ein Motorradfahrer halsbrecherisch über den Standstreifen an einem langsamen Auto vorbeimanövrierte.

»Wie konnten Sie mir nur einen Diebstahl unterstellen! Das ist kriminell, damit kommen Sie nicht durch.«

»Ich habe gute Beziehungen zur Polizei.«

»Die habe ich auch! Ich habe mein Haus mit einem Polizisten geteilt.«

»Sie meinen den mit dem Turban, der jetzt eine Gehirnerschütterung hat?«

Er musste wirklich gute Beziehungen haben, denn er war schon wieder auf dem neusten Stand. Wer war wohl die undichte Stelle auf dem Revier?

»Mal gespannt, was Sie bei Ihrer Anhörung in diesem Fall zu sagen haben.«

»Sie verhalten sich wie ein Verbrecher.«

»Sie verwechseln zwei Wörter, die beide mit V anfangen: Verbrecher mit Verleger.«

»Bei Ihnen sehe ich da keinen Unterschied!« Ich spürte das dringende Bedürfnis, ihn einmal auf die drei Treppenstufen meiner Haustür einzuladen. »Sie entlassen Leute nicht nur im großen Stil, Sie bescheißen sie dabei auch noch. Sie sparen bis aufs Blut. Sie kennen keine Skrupel!« Ich redete mich in Rage.

»Haben Sie denn welche gekannt? Sie haben doch selbst noch Schießpulver an Ihren Fingern kleben, spielen Sie jetzt bloß nicht den Unschuldsengel.«

Ich schluckte und lenkte das Gespräch auf die Gegenwart: »Sie haben alles getan, damit unsere Redaktion keine Räume findet. Das ist unlauterer Wettbewerb!«

»Wollen Sie mir vorwerfen, dass ich den Aufmarsch feindlicher Truppen verhindere?«

»Sie verhindern einen fairen Wettbewerb.«

»Ich habe nicht damit gerechnet, das Wort fair noch mal aus Ihrem Mund zu hören.«

Er wusste genau, wie empfindlich er mich an diesem Punkt traf. Ich strengte mich an, mir nichts anmerken zu lassen, und schoss zurück: »Ich werde alles tun, damit der *Stadtstreicher* Ihren Verlag vom Markt fegt. Für immer.«

Eine kurze Pause entstand. »Hören Sie genau zu«, sagte er dann, und seine Stimme klang so kalt und fern wie der Donnerschlag eines herannahenden Unwetters. »Das hier ist ein Warnschuss. Und den gibt es nur einmal.«

»Sie können mir nicht drohen!«

»Und ob! Vergessen Sie nicht, ich habe Ihr Wort, Frau Mikula. Und ich kann Sie damit zerstören. Sobald Sie mich zwingen, drücke ich den Abzug. Dann ist Ihre Existenz ausgebombt.«

»Sie haben Ihr Versprechen gebrochen! Sie haben mein Wort nicht mehr!«

»Heiliger Strohsack, da täuschen Sie sich. Und wie ich Ihr Wort habe. Ob Ihnen das gefällt oder nicht«, sagte Gleim. Dann war die Leitung tot. Er hatte aufgelegt.

Unten blendete ein Sattelschlepper auf, um einen überholenden Lkw wieder in die rechte Spur einfädeln zu lassen. Danach floss der Verkehr wieder sortiert vor sich hin, Auto für Auto, Spur für Spur. Wann hatte ich Gleim mein Wort gegeben? Worin hatte meine angebliche Zusage bestanden?

Was meinte er überhaupt damit? Erwartete er wirklich noch Loyalität, nachdem er mir einen derart perfiden finalen Tritt gegeben hatte?

Auf der Heimfahrt ging mir eine Liedzeile nicht aus dem Kopf: Wozu Feinde, wenn man sich selber hat?

»Ich will, dass sie blutet.«
»Die Folter ist abgeschafft.«
»Du weißt, wie ich das meine.«
»Und du weißt, wie die Gesetze sind.«
»Seit wann interessieren dich Gesetze?«
»Ich bin älter geworden. Und vernünftiger.«
»Das Alter nehm ich dir ab.«
»Vergiss nicht, dass mir auch andere auf die Finger schauen. Ich kann micht nicht einfach über Gesetze und Dienstverordnungen hinwegsetzen.«
»Na ja, so ganz hat dich das beim letzten Mal auch nicht interessiert.«
»Das ist lange her. Und hatte ich denn eine Wahl?«
»Willst du mich einen Erpresser nennen?«
»Ich will meinen Frieden.«
»Den will ich auch! Also hilf mir gefälligst. Du musst ja nur noch ein bisschen nachlegen. Ich bin schließlich dein alter Freund.«
»Ein Freund, der mich ständig an meine Vergangenheit erinnert!«
»Du bekleidest eine prominente Rolle in dieser Stadt. Und es schauen dir alle möglichen Leute auf die Finger, das hast du selbst gesagt.«
»Muss ich das jetzt verstehen?«
»Blut an den Fingern trocknet. Aber es bleibt.«

Ich war süchtig geworden. Mit Disziplin betrieb ich meine Undisziplinierheit, jeden Tag zur selben Stunde. Ich wusste, dass er mich hassen würde, falls er mir je auf die Schliche kam. Aber ich konnte nicht anders.

Der Stoff, den ich konsumierte, waren Wörter. Jeden Morgen, sobald Sebastian zur Schule ging, schlich ich in sein Zimmer. Ich wollte wissen, wie es in seinem Inneren aussah. Sein Tagebuch brachte mich auf den neusten Stand, auch wenn er oft erst mit größerer Verspätung etwas Neues eintrug.

Ich las aus Notwehr, denn ich fand keinen Zugang mehr zu ihm. Wenn ich fragte, was es Neues gab, sagte er: »Nichts.« Wenn ich ihn bat, von seinem Tag zu erzählen, sagte er: »Er gibt nichts zu erzählen.« Und wenn ich sagte, »Du siehst traurig aus«, zuckte er nur mit den Schultern. Keine Ahnung, ob er meine Aussage damit dementieren oder eher andeuten wollte: »Und wenn schon – es geht dich nichts an!« Je weniger er erzählte, desto mehr fragte ich. Je mehr ich fragte, desto weniger erzählte er. Wir drehten uns im Kreis.

Grund zur Sorge hatte ich spätestens seit dem Abend, an dem er von seiner Klassenfahrt zurückgekommen war. Seitdem hatte er komplett aufgehört, mit mir zu reden. Ich hatte ihn vom Bahnhof abholen wollen und mich zunächst geärgert, dass die Stadt nun auch für Kurzzeitparker den kompletten Tagespreis erhob. Kleinjohann ließ wirklich keine Gelegenheit aus, seine Bürger zu schröpfen. In der Hoffnung, zwei Minuten lang dem Auge des Gesetzes zu entgehen, hatte ich das Auto ohne Ticket abgestellt.

Die Schulklasse hatte ich schnell entdeckt: Sie stand unter zwei Laternen auf dem Bahnhofsvorplatz, eine große

Gruppe aus kleinen Grüppchen, die Jugendlichen plapperten, lachten, stießen sich gegenseitig an. Ich erkannte Lena und zwei andere Schneeballwerfer. Ich zählte neunzehn Schüler, zehn Mädchen und neun Jungs. Dazwischen stand Herr Michels, der Klassenlehrer mit dem Bäuchlein und den Cowboystiefeln, er unterhielt sich mit ein paar Eltern.

Aber wo war Sebastian? Mein Blick suchte den ganzen Bahnhofsplatz ab. Ich entdeckte ihn am Eingang zur Unterführung. Ganz alleine stand er dort, an die beschmierte Wand gelehnt, gedankenverloren und in sich zusammengesackt. Sein blauer Wanderrucksack neben ihm war umgefallen, das Hosenbein seiner hellroten Jeans hing schlaff heraus wie eine erschöpfte Zunge und berührte den schmutzigen Asphalt.

Ich blieb stehen, dieses Bild tat weh. Rechts eine fröhliche Gruppe, links ein verlorener Junge, mein Sohn. Seine Mitschüler hatten ihr Ziel erreicht. Er jedoch stand auf halbem Weg zu den Gleisen. Er war nicht gern dort gewesen, von wo er gerade kam. Und er würde nicht gerne an den Ort gehen, der jetzt auf ihn wartete. Er war aus dem Bus gestiegen, aber nicht angekommen.

Warum freute er sich nicht auf zu Hause und auf mich? Ich tat alles, um ihm eine gute Mutter zu sein. Ich hatte ihm die letzten Jahre vorgelebt, wie man durch Fleiß, Ehrgeiz und Disziplin im Leben vorwärtskam, auch ohne Mann an der Seite.

Wir wohnten in einem schönen Reihenhaus, er hatte sein eigenes Zimmer, überdurchschnittlich viel Taschengeld und mehr Freiheiten als andere Jugendliche, gerade abends – was zugegebenermaßen an meiner Arbeit lag. Denn damit morgens eine Tageszeitung erscheinen kann, arbeiten Redakteure bis in die frühe Nacht. Ich bügelte seine Kleidung, half ihm beim Lernen und ließ ihm auch mal einen Ausraster durchgehen.

Und welche Mutter fuhr schon zum Angeln mit ihrem Sohn? Vielleicht tat ich das auch, um ihm seinen Vater zu ersetzen, aber wenn schon! Ich strengte mich an, eine gute Mutter zu sein. War ich es denn nicht?

Vielleicht hätte ich seinen Liebeskummer ernster nehmen sollen. Vielleicht hatte ich seine Gefühle auch nur abgewehrt, um mir meine eigenen nicht eingestehen zu müssen. Es war leichter gewesen, einen Macho namens Tom Harris zu entlassen als den Vater eines Mädchens, in das mein Sohn verliebt war. Ich hatte das eine vom anderen getrennt, um besser damit umgehen zu können.

Ich musste an Markus Hanser denken. Hatte der Coach nicht angedeutet, ich würde meine Gefühle verdrängen? Aber Sebastian demonstrierte mir doch gerade, wohin es führte, wenn man seinen Gefühlen bedingungslos folgte: ins Unglück.

Die Feinfühligkeit war in unserer Familie extrem ausgeprägt, wie ein Familienfluch. Mein Vater hatte es geschafft, ein paar Hundert Mal zu sterben, ehe er dann endgültig tot war. Er war Arzt im Krankenhaus gewesen, Internist. Wenn einer seiner Patienten litt, litt er mit. Wenn einer seiner Patienten starb, starb er mit. Jeden Abend, wenn er nach Hause kam, trug er Dutzende von Schicksalen auf seinen Schultern. Oft saß er am Esstisch, ohne zu essen. Stattdessen wurde er selbst aufgefressen, von seinen Erinnerungen des Tages, von Geschwüren und Gebrechen, von Krebs und Herzinfarkten. Er schaute ins Leere. Er war ein Helfer, der sich selbst nicht helfen konnte. Manchmal stiegen ihm Tränen in die Augen. Er sagte dann, das läge am Pollenflug. Bei uns flogen die Pollen das ganze Jahr.

Der einzige Ort, an dem seine Arbeit ihn losließ, war der See. Der Wind überm Wasser blies ihm den Kopf frei. Sein Blick fixierte den Schwimmer, eine rote Spitze, die aus dem Wasser ragte. Das war der Mittelpunkt seiner Welt. Es gab keine Vergangenheit, keine Zukunft, es gab nur diesen Schwimmer. Und noch mehr liebte er es, wenn der Schwimmer unter Wasser zuckte: Dann hatte ein Fisch angebissen.

Ich glaube, mein Vater liebte den Anblick des Schwimmers, weil dieses Bild seine innere Leinwand vollkommen ausfüllte und keinen Platz ließ für all die schrecklichen Bilder, die ihn sonst beherrschten. Selbst als er schon im Sterben lag, hatte er noch von diesen Bildern fantasiert. Von Kranken, von Siechenden, von Todgeweihten, denen er helfen wollte, aber nicht helfen konnte. Seine letzte Patientin, mit der er dann im eigentlichen Sinne mitstarb, war meine Mutter.

Er war weich, das wusste er, deshalb wollte er mich hart sehen. Beim Angeln bläute er mir immer wieder ein: »Der Starke frisst den Schwachen.« Ich sollte es lernen, Fische zu töten. Er sagte: »Überall sonst bestimmt der Tod über uns. Hier bestimmen wir über ihn.« Jedes Mal, wenn er einen Fisch abschlug, verzerrte sich sein Gesicht zu einer Fratze. Er musste sich zur Stärke zwingen.

War es möglich, dass ich Sebastian so behandelte wie mein Vater mich? Dass ich ihn vor den Härten der Welt nur deshalb schützen wollte, weil sie mich schon allzu hart getroffen hatten?

Es war 7.51 Uhr und zwanzig Sekunden, er war gerade zur Schule aufgebrochen, und ich saß wieder vor seinem

PC. Bevor ich den neusten Eintrag las, sprang ich zurück in den Text vom Tag nach der Klassenfahrt. Seit ich ihn gelesen hatte, war ich aufgewühlt:

Mama ist so peinlich! Jetzt hat sie den Salat, sie ist entlassen worden! Lena hat es von ihrem Vater gehört und durch den Bus gebrüllt, voll krass. Ich saß vorne hinterm Busfahrer, wie der letzte Loser. Und dann auch noch das. Alle haben gejubelt. Hurra, die Rausschmeißerin wurde selbst rausgeschmissen!

Ich hab mich weggeduckt, als hätten sie wieder Schneebälle geworfen. Aber getroffen hat's mich doch.

Soll ich jetzt traurig sein für Mama? Ich gönne es ihr! Jetzt merkt sie mal, wie das ist, entlassen zu werden. Sogar Iris hat sie rausgeworfen. Das ist voll krass. Fühlt sie denn gar nichts? Ist sie eiskalt? Wen hätte sie eigentlich nicht entlassen? Mich sicher auch!

Entlassen zu werden, stell ich mir vor wie Sitzenbleiben. Man schämt sich dafür. Man kann nicht mehr mit denselben Leuten rumhängen. Man gehört nicht mehr dazu.

Ich wurde auch rausgeschmissen, meine Klasse hat das besorgt. Die sind so scheiße! Was kann ich denn für meine Mutter? Jetzt hassen mich alle. Das ist nicht schlimm, ich hasse zurück. Sie hassen laut, und ich hasse leise. Aber auch Lena hasst mich. Aber ich kann sie nicht zurückhassen, ich hab's versucht. Du bekommst aufs Maul, aber willst die Schlägerin trotzdem küssen. Das macht mich echt traurig. Aber ich kann nicht mal weinen. Die Tränen sind eingefroren.

Ich komm mir so allein vor. Freunde weg, Eltern weg, Spaß weg. Ich hab eine Mutter, ja. Ich hab einen Vater, ja.

Aber hab ich Eltern? Nein! Mama hasst Papa, so wie Lena mich hasst. Papa mag Mama, so wie ich Lena mag.

Ich glaube, er fühlt sich genauso mies wie ich. So ein Leben ist voll scheiße. Mama sagt, ich soll mich am Riemen reißen. Wofür? Die Unterschriften unter den letzten Klassenarbeiten hab ich gefälscht. Ich hab keinen Bock mehr. Nicht aufs Lernen. Nicht auf die Klasse. Nicht auf Mama.

Vielleicht sollte ich mich entlassen aus diesem Mist. Entlassen ist ja ganz leicht, Mama weiß das.

Ich schaute auf vom Bildschirm. Was meinte er damit, sich »entlassen aus diesem Mist«? Wollte er ausreißen? Oder gar Schlimmeres?

Zugleich ärgerte mich der Eintrag. War ich für ihn denn nichts als die peinliche Mutter? Und wie konnte er sich über meine Entlassung freuen, die ihn doch selbst betraf? Über die gefälschte Unterschrift ärgerte ich mich am wenigsten. Im Gegenteil, hier bewies er wenigstens mal Mumm. Das machte Hoffnung, dass er sich doch würde behaupten können in der Welt.

Ich sprang in den frischen Eintrag vom Vorabend. Sebastian schrieb über seinen Schultag, schilderte eine Mobbingattacke (man hatte ihm unterstellt, die ganze Klasse bei einem Lehrer verpfiffen zu haben), und dann hieß es:

Übermorgen treff ich Papa. Direkt nach der Schule in der Eisdiele. Dann sagt er mir endlich, was Mama mit ihm gemacht hat. Sie hat ihn angegriffen oder so. Die Polizei war bei uns. Sie hat mir kein Wort davon gesagt. Lena hat es mir voll unter die Nase gerieben. Ihr Reportervater weiß immer alles. Und jetzt weiß es die ganze Klasse. Dass ich eine »Schläger-Mutter« hab.

Wenn es stimmt, dass Mama ihn absichtlich verletzt hat, will ich nicht mehr bei ihr wohnen. Dann will ich zu Papa.

Um 11.45 Uhr hatte ich meine Anhörung auf dem Polizeirevier. Was ich danach tun würde, wusste ich jetzt: ein Eis essen.

»Guten Tag, was verschafft uns die Ehre?«
»Ehre muss man sich immer selbst verschaffen.«
»Wollen Sie ein Konzert bei uns geben?«
»Die Gitarre brauche ich bei Ihnen nicht. Welches Gerät ist frei?«
»Nummer Fünf. Aber bitte nichts Illegales downloaden!«
»Gesetze sind wie Zahnimplantate.«
»Hä?«
»Man braucht sie erst, wenn die Wurzeln der eigenen Moral schon verfault sind. Ich bescheiße keine Künstler.«
»Ach so, Sie wollen recherchieren.«
»Ich will einen Computer nutzen.«
»Sie arbeiten doch bei dieser neuen Redaktion mit.«
»Ich lebe von der Musik.«
»Weiß man schon, warum der Tagesbote *so viele Redakteure entlassen hat?«*
»Nicht alles kommt ans Licht. Aber das Licht kommt zu allen.«
»Wie lange werden Sie den Computer brauchen?«
»Bis ich fertig bin.«
»Klingt nach mehr als einer Stunde.«
»Fertig ist in dem Fall keine Frage der Zeit, sondern des Fortschritts der Arbeit.«

DRITTE MAIWOCHE

Reinstadt, 18. Mai
Aufmacher *Tagesbote*: »Chaos beendet: Neue Parkgebühren sorgen für Ordnung in der Innenstadt«

Eine halbe Stunde hatte ich das Verhör tapfer über mich ergehen lassen, dann platzte mir der Kragen: »Ich habe keinen Polizisten angegriffen! Fragen Sie mich noch zehnmal, und ich sage noch zehnmal: Nein. Ich kann das unter Eid beschwören.«

Als ich aufs Revier gekommen war, hatte ich noch nicht gewusst, wie ich auf die Anschuldigungen reagieren sollte. Aber als die erste Frage dann lautete: »Haben Sie PHM, beziehungsweise Polizeihauptmeister, Mikula die Treppe hinabgestoßen?«, lag die Antwort für mich auf der Hand: Das hatte ich nicht!

Was ich nicht abstritt, aber auch niemandem auf die Nase band, war die Tatsache, dass ich den PM, beziehungsweise Privatmann, Heiko Mikula mit einem Stoß gegen seine Brust ins Straucheln gebracht hatte. Vielleicht war es auch der EM, beziehungsweise Ehemann. Oder der KV, beziehungsweise Kindsvater. Aber ein PHM, beziehungsweise Polizeihauptmeister, wie dauernd durch die Fragen unterstellt wurde, war es definitiv nicht. Zu dessen Dienstpflichten hätte es meines Wissens kaum gehört, seinen kussbereiten Mund direkt vor meine Lippen zu halten.

Die Entscheidung, rückwärts über eine Treppe zu stürzen, hatte Heiko ohnehin selbst gefällt. Ich hatte mit meinem Stoß nur ein paar Meter Abstand zwischen ihn und mich bringen wollen. Dass er daraus erst einen Stunt und dann einen Aufstand machen musste, lag eindeutig an ihm.

Der Verhörführer, ein hageres Männchen mit schwarzen Knopfaugen, wiederholte spürbar genervt: »Nun haben Sie mehrfach behauptet, PHM Mikula nicht von Ihrer Treppe gestoßen zu haben. Dann legen Sie uns doch bitte dar, welche andere Hauptursache diesem Sturz zugrunde liegt.«

»Die Hauptursache sind die Treppenstufen«, sagte ich ernst. »Und als Nebenursache kommt infrage, dass PHM Mikula versucht hat, diese Stufen rückwärts zu bewältigen.«

»Was hätte ihn dazu veranlassen sollen, die Treppe rückwärts zu bewältigen?«

»Eventuell, dass ich ihn zum Teufel gejagt habe. Aber fragen Sie mich jetzt bitte nicht nach dem ersten Wohnsitz des Zeugen namens Teufel. Da empfehle ich eine Meldeanfrage.«

Die Knopfaugen des Polizisten flackerten, er war irritiert und zugleich bemüht, streng zu schauen. Es machte mir Freude, ihn zu verunsichern.

»Und was, Frau Mikula, hätte Sie veranlassen sollen, ihn zum Teufel zu jagen?«

»Der Anlass dafür, PHM Mikula zum Teufel zu jagen, lag in einer erheblichen Indiskretion auf Seite des PHM«, antwortete ich auf Polizeideutsch. »Es fand nicht gerade mein Wohlwollen, dass Ihr komplettes Polizeirevier im Tagebuch meines Sohnes gelesen hat. Übrigens, wie hat es

Ihnen gefallen? Hat Sebastian Talent, wird er eines Tages Presseberichte, Theaterstücke oder Bestseller-Romane schreiben? Oder – ich wage es kaum zu hoffen! – Verhörprotokolle wie Sie?«

In diesem Moment flog die Tür auf, und Polizeichef Heiner Ibendorf betrat den Raum. »Ich übernehme«, sagte er und gab Knopfauge mit einem Nicken zu verstehen, dass der hier überflüssig war. Ibendorf flegelte sich breitbeinig in den Stuhl mir gegenüber.

»Sie haben einen Polizisten tätlich angegriffen. Darauf steht Haftstrafe.« Seine Stimme klang kühl wie das Klirren von Eiswürfeln in einem Whiskeyglas.

»Ich habe Ihrem Kollegen schon gesagt …«

»Ich schätze: sechs Monate.«

»Ich bitte Sie …«

»Für Bitten ist es zu spät.«

Seine blauen Augen funkelten so kalt wie das Wasser eines Bergsees. Die Temperatur im Raum schien um mindestens viereinhalb Grad gesunken. Trat er aus Gewohnheit so auf, weil er es üblicherweise mit Verbrechern zu tun hatte? Oder wollte er mir unbedingt das Gefühl geben, eine Verbrecherin zu sein?

»Ich bin unschuldig.«

»Sie sind unglaubwürdig.«

»Das muss ich mir von Ihnen nicht gefallen lassen.«

»Ihnen gefällt die Wahrheit nicht: Diebesgut in Ihrer Wohnung? Nicht von Ihnen geklaut. Und wenn ein Polizist Ihre Treppe runterfällt, dann war es der Wind.«

Ich spürte, dass er mich an einen Punkt trieb, an dem mir meine Beherrschung entgleiten konnte.

»Ich gehe jetzt.«

Er sprang von seinem Stuhl und baute sich vor mir auf: »Sie sind noch nicht entlassen.«

»Wollen Sie mich etwa mit Gewalt aufhalten?«

»Probieren Sie es aus!«

Seine blauen Bergseeaugen schienen mir mittlerweile vereist. Ich hätte gute Lust gehabt, eine Szene zu machen. Aber mit welchen Folgen? Garantiert wäre mir das erneut als »tätlicher Angriff auf einen Polizisten« ausgelegt worden.

Regungslos stand er neben mir und belauerte mich wie ein Beutetier. Sein gezwirbelter Bart erinnerte mich an die Miniatur einer Würgeschlange.

Ich blieb sitzen und schwieg.

»Das war noch nicht das letzte Wort!«, sagte er schließlich und rief Knopfauge wieder rein. Der hatte in der Zwischenzeit ein Protokoll getippt. Ich unterschrieb den Wisch, obwohl es stilistisch eindeutig das Delikt des Totschlags an der deutschen Sprache erfüllte.

Um 12.48 Uhr und 39 Sekunden verließ ich das Polizeirevier. Heiko war mir nicht über den Weg gelaufen. Eine Politesse pirschte sich an den parkenden Autos entlang. Mein Magen klumpte sich zu einem Stein. Auf diesen Berufsstand war ich nicht gut zu sprechen. Nicht nur, weil ich mir neulich am Bahnhof doch noch einen Strafzettel eingefangen hatte. Und was für einen: 80 Euro für 19 Minuten Falschparken! Es war, als würde Reinstadt von Raubrittern verwaltet.

Vor der Eisdiele sah ich Heiko dann. Er saß an einem der siebzehn Tische im Garten, mit Uniform und ohne Turban. Inzwischen reichten ein paar Pflaster aus.

Die silbernen Eisbecher auf den Tischen glitzerten in der Frühlingssonne, ich schätzte die Temperatur auf 18 Grad. Die Sonne war guter Laune, sie wusste ja nicht, dass hier ein Mann ein Komplott gegen seine Frau schmiedete. Der Sohn sollte dabei offenbar als Werkzeug dienen. Aber hinter meinem Rücken lief jetzt nichts mehr.

Ich trat an seinen Tisch und trällerte: »Sind Sie es persönlich, PHM Mikula? Haben Sie die gemeine Prügelattacke einer Frau von 63 Kilo, die Sie zu Boden geworfen hat, also doch überlebt?«

Er zuckte zusammen, was nahelegte, dass entweder meine Autorität durch den Treppensturz extrem gestiegen war oder dass Heiko ein schlechtes Gewissen hatte, weil er mich angezeigt und sich heimlich mit Sebastian verabredet hatte.

»Susanne, diese Strafverfolgungsmaßnahme, ähm, diese Anzeige – das tut mir wirklich leid.«

»Wenn es dir so leidtut, dann nimm sie doch einfach zurück. Wie wäre das?«

»Ich bin außerstande, sie zurückzunehmen.«

Verlegen spielte er mit seinem Kaffeelöffel. Er hatte mir noch nicht eine Sekunde in die Augen gesehen.

»Und welche himmlischen Mächte hindern dich daran?«

»Es handelt sich nicht um himmlische Mächte, vielmehr um …«

»… teuflische Mächte?«, führte ich seinen Satz zu Ende.

Er bearbeitete seinen Kaffeelöffel, dass Uri Geller hätte neidisch werden können. Mit Blick in die Tasse sagte er: »Susanne, die Anzeigenerstattung ist nicht durch mich erfolgt.«

»Durch wen denn dann?«

»Heiner Ibendorf.«

»Aus welchen Gründen zeigt mich ein Polizeichef an, dem ich gar nichts getan habe?«

Daraufhin erzählte mir Heiko, wie er mit blutendem Kopf zurück aufs Revier gefahren sei, um dort den Dienstwagen an die Kollegen von der Nachtschicht zu übergeben. Dabei habe er, angesprochen auf die Platzwunde, den privaten Streit erwähnt. Heiner Ibendorf habe die Sache aufgeschnappt und gegen seinen Protest eine Anzeige wegen des Angriffs auf einen Amtsträger aufgesetzt.

Heiko war ein miserabler Lügner, die Sache mit der Politesse hatte ich seinerzeit durchschaut, ehe der Frühstückskaffee durchgelaufen war. Ich spürte, dass er jetzt die Wahrheit sagte. Aber warum war der Chef der örtlichen Polizei so scharf darauf, mir eine zweite Anzeige anzuhängen? Warum hatte er die Hausdurchsuchung bei mir selbst angeführt? Konnte es sein, dass er nicht dem Gesetz dienen, sondern mir persönlich schaden wollte?

»Was machst du eigentlich in der Eisdiele, mitten an einem Arbeitstag?«, fragte ich Heiko.

Eine lange Pause entstand. »Ich gönne mir den Genuss eines Kaffees.«

»Dann hast du sicher nichts dagegen, wenn ich dir die nächste halbe Stunde Gesellschaft leiste.«

Er rutschte auf seinem Stuhl hin und her wie auf einer heißen Herdplatte und schaute zur Kirchenuhr. Der Zeiger sprang auf 12.58 Uhr.

»Oder bist du schon verabredet?«, fügte ich unschuldig hinzu.

Er sah mich an und schwieg. Am liebsten hätte er wohl sein schwarzes Sommernachtshaar wie einen Fächer vor sein markantes Gesicht gezogen. Er wusste, dass er ein schlechter Lügner war. Diese spröde Gradlinigkeit, kombiniert mit einem romantischen Äußeren, hatte mir immer an ihm gefallen. Er kam nie zu spät zu Verabredungen. Er wusste den ganzen Tag, wie spät es war. Und er mochte klare Regeln und Gesetze, deshalb war er wohl zur Polizei gegangen. Diese Sehnsucht nach Ordnung, nach Überschaubarkeit und Kontrolle, hatte uns immer verbunden. Er hielt seine Welt mit Gesetzen fest, ich tat es mit Zahlen. Das hatte sich gut ergänzt. Bis er mit der Politesse in eine völlig falsche Richtung abgebogen war.

Seit wir uns um das Sorgerecht stritten, hatte ich ihn als erbitterten und hartnäckigen Gegner kennengelernt. Dabei wurde ich das Gefühl nicht los, dass er heimlich nicht nur um Sebastian stritt, sondern auch um mich.

Iris hatte mir immer wieder geraten, mit der Scheidung endlich einen sauberen Schlussstrich zu ziehen. »Solang er sich noch Hoffnungen macht, verhält er sich wie ein Scheißkerl und nimmt Sebastian als Druckmittel. Aber wenn ihr geschieden seid, könnt ihr wieder Freunde sein. Wirst schon sehen, Prinzessin!«

Meine Eisschokolade kam auf einem Tablett angeschwebt, ich schätzte die Flughöhe auf 1,10 Meter.

»Polizei«, rief plötzlich eine kreischende Stimme von der Straßenseite gegenüber. Eine alte Frau winkte. »Polizei! Sie sind doch Polizist. Kommen Sie schnell, dort drüben braucht jemand Hilfe!«

Sie deutete auf den kleinen Park, der sich in sanften maigrünen Wellen hinauf in Richtung Schloss zog. Kastanien säumten den Park, ihre hellen Blütenkerzen leuchteten im Sonnenlicht. Heiko schoss hoch und sprang über die Straße. Ich folgte ihm.

Die alte Frau rief nur: »Machen Sie schnell!«

Wir rannten über die große Rasenfläche, umkurvten spielende Kinder und Familien auf Picknickdecken. Ein Hund kläffte uns hinterher. Mein Kopf flog sofort in seine Richtung. Mein Herz schaltete zwei Gänge höher, meine Narben am Bein kribbelten. Und meine Hände glichen wieder kalten, nassen Fischen. Der Hund zerrte in unsere Richtung, wurde jedoch von einer Leine ausgebremst. Hoffentlich würde er sich nicht losreißen. Ich traute Hundeleinen nicht, Hundebesitzern genauso wenig und Hunden am wenigsten.

Zwischen zwei Kastanien schälte sich vor uns eine Gruppe Menschen heraus, ich schätzte die Entfernung auf etwa fünfzig bis sechzig Schritte. Ich zählte acht Personen, die einen Kreis gebildet hatten und sich an den Händen hielten. Der Kreis war in Bewegung, weitete sich und zog sich wieder zusammen. Es sah spielerisch aus.

Als wir näher kamen, hörte man aggressive Stimmen. Die Jugendlichen riefen immer wieder: »Ene, mene, miste: Hier gefangen biste!« Gefangen? In der Mitte des Kreises – jetzt erkannte ich es! – taumelte Sebastian. Er versuchte, den Kreis zu durchbrechen. Aber jedes Mal, wenn er es probierte, zog sich der Kreis zusammen. Er prallte an einem Geländer aus Armen ab. Es waren sieben kräftige Jungs, etliche davon älter als er, und ein Mädchen: Lena, die aggressive Machotochter.

Mein Magen ballte sich zu einer Faust: Alle gegen einen, was für Feiglinge! Heiko lief jetzt vor mir. »Scheiße, Polizei!«, rief einer der Jungen. Der Kreis zerstob wie ein Fischschwarm, in den ein raubender Hecht stößt; die Jugendlichen türmten in alle Himmelsrichtungen. Heiko machte keine Anstalten, die Verfolgung aufzunehmen, er ging auf Sebastian zu.

Wollte er die Täter wirklich entkommen lassen, ihnen nicht mal eine Abreibung verpassen?

Aus dem Augenwinkel sah ich Lena in Richtung Schlosswald rennen. Mit ihr hatte ich seit der Schneeballattacke ohnehin noch ein Hühnchen zu rupfen. Ich rannte los. Lena hatte gute zwanzig Meter Vorsprung, sie war ein sportliches Mädchen, fast so groß wie ich. Ihr Zopf wippte beim Rennen. Sie ahnte, dass sie verfolgt wurde, hektisch warf sie einen Blick nach hinten. Und schlug gleich darauf einen Haken wie ein Hase. Offenbar gefiel es ihr nicht, was sie sah.

Wir rannten über einen holprigen Rasen, voll mit Maulwurfshügeln. Ich musste achtgeben, dass ich nicht stolperte. Ich war eine ehrgeizige und gut trainierte Joggerin, ich würde mich von einer 15-jährigen Göre nicht abhängen lassen. Tatsächlich wurde sie langsamer. Der Abstand zwischen uns schmolz auf etwa zehn Meter. Ich sah, wie ihre Arme immer wilder fuchtelten. Sie blickte noch mal über die Schulter. Ihr Kopf war hochrot. Sie hatte Angst. Gut so: Sebastian hatte auch Angst gehabt!

»Ich krieg dich!«, rief ich. Jetzt lagen nur noch sieben bis acht Meter zwischen mir und ihrem wippenden schwarzen Zopf. Ich sah mich schon, wie ich sie zu Boden riss und ihr dann unmissverständlich erklärte, wie sie mit meinem Sohn umgehen sollte. Ich wollte sie nicht verletzen, aber so lange festhalten, bis sie einen Eid auf meine Spielregeln schwor.

Sie witterte eine letzte Chance, mir zu entkommen, schlug einen weiteren Haken und sprang durch eine Buschreihe in den Wald. Ich sprang hinterher. Raschelnd stampfte sie durch die Pampa, hinter ihren Fersen wirbelten trockene Blätter, unsere Beine versanken immer tiefer darin.

Der Waldboden schien es gut mit mir zu meinen: Ich sah, wie sie sich vertrat, strauchelte und aus dem Gleichgewicht kam. Aber im letzten Moment fing sie sich und rannte weiter.

Jetzt war ich so dicht an ihr dran, gleich würde ich sie packen. Doch plötzlich spürte ich, wie mein rechter Fuß auf einen Ast trat und mich im selben Moment blockierte. So muss es sich anfühlen, wenn man in eine Falle tritt. Meine Körper schoss nach vorne, ich schlug der Länge nach ins Laub, mein Kopf tauchte ein. Der faulig-modrige Geruch der Blätter ließ meinen Schädel explodieren. Das Rascheln drang direkt in meine Ohren und unter die Haut, wie tausend kleine Tierchen, mein ganzer Körper kribbelte.

Ich hörte, wie es bellte. Ich spürte, wie sich Zähne in meine Wade schlugen. Es floss Speichel. Und es floss Blut, ganz viel Blut. Ich lag am Boden wie gefesselt. Das Laub hielt mich mit magnetischen Kräften fest. Ich wollte weg, konnte aber nicht. Ich zählte an gegen die Angst, um noch atmen zu können, zählte meine Pulsschläge. Einen. Und noch einen. Und noch einen.

Ich kam auf 221 Herzschläge. Dann spürte ich zwei kräftige Arme unter meiner Hüfte und meiner Schulter und wurde angehoben. Als ich die Augen öffnete, sah ich Heiko. Und hinter ihm, etwas verschwommen, stand ein sichtlich verwirrter Sebastian.

Das war voll die mega Aufregung heute! Wir dachten schon, Mama ist tot. Sie lag im Wald und hat sich nicht mehr gerührt. Ihr Kopf steckte im Laub, voll krass, sie sah aus wie eine Leiche im Tatort. So bleich hab ich Papa noch nie gesehen. Ich dachte, gleich kippt er auch aus den Latschen, dann wären es schon zwei Leichen gewesen.

Aber Mama hat noch geblinzelt und ziemlich durchgeknalltes Zeug gebrabbelt. Dass ihr ein Hund ins Bein gebissen hat, dass sie blutet und so. Aber da war gar kein Hund. Und da war kein Blut. Papa hat sie auf den Arm genommen und vom Berg getragen. Er war total stark, hat sie nicht ein einziges Mal abgesetzt. Die beiden so eng zusammen, das war geil. Kann Mama nicht öfter in Ohnmacht fallen und von Papa gefunden werden?

Aber das nächste Mal darf sie Lena nicht mehr jagen! Ich hatte gehofft, dass sie zu langsam ist. Sie war schneller. Bis sie hingefallen ist.

Diesmal war Mama die Hilflose. Sonst hat *sie* doch immer die Lösungen, die Probleme hab nur ich. Heute war sie der Schwächling. Und kurz vorher ich. Ein paar Ärsche aus meiner Schule hatten mich im Park eingekreist, eine menschliche Mauer. Ich war eingesperrt zwischen ihnen. Arme und Beine als Gitterstäbe. Ich war das Tier im Käfig, ich kam nicht raus. Am liebsten hätte ich geschrien.

Obwohl, ich hätte ausbrechen können. Der Schwachpunkt in der Mauer war Lena, das einzige Mädchen unter den Jungs. Ich hätte sie über den Haufen rennen können. Hätte ich wirklich? Ich hab's aber nicht gekonnt.

Papa und Mama haben mich rausgeholt. Beide zusammen. Woher haben sie gewusst, dass ich in der Scheiße stecke? Warum waren sie beide zur gleichen Zeit da? Keine Ahnung. Papa war in Uniform. Damit hat er voll die Panik ausgelöst. Die Großmäuler sind weggerannt wie die letzten Angsthasen.

Papa wollte Mama ins Krankenhaus fahren. Mama war aber stur und wollte nach Hause. Papa ist mitgekommen und hat sie ins Bett gebracht. Wir haben im Schlafzimmer gewartet, bis sie geschlafen hat. Dann sind wir rausgeschlichen.

Unten in der Küche hat Papa mir erzählt, was neulich passiert ist: Mama hat ihn gar nicht die Treppe runtergestoßen, er ist über die Fußmatte gestolpert.

»Können wir kurz über den Artikel sprechen?«
»Da gibt es nichts zu sprechen. Ich entscheide hier.«
»Ich denke aber, dass …«
»Überlassen Sie das Denken mir – führen Sie Ihre Marschbefehle aus!«
»Dieser Artikel scheint mir zu riskant.«
»Wofür werden Sie bezahlt: fürs Schwanzeinziehen?«
»Für seriösen Journalismus, dachte ich.«
»Hören Sie auf zu denken! Mein Hund denkt besser als Sie!«
»Das ist Verleumdung. Also der Artikel, meine ich.«
»Wer wird denn verleumdet? Der Name ist abgekürzt.«
»Jeder weiß, wer gemeint ist.«
»Soll ich den Leuten ihre Fantasie verbieten?«
»Wir handeln uns eine Gegendarstellung ein.«
»Ich habe die besten Anwälte der Stadt. Aber anscheinend die schlechtesten Redakteure!«
»Der Artikel tritt nach, das wird den Lesern nicht gefallen.«
»Leser lieben Enthüllungsstorys.«
»Aber so ganz ohne Fakten, mit anonymen Quellen …«
»Wenn Sie Fakten wollen, gebe ich Ihnen Ihre Entlassungspapiere. Ansonsten: Abmarsch an die Arbeit!«

Als ich das Kellerbüro betrat, schlug die Kirchenglocke gerade acht. Ich schaltete das Licht ein. Die Glühbirne hinten links flackerte wieder, ich war die Erste. Ich ging an Tom Harris' Schreibtisch vorbei. Seine Stifte – sieben Kulis und drei Bleistifte – steckten in einer *Playboy*-Tasse. Was wollte er damit sagen? Ich beschloss, es nicht phallisch zu deuten, auch wenn das Tom sicher gefallen hätte.

Ich konnte ihn nicht ausstehen, daran hätte sich auch nichts geändert, wenn er zur Feier des Tages mal die obersten zwei Hemdknöpfe geschlossen oder seiner Tochter Manieren beigebracht hätte. Und doch drückte ich ihm jetzt die Daumen, denn als Reporter recherchierte er den wichtigsten Artikel für unsere erste Ausgabe: Er sollte den Dreck ans Licht bringen, der an Hans-Otto Gleims Stecken klebte.

Viele Fragen standen im Raum: In welchem Verhältnis stand er zu Bürgermeister Kleinjohann? Waren die beiden an unlauteren Machenschaften beteiligt? Welche Autoritäten, bei der Polizei oder auch sonst, wurden von Gleim geschmiert? Warum hatte ihn sein Vater Heinrich so sehr missbilligt? Waren dem Altverleger Dinge über seinen Sohn bekannt, die wir Bürger der Stadt wissen sollten? Und wo war sein Sohn Jan abgeblieben? Vor über zwölf Jahren, direkt nach der Abiturfeier, war Jan mit gerade mal neunzehn Jahren aus der Villa seiner Eltern ausgezogen, offenbar im Streit. Es hieß, er sei nach München geflohen. Welchen Grund hatte es für dieses schwere Zerwürfnis gegeben? Und wo steckte Jan inzwischen?

Eine Anfrage beim hiesigen Meldeamt hatte keine Folgeadresse ergeben, aber stolze zwölf Euro gekostet – sogar solche Lappalien ließ sich die Stadtverwaltung mittlerweile bezahlen. Beim Meldeamt in München war auch kein Jan Gleim bekannt. Das Internet wusste nichts von seiner Existenz. Niemand aus Reinstadt hatte ihn in den letzten Jahren gesehen oder gesprochen. Wo war Jan abgeblieben?

Tom Harris kam mit seinen Recherchen nicht vom Fleck. Das lag nicht zuletzt am Zustand unserer Redaktion. Der Kellerraum sah aus wie der Veranstaltungsort der Chaostage, es ging drunter und drüber. Wer vorbeischauen wollte, schneite einfach rein, direkt die Treppe runter. Viele Besucher der Bahnhofsmission, Gestrandete der Nacht, wollten uns Hallo sagen. Sie sahen uns als Kollegen, wir wurden »Die Obdachlosen« genannt, das Wort »Zeitung« sparte man sich. Spätestens ab zehn Uhr morgens war die Luft in unserem Büro geschwängert vom Geruch nach Restalkohol und Haschisch. Besucher kamen, Besucher gingen, torkelten die knarrende Holztreppe rauf und runter. An einem einzigen Morgen kam ich auf achtzehn Gäste. Verglichen mit diesem Treiben ging es in der Fußgängerzone, in der Ratte sang, zu wie Sonntagabend in der Vorstadt. Konzentriertes Arbeiten war hier unmöglich.

Das Chaos ging nicht zuletzt von Iris aus. Mal recherchierten zwei Redakteure gleichzeitig an derselben Geschichte, ohne voneinander zu wissen, weil Iris den Auftrag versehentlich doppelt erteilt hatte. Mal kam eine Mail mit wichtigen Informationen abhanden, weil Iris sie nicht weitergeleitet, sondern in ihrem Spam-Ordner verschlampt hatte. Und dass unsere Redaktionscomputer nur in einer Disziplin wirklich gut waren, im Abstürzen, lag nicht nur am Alter der gebrauchten Geräte – der rettende Informatiker hatte zwar ein Angebot abgegeben, aber immer noch keinen offiziellen Zuschlag erhalten.

Der Schreibtisch von Iris sah aus, als hätte man einen Altpapiercontainer über ihm entleert. Akten, Zettel und Zeitungen türmten sich so hoch, dass sie seitlich schon wieder abrutschten: Lawinengefahr. Ich war mir sicher, dass spätestens nach zwei Monaten vor lauter Papier kein Schreibtisch mehr sichtbar wäre.

Iris fand nie, was sie suchte, nicht mal ihre eigenen Visitenkarten. Natürlich die alten vom *Tagesboten*, denn das Layout für neue Visitenkarten für die Redakteure hatte sie noch immer nicht in Auftrag gegeben.

Ich hatte es vorausgesehen: Iris war zu chaotisch, um eine Redaktion zu führen. Das wäre meine Chance gewesen. Aber das Volk der Redakteure war weit davon entfernt, meinen Namen zu skandieren. Außerdem hatte Iris meine Loyalität mehr als verdient. Aber sollte ich untätig zuschauen, wie sie das Projekt an die Wand fuhr?

Die Treppenstufen knarrten, ich hörte das scharfe Klacken hoher Absätze, die sich flott die Treppe hinabarbeiteten, zwölf Mal schlugen sie auf Holz. »Guten Morgen, Prinzessin!«, sagte Iris. »Wer hat denn dich aus dem Bett gekegelt?«

Sie fahndete kurz nach ihrem Bürostuhl – er stand in einer ganz anderen Ecke – und rollte dann an ihren Schreibtisch. Mit einer energischen Armbewegung schob sie einen Papierstapel zur Seite, um die druckfrische Ausgabe des *Tagesboten* vor sich auszubreiten. Das taten wohl alle Journalisten dieser Welt morgens zuerst: die Konkurrenz lesen.

»Iris, so kann es nicht weitergehen«, sagte ich. »Wir ertrinken im Chaos. Die eine Hand weiß nicht, was die andere tut.«

»Bleib cool, Prinzessin, hey! Meine rechte Hand hält gerade die Kaffeetasse, und meine linke will im verflixten *Tagesboten* blättern.«

»Wenn wir so weitermachen, sind wir noch vor der ersten Ausgabe erledigt. Iris, du brauchst jemanden, der die Redaktion für dich organisiert.«

Sie spielte mit ihren beiden Armreifen. »Und dieser Jemand heißt Susanne, schon klar. Vergiss es!«

»Wir wären ein gutes Team«, gab ich zu bedenken. »Ich wäre die Organisatorin im Hintergrund, du könntest den Kontakt mit den Kollegen pflegen.«

»Susanne, die Kollegen würden dich nicht mal als Volontärin durchwinken. Und schon gar nicht als Mitglied der Chefredaktion. Da haben zu viele noch eine blutige Lippe von der Kündigung, die du ihnen vor den Latz geknallt hast.«

Von Markus Hanser hatte ich gelernt, zwischen den Zeilen zu hören, also fragte ich: »Die Kollegen vielleicht nicht – aber was ist mit dir?«

Sie schaute zum Kellerfenster. »Draußen ist noch Frühjahr. Der Sommer braucht Zeit.«

Hieß das, es war noch nicht genug Vertrauen zwischen uns gewachsen? Aber so, wie sie den Laden führte, würde diese Redaktion definitiv keinen Sommer erleben.

»Und wie wäre es, eine Redaktionsassistentin einzustellen? Sie könnte dir und der ganzen Redaktion den Rücken freihalten.«

»Hey, wer soll die Kohle dafür abdrücken? Im Moment arbeiten wir doch alle noch für lau. Zeig mir die Assistentin, die sich mit einem feuchten Händedruck als Lohn begnügt.«

Vorsichtig nippte sie einen Schluck aus ihrer riesigen Kaffeetasse und warf einen Blick auf den *Tagesboten.*

»O Gott!«, rief sie.

Ich grinste. »Meinst du etwa mich? Du darfst gern weiterhin Prinzessin zu mir sagen.«

»Ja, dich!«, sagte sie ernst. »Schau doch – hier!«

Ich kurvte um ihren Schreibtisch und erkannte auf der Titelseite des *Tagesboten* sofort das Foto aus meiner alten Personalakte. Der Layouter hatte einen schwarzen Balken über meine Augen gezogen – klein genug, dass mich jeder Reinstädter erkannte; und groß genug, dass mein Gesicht wie eine Verbrecherfratze aussah. Mit angehaltenem Atem begann ich zu lesen:

Redakteurin dreht durch: Diebstahl, Körperverletzung, Treibjagd auf Jugendliche!

Erst stahl sie eine Münzsammlung, dann schlug sie einen Polizisten, jetzt lauerte sie einer Jugendlichen (15) auf: Susanne M., früher eine angesehene Redakteurin, hat den Boden unter den Füßen verloren und wird zur Gefahr für die Allgemeinheit ...

Der Artikel ohne Autorenzeile, dessen boulevardesker Stil nach Gleim klang, blies die Vorwürfe gegen mich durch eine dramatische Wortwahl auf. Bei den Münzen wurde mir ein »heimtückischer Diebstahl« unterstellt, doch »ein Sondereinsatzkommando der Polizei« habe mich »beim Hehlen erwischt und die Beute sichergestellt«. Der Unfall mit Heiko wurde stilisiert zum »brutalen Überfall auf einen nichtsahnenden Polizisten«. Dieser sei »so rücksichtslos zu

Boden gestoßen worden, dass er mit einer Gehirnerschütterung und mehreren Hämatomen im Krankenhaus gelandet ist«. Das klang nach lebensgefährlicher Gehirn-OP, nicht nach einer Platzwunde und vier Stichen am Hinterkopf.

Und die Tatsache, dass ich aus gutem Grund Lena hinterhergerannt war, mutierte in diesem Artikel zu einer »willkürlichen Verfolgungsjagd«. Zum Glück sei das Mädchen »der brüllenden und wutschäumenden Redakteurin Susanne M. entkommen«. Offenbar hatten Passanten unseren Wettlauf verfolgt und zum Stadtgespräch gemacht.

Am Ende des Artikels folgte noch ein Seitenhieb gegen den *Stadtstreicher*: »Der Verleger des *Tagesboten* Hans-Otto Gleim, ihr ehemaliger Chef, sagte traurig: ›Ich würde mich nicht wundern, wenn sie bald in der Fußgängerzone steht und Passanten um ein paar Euro anbettelt.‹«

Einen Moment lang fühlte ich mich wie nach meinem Sturz ins Laub, unfähig zu irgendeiner Bewegung, gelähmt und atemlos. Mein Blick ging ins Leere. Ich begann wieder, die Schläge meines Herzens zu zählen: eins, zwei, drei, vier, fünf – es schlug einfach weiter, Schlag für Schlag, das beruhigte mich ein wenig.

Iris blies ihre lange Haarsträhne, die immer wieder ins Gesicht fiel, von der Nasenwurzel. »Ist doch spitzenmäßig!«, kommentierte sie den Zeitungsartikel.

»Spitzenmäßig, dass Gleim meinen Ruf auf alle Zeit zerstört? Spitzenmäßig, dass Sebastian jetzt in der Schule noch mehr gemobbt wird? Spitzenmäßig, dass ich damit zur Hypothek für unser neues Blatt werde, wenn ich es nur in der Fußgängerzone verkaufe?«

Iris schüttelte den Kopf. »Spitzenmäßig, dass uns der verflixte Sack so ernst nimmt. Warum fährt er dieses große Geschütz auf? Er fühlt sich bedroht. Aber wir werden zurückschießen.«

Ich konnte mir trotz meines Schocks ein Schmunzeln nicht verkneifen: Iris sprach schon so militärisch wie Gleim.

»Wie meinst du das?«, fragte ich.

»Schreib einen Artikel für den *Stadtstreicher*. Schreib auf, wie du wirklich aus dem Gleim-Verlag geflogen bist. Schreib auf, wie die anderen vor dir geflogen sind, wie er dich manipuliert hat. Schreib die wahre Geschichte auf!«

Ein angenehmes Kribbeln durchlief meine Hände. Das war die Chance, auf die ich gehofft hatte! Ich durfte doch wieder als Journalistin mitmischen. Aber wie sollte ich »die ganze Wahrheit« aufschreiben, ohne mich selbst unmöglich zu machen?

Ich musste die Sache gut überdenken.

»Der Kerl wühlt im Dreck. Das gefällt mir nicht.«
»Es ist sein Beruf, im Dreck zu wühlen.«
»Dann übt er einen gefährlichen Beruf aus!«
»Du willst ihn doch nicht etwa …«
»Ich fürchte, wir müssen.«
»Schon wieder ein Problem, und alles wegen damals!«
»Probleme lassen sich beseitigen.«
»Das hast du schon mal behauptet.«
»Hat es damals nicht geklappt? Haben wir nicht Karriere gemacht?«
»Er hat recht: Dieser Typ ist gefährlich. Wenn er weiter rumschnüffelt, könnte er auch meine Finanzgeschäfte auffliegen lassen.«
»Heiliger Strohsack, ihr Amtsträger seid aber auch gute Zielscheiben!«
»Was sollen wir mit dem Kerl machen?«
»Na was wohl? Das Bewährte! Hat schließlich schon mal gut funktioniert.«
»Und wenn er andere eingeweiht hat?«
»Eingeweiht heißt: totgeweiht!«

Es war 15.59 Uhr und 43 Sekunden, als ich von oben aus der Bahnhofsmission ein fiependes Geräusch hörte, einen hohen Ton, der abwechselnd anschwoll und wieder abebbte. Dieser Ton erinnerte mich an einen jaulenden Hund, automatisch tastete ich nach meiner Handtasche mit dem Pfefferspray. Die alten Narben an meinem Bein kribbelten.

Kurz darauf kündigte das Knarren der Treppe zwei Besucher an. Lisa Bodenstedt, die füllige Leiterin der Bahnhofsmission, ging in einem geblümten Kleid voraus. Hinter ihr lief ein wimmerndes und schnäuzendes Etwas, eine kleine Frau mit feuerroten Haaren. Es war Grisu, Frau Ziepert, Gleims Assistentin. Der Drache. Grisus Hand krampfte sich um ein zusammengeknülltes Tempo-Taschentuch. Ihre spitzen Wangenknochen zeichneten sich unter ihrer leinwandbleichen Haut ab. Die Tränen hatten tiefe Furchen in die dicke Schminkschicht gegraben und reichlich Wimperntusche und Rouge fortgespült.

Grisu blinzelte, und ich war nicht sicher, ob es an den Tränen lag oder ob sich ihre Augen erst an den dunklen Keller gewöhnen mussten. Dann durchwanderte ihr Blick den Raum. Sie sah mich und lief sofort in meine Richtung.

Hielt sie mich etwa für diejenige, die hier was zu sagen hatte? Andererseits, woher hätte sie auch wissen sollen, dass ich von der Ressortleiterin zur gerade mal geduldeten Straßenverkäuferin abgerutscht war.

Vor meinem Schreibtisch brach sie erneut in Schluchzen aus, wieder rollten salzige Tropfen durch die Furchen auf ihren Backen. Welche Zahl von Tränen die Tränendrüsen eines weinenden Menschen wohl pro Minute absonderten? Und welche Menge an Flüssigkeit konnte er maximal vergießen, ehe er ausgetrocknet war?

»Frau Ziepert, was ist denn los?«, fragte ich.

»Er hat mich …« Sie klang nasal, hielt kurz inne und schniefte. »Er hat mich einfach rausgeworfen. Nach acht Jahren. Vor die Tür gesetzt.«

Wieder stieß sie ein heftiges Schluchzen aus. Frau Bodenstedt, die ihr gefolgt war, streckte ihr ein neues Papiertaschentuch hin. Die Packung war schon fast leer.

»Und was führt Sie in dieser Situation ausgerechnet zu uns?«, fragte ich. Denn jeder in der Redaktion hatte in den vergangenen Jahren schon mal ihre Hochnäsigkeit zu spüren bekommen. Sie war so unbeliebt wie niemand sonst in diesem Raum – mich vielleicht ausgenommen, fiel mir ein.

»Sie haben doch eine Anzeige am Hals, Frau Mikula«, sagte Grisu. »Ich will Ihnen helfen.«

Eigentlich hätte ich fragen müssen, welche der Anzeigen sie meinte: Diebstahl oder Körperverletzung? Aber das war nach dem Artikel im *Tagesboten* auch schon egal.

Ich entschied mich für die diplomatische Art: »Inwiefern können Sie mir helfen?«

»Herr Gleim behauptet, Sie hätten seine Münzsammlung geklaut. Das kann aber gar nicht sein.«

»Warum kann das nicht sein?«

Sie blinzelte dreimal hintereinander und schaute zum schmutzigen Kachelboden hinab. »Weil ich sie Ihnen doch in seinem Auftrag gegeben habe.«

Das war glatt gelogen, sie hatte nicht mal aufgeschaut, als ich mit Gleims Tasche das Büro verlassen hatte. Offenbar war sie erpicht darauf, Rache an Gleim zu üben. Eine gute Idee, fand ich!

»Wären Sie denn bereit, das jetzt gleich bei der Polizei auszusagen?«

»Ich glaube, das ist nicht erforderlich«, sagte sie und tupfte sich das Gesicht mit dem Taschentuch ab, zweimal auf der linken Seite und dreimal rechts.

»Warum nicht?«, fragte ich.

Ihr kleiner Körper straffte sich, und ihr Gesicht wirkte auf einmal heller. »Ich komme gerade vom Polizeirevier. Ich habe schon ausgesagt.«

Der wimmernde Ton war aus ihrer Stimme gewichen, sie klang wieder taff wie die langjährige Türhüterin des Verlegers. Aber was, wenn sie mir hier die Geschichte vom Pferd erzählte? Durfte ich ihr wirklich trauen? Dass alle anderen Redakteure im Raum einfach durch sie hindurchsahen, war ja gewiss kein Zufall.

Ich bat sie, auf der Besucherseite meines Schreibtisches Platz zu nehmen, und entschuldigte mich kurz. Oben rief ich Heiko an: »Frau Ziepert behauptet, sie habe mich durch eine Aussage vom Vorwurf des Diebstahls entlastet. Ist das wahr?«

»Ich darf zu ermittlungstechnischen Details keinerlei Auskünfte geben«, sagte er.

»Dann bitte ich dich um eine allgemeine Auskunft zu Frau Ziepert. Ist sie eine ehrliche Frau?«

»Davon ist auszugehen«, sagte er.

Das war seine Art, meine ursprüngliche Frage zu bejahen. Diese Nachricht war hervorragend. Dann würde das Verfahren gegen mich bald eingestellt, und ich könnte wegen übler Nachrede gegen Gleim vorgehen. Der Schmähartikel im *Tagesboten* lag mir wie ein Wackerstein im Magen. Ich fürchtete, Sebastian würde wieder dafür büßen müssen.

Neugierig sah ich Grisu an. Mag sein, ihre Aussage war nicht in erster Linie als Gefallen für mich gedacht, sondern als Kriegserklärung an Gleim. Aber der Effekt für mich war derselbe. Und ich war ihr dankbar.

Eine halbe Stunde später standen wir vor dem Bahnhofscafé, an der Tür hing ein A-4-Blatt:

Liebe Kunden, uns gibt es nur noch bis zum kommenden Freitag! Die Stadtverwaltung hat unseren Vertrag gekündigt und will dieses Gebäude an eine Unternehmensberatung vermieten. Es geht um viel Geld. Unser kleines Café kann da nicht mithalten. Danke für all die Jahre und auf Wiedersehen!

Kleinjohann tat wirklich alles, um neues Geld in den städtischen Säckel zu scheffeln, er war nicht nur geschäftstüchtig, sondern geschäftssüchtig. Eigentlich hätten wir die reichste Stadt weit und breit sein müssen. Warum waren wir die ärmste? Aus welchen Gründen waren die sprudelnden Finanzquellen seiner ersten Amtszeiten versiegt? Stapelte er die Millionen etwa im Ratshauskeller, um sich einen Lebensabend auf den Bahamas zu finanzieren? Es mussten irgendwelche schmutzigen Geschäfte laufen, und Gleim steckte da sicher mit drin. Es wurde Zeit, dass wir herausfanden, was in Reinstadt eigentlich los war.

Wir setzten uns an einen kleinen Tisch in der Ecke. Frau Ziepert stocherte verlegen in ihrem Käsekuchen herum, ehe sie die Gabel ablegte.

»Frau Mikula, ich fürchte, ich war in den letzten Jahren ein ganz schöner Kotzbrocken.«

»Sie waren die Sekretärin von Hans-Otto Gleim«, sagte ich.

Sie lachte befreit. Das verlieh ihren Zügen etwas Mädchenhaftes. Hatte ich sie jemals zuvor lachen sehen?

»Ich hätte mich nicht vor seinen Karren spannen lassen dürfen«, sagte Frau Ziepert. »Er hat mir das Gefühl gegeben, dass er mich fördern wird, wenn ich nur in seinem Sinne handle.«

»Diese Geschichte kommt mir bekannt vor«, sagte ich und fragte mich, ob ich von meinen Kollegen auch als eine Art »Grisu« wahrgenommen worden war, als ein Drache des Chefs. »Mir hat er die Chefredaktion in Aussicht gestellt«, fuhr ich fort. »Und ich dumme Gans habe daraufhin Kollegen entlassen. Ich könnte mich …«

»Ich weiß genau, was Sie meinen!«, sagte Frau Ziepert.

Zwei Stunden später saßen wir noch immer im Café und tauschten uns aus. Frau Ziepert war ganz anders, als ich sie als Grisu wahrgenommen hatte, viel sympathischer und sogar selbstkritisch. Sie war im Verlag nicht sie selbst, sie war Gleims Werkzeug gewesen. Diese Gespaltenheit verband uns.

Als wir aufstanden, lagen zwei fast unberührte Stücke Käsekuchen auf den Tellern. Zum Essen waren wir nicht gekommen.

Ich hörte, wie die Kellertreppe knarrte und einen Besucher ankündigte. Es war ein hohlwangiger Junkie in einer zerrissenen Jeans, dessen Strubbelhaare wie elektrisiert vom Kopf abstanden. Auf seiner Hose hatte ich allein von vorne einmal siebzehn und einmal achtzehn Flecken gezählt, was wahrscheinlich nicht an einem Fehler beim Zählen, sondern an einem neuen Fleck lag.

Der Typ vertrieb sich jeden Tag seine Langeweile, indem er durch unser Kellerbüro tigerte und sich den

Redakteuren fast auf den Schoß setzte. Mal hielt er diesen, mal jenen von der Arbeit ab. Er trank aus fremden Kaffeetassen, ohne es auch nur zu bemerken.

Doch an diesem Vormittag stieß er auf ein menschliches Hindernis am ersten Schreibtisch nach der Treppe: »Guten Tag, wie ist Ihr Name? Und mit wem haben Sie einen Termin?«

Der Junkie blieb so ungläubig stehen, als hätte ihm jemand seine eigene Haustür vermauert. »Ich bin öfter hier. Ich gehöre dazu.«

Er wollte weitergehen, doch das menschliche Hindernis baute sich vor ihm auf. »Hier kommen Sie nur mit Termin rein.«

»Aber bis jetzt bin ich immer ...«

Das menschliche Hindernis ging einen Schritt auf ihn zu, worauf der Junkie drei Schritte zurückwich. »Bis jetzt! Und ab sofort gilt: Entweder machen Sie einen Termin – oder Sie machen den Abflug.«

Ich schmunzelte darüber, mit welcher Leichtigkeit Frau Ziepert – ich würde sie nicht mehr Grisu nennen – ungebetene Besucher abblitzen ließ und Ordnung in unseren Laden brachte.

Am Vortag hatte meine Empfehlung, sie an Bord zu holen, für einen Sturm des Protests gesorgt. Die Kollegen hatten mich angesehen, als hätte ich Putin für den Friedensnobelpreis vorgeschlagen.

»Ich bin froh, dass ich diesen Drachen los bin«, hatte Tom Harris gesagt. »Freiwillig teile ich mit der gar nichts, auch nicht dienstlich!«

»Freiwillig nicht«, bestätigte ich. »Aber hier liegt ein Fall von Notwehr vor.«

»Notwehr wogegen?«, fragte Harris. Die Kollegen in der morgendlichen Konferenzrunde sahen mich mit einer Mischung aus Neugier und Ablehnung an.

»Gegen das Chaos. Sitzen wir gerade um einen Konferenztisch? Nein, um eine alte Tischtennisplatte. Funktioniert unser Computernetzwerk? Nein, es stürzt dauernd ab. Kommen wir wirklich zum Arbeiten? Nein, wir werden von ungebetenen Besuchern gestört. Und warum?« Ich machte eine kurze Pause und ließ den Blick um die Tischtennisplatte wandern. »Weil uns eine ordnende Hand fehlt!«

Ich beschrieb, wie Frau Ziepert mich bei der Polizei rausgehauen hatte, welche Wut sie auf Gleim hatte und dass sie hinter der rauen Fassade eine überraschend kollegiale und charakterstarke Frau sei. Doch man glaubte mir kein Wort.

»Zugegeben, Frau Ziepert ist ein Problem, wenn sie in der gegnerischen Mannschaft spielt«, sagte ich. »Aber jetzt haben wir die Chance, sie in unser Team zu holen. Dann haben andere das Problem.«

»Die spuckt doch Gift und Galle, wenn sie nur den Mund aufmacht!«, maulte Harris.

Mein Vorschlag drohte zu scheitern. Da fiel mir eine alte Manipulationstechnik ein: Wenn du jemandem etwas verkaufen willst, der gar nicht kaufen will, dann biete ihm erst mal die kleinste Einheit an.

»Warum versuchen wir es nicht einen Tag lang mit Frau Ziepert?«, sagte ich. »Nur einen! Wenn sich eure Vorurteile bestätigen, kein Problem: Dann werft ihr sie wieder raus. Das wird euch Spaß machen. Und wenn nicht, gewinnen wir alle.«

Wir gewannen jede Menge! Im Nullkommanichts hing ein großer Terminplan an der Bürowand. Der Informatiker schwebte ein, um unser Computernetzwerk auf Vordermann zu bringen. Zwei Möbelpacker schleppten einen gebrauchten Konferenztisch an und entsorgten die Tischtennisplatte. Und die Papierberge auf Iris' Schreibtisch schmolzen wie Schnee im Frühling und flossen in ein Ablagesystem, das Frau Ziepert im Handumdrehen eingerichtet hatte.

Sie nahm Telefonate entgegen, organisierte Redaktionstermine, kümmerte sich um Spesenabrechnungen, und alles, was die Arbeit zu stören drohte, prallte an ihr ab. Ungebetene Gäste gingen genauso schnell, wie sie gekommen waren. Und ganz nebenbei sorgte sie dafür, dass frischer Kaffee aus einer nie versiegenden Quelle strömte und Kaffeetassen, die man abends schmutzig zurückließ, am nächsten Morgen wieder blitzeblank auf dem Schreibtisch standen.

Plötzlich dominierte das Klappern von Tastaturen unser Kellerbüro und nicht länger ein ewiges aufgescheuchtes Geplappere. Die Chaostruppe war zur Redaktion geworden.

Und doch war es Frau Ziepert, die für hängende Köpfe und Resignation sorgte. Die chaotische Iris war einfach davon ausgegangen, dass man in einem freien Land eine Zeitung auch frei verteilen könne. Frau Ziepert hatte das hinterfragt, mit Gott und der Welt und einer Hamburger Obdachlosen-Zeitung telefoniert. »Es stimmt: Jeder in Deutschland kann eine Zeitung vertreiben«, hatte sie uns schließlich erklärt. »Aber nur, wenn er sie auf dem normalen Versandweg zustellt, mit der Post oder per Bote. Wer eine Zeitung im öffentlichen Raum vertreiben will, zum

Beispiel in der Fußgängerzone, braucht dafür eine Genehmigung. Genau so, wie wenn er eine Würstchenbude aufmachen will.«

Diese Nachricht an sich wäre schon schlecht gewesen. Noch schlechter war, wer diese Genehmigung erteilen sollte: die Stadtverwaltung. Wie groß war die Wahrscheinlichkeit, dass Kleinjohann eine Obdachlosen-Zeitung genehmigen würde, die sich »Frei von Gleimerei und Rathausmauschelei« auf die Fahnen schrieb? Das hätte er nicht mal gegen eine seiner berüchtigten Wuchergebühren getan. Alles sprach dafür, dass er sich hinter seinen alten Kumpel Gleim und gegen uns stellen würde.

Kann Mama nicht noch mal umfallen? Kann Papa sie nicht noch mal aufheben? Mama hat schon gleich wieder alles kaputt gemacht, sie hat gesagt: »Es war nett, dass Papa mich zum Auto getragen hat. Aber schlag dir das aus dem Kopf, Sebastian: Wir sind getrennt, und wir bleiben es auch – für immer!«

Für immer, voll krass! Hat sie denn gar nicht gemerkt, dass wir endlich mal wieder 'ne Familie waren? Manchmal denk ich in der Mathestunde an uns: Früher waren wir ein Dreieck, miteinander verbunden. Jetzt sind wir nur drei Punkte auf dem Papier, jeder für sich. Da fehlen die Achsen, da hält nichts mehr zusammen.

Lena ist gemein. Sie behandelt mich wie Dreck. Vielleicht hat sie recht, und ich bin voll der Dreck. Heute hat sie rumerzählt: Sebastian will die Schule wechseln, er hält es nicht mehr aus mit uns.

Da war ich wieder der Feigling und der Loser. Sie haben mich in der Pause über den Schulhof geschubst, ich bin rückwärts ins Rondell mit den Tulpen gefallen. Dann hat Ingo an meinen Füßen gezogen und mich über den Schulhof geschleift. Ich hätte nicht gedacht, wie heiß es wird, wenn man mit den Schultern über einen kalten Boden scheuert.

Lena hat in meine Richtung gespuckt. Die Spucke ging knapp vorbei. Aber getroffen hat sie mich doch. Wie immer. Zum Glück weiß sie das nicht. Was weiß sie überhaupt von mir?

Meine Jacke ist am Boden aufgerissen, sie hat jetzt ein Loch an der rechten Schulter. Ich hab sie ganz hinten in den Schrank gestopft. Mama soll keine blöden Fragen stellen. Ihre Fragen sind in letzter Zeit immer blöd. Sie redet nicht mehr mit mir, sie verhört mich.

Mein Rücken ist aufgescheuert und brennt. Blöde Stelle, voll krass, da komme ich nicht mal mit 'nem Pflaster hin. Hoffentlich machen sie morgen nicht weiter, diese Ärsche!

Lena hat ja recht: Ich halte es nicht mehr aus. Aber ich werde die Schule nicht wechseln. Ich will bei Lena bleiben. Soll sie doch auf mich spucken, solange sie's noch kann. Wie lange noch?

»Du sollst ihnen den Garaus machen. Worauf wartest du?«
»Auf den richtigen Zeitpunkt.«
»Der war gestern. Oder vorgestern.«
»Hm.«
»Fängst du etwa an, diesen Abschaum zu mögen?«
»Ach quatsch, ganz bestimmt nicht.«
»Du verwendest schon die Vornamen, wenn du von ihnen erzählst!«
»Das hat nichts zu heißen.«
»Vergiss nicht: Sie haben dich gehasst. Haben dich mehr als Tier gesehen denn als Mensch!«
»Die Leute reden viel dummes Zeug.«
»Tu es endlich. Bevor es zu spät ist. Sonst …«
»Was sonst?«
»Sonst weiß ich nicht, wie es mit uns weitergeht.«
»Du willst es beenden? Drohst du mir etwa?«

VIERTE MAIWOCHE

Reinstadt, 22. Mai
Aufmacher *Tagesbote*: »Eine Stadt zum Durchatmen: Beste Luftwerte seit 1948!«

Der Entschluss, mit Tom Harris zu sprechen, war mir schwergefallen. Aber sollte ich zusehen, wie mein Sohn allmählich vor die Hunde ging? Seine Tagebucheinträge klangen wie Hilferufe. Ich musste etwas unternehmen, bevor er etwas unternahm.

Sebastians Unglück trug einen Namen: Lena. Zwar nahm ich zur Kenntnis, dass er sich auch kritisch über mich äußerte. Aber welches Kind findet es schon toll, wenn seine Eltern sich trennen? Dass er die Wut darüber bei mir ablud, lag auf der Hand: Ich war 365 Tage im Jahr für ihn greifbar, wir wohnten unter einem Dach. Dagegen war Heiko fein raus, wenn er sich hinter meinem Rücken mit ihm auf drei Kugeln Eis im Monat traf und den Bilderbuchvater spielte. Bestimmt wusste Sebastian bis heute nicht, womit Heiko unsere Trennung heraufbeschworen hatte.

Ich war durch die abendliche Fußgängerzone gelaufen und stand jetzt vor dem »Haarstudio Harris«, das Toms Frau betrieb. Drei goldene Scheren, im Kreis angeordnet, bildeten auf dem hell erleuchteten Schaufenster das Firmenlogo. Dahinter lag eine Art Kabinett, ich zählte sechs Spiegel.

Die Familie Harris wohnte in der Altbauwohnung über dem Salon. Ich klingelte. Ob Tom wohl wusste, was seine Tochter trieb? Ob ihm klar war, dass er sie nach seiner Entlassung aufgehetzt und zur Todfeindin meines Sohnes gemacht hatte? Wenn sein Einfluss auf die Göre so groß war, warum sollte er sie dann nicht zur Vernunft bringen können?

Die Haustür summte, ich schlüpfte hinein und atmete Bohnerwachs. Ich sprang über 18 Treppenstufen. Die Wohnungstür der Familie Harris öffnete sich einen Spalt breit, sie ging nach außen auf. Ich erspähte Lenas helles Schneewittchengesicht, sie trug ein rosa T-Shirt. In ihrem linken Ohr steckte ein Kopfhörerstöpsel, der andere baumelte am Kabel über ihrer rechten Schulter. Kuschelrock flüsterte wie aus dem Off.

Lena war überrascht, als sie mich sah, und wollte die Tür wieder zuziehen. Doch ich hatte meinen Fuß schon dazwischen geschoben. »Ich will deinen Vater sprechen«, sagte ich.

»Der ist nicht da!«, antwortete sie und zog energisch an der Türklinke.

»Auf dem Schulhof bist du mutiger«, sagte ich. »Da bleibt dir die Spucke nicht weg, was?«

»Sebastian ist eine Petze!«, stieß sie hervor. Durch den Türspalt sah ich, dass sie sich wie beim Tauziehen nach hinten stemmte. Mein Fuß zwischen der Tür wurde ziemlich schmerzhaft zusammengequetscht.

»Du tust mir weh, hör auf zu ziehen!«

»Nehmen Sie den Fuß da weg, dann hat sich das Problem erledigt.«

Also gut, dieses schlecht erzogene Gör wollte es nicht anders: Ich schob meinen rechten Arm durch den Türspalt und wollte ihre Hand greifen, mit der sie an der Tür zog. Ein metallisches Scheppern kam mir zuvor, gefolgt von einem lauten Schlag. Der Druck auf meinen Fuß hatte plötzlich nachgelassen, er war wieder frei.

Vorsichtig schob ich die Tür auf. Lena lag regungslos auf dem Boden, ihr Kopf war an der Wand des Flurs hinabgesunken. Vor ihr, auf dem Parkett, glitzerte die silberne Türklinke. Ihre rechte Hand klammerte sich noch immer daran fest.

»Lena«, sagte ich und beugte mich zu ihr runter. Sie reagierte nicht. Ich schlug ihr ganz leicht auf die Wangen, zweimal, dreimal, viermal. »Lena, kannst du mich hören?« Keine Reaktion.

»Hallo!«, rief ich laut in die Wohnung. »Ist jemand zu Hause?« Keine Antwort. Verdammt, das hatte mir gerade noch gefehlt: Ein 15-jähriges Mädchen lag regungslos im Flur, und dieser Unfall hatte eindeutig mit mir zu tun. Ich befand mich in einer fremden Wohnung, deren Betreten mir eigentlich verwehrt worden war.

Was war los mit Lena? War sie ohnmächtig? Oder war sie gar …?

Von einer Redaktionsparty, zu der Harris vor Jahren einmal eingeladen hatte, kannte ich die Altbauwohnung noch ein wenig. Ich sprang ins Badezimmer, griff einen Waschlappen, ließ kaltes Wasser darüber laufen und drückte ihn Lena vorsichtig gegen die Stirn.

Die Kälte ließ ihren Körper zucken. Ihre Augen blinzelten. Verwirrt schaute sie mich an. »Frau Mikula, was machen Sie denn hier?« Sie klang überrascht, aber nicht erschreckt.

»Ich wollte deinen Vater besuchen.«

»Und was mache ich hier auf dem Boden?«

»Du hast zu fest an der Türklinke gezogen und bist nach hinten gestürzt, als die Klinke sich gelöst hat.«

Zum Glück schien es sie nicht mehr zu interessieren, warum sie so fest gezogen hatte.

»Du solltest dich hinlegen. Wo ist dein Zimmer?«

Zutraulich stützte sie sich auf mich und steuerte die Tür am Ende des Flurs an. An den Wänden ihres Zimmers hingen drei Poster mit Boygroups, deren Mitglieder mir so jung erschienen, dass man sie ohne Bühnenausweis wohl nie in die Clubs reingelassen hätte, in denen sie auftraten.

Lena setzte sich ganz vorsichtig hin, streifte ihre Hausschuhe ab und legte sich auf ihr Bett. »O Gott, ist mir schwindlig«, sagte sie.

»Sebastian ist auch schwindlig, wenn ihr ihn im Kreis herum jagt.«

»Ich brauche eine Schüssel!«, sagte sie.

»Und Sebastian braucht seinen Frieden. Er mag dich. Du hast kein Recht, ihn zu quälen!«

»Ich brauche eine Schüssel!«, sagte sie noch mal. Dann hob sie den Kopf neben ihr Bett und übergab sich. Ein säuerlich-scharfer Geruch stach mir in die Nase. Ich ging in die Küche, fand einen Putzlumpen und beseitigte die Schweinerei.

»Lena, es kann sein, dass du eine Gehirnerschütterung hast. Wir sollten einen Arzt rufen.«

»Papa wollte um acht Uhr aus München zurück sein. Und Mama muss auch jede Sekunde nach Hause kommen. Lassen Sie uns noch ein bisschen warten.«

Meine Digitaluhr zeigte 20.29 Uhr und 53 Sekunden. Vielleicht schneite Tom wirklich gleich rein. Aber wie sollte ich ihm die Vorfälle in seiner Wohnung erklären? Erst schmeiße ich ihn aus der Redaktion raus, dann übergebe ich ihm seine Tochter in einem krankenhausreifen Zustand. Das war nicht gerade der Tabak, den man üblicherweise in Friedenspfeifen stopfte.

»Lena, ich kann dich doch nicht einfach hier liegen lassen.«

»Ich möchte mich ausruhen. Gehen Sie ruhig so lang ins Wohnzimmer.«

Mit diesen Worten döste sie weg. Okay, einige Minuten würde ich noch warten. Ich setzte mich im Wohnzimmer aufs Sofa. Auch hier auf dem Tisch stand eine Playboy-Tasse, typisch Tom, darin steckten fünf Kulis, zwei Eddings und drei Bleistifte, einer davon mit Radiergummi. Daneben stapelte sich Papier. Außerdem lag da ein Notizkalender, aus dem die winzige Ecke eines roten Zettels ragte, wie eine Einladung, den Kalender an dieser Stelle aufzuklappen. Ich tat es. Der Zettel enthielt eine kurze Aktennotiz von Tom. Als ich sie las, blieb mir die Luft weg. Es ging um Gleim. Und es schien mir unglaublich brisant. Harris war da an einer wirklich großen Sache dran.

Um 20.40 Uhr und 21 Sekunden kam Toms Frau nach Hause. Meine Anwesenheit und die lose Türklinke auf dem Flurboden jagten ihr einen ordentlichen Schrecken ein, der sich aber sofort in Sorge um ihre Tochter verwandelte. Lena ging es inzwischen etwas besser. Offenbar doch keine Gehirnerschütterung.

Tom war immer noch nicht aus München zurück. Ich dachte an den roten Notizzettel in meiner Hosentasche. Und mich beschlich ein böser Verdacht, woran sein Ausbleiben liegen könnte.

»Warum werde ich nicht mehr zu Ihnen durchgestellt?«

»Jetzt haben Sie mich doch erreicht.«

»Erst, als ich anonym auf Ihrer Geheimnummer angerufen habe.«

»Sie haben doch gesagt, mein neuer Geschäftspartner sitzt in Übersee. Was wollen Sie von mir?«

»Wir haben Ihnen das Geld organisiert. Und Sie halten sich nicht an die Vereinbarung. Sie haben noch genau zwei Wochen, um das Geld zurückzuzahlen.«

»Sie haben mir den Schlamassel eingebrockt!«

»Bin ich dafür verantwortlich, dass Sie auf leeren Kassen saßen? Kann ich etwas dafür, dass Sie Geschenke unters Volk bringen wollten?«

»Sie haben mir die Risiken verschwiegen!«

»Es ist allein Ihr Problem, wenn Sie den Vertrag nicht lesen.«

»Das waren tausend Seiten, noch dazu auf Englisch. Ich habe das Original nie bekommen, nur eine Zusammenfassung.«

»Sie haben das Original nie gewollt! Keine Papiere, das waren Ihre Worte. Wo bleiben die Raten?«

»Wir überweisen gerade.«

»Das haben Sie schon mal behauptet. Vor einer Woche.«

»Da gab es ein paar Schwierigkeiten mit der Liquidität.«

»Ich hoffe, diese Schwierigkeiten sind behoben. Sonst müssen Sie sich auf einen Skandal gefasst machen.«

»Sie wollen mich ans Messer liefern? Sie wollen an die Öffentlichkeit gehen?«

»Ich will, dass Sie Ihre Raten bezahlen. Das war die letzte Warnung.«

Die Fußgängerzone lag da wie ein finsterer Schlauch. Die Läden hatten ihr Licht ausgeknipst, und ein kalter Nachtwind führte die Geschäfte. Mit sadistischer Freude trieb er einen Plastikbecher vor sich her, der bei jedem seiner Purzelbäume hohl durch die Straßenschlucht hallte. Es kam mir vor, als würde der Becher von einem unsichtbaren Verfolger gejagt.

»Nicht bewegen«, flüsterte Ratte.

»Wie denn bewegen?«, hauchte ich zurück. »Es ist doch viel zu eng!«

Wir kauerten auf dem Abluftschacht, dicht aneinandergepresst. Seinen Schlafsack hatten wir über uns gelegt wie eine riesige Tarnkappe. Ich kam mir vor wie ein blindes Küken im Ei, klein, hilflos und eingeengt. Der strenge Geruch von Rattes Lederjacke mischte sich mit meinem Angstschweiß. Denn ich war mir sicher: Diese Tarnkappe war viel zu auffällig.

Der Plastikbecher hoppelte weiter über den Asphalt, der Wind peitschte ihn auf uns zu.

»Wer ist hinter uns her?«, fragte ich.

»Verfolgt wirst du immer nur von einem«, sagte Ratte erstaunlich gelassen. Doch ich spürte, wie seine Beine zitterten. Hatte er Angst? Oder war ihm nur kalt?

»Verfolgt von wem?«

»Von dem, was du am meisten fürchtest.«

In diesem Moment hörte ich Schritte. Schwere Schritte. Langsam, aber bestimmt kamen sie die Fußgängerzone hinab. Hart schlugen die Sohlen auf den Asphalt, wie menschliche Hufe. Mein Puls schaltete einen Gang hoch, meine Finger fühlten sich an wie Eiszapfen.

»Wir müssen abhauen!«, flüsterte ich.

»Was du fürchtest, holt dich immer ein: Du trägst es in dir!«

»Jetzt würde ich es am liebsten rauskotzen!«

»Angst kann man nicht auskotzen – Angst frisst dich auf.«

Die harten Schritte waren jetzt so nah, dass ich kaum noch zu atmen wagte. Ein Splittern schien meine Gehörgänge zu zerreißen, als eine schwere Sohle mit einem scharfen Knirschen etwas auf dem Boden zermalmte. Der Plastikbecher hoppelte nicht mehr im Nachtwind, der immer noch gespenstisch pfiff.

Hier war jemand unterwegs, der zutreten konnte. Jemand, der gern zerbrechliche Gegenstände klein machte. Auch menschliche Körper waren zerbrechlich. Es machte mich fast verrückt, dass ich nichts sehen konnte unter diesem Schlafsack. Ich roch keine Lederjacke mehr, ich atmete nur noch schwarze Angst.

Vielleicht waren Ratte und ich zu weit gegangen, unsere Recherche hatte dieser Stadt die Maske vom Gesicht gerissen. Nie wäre ich auf die Idee gekommen, auf ein Verbrechen dieser Dimension in den Katakomben des Rathauses zu stoßen. Aber was nützte diese Enthüllung, wenn nie ein Mensch davon erfahren würde, wenn wir sie mit ins Grab nehmen würden?

»Ratte«, wisperte ich, »was tun wir jetzt?«

»Wir schauen der Gefahr ins Gesicht.«

»Du meinst, wir sollten unter dem Schlafsack hervorkommen?«

»Entweder siehst du die Gefahr zuerst. Das ist Glück. Oder die Gefahr sieht dich zuerst. Das ist Pech.«

Die Schritte waren verstummt. Offenbar stand unser Gegner auf der Stelle. Er lauerte. Nur der Wind orgelte in den Dachrinnen. Es war ein Geräusch wie aus der Hölle, ein unheimliches An- und Abschwellen. Die Erkennungsmelodie dieser Stadt.

Dann legte auch der Wind eine Pause ein. Es wurde unerträglich still. Eine laute Stille, die meine Seele zerquetschte wie der Schuh den Plastikbecher. Ich stieß einen Schrei aus, als Ratte den Schlafsack beiseiteriss und aufsprang. Die Saiten seiner Gitarre, die er dabei umstieß, vibrierten, ein tiefer Ton, ein akustisches Zittern erfüllte die Nacht.

Ich blinzelte in eine finstere Schlucht und kniff meine Augen zusammen, um Konturen im Schattenreich zu erkennen. War da nicht ein Galgen, der sich in einem sanften Bogen hoch zum Nachthimmel reckte? Nein, das war nur eine erloschene Straßenlaterne. Aber duckte sich dort drüben in der Ecke nicht ein kleiner, dicker Mann? Ja, ganz sicher. Ein Mann, der nichts Gutes im Schilde führte. Langsam gewöhnten sich meine Augen an die Dunkelheit: Nein, es war nur eine Mülltonne. Wo war unser Gegner geblieben? Ich hatte seine Schritte doch gehört, er konnte sich nicht in Luft aufgelöst haben.

»Was machen Sie beiden hier?«, fragte ein tiefer Bass. Aus dem dunklen Eingang des Kaufhauses schälte sich ein riesiger Schatten, ein fülliger Körper. Ich kannte diese Stimme, ich hatte sie schon oft gehört.

»Wir tun, wofür die Nacht sich anbietet«, sagte Ratte. »Wir übernachten.«

»Aber Sie schlafen nicht«, sagte Bürgermeister Kleinjohann. »Sie beide sind wach. Zu wach für diese Stadt.«

»Nicht alle, die offene Augen haben, sind auch wach«, sagte Ratte.

»Zum Glück. Aber Sie haben Dinge aufgedeckt, die besser im Verborgenen geblieben wären.«

»Wir konnten nur aufdecken, was Sie verdeckt haben«, antwortete Ratte.

»Deshalb werde ich Sie jetzt zudecken lassen«, knurrte Kleinjohann. »Mit Erde!«

Er pfiff durch seine Finger und drehte ab. Hinter einer Hausecke traten zwei dunkle Gestalten hervor. Sie waren schwarz wie die Nacht. Noch schätzte ich ihre Entfernung auf höchstens zwölf Meter.

»Renn!«, brüllte ich zu Ratte.

»Mein Tod holt mich ohnehin ein«, sagte er.

»Du bist zu jung zum Sterben!«

»Das behaupten auch Hundertjährige.«

Die beiden Gestalten hatten sich auf acht Meter genähert – erstaunlich langsam, wie Raubtiere, die sich ihrer Beute sicher waren.

Ich warf noch einen letzten Blick zu Ratte – dann rannte ich los. Meine Füße fegten über den Boden, meine Ellbogen flogen durch die Luft, und mein Atem schwoll zu einem Keuchen an, zu kurzen, pfeifenden Luftstößen. Ich dachte einen Moment an meinen Vater, an das Geräusch der Luftpumpe, wenn er jedes Frühjahr mein Rad flottgemacht hatte. Jetzt quietschte meine Lunge wie diese alte Luftpumpe.

Ich musste mich nicht umschauen, ich spürte es auch so: Mein Verfolger kam näher. Ich befahl meinen Füßen, schneller zu laufen, vergeblich. Ich befahl meinen Augen, ein Versteck zu finden, vergeblich. Ich befahl meinen Gedanken, ruhig zu bleiben, doch sie wirbelten durcheinander wie Staub unter den Hufen eines Rennpferdes.

Ich war nur noch ein flüchtendes Tier, mein Instinkt peitschte mich vorwärts. Bloß nicht stehen bleiben! Bloß nicht umdrehen! Rennen, rennen, rennen!

Der Atem meines Verfolgers hatte mich schon eingeholt, zwei Luftpumpen in der Dunkelheit – der große Knall stand bevor.

Mein Fuß, verdammt! Ich blieb hängen, woran auch immer, strauchelte, verlor den Boden unter den Füßen und spürte im Fallen noch den scharfen Wind um meine Ohren pusten, wie damals bei meinem Fallschirmsprung. Aber diesmal, das wusste ich, würde ich ungebremst aufschlagen – aufschlagen im Laub.

Sirenengeheul. Das Geräusch drang verschwommen an meine Ohren. War die Polizei schon unterwegs? Würde sie mich retten, bevor er über mich herfiel? War ich überhaupt noch zu retten?

Schweißnass fuhr ich hoch und schaute verwirrt um mich, bis meine Augen die leuchtende Anzeige meines Weckers fanden. 3.17 Uhr und 35 Sekunden. Mein Herz galoppierte, meine Hochrechnung kam auf 134 Schläge in der Minute. Mein ganzer Körper bebte wie eine Glocke, die von einem gewaltigen Klöppel erschüttert wurde.

Schon wieder ein Albtraum! Seit meinem Sturz ins Laub vor Kurzem, als ich hinter Lena hergerannt war, suchten mich die alten Träume wieder heim. Ich wurde verfolgt, mal von Hunden, mal von Menschen. Und am Ende fiel ich immer hin und lag auf dem Waldboden wie festgetackert. Sogar in meinen Träumen zählte ich meinen Puls, wenn ich dort lag. Und ich fand es unheimlich, dass ich immer exakt auf dieselbe Zahl kam, wenn ich aufwachte. Mein Pulsschlag im Traum war real, wie fiktiv war dann der Traum?

Und erst meine Narben am Bein! Nach einem solchen Albtraum brannten sie wie offene Wunden. Oft tastete ich im Dunkeln nach ihnen, überzeugt davon, gleich warmes, klebriges Blut an meinen Fingern zu spüren.

Diese Träume hatten mehr Kraft, als mir lieb war. Ich hasste es, eine Marionette an den Fäden meiner Vergangenheit zu sein. Diesmal hatte ich geträumt, Kleinjohann betriebe einen furchtbaren Folterkeller in den Katakomben seines Rathauses. Und Ratte und ich wären ihm auf die Schliche gekommen. Dabei drehte der Bürgermeister in der Realität nicht an der Daumen-, sondern nur an der Gebührenschraube.

Ein weiteres Martinshorn entriss mich endgültig der Schlaftrunkenheit. Ich sah, wie es schummrig-blau durch den dünnen Vorhang meines Schlafzimmers flimmerte. Fünfmal »tatütata«, sechsmal, siebenmal. Ich trat ans Fenster und schaute dem kühlen Flackern hinterher, das von den Häuserwänden zurückgeworfen wurde und um die Straßenecke verschwand.

Eigentlich hätte ich dieses Geräusch lieben müssen, denn Polizei- und Feuerwehreinsätze versprachen, wovon eine Lokalzeitung lebte: dramatische Geschehnisse vor Ort, Unfälle und Brände, Einbrüche und Schlägereien, Randale und Festnahmen. Für die betroffenen Menschen war die Explosion eines Atomkraftwerks eine Katastrophe, für uns Journalisten war sie *Breaking News*. Ohne Katastrophen keine Nachrichten. Jedes Bombenattentat war eine Steilvorlage für die nächste Story, die nächste Sondersendung, die nächste Medien-Peepshow. Das nackte Unglück wurde beglotzt wie die nackte Frau im Glaskasten.

Ich wusste, die häufigste Berufskrankheit von Journalisten war Zynismus. Bei mir selbst tat ich mich jedoch schwer, das Stadium zu diagnostizieren. Wir waren Schlachtenbummler, wir beschrieben Katastrophen in voyeuristischer Manier und tarnten diesen Vorgang als »journalistische Aufklärungsarbeit«. Pressefreiheit hieß heutzutage, dass man sich jede Freiheit herausnahm, wenn es nur den Auflagen und den Einschaltquoten diente.

Wenn ich selbst Artikel schrieb, sah ich großzügig über solche Fragen hinweg. Aber wenn ich die Artikel anderer las, spürte ich das Unbehagen in mir. Zum Beispiel hatte ich in der Medienberichterstattung eine ausgeprägte Vorliebe für das Wörtchen »bislang« festgestellt. »Das Unglück forderte *bislang* 163 Todesopfer.«

Für mich klang da immer die reißerische Andeutung durch, die Opferzahl würde sich noch steigern lassen: 173, 183, 193 – zum Ersten, zum Zweiten und zum Dritten!

Und was war eigentlich gemeint mit: «das Unglück forderte …«? Die Formulierung erweckte den Eindruck, Flugzeuge würden zwangsläufig vom Himmel fallen, Züge zwangsläufig entgleisen und Häuser in Erdbebengebieten zwangsläufig mit Einsturzgarantie gebaut werden. Der Leiter unserer Journalistenschule hatte Iris und mir eingebläut: Wer behauptete, dass ein Unglück etwas »forderte«, lenkte von den wahren Verantwortlichen ab – fast immer Menschen.

Ich dachte an meinen Vater. Wenn jemand verletzt worden war, hatte er als Arzt die Blutungen gestillt. Mir als Journalistin jedoch kam genau dieses Blut gerade recht, um Schlagzeilen für mein Blatt zu machen. Seine Hände hatten das Leid der Menschen gemindert. Meine klopften nur eine Beschreibung des Leids in die Tastatur.

Und doch hatte er es gut gefunden, dass ich Journalistin geworden war. Einmal, als wir beim Angeln saßen, hatte er gesagt: »Wenn *ich* einen Fehler mache, Susanne, ist im schlimmsten Fall ein Mensch tot. Wenn *du* einen Fehler machst, kommt eine Gegendarstellung. Womit kann man besser leben?«

Die Fakten gaben ihm recht: Ich hatte meinen Beruf bislang überlebt – er war an seinem zugrunde gegangen.

Auf dem Nachttisch dudelte mein Handy. Das Display leuchtete im Dunkeln. Wer rief mich mitten in der Nacht an? »Iris« wurde angezeigt. War Tom Harris immer noch nicht aus München zurück? Wollte sie, dass ich an seiner Stelle als Polizeireporterin in die Kleider sprang und mich um die Einsatzfahrzeuge kümmerte, die eben durch die nächtliche Stadt gebrettert waren? Ich ging ran.

»Morgen, Prinzessin! Es gibt großen Mist zu vermelden.« Sie klang aufgeregt.

»Wo brennt's denn, Iris?« Meine Stimme klang heiser, als hätte ich im Traum geschrien.

»Genau die richtige Frage!«, sagte sie. »Es brennt dort, wo es uns verflixt wehtut: in der Bahnhofsmission!«

Zwei Minuten und 46 Sekunden später saß ich in meinem Geländewagen und jagte in Richtung Bahnhof.

Das Kaufhaus hatte gerade aufgemacht, die ersten Kunden drückten sich an einem muskelgebirgigen Security-Mann vorbei, der die Tür mit wichtiger Geste geöffnet hatte. Ratte saß an seinem Stammplatz, den roten Schal um den Hals gewickelt, die Gitarre im Anschlag.

Ich war froh, ihn lebendig zu sehen. Denn je länger ich über meinen Traum nachdachte, desto mehr fühlte er sich wie eine Vorahnung an. War Ratte in Gefahr? War er dabei, die Dunkelmänner dieser Stadt zu überführen? Wollte er, wie von Karl Popper gefordert, »weiterarbeiten«, bis er das noch Unsagbare »klar sagen« konnte?

Wenn das so war, gab es bestimmt Menschen, die ihm vorher gern den Mund gestopft hätten. Und mir ganz sicher auch. In dieser Hinsicht steckten wir, wenn schon nicht unter einem Schlafsack, so doch wenigstens unter einer Decke.

Er spielte mit geschlossenen Augen, sein Plättchen fegte über die Saiten. Der offene Gitarrenkoffer lud zu Spenden ein.

Mit leicht gepresster Stimme sang er:

Zwei Blindenhunde kreisen umeinander.
Es regnet, und die Ampeln sind kaputt.
Zwei Blinde, die den Angriff überlebten,
umarmen sich und wälzen sich im Schutt.

Wir sind Fallensteller, und wir sind die Beute.
Wir sind doch alles aufgeklärte Leute.

Im Gitarrenkoffer zählte ich siebzehn Centmünzen: zwei Einer, drei Zweier, neun Zehner und drei Zwanziger. Die größeren Münzen fischte er immer direkt nach den Liedern ab. »Wenn die Zuhörer sehen, der Künstler hat seine Gage schon, legen sie nichts mehr nach«, hatte er mir bei meinem letzten Besuch erklärt. Sollte ich ihm ein Zwei-Euro-Stück in seinen Koffer werfen? Sicher hätte das Geräusch seine Augen geöffnet, vielleicht hätte er sich sogar gefreut. Aber stand es mir zu, ihm Almosen zu geben? Hätte das nicht ein Gefälle in unsere Beziehung gebracht: ich Gönnerin, er

Bettler? Zumal ich ohnehin das Gefühl hatte, dass er mir mehr geben konnte als ich ihm.

Als das Lied zu Ende war, schaute er hoch.

»Hallo, Susanne!«, sagte er. »Ich dachte mir schon, dass du hier aufkreuzt.«

Ich ging etwas in die Knie, damit er nicht so steil nach oben schauen musste. »Wieso?«

»Ich höre doch Nachrichten.«

»Mir war nicht bekannt, dass du ein Radiogerät hast.«

Ein Grinsen verschob seine Bartstoppeln um den Mund. »Jeder, der auf der Straße spricht, ist ein Nachrichtensprecher. Die Leute reden hier viel. Der beste Empfänger sind die Ohren. Außerdem habe ich die Sirenen gehört. Mit euren Doppelverglasungen sperrt ihr die Nacht aus. Zu meinen Ohren hat sie freien Eintritt.«

Zu meinen Träumen auch, hätte ich sagen können, denn eine Doppelverglasung ist nicht dick genug, um die eigene Vergangenheit auszusperren. Aber ich verkniff mir so viel Offenheit.

»Ich habe gehört, dass die Tür der Bahnhofsmission nicht abgeschlossen war«, sagte Ratte.

»Deine Nachrichtensprecher sind gut informiert! Ein Bäcker hat den Brand bemerkt. Auf dem Weg zur Arbeit ist ihm aufgefallen, dass aus unserem Lichtschacht Rauch aufsteigt. Und dann hat er unten ein verdächtiges Flackern bemerkt und sofort die Feuerwehr gerufen. Die mussten nicht mal die Tür aufbrechen, sie konnten einfach ins Gebäude spazieren.«

Und genau das war der springende Punkt! Ich war hier, um Ratte eine Frage zu stellen. Und ich überlegte, wie ich sie verpacken konnte, ohne ihn zu kränken. Ich probierte es mit einem rhetorischen Kniff, über den ich mal gelesen hatte.

»Wir fragen uns natürlich, wie genau es die Bahnhofsmission üblicherweise beim nächtlichen Abschließen ihrer Türen nimmt«, sagte ich. Somit hatte ich die Frage nicht ihm, sondern allgemein gestellt. Aber er würde sich doch zu einer Antwort aufgefordert fühlen.

Ratte durchschaute mich sofort: »Aha, du willst mich alten Straßenköter also als Sachverständigen nutzen! Genau deshalb habe ich auch mit deinem Besuch gerechnet.« Er klang belustigt, kein bisschen gekränkt.

»Kannst du denn etwas dazu sagen?«

»Ich kenne etwa zwei Dutzend Stammkunden dieses Ladens. Und ich weiß, dass nur zwei Dinge in Reinstadt sicher sind: Um Mitternacht schlagen die Kirchenglocken – und die Bahnhofsmission ist danach verschlossen. Immer. Wie oft habe ich Kollegen, die zu spät dran waren, schon jammern gehört.«

»Frau Bodenstedt hat das im Polizeiverhör auch so gesagt. Aber die Tür war definitiv offen, es gibt keinerlei Einbruchsspuren.«

»Vielleicht war die Tür ja ganz korrekt abgeschlossen. Und wurde vor der Brandstiftung dann mit einem Schlüssel wieder ganz korrekt aufgeschlossen«, sagte Ratte.

Eine laute Kehrmaschine kurvte am Gehsteig entlang, der Fahrer nickte Ratte zu, der grüßte zurück.

»Über diese Möglichkeit will ich gar nicht nachdenken! Das hieße ja, dass der Brandstifter ein Mitglied der *Stadtstreicher*-Redaktion ist. Jeder von uns hat einen Schlüssel. Dass Frau Bodenstedt uns erst Asyl gewährt und dann ihre eigene Hütte anzündet, ist nicht gerade wahrscheinlich.«

»Aber wer in eurer Redaktion hätte ein Motiv?«

Ich hoffte inständig, dass der Verdacht nicht auf mich fiele. Schließlich war ich in der Redaktion nur geduldet und galt sicher bei den meisten immer noch als Gleims Erfüllungsgehilfin. Aber das wollte ich Ratte nicht auf die Nase binden.

»Keine Ahnung«, sagte ich.

»Bestimmt seid ihr die Beute eines Fallenstellers geworden. Aber ich würde wetten: Die ausführende Hand ist nicht mit dem Planer identisch. Wer könnte hinter dem Brandanschlag stehen? Wer hat ein Interesse daran, eure Redaktion lahmzulegen und Unfrieden zu stiften?«

In meinen Ohren klang sein Lied noch nach. »Es gibt nur einen solchen Dunkelmann in dieser Stadt«, sagte ich. »Und der hat allerbeste Gründe.«

Wie gut, dass Tom seine Recherchenotiz nicht in der Redaktion abgelegt hatte.

Heute war ein Tag zum Kotzen. Lena kam zu spät in den Unterricht und sah voll schlimm aus. Augenränder und so. Judith hat sie gefragt, was los ist. Lena hat aber nur gesagt: Lass mich in Ruhe! Die beiden sind eigentlich Freundinnen, sitzen nebeneinander.

Bis zur großen Pause hat sie kein Wort geredet. Sie ist immer wieder hochgesprungen und raus aus dem Unterricht. Angeblich zur Toilette. Danach waren ihre Augen rot wie bei einem Kaninchen. Voll krass, sie muss geheult haben. Aber warum?

Ich war traurig, weil sie traurig war. Und ich war vor allem traurig, weil ich nichts gegen ihre Traurigkeit machen konnte. In der Pause stand sie ganz allein neben dem

Eingang der Turnhalle. Sie hat sich weggedreht vom Schulhof und geraucht. Dabei raucht sie eigentlich gar nicht. Sie hat es auch gar nicht vertragen, ich habe sie husten gehört. Sie hat so merkwürdig zum Himmel hochgeschaut, alle paar Minuten wieder. Ich habe auch geschaut, ich dachte, da fliegt vielleicht ein Flugzeug. Oder ein besonderer Vogel. Aber da flog nichts. Nur Wolken. Ich habe gedacht: Jetzt geh ich einfach hin und rede mit ihr. Wenn sie mich abblitzen lässt, na und? Aber dann ist Teddy aus der Klasse über uns zu ihr rüber. Der ein dickes Motorrad fährt. Sie hat sich weggedreht. Er hat sie an den Schultern gefasst. Dann hat sie was gesagt und fing an zu weinen. Und Teddy hat sie in den Arm genommen.

Das tat beides voll weh: dass sie geweint hat und dass sie in seinen Armen geweint hat. Ich bin einfach der Loser, ich hätte zehn Sekunden früher loslaufen sollen.

Nach der Pause kam Lena nicht wieder. Ich musste die ganze Zeit zu ihrem Platz schauen. Für alle anderen war sie weg, aber ich habe sie noch gesehen. Ich kann sie immer sehen, ich muss nur die Augen zumachen. Da habe ich die Lena von früher gesehen. Sie hat mich angelächelt.

Ich weiß noch, wie sie mich das erste Mal angelächelt hat. Es war auf der Schulfete. Wir hatten ein paar Alkopops getrunken und sind zusammen vor die Tür. Ich glaube sogar, sie hat mich rausgelockt. Sie hat gesagt, sie findet mich süß. Ich habe gesagt, ich finde sie süßer. Sie hat gesagt, ich soll die Augen zumachen. Ich habe die Augen zugemacht. Sie hat gefragt: Wo bin ich jetzt? Ich habe gesagt: Vor mir. Sie: Falsch, und hat mich aufs Ohr geküsst. Sie wieder: Wo bin ich jetzt? Ich: Vor mir. Und sie wieder: Falsch, und hat mich auf den Nacken geküsst.

Noch mal sie: Wo bin ich jetzt? Ich: Vor mir. Und sie: Richtig, und hat mich auf den Mund geküsst.

Sie konnte richtig küssen. Ich wollte auch richtig küssen. Aber ich hab wohl was falsch gemacht, ich habe beim Küssen keine Luft mehr bekommen. Mir wurde schwindlig. Aber es war egal, dass ich keine Luft mehr bekommen hab. Ich hab ja einen Kuss bekommen, das war viel besser als Luft. Und es war egal, dass mir schwindlig wurde, denn ich habe mich an ihr festgehalten. Und sie hat sich an mir festgehalten. Zusammen sind wir dann auf der Holzbank gelandet. Ich weiß noch, wie die Bank roch. Und ich weiß noch, wie Lena roch. Es war so schön.

Fünf Monate ist das her? Mir kommt es vor wie eine Szene aus einem uralten Liebesfilm, schwarz-weiß und so.

Das Ende des Schultags war heute das Schlimmste, Herr Michels hat gesagt: Damit ihr das wisst: Lena ist fürs Erste vom Unterricht freigestellt. Ihr Vater hatte einen schweren Unfall. Er hat es beiläufig gesagt wie: Morgen fällt übrigens die erste Stunde aus.

Ich weiß nicht, ob ich an Gott glaube. Und ich denke schon gar nicht, dass Gott an mich glaubt. Warum sollte er an einen Loser glauben? Aber ich werde heute Abend vorm Schlafen beten. Für Lena. Und für ihren Vater.

»Sind wir die Ersten?«
»Sieht so aus.«
»Sind sie da drinnen?«
»Sieht auch so aus.«
»Hast du schon einen abgeschossen? Oder versuchst du es heute auch zum ersten Mal?«
»Ich schieße nicht gern aus der Hand.«
»Wie viel Kohle, denkst du, bringt ein Abschuss?«
»Hängt vom Auftraggeber ab. Boulevard zahlt am besten.«
»Wen hast du zuletzt abgeschossen?«
»Diesen und jenen.«
»Ich seh schon, du bist ein gesprächsfreudiger Kollege!«
»Ich bin Profi. Werde bezahlt fürs Schweigen.«.
»Wissen die Leute vom Stadtstreicher, *dass wir sie erwarten?«*
»Hoffentlich nicht. Sonst rufen sie die Polizei. Oder nehmen den Hinterausgang.«

Die dunkel getäfelte Holzdecke im Hotel *Weißer Adler* erinnerte mich an einen Gewitterhimmel, und das lag eindeutig an der Stimmung im Sitzungsraum. Zwei Hiobsbotschaften am selben Morgen, erst der Brand und dann Toms Unfall; es hat ihn auf der Landstraße aus einer Kurve getragen. Kein Wunder, dass alles nach Blitz und Donner roch.

Wir saßen um einen großen Tisch. Coach Markus Hanser moderierte die Sitzung. Immer wieder senkte er beide Hände in Richtung Tischplatte, um die Lautstärke im Raum zu regulieren. Doch das Grollen der aufgebrachten Kollegen ließ sich kaum eindämmen. Und ich war endlich mal wieder erste Wahl – wenn auch nur als Zielscheibe für die kollektive Wut, die sich entladen wollte.

»Das ist Sabotage«, wetterte Christian Niggert, und seine braunen Augen funkelten zornig hinter den dicken Brillengläsern. »Jemand wollte, dass wir beim *Tagesboten* rausfliegen. Das hat geklappt. Und ganz offensichtlich soll der *Stadtstreicher* schon vor der ersten Ausgabe eingehen. Das scheint auch zu klappen.«

»Verstehe ich Sie richtig: Sie glauben, dass die Entlassungen und der Brandanschlag miteinander zusammenhängen?«, fragte Markus Hanser.

»Ich jedenfalls erkenne dieselbe Handschrift!«

Niggert drehte den Kopf zu mir. Sein Blick hielt mich fest wie ein Brennglas. Die anderen Redakteure im Raum folgten diesem Beispiel. Mir wurde heiß und kalt. Auf einmal konnte ich mir vorstellen, wie sich die Inquisition für vermeintliche Hexen angefühlt haben musste. Aber ich hatte nicht vor, mich kampflos auf den Scheiterhaufen zu begeben.

»Christian, das ist lächerlich: Ich bin keine Brandstifterin.«

»Du hast einen Schlüssel zum Gebäude. Und du hast ein Motiv.«

»Wir alle haben Schlüssel.«

»Aber eben kein Motiv!«

»Und warum, bitte schön, sollte ich als Feuerteufel die eigene Redaktion heimsuchen?«

»Warum, bitte schön, hast du uns reihenweise beim *Tagesboten* entlassen?«

Zustimmendes Gemurmel lief um den Tisch. Hatten die Menschen bei Hexenverbrennungen nicht immer gejohlt, sobald das Feuer flackerte?

Verzweifelt schaute ich aus dem Fenster. Am Himmel wucherten wieder schwarze Wolken, wie Krebsgeschwüre, dachte ich. Ein schwarzer Vogel schnitt durch die Luft und stieß einen Schrei aus. Es klang wie die gepresste Stimme eines Menschen. Als hätte ich vor Schmerz geschrien.

Mein Blick senkte sich zum Gehweg. Eine merkwürdige Gestalt, die irgendein Gerät in der Hand hielt, schlich am Gebäude entlang und nahm unser Fenster ins Visier. Der Typ erinnerte mich an einen Scharfschützen. Es kam mir vor, als würde mir gerade mein letzter Fluchtweg verbaut. Wer war das? Was wollte er?

Markus Hanser schaltete sich wieder in die Debatte ein: »Das sind schwerwiegende Vorwürfe gegen Ihre Kollegin, Herr Niggert. Haben Sie Beweise?«

»Ich weiß nur, dass Frau Mikula noch in der Redaktion war, als ich um 19.15 Uhr gegangen bin. Sie war die Letzte.«

Das konnte ich nicht abstreiten, denn ich hatte lang gearbeitet. Aber was war damit schon bewiesen?

»Aber Sie kennen auch die Aussage von Frau Bodenstedt«, erinnerte Hanser. »Sie hat der Polizei gesagt, der Redaktionsraum habe im Dunkeln gelegen, als sie das Büro der Bahnhofsmission um Punkt Mitternacht verlassen hat.«

»Dunkelheit heißt nicht, dass niemand da war. Wer sagt denn, dass Frau Mikula nicht das Licht ausgeschaltet und gewartet hat, bis alle aus dem Haus waren?«

»Du spinnst doch«, entfuhr es mir. »Warum sollte ich mich bei Dunkelheit unterm Tisch verstecken, wenn ich einen Schlüssel habe, mit dem ich oben jederzeit reinkommen kann?«

»Weil du nicht gesehen werden wolltest, wie du in die Bahnhofsmission spazierst. So ein Besuch um drei Uhr nachts hätte schon verdächtig erscheinen können. Erst recht, wenn um fünf nach drei das ganze Redaktionsbüro in Flammen steht!«

Er hatte sich so sehr in Rage geredet, dass seine Brille beschlug und er die Gläser mit einem Tuch klar reiben musste. Wenn er seine Brille mal nicht trug, sah er seltsam nackt aus, als würde ihm ein Körperteil fehlen. Ich fand aber, in diesem Fall konnte es auch ein anderer Körperteil sein, nämlich sein Gehirn. Schließlich hätte ich die Räume ja auch kurz vor dem Brand wieder verlassen müssen.

Offenbar hatte sich der Verstand aus diesem Raum verflüchtigt. Ich musste versuchen, dieser aufgeheizten Stimmung einen Hauch von Vernunft beizusteuern.

»Deine These, Christian, übersieht aber eine Kleinigkeit: Woher kam das Benzin? Hatte ich morgens schon zwei große Kanister dabei? Oder habe ich es vielleicht in meiner Thermosflasche in die Redaktion geschmuggelt?«

»Ja, zum Beispiel in der Thermosflasche«, sagte er ernst.

Julia Klein sprang ihm zur Seite: »Susanne, wir wollten dich nicht in dieser Redaktion. Du hast dich regelrecht aufgedrängt. Und warum wohl?«

»Weil ich will, dass der *Stadtstreicher* erfolgreich wird. Weil ich will, dass wir es Gleim heimzahlen. Und«, – kurz stockte ich – »weil ich will, dass ihr seht: Mein Verhalten euch gegenüber beim *Tagesboten* tut mir wirklich leid!«

Hatte ich mich gerade entschuldigt? Ich staunte über meine eigenen Worte, auch wenn ich unsicher war, ob sie meinem Gewissen oder der Diplomatie geschuldet waren. Tatsächlich hatte ich mich in letzter Zeit immer öfter gefragt, warum ich meine Karriere so wichtig genommen und auf Kosten anderer vorangetrieben hatte.

»Schau an, der Wolf hat Kreide gefressen«, spottete Christian. »Wir wissen doch alle, dass du als neue Chefredakteurin des *Tagesboten* im Gespräch warst. Oder vielleicht noch bist.«

Ich lachte laut auf. »Christian, wach auf! Gleim hat mich rausgeworfen. Gleim hat mir eine Straftat unterstellt. Und Gleim hat mich gerade in einem Artikel vor der ganzen Stadt unmöglich gemacht. Glaubst du ernsthaft, er kann mich jetzt noch als neue Chefredakteurin aus dem Hut zaubern?«

Frau Ziepert unterstützte mich: »Ich bin mir sicher, dass Frau Mikula unschuldig ist.«

»Interessante Wortwahl, Sie sind sich also sicher«, hakte Christian Niggert wieder ein. »Wo waren Sie eigentlich gestern Abend, Frau Ziepert?«

Ich schaute wieder zum Fenster raus. Die Krähe saß jetzt auf dem Ast einer Birke. Von hier sah es aus, als hätte der Vogel keine Augen. Vielleicht waren sie nur dunkel. So dunkel wie der Körper des Vogels. So dunkel wie die Stimmung in diesem Raum. Der Typ, der vorhin unter unserem Fenster entlanggeschlichen war, war verschwunden. Aber mein Gefühl sagte mir, dass er noch auf der Lauer lag. Hatte Gleim ihn auf uns angesetzt? Auf mich?

Iris hatte die Diskussion fast apathisch verfolgt, mit gefalteten Händen und schief auf den Tisch gestützt. Jetzt straffte sich ihr Körper, und ich hörte ihre Armreife klimpern. »Leute, das führt doch zu nichts! Wir wissen alle, wer dieses Feuer gelegt hat – oder meinetwegen: hat legen lassen. Aber was wollte der verflixte Sack damit erreichen? Dass wir uns gegenseitig nicht mehr über den Weg trauen! Dass wir übereinander herfallen! Dass wir ein arbeitsunfähiger, keifender und bis aufs Blut zerstrittener Haufen werden. Wollen wir ihm diesen Gefallen wirklich tun, hey?«

Markus Hanser schien für diese Schlichtung dankbar und wechselte schnell das Thema: »Frau Bader, apropos arbeitsunfähig. Wollen Sie die Kollegen informieren, wie die Situation jetzt nach dem Brand ist?«

»Also, den 1. Juni als Erscheinungstermin können wir natürlich knicken. Die Computer sind alle über den Jordan, die meisten Daten sind wahrscheinlich futsch. Die Möbel können wir wegwerfen, das ist nur noch Kokel-Ikea. Der Kellerraum hat überlebt, weil die Feuerwehr so rasch dort war und die Fliesen am Boden nicht gebrannt haben. Aber er stinkt höllisch, ist voller Ruß und Löschschaum. Es würde Zehntausende Euro kosten, ihn wieder auf Vordermann zu bringen.«

»Ließen sich die entsprechenden Finanzmittel denn auftreiben?«, fragte Hanser.

»Ich habe schon bei allen Banken der Stadt nachgefragt. Niemand war bereit, über einen Kredit überhaupt zu sprechen. Offiziell heißt es, eine noch nie erschienene Zeitung biete zu wenig Sicherheiten. Aber natürlich macht Gleim seinen Einfluss geltend, er ist mit allen durch Anlage- und Immobiliengeschäfte verbandelt. Er hat uns den Geldhahn zugedreht.« Sie seufzte und fügte hinzu: »Ich glaube, wir sind am Ende.«

Ihre Worte versetzten mir einen Stich. War alles umsonst gewesen? Würde unsere Reise enden, bevor wir richtig unterwegs waren? Würde sich Hans-Otto Gleim ins Fäustchen lachen? Ich musste meine Karten auf den Tisch legen.

»Gestern habe ich Lena besucht, Toms Tochter«, hob ich an und schaute zu Christian Niggert. »Übrigens kurz nach Feierabend, das lässt sich nachprüfen. Und bei dieser Gelegenheit durfte ich einen Blick in eine Recherchenotiz zu Hans-Otto Gleim werfen.« Das entsprach so nicht ganz der Wahrheit. Aber wenn ich jetzt auch noch die Umstände meines Besuches erwähnt hätte, wäre mein Scheiterhaufen endgültig in Flammen aufgegangen.

Ich sprach weiter: »Tom ist einer ziemlich heißen Geschichte auf der Spur: Gleim ist offenbar in eine üble Sache verwickelt.«

»Hat er etwa seinen eigenen Sohn um die Ecke gebracht, dieser verflixte Sack?«, fragte Iris.

Ich erzählte von Toms Recherchenotiz, der ich entnommen hatte, dass Gleim tatsächlich in einen dubiosen Todesfall, möglicherweise in einen Mord verstrickt war und dass Tom kurz davor stand, Beweise dafür in die Hand zu bekommen. An den Gesichtern sah ich, dass das Misstrauen der Runde mir gegenüber schwand. Die Holzscheite unter meinem Hintern wurden vorläufig wieder entfernt.

Aber wie sollten wir einen großen Skandal recherchieren, aufdecken und veröffentlichen, wenn wir völlig blank waren, ohne Redaktionsbüro dastanden und nicht mal über das Budget für eine Druckerpatrone verfügten?

Die Situation erinnerte mich an einen Angeltag vor vier Jahren: Ich war gerade am See angekommen, die Morgensonne durchflutete das klare Wasser. Da sah ich ihn: einen riesigen Hecht von etwa 24 Pfund, der in etwa einem Meter Tiefe über den sandigen Grund glitt. Es sah aus, als würde sich ein Baumstamm durchs Wasser schieben, der Fisch war bestimmt einen Meter lang. Die gelben Kleckse auf seinem grünen Leib leuchteten in der Morgensonne, als würde er Licht verströmen. Sein langer Entenschnabel mit den scharfen Zähnen wirkte so respektabel, wie es sich für einen Raubfisch gehört. Und seine Brustflossen vibrierten wie unter Strom.

Dieser Fisch war das, was man unter Anglern einen »Fisch des Lebens« nennt, eine Chance, die nur einmal kommt. Und ich wollte sie nutzen! Mit fliegenden Fingern griff ich zu meiner Angelrute, um ein Fischimitat mit Drillingen zu montieren, einen Wobbler. Ich wühlte in meinem Rucksack, fand aber die Box mit den Ködern nicht. Ich wühlte immer verzweifelter, bis ich mir eingestehen musste: Ich hatte sie zu Hause vergessen.

Ganz gelassen glitt der riesige Hecht aus meinem Sichtfeld ins tiefere Wasser. Es dauerte genau 48 Sekunden. Mir war, als hätte er gegrinst. Ich habe ihn nie wiedergesehen.

Alles hatte gestimmt: Ich war zur richtigen Zeit am richtigen Ort gewesen. Ich hätte dem Fisch den Köder nur vors Maul werfen müssen. Aber eine Anglerin ohne Köder an der Leine ist nur eine Witzfigur. Einem großen Fang so nahe zu sein, aber doch nichts bewegen zu können, das war ein Gefühl tiefster Ohnmacht, ein Gefühl wie damals auf dem Waldboden.

Über welchen Haken verfügte unsere Redaktion noch, um einen dicken Fisch wie Gleim an Land zu ziehen? Einen Haifisch, der Reißzähne hatte, sich bestimmt wie der Teufel wehren und alle Register ziehen würde? Der Gedanke, er könnte mir entgleiten wie damals der Hecht, war kaum zu ertragen.

Ich dachte an Tom. Er lag im Koma. Hoffentlich würde er bald aufwachen und sprechen können. Ich war sicher, dass sein Unfall kein normaler Unfall war.

»Sie hetzt die ganze Redaktion gegen uns auf!«
»Welche Redaktion? Es liegt doch alles in Asche.«
»Wir haben eine Schlacht gewonnen. Aber der Krieg geht weiter.«
»Ich glaube, du überschätzt sie.«
»Heiliger Strohsack, ich habe meine Quellen an der Front.«
»Ihre Kollegen hassen sie.«
»Man muss nicht geliebt werden, um Schaden anzurichten.«
»Sie hat nichts gegen uns in der Hand.«
»Willst du warten, bis die Handschellen klicken?«
»Du malst den Teufel an die Wand.«
»Im Gegenteil: Ich will die Hölle verhindern!«
»Aber was können wir tun?«
»Sie an ihrem wundesten Punkt treffen.«
»Hat sie denn einen?«
»Zwei sogar.«

Der Überfall ereignete sich, als wir die Treppe des *Weißen Adler* hinabstiegen. Von allen Seiten stürmten sie auf uns zu, ihre Geschütze im Anschlag. Ich zählte 22 Haupttäter und neun Komplizen, sie zielten auf uns und schossen gnadenlos. Alles ging so schnell, dass wir uns nicht wehren konnten.

»War es tatsächlich Brandstiftung?«, brüllte einer. »Werden Ihre Redakteure jetzt selbst Sozialfälle?«, wollte eine andere wissen. »War der Täter vielleicht ein Obdachloser?«, »Was sagen die echten Stadtstreicher dazu, dass hier ein *Stadtstreicher* gebrannt hat?«, »Hat jemand von Ihnen Verbrennungen erlitten?«, »Werden Sie Ihr Projekt fortführen oder war der Brand das vorzeitige Ende der neuen Zeitung?«

Und als hätte dieses Bombardement aus Fragen nicht gereicht, pressten uns die Journalisten ihre Mikrofone ins Gesicht. Mir kamen die Dinger wie behaarte Dildos vor. Aber die Belästigung ging noch weiter: Die Fotografen flashten uns gnadenlos mit ihren grellen Blitzlichtern, Salven von links, von rechts, von vorne. »Abschießen« nennt man das im Fachjargon, wenn jemand fotografiert wird, der nicht fotografiert werden will, vor allem ein Promi. Die Fernsehteams – ich zählte vier, davon zwei überregionale – attackierten uns mit Scheinwerferlicht, ich hielt mir die Hand vors Gesicht.

»Frau Mikula«, rief ein Fotograf von rechts, »die Hand runter – und bitte mal hierher schauen!« Derweil tanzte er seitlich die Treppenstufen hinab – es lagen noch sechs vor uns –, ohne nach unten zu schauen, um mit mir auf einer Höhe zu bleiben. Woher kannte er meinen Namen?

Dass ich instinktiv zu ihm geschaut hatte, zog sofort die Strafe nach sich: Ein greller Blitz stach mir in die Augen.

»Können Sie noch etwas trauriger schauen?«, fragte er. »Denken Sie an das Feuer, die ganzen verbrannten Manuskripte: Das ist doch tatsächlich zum Heulen!«

Ihr seid zum Heulen, hätte ich am liebsten geschrien. Hatte ich gestern Nacht schon eine Vorahnung gehabt, was mir heute geschehen würde? Die Schlachtenbummler der Katastrophe waren eingetroffen. Und ich sah schon die reißerische Schlagzeile vor mir: »*Stadtstreicher* steht in Flammen – Obdachlosen-Zeitung droht Obdachlosigkeit«. Oder: »Feuerteufel sucht Asyl: Der rätselhafte Brand in einer Obdachlosen-Redaktion«.

Dunkel stieg eine Erinnerung in mir auf, nämlich daran, wie ich selbst zu Beginn des Projektes die Schlagzeile, dass unserer Obdachlosen-Zeitung die Obdachlosigkeit drohe, noch als gute Werbung gepriesen hatte. Jetzt empfand ich solche Töne nur noch als Geschmacklosigkeit, als zynische Ausschlachtung unseres Unglücks. Überhaupt hatte ich seit meinem Abgang beim *Tagesboten* eine kritischere Distanz zum Journalismus gewonnen, vielleicht weil ich selbst mit Halbwahrheiten beschmiert worden war. Schlagzeilen schreiben und Blitzlichter schleudern ist das eine – von ihnen getroffen zu werden etwas ganz anderes.

Langsam dämmerte mir, warum Politiker immer so verkniffen schauten, wenn sie nachts aus wichtigen Sitzungen kamen und sofort von Journalisten belagert wurden.

Iris nahm den Überfall deutlich unkritischer als ich. Sie kündigte für den frühen Abend eine Pressekonferenz in der Bahnhofsmission an. Die Räume über dem Keller waren intakt, offenbar wollte sie die Journalisten am Tatort empfangen und durch den angeschmorten Keller führen, um für mehr Nervenkitzel zu sorgen.

Merkte sie denn gar nicht, auf was für ein zynisches Spiel sie sich einließ? Die Aasgeier der Katastrophe würden sich die fetten Brocken rauspicken und zum nächsten Unglücksort weiterflattern, ohne jedes Interesse daran, was aus unserer Redaktion würde. Das erste Mal in meinem Leben fragte ich mich, ob ich den richtigen Beruf gewählt hatte. War es wirklich eine gute Idee, dass das Ziel all meiner Träume ein Chefredakteurssessel war? Würde ich mich damit nicht zur Anführerin einer Kompanie von Aasgeiern machen, zum Oberaasgeier? Hatte mein Vater, Helfer statt Schreiber, nicht doch die bessere Berufswahl getroffen?

Der Journalistentross verfolgte uns über die Straße. Dabei waren die Kameramänner so auf ihre Linsen fixiert, dass sie den fließenden Verkehr gar nicht beachteten und ein heftiges Hupkonzert verursachten. Am Bahnhof warteten sieben Taxis, ich sprang sofort in eines. Iris musste in dieselbe Richtung, sie stieg zu mir in den Wagen.

Stumm saßen wir auf der Rückbank, während unsere Abfahrt von mehreren Kameras dokumentiert wurde, als wäre sie ein Spektakel. Die ersten zwei Kilometer, fünf Ampeln und zwei Blitzer sprachen wir kein Wort. Erst als sich das Taxi meinem Haus näherte, sagte ich: »Iris, was soll das mit der Pressekonferenz? Das ist doch eine Schnapsidee.«

»Diese verflixte Konferenz soll uns den Arsch retten.«

»Du verkaufst unseren Arsch, statt ihn zu retten«, sagte ich traurig.

Der Taxifahrer bremste vor meinem Haus. Ich stieg aus, und Iris rief mir nach: »Vertrau mir, Prinzessin, hey!«

Doch in diesem Fall vertraute ich ihr nicht.

»Was tun wir, wenn er wieder aufwacht?!«
»Er wird ein sabberndes Etwas sein.«
»Und wenn er unser Geheimnis sabbert?«
»Er wird sich an nichts erinnern.«
»Er weiß zu viel!«
»Er wusste *zu viel. Und es ist ihm nicht gut bekommen.«*
»Lass uns auf Nummer sicher gehen.«
»Du bietest dich an? Einverstanden.«
»Wie stellst du dir das vor?!«
»Du musst nur ein wenig an den Schläuchen zerren.«
»Aber wie soll ich auf die Intensivstation kommen?«
»Besorg dir eine Pflegeruniform.«
»Das ist lächerlich, die ganze Stadt kennt mein Gesicht.«
»Dein wahres Gesicht kennt die Stadt eben nicht!«
»Das gilt für uns alle!«
»Wenn du es selbst nicht tun willst, besorg dir einen Gärtner.«
»Einen Gärtner?«
»Ja, wie zu Hause: Ein Profi zupft das Unkraut, deine Finger bleiben sauber.«

ERSTE JUNIWOCHE

Reinstadt, 3. Juni
Aufmacher *Tagesbote*: »Schlanke Stadtverwaltung: Kleinjohann lebt das Sparen vor«

Als ich in den Waldweg am Fluss einbog, war ich nicht mehr am Joggen, sondern wurde gejoggt. Ich hatte diesen magischen Punkt erreicht, an dem ich nur noch Mitreisende in meinem eigenen Körper war. Er tat vollautomatisch, was er tun sollte: Meine Lunge saugte Luft ein und stieß sie wieder aus, meine Beine ließen die Füße in einem angenehmen Rhythmus auf den staubigen Weg trommeln.

Neben mir, in einer breiten Flusskurve, liefen zwei Schwäne übers Wasser, um sich aufzuschwingen. Ihre mächtigen Flügel klatschten mit harten Schlägen, das Wasser schien sie festzuhalten. Doch als sie schneller wurden, ließ der Fluss sie endlich los: Sie schwangen sich in die Höhe, das Geräusch ihrer Flügel klang jetzt wie das Knarren einer uralten Tür im Wind.

Lag es an diesem Geräusch, dass ich den Jogger hinter mir überhört hatte? Er jagte mir einen Riesenschrecken ein, als er plötzlich auf meiner Höhe war. Mein Körper schaltete sofort von Automatik auf manuelle Steuerung, ich musste mich konzentrieren, um nicht zu stolpern. Erst auf den zweiten Blick erkannte ich den Jogger.

Nach der Redaktionsversammlung hatte ich drei Möglichkeiten gesehen, den Tag ausklingen zu lassen: Angeln, Autos zählen oder Joggen. Gegen den See hatte gesprochen, dass Sebastian eine dringende Verabredung hatte und vorschlug: »Lass uns doch morgen früh vor der Schule Angeln gehen.« Gegen die Brücke hatte gesprochen, dass mir dort neuerdings regelmäßig ein Anrufer auflauerte, den ich zunehmend für einen gemeingefährlichen Psychopathen hielt. Und zum Joggen war ich eigentlich viel zu träge und zu müde, die Brandnacht steckte mir noch in den Knochen.

Aber zu träge zum Joggen war ich immer. Dagegen wusste ich ein Rezept: Ich war wohl die einzige Joggerin der Welt, die sich schon vor dem Joggen duschte. Immer eiskalt. Immer siebenundsechzig Pulsschläge lang, genau eine Minute.

Wenn die Wassertropfen wie eisige Nadeln in die Haut stachen, kam ich zu mir. Wenn sich das Wasser über meinen Körper ergoss, wusch es meine Trägheit ab, meine Sorgen und den Dreck des Tages. Oft hatte ich das Gefühl, von dieser kalten Dusche aus einer Art Wachkoma gerissen zu werden.

Von Zugvögeln hatte ich gehört, dass sie aufbrachen, wenn die ersten kalten Nächte den nahenden Winter ankündigten. Vielleicht war ich ein Zugvogel, vielleicht brauchte ich die Kälte, um in Bewegung zu kommen.

Das Laufen war mein Ding, weil ich von der Stelle kam. Ich wusste schließlich auch, wie es war, nicht von der Stelle zu kommen. Solange ich rannte, war ich lebendig. Manchmal weigerte sich mein Körper, mit dem Joggen aufzuhören, wenn meine Runde eigentlich zu

Ende war. Dann rannte ich an meiner eigenen Haustür vorbei oder ließ mein Auto links liegen, denn ich wollte den Automaten nicht ausschalten, wollte die Bewegung nicht unterbrechen, wollte das Stehenbleiben unbedingt vermeiden.

Joggen war der Gegenentwurf zu meinem sonstigen Leben, in dem ich immer auf das Berechenbare setzte. Joggen war das Letzte gewesen, was ich völlig unbeschwert getan hatte, ehe mich der modrige belaubte Waldboden gekrallt hatte. Und Joggen war die einzige Tätigkeit, bei der ich bis heute nicht zählte, weder die Schwäne auf dem Fluss, noch die Papierkörbe am Wegesrand, nicht mal meine eigenen Schritte. Ich musste das Laufen nicht berechnen, es geschah von allein, das liebte ich so sehr.

Der Jogger, der zu mir aufgeschlossen hatte, war Markus Hanser. »Ich wusste gar nicht, dass Sie immer noch laufen«, sagte er.

Es gefiel mir nicht, dass er »immer noch« sagte. Ich hatte ihm nur ein einziges Mal von meinem Erlebnis damals erzählt, von jenem Tag, den ich nicht mehr von der Festplatte meines Gehirns löschen konnte.

»Ich hatte nicht vor, ein Beratungsgespräch beim Joggen zu führen«, gab ich zurück.

Ich sah zu ihm rüber und musste zugeben, dass er attraktiv war. Ein hellblaues T-Shirt schmiegte sich eng an seine Brust, die sicher nicht nur vom Joggen so trainiert war. Sein dunkelblondes Haar, das im Büro immer geföhnt aussah, war auf natürliche Art verwuschelt durchs Laufen. Seine Schneidezähne standen ganz leicht schief, das verlieh ihm etwas Normales, Authentisches.

Mit seinen braunen Augen schien er tief in mich hineinzuschauen. »Dann will ich Sie beim Nachdenken über Ihr Leben nicht weiter stören. Ich wünsche Ihnen noch einen schönen Lauf.« Er erhöhte sein Tempo.

»Moment!« Ich keuchte, denn seit ich aus meinem Automatikmodus gefallen war, fiel mir das Laufen deutlich schwerer. »Was wollen Sie damit andeuten? Dass ich nicht klarkomme?«

»Ich war doch bei der Sitzung dabei«, sagte er und schaute rüber zum Fluss. »Das menschliche Gehirn ist wie ein Gewässer: Wenn jemand einen Stein reinwirft, entsteht an der Oberfläche ein Wellenschlag. Wellen laufen ans Ufer. Die neuronalen Wellen in Ihrem Kopf laufen in die Vergangenheit, die Gegenwart wird pausenlos von der Vergangenheit umspült und umgekehrt.«

»Dann hatten Sie das Gefühl, dass ich bei der Sitzung von den anderen gesteinigt wurde?«

»Wie haben Sie es denn empfunden?«

Das war typisch für ihn, dass er die Frage an mich zurückgab. Aber damit hatte er mich sofort am Haken, ob ich wollte oder nicht.

»Fünf der Kollegen im Raum habe ich höchstpersönlich entlassen. Da darf ich nicht erwarten, dass sie mich mit Liebe überschütten.«

»Womit Sie zwar einen Wunsch angedeutet haben, den nach Liebe – aber Sie haben nichts über ihre realen Empfindungen in der Situation gesagt.«

Was hatte ich eigentlich empfunden, während die Kollegen mich angriffen? Wir liefen jetzt nebeneinander, der kiesige Weg knirschte unter den Sohlen. Irgendwo hämmerte ein Specht. Vielleicht hämmerte er im Sprachzentrum meines Gehirns, denn es gelang mir nicht, einen Gedanken in Worte zu fassen.

Hanser hakte nach: »Auf einer Skala von eins bis zehn, wenn eins für minimale emotionale Erregung steht und zehn für maximale – wo standen Sie bei der heutigen Sitzung?«

»Auf einer Elf.«

Ich war mir nicht sicher, ob sein Kopf nickte oder nur vom Joggen wippte. »Angenommen, ich könnte Ihren Kollegen dieselbe Frage in Bezug auf Sie stellen – welche Zahl würden die wohl nennen?«

»Höchstens eine Sieben. Die meiste Zeit bin ich ruhig geblieben.«

»Daraus könnte man schließen, dass es Ihnen schwerfällt, Ihre Gefühle zu zeigen.«

Verdammt, jetzt ritt er schon wieder auf seinem Lieblingsthema herum. Aber hatte er nicht recht? War mein ganzes Leben nicht ein einziges Davonrennen vor meiner Schwäche? Hatte es mich deshalb so kompromisslos an die Macht und in Führungspositionen gezogen, weil ich um jeden Preis Ohnmacht vermeiden wollte? Ich musste an die Jugendlichen denken, die Sebastian in ihrem Kreis eingekesselt hatten. Wie viele waren nur deshalb Täter, weil sie verhindern wollten, selbst Opfer zu werden? Vielleicht hatte ich andere entlassen, um selbst nicht entlassen zu werden. Dieser Plan jedenfalls war gründlich schiefgegangen.

Ich spürte Hansers Blick von der Seite. Er wartete auf meine Antwort. »Ich finde, man sollte Gefühle im professionellen Zusammenhang nicht auf dem Silbertablett vor sich hertragen.«

»Fällt Ihnen auf, dass Sie ›man‹ sagen? Warum nicht ›ich‹? Ich glaube, Sie schwanken zwischen Assoziierung und Dissoziierung. Zwei Anteile ringen in Ihnen: einer, der seine Gefühle und auch seine Schwächen bekennen und leben möchte. Und einer, der diese Gefühle mit aller Gewalt unter dem Deckel hält und alles kontrollieren will.«

»Aber ich habe mich doch gerade bei den Kollegen entschuldigt!«

»Haben Sie das? In meinen Ohren klangen Ihre Worte halbherzig. Tut es Ihnen denn wirklich leid? Bereuen Sie es aufrichtig? Würden Sie heute anders handeln?«

Ich spürte ein Muskelzucken in meiner rechten Wade, wie es oft Krämpfen vorangeht, und drückte das Bein beim Laufen bewusster durch.

»Ich bin nicht sicher.«

»Sie würden Frau Bader also noch mal entlassen?«

»Nein, Iris ganz sicher nicht.«

»Das ist interessant: Was genau hat sich verändert seit der damaligen Entscheidung?«

»Zum Beispiel diese Kleinigkeit: Ich bin selbst entlassen worden.«

»Das bedeutet, Ihr eigenes Leid hat für ein höheres Maß an Empathie bei Ihnen gesorgt?«

»Ich habe gemerkt, dass es mich nicht schützt, andere zu entlassen.«

Diesmal war ich sicher, dass sein Kopf nickte. Neben uns im Fluss tauchte gerade ein Haubentaucher auf. In seinem Schnabel zappelte eine silbrige Rotfeder, ich erkannte sie an ihren tieforangenen Flossen.

»Womit wir wieder beim Ausgangspunkt wären: Ihr Thema ist der Umgang mit der eigenen Verletzlichkeit.«

Wahrscheinlich traf er den Nagel auf den Kopf: Aus lauter Sorge, wie mein Vater zu enden, versuchte ich das Gegenteil von ihm zu sein: kalt und berechnend. Auch privat. Heiko etwa hatte ich nach seinem Seitensprung einfach zwei Koffer auf die Fußmatte gestellt, außerdem hatte ich das Schloss ausgetauscht; er hatte vergeblich gegen die Haustür gehämmert. Danach hatte ich mich auf keinen Mann mehr eingelassen, die Liebe erschien mir als Experiment mit ungewissem Ausgang, bei dem mein Herz zerfetzt werden konnte. Zwar meldete sich die Sehnsucht nach Nähe in langen Nächten zu Wort, aber ich erstickte sie mit Rationalität und gab meine Philosophie sogar an Sebastian weiter.

Was würde passieren, wenn meine weiche Seite das Zepter übernähme? Aber wer weiß, vielleicht war sie schon dabei? Immerhin hatte ich mich mit einem Obdachlosen angefreundet, einer geächteten Sekretärin einen neuen Job verschafft, die Kotze von einem mir nicht sonderlich sympathischen Mädchen aufgewischt und Iris bei der Führung der Redaktion unterstützt, statt an ihrem Stuhl zu sägen. Sogar Tom Harris, der Macho, schien mir neuerdings deutlich akzeptabler als früher, und das nicht nur wegen seines Unfalls.

Wir liefen noch eine Weile schweigend nebeneinander her, bis der Joggingtag dann auf unerwartete Weise endete: Plötzlich lag ich rücklings auf der Erde. Markus Hanser war über mir, mein linkes Bein stand angewinkelt auf dem Boden, das rechte war steil nach oben gestreckt. Mit erstaunlicher Kraft packte er zu, die eine Hand um mein rechtes Fußgelenk gelegt, die andere presste gegen die Fußsohle. Mit ganzem Gewicht stemmte er sich gegen meinen Körper.

Von unten hatte ich ihn noch nie gesehen, mir fielen seine großen Nasenlöcher auf. Ich spürte, wie sich spitze Kiesel in meinen Hintern bohrten.

Nach einer halben Minute ließ Markus Hanser wieder los: Er hatte meinen Wadenkrampf vertrieben.

Sebastian griff die steinharte Kugel mit spitzen Fingern, steckte sie in die Schleuder und zog das Gummiband so weit durch, bis sein linker Arm unter dem Zug zu zittern begann. »Du musst gut zielen«, flüsterte ich, »du hast schon ein paar Mal vorbeigeschossen.«

Er kniff das linke Auge zu, hielt die Luft an und presste seine Lippen zusammen, das tat er immer, wenn er angespannt war. Dann ließ er los. Mit einem Schnalzen knallte das Gummiband nach vorne, die Kugel schoss durch die Luft und schlug ein. Ich schätzte die Entfernung auf etwa vierzig Meter.

»Wieder nicht genau genug!«, sagte ich. »Dein Köder liegt fünfzehn Meter weiter links.«

Über dem See dampfte der Morgennebel, als betriebe unter Wasser jemand eine Waschküche. Von der anderen Seite des Sees drang der Ruf eines Kuckucks zu uns rüber.

Direkt vor mir im Uferwasser dümpelte ein toter Brassen. Sein Verwesungsgeruch stieg mir in die Nase. Ein kreisförmiges Loch in der platten Flanke erzählte die Geschichte seines Todes: Ein Kormoran war in den See getaucht und hatte ihn mit seinem Schnabel durchstochen. Was machte der Tod so dicht bei mir? Mein Spiegelbild fiel direkt auf den zerfledderten Fischkörper. War ich nicht auch ein Beutetier? Wer lauerte auf mich? Meine Hände waren so kalt und klamm wie ein toter Fisch.

»Und was ist schlimm daran, wenn die Karpfen die Boilies eben dort drüben finden?«

»Du fütterst an, um die Fische zu deinem Köder zu lotsen. Wohin lockst du sie, wenn dein Futter fünfzehn Meter vom Köder entfernt liegt?«

»Vom Köder weg«, brummte Sebastian und beugte sich hinab zu seiner Angelrute, die auf zwei Astgabeln abgelegt war. Vorsichtig zog er an der Schnur. Sein Zylinder aus Alupapier, der als Bissanzeiger zwischen den Ringen hing, sackte etwas weiter nach unten.

»Aber dein Anfutter hat sich doch auch voll über den See verteilt.«

»Stimmt, aber ich füttere mit Maden an. Das hättest du auch tun sollen, das ist leichter.«

»Was ist daran denn leichter?«

»Maden sind winzig, davon kann ein Fisch Hunderte fressen. Darum kann ich eine große Fläche damit beschießen, wenn die Spur nur irgendwann zu meinem Köder führt. Aber deine Boilies haben einen hohen Proteingehalt. Da werden die Fische schneller satt, deshalb musst du weniger füttern, aber dafür genauer.«

»Ich angel aber lieber mit Boilies!«

Ich wusste, warum Sebastian die harten Teigkugeln bevorzugte: Er ekelte sich vor Fleischmaden, was er nur schlecht überspielte. Er fand es gruselig, in eine Madendose zu greifen, den Handteller mit Dutzenden der winzigen Krabbeltierchen zu füllen und sie dann in die Schleuder zu kippen. Das feine Zucken, mit dem sich Maden auf der Haut vorwärts schoben, die Penetranz, mit der sie in der Hand sofort versuchten, sich zwischen den Fingern zu verkriechen, so dicht man diese auch zusammenhielt – das war nichts für ein sanftes Gemüt wie ihn.

Ein solches Gefühl kannten Nichtangler nur, wenn ihnen mal zufällig eine winzige Raupe von einem Baum in den Nacken fiel. Das plötzliche Krabbeln auf der Haut erzeugte den unwiderstehlichen Wunsch, das Insekt ganz schnell wegzuwischen.

Ich wusste schon, warum es mir nichts ausmachte, die kleinen Krabbler anzufassen. Als kleines Mädchen hatte ich mich noch geekelt, aber mein Vater hatte mir erklärt: »Bei der ersten Made auf der Hand wirst du schreien. Die zweite wirst du auch noch wegschleudern. Aber bei der dritten wirst du denken: Ist ja interessant, wie sich eine solche Made auf der Hand anfühlt.«

Ich weiß nicht mehr, wie lang es gedauert hat, bis ich Maden anfassen konnte. Ich weiß nur noch, dass ich meinem Vater seine Wünsche erfüllen wollte. Wenn es ihm wichtig war, dass ich keine Angst vor Maden hatte, dann würde ich eben keine Angst vor Maden haben.

Oder hatte ich meine Angst nur verdrängt? Hatte meine starke Seite mal wieder die weiche untergebuttert? War diese abhärtende Erziehung das Muster gewesen, nach dem ich mich selbst später im Leben weitererzogen hatte – immer nach dem Motto: Augen zu und durch?

Ringe an der Oberfläche signalisierten, dass Regenbogenforellen nach Insekten stiegen, Anfang Juni schlüpften noch Maifliegen. Forellen liebten es, ihre Nahrung von der Oberfläche zu schlürfen, manchmal führten sie dabei sogar übermütige Sprünge auf. Die meisten Fische stiegen am Ufer gegenüber, es lag 10,5 Gehminuten entfernt und war über den Wanderweg rund um den See zu erreichen. Sebastian beschloss, den Forellen mit seiner Spinnrute eine Aufwartung zu machen. Er hatte einen kleinen Spinner montiert, einen Metallköder, der den Forellen ein fliehendes Fischchen vorgaukelte, und marschierte los.

Auf der Fahrt zum See hatte er mich nach Tom Harris gefragt. Wie es ihm gehe und ob er wieder auf die Beine komme. Ich hatte ihm erzählt, dass er immer noch im künstlichen Koma gehalten wurde. Aber die Ärzte hofften, ihn bald zurück ins Bewusstsein holen zu können.

Sebastian hatte das Ufer gegenüber erreicht, ich sah, wie er seine Rute mit einer schnellen Bewegung über den Kopf führte. Das klang wie ein Peitschenhieb. Der Spinner landete genau dort, wo die Forellen gerade noch gestiegen waren. Hinter mir raschelte es im Laub. Sicher nur der Morgenwind. Oder ein kleines Mäuschen. Ich hätte schauen können. Aber ich wollte nicht schauen.

Der Geruch des toten Fisches lenkte meinen Blick zum Uferwasser. Bestimmt hatte der Brassen nicht damit gerechnet, von einem Tauchvogel angegriffen zu werden. Oft taten sich Dutzende Kormorane zusammen, kesselten die Fische ein und stießen gnadenlos zu. Die spitzen Schnäbel bohrten sich wie Metzgermesser durch die weichen Fischkörper.

Der erste Morgenwind ließ mein Spiegelbild verschwimmen. Es kam mir vor, als wollte er mich ausradieren. Jetzt sah ich nur noch den Tod, den stinkenden Brassen. Hatte ich etwa Angst, weil ich alleine an diesem Ufer saß? Angst wovor? Vor dem Knacken, das ich um mich herum hörte?

Wahrscheinlich sah ich schon Gespenster, nur weil vor mir ein toter Fisch im Wasser dümpelte. Jedenfalls übertrieb mein Körper völlig, indem er mir eine Gänsehaut bescherte. Und warum zitterten eigentlich meine Beine?

Ich hätte über meine Schulter schauen sollen! Bestimmt hatte der Brassen die Gefahr durch den Vogel viel zu spät erkannt, sonst hätte er ihn in seinem eigenen Element abhängen können. Das Knacken war jetzt aus solcher Nähe zu hören, dass meine Nackenmuskulatur sich versteifte. Ein Krankengymnast hatte mir diesen Mechanismus einmal erklärt: Mein Körper rüstete sich gegen einen Angriff, indem er meine Adern durch Verhärtungen schützte.

»Biss«, rief Sebastian vom Ufer gegenüber. Seine Angelrute wurde geschüttelt wie eine Jungtanne im Sturm. Ein silbriger Fischkörper durchbrach die Oberfläche, schraubte sich in die Luft und klatschte ins Wasser zurück. Eine dicke Regenbogenforelle. »Schnur geben!«, rief ich mechanisch. »Sonst reißt sie ab.«

Das nächste Geräusch hinter mir war kein Knacken, sondern eines, das mich sofort in Schockstarre versetzte. Ein Hecheln, feucht, nasal und schnell. Mein automatisierter Griff zum Pfefferspray ging ins Leere; meine Handtasche lag im Auto. Der Hund musste direkt hinter mir lauern. Er war mein Kormoran. Seine Zähne würden mich durchlöchern. Ich starrte auf den verwesten Brassen, auf seine durchstoßene Flanke, aus der rotbraune Eingeweide quollen. Und ich atmete den Tod.

Ich spürte, dass meine Kehle eng wie ein Strohhalm wurde. Meine Narben am Bein begannen zu kribbeln. Mein Körper warf die Sprinkleranlage an. Und meine kalten Hände nahmen es an Feuchtigkeit wieder mit toten Fischen auf.

Ich war sicher, gleich den feuchten Atem eines Hundes an meinen zitternden Beinen zu spüren. Meine Narben schmerzten heftig, als wären es frische Wunden. Der Hund begann zu bellen, einmal, zweimal, dreimal, viermal. Ich rang um Luft und stand wie festgefroren.

Endlich hörte ich die Stimme des Hundehalters: »Was hast du denn da Schönes gefunden, Kanone?«

Auch das noch! Ich stemmte meine Stiefel fest auf den Boden, um gegen den Schmerz meiner Narben anzudrücken und nicht vorwärts ins Wasser zu stürzen. Mein Herz warf den Presslufthammer an, meine Brust bebte. Der Strohhalm in meinem Hals fühlte sich jetzt verstopft an. Es kam mir vor, als ob ich selbst wie ein Hund hechelte. Oder hechelte der Hund wie ich? Es klang genauso quietschend und röchelnd wie in meinem Traum.

»Willst du mit dem Frauchen ein wenig spielen, Kanone?«

Noch nie hatte ich Gleim am See gesehen. Ich war sicher, dass er hier nicht zufällig herumspazierte. Er hatte eine ganz legale Waffe dabei, gegen die ich chancenlos war: Kanone.

Ich zwang mich, den Kopf zu wenden. Ich durfte mir meine Angst nicht anmerken lassen. Doch meine Augen fixierten sofort den Hund, vor allem sein Maul, Gleim nahm ich nur verschwommen als karierten Hintergrund wahr. Dabei waren der Köter und er höchstens eineinhalb Meter von mir entfernt.

Gleim war in die Hocke gegangen, tätschelte Kanone den Kopf und machte sich daran, die Bestie von ihrer Leine zu lösen. Meine Schweißproduktion wechselte von Sprinkleranlage zu Sturzbach, ich spürte unter beiden Achseln heiß-kalte Bäche ausbrechen.

»Hauen Sie ab mit Ihrem Hund!«, schrie ich.

»Warum so unfreundlich? Ich will nur die frische Luft des Morgens schnuppern, das ist mein gutes Recht.«

»Nehmen Sie den Hund an die Leine!«

»Kanone ist harmlos, er will doch nur ein wenig spielen.«

Kanone kläffte, als wollte er gegen die unterstellte Harmlosigkeit anprotestieren. Mit ganzer Kraft zerrte er nach vorne. Gleim schien Mühe zu haben, ihn noch am Halsband festzuhalten.

Ich saß in der Falle. Auf der einen Seite der Hund, auf der anderen Seite das Wasser. Sebastian am anderen Ufer war zu weit entfernt, um mir zu helfen.

»Sie haben einen Zwei-Fronten-Krieg gegen mich eröffnet«, sagte Gleim. »Sie wollen mich mit einer Konkurrenz-Zeitung unter Beschuss nehmen. Und ein Reporter Ihrer Zeitung wühlt in meiner Vergangenheit.«

»Unser Redaktionskeller ist ausgebrannt!«, presste ich durch zusammengebissene Zähne.

»Heiliger Strohsack, man sollte mehr Feuermelder in den Redaktionen aufstellen. Das sieht ja nach einer richtigen Pechsträhne aus.«

»Und Tom Harris hatte einen Unfall!«

»Der Arme, ich habe davon gehört.«

»Sie schrecken wohl vor gar nichts zurück! Er hätte sterben können!«

»Nicht doch, Sie wollen doch nicht, dass ich Sie wegen Verleumdung anzeige?«

»Damit werden Sie nicht durchkommen! Sie können vielleicht eine Redaktion in Rauch aufgehen lassen, aber nicht Ihre eigene Vergangenheit. Die wird Sie einholen!«

Kanone fletschte seine eklig gelben Zähne, Speichel rann aus seinem Maul, ich schätzte seine Hechelfrequenz auf 180 bis 190 Atemzüge pro Minute. Im selben Tempo raste mein Herz.

Gleim kraulte Kanone am Kinn.

»Auch Sie können Ihre Vergangenheit nicht auslöschen, Frau Mikula. War da nicht mal was mit einem Hund im Wald?«

Seine Worte trafen mich wie ein Boxhieb. Ich spürte, wie mein Bewusstsein taumelte. Woher wusste er von meinem Hundeunfall? In der Redaktion hatte ich nie darüber gesprochen, erst recht nicht ihm gegenüber. Nur mit Markus Hanser. Hatte er Gleim das eingeflüstert? Was hatte er noch in der Hand gegen mich, gegen uns?

Gleim grinste. »Mal schauen, wer zuerst von seiner Vergangenheit eingeholt wird.« Seine Faust, die das Halsband hielt, öffnete sich. »Ich glaube, Ihre Vergangenheit springt gleich auf Sie zu.«

Ich schoss hoch, der Klappstuhl kippte um. Doch ich hatte keine Chance. Kanone sprang auf mich zu, mit kalten Augen und giftigem Kläffen. Ich sah seine Zähne. Die gelben Zähne. Die ekligen Zähne.

Ich wollte weg, aber konnte nicht. Mein Körper fühlte sich an wie mit Gips übergossen. Meine Füße klebten am Boden, mein vernarbtes Bein war steif, meine Oberarme waren an die Brust zementiert. Und meine Fischhände waren eingefroren. In einer Art Zeitlupe sah ich, wie Kanone an mir hochsprang, wie das Gewicht seines Körpers gegen meinen starren Oberkörper und meine vergipsten Beine prallte.

Ich spürte seine Krallen an meinen Bauch. Ich spürte, dass mein Körper nach hinten kippte. Alles lief wie in Zeitlupe. Der Winkel zwischen dem Boden und meinem steifen Körper öffnete sich, immer weiter. Ich war dabei umzufallen, und Kanone half mit einem neuen Sprung nach. Rückwärts durchbrach ich die Wasseroberfläche.

Ein Klatschen drang mir in die Ohren, nur einen Moment lang, ging dann in ein gedämpftes Blubbern und Sprudeln über. Ich riss die Augen auf, es fiel mir schwer, sie offen zu halten. Ich sah ein verschwommenes Blau über mir, einen schiefen Himmel, gebrochen wie durch einen Zerrspiegel.

Ich wollte Luft einatmen, spürte aber Wasser durch meinen Hals rinnen. Ich wollte schwimmen, aber mein eingefrorener Körper war zu keiner Bewegung fähig.

So ein Ärger, jetzt werden meine Kleider nass, dachte ich. So ein Ärger, jetzt laufen mir die Stiefel voll, dachte ich. So ein Ärger, jetzt muss ich mich wieder föhnen, dachte ich. Mein Herz trommelte so schnell, dass ich nicht mehr in der Lage war, die Schläge zu zählen.

Mein Kopf prallte auf den sandigen Grund. Der Schmerz erzeugte einen neuen Gedanken: So ein Ärger, jetzt ertrinke ich. Ich ertrinke! In dem Moment löste sich meine Körperstarre. Ich stieß mich mit den Händen vom Grund ab und durchbrach die Oberfläche. Ich rappelte mich auf die Beine, das Wasser war hier am Ufer nicht tief, beugte mich nach vorne und stieß eine Fontäne Wasser aus meinem Mund. Erst dann konnte ich wieder Luft einsaugen. Luft, endlich wieder Luft!

»Ich wünsche Ihnen noch einen schönen Morgen«, sagte Gleim. Er hatte Kanone wieder angeleint und spazierte pfeifend davon.

* * *

»Lassen Sie bitte die Schranke hoch: Ich möchte ins Einwohnermeldeamt, um mich anzumelden.«
»Und ich möchte sechs Euro fünfzig.«
»Sechs Euro fünfzig? Wofür?«
»Parkgebühr.«
»Was? Seit wann kassiert ein Rathaus für seinen Besucherparkplatz Gebühren?«
»Seit einem Monat.«
»Sechs Euro fünfzig? Das sind ja völlig wahnsinnige Preise. Ich bin doch gleich wieder weg, höchstens ein paar Minuten.«
»Ein paar Minuten? Sie kennen die Wartezeiten im Rathaus noch nicht. Es wurde gerade Personal gekürzt.«
»In welche Stadt bin ich hier geraten?«
»Reinstadt.«
»Ich glaub, ich melde mich hier bald wieder ab.«
»Das macht dann noch mal sechs Euro fünfzig.«
»Ich komme ohne Auto!«
»Sie kennen die Buspreise noch nicht.«

* * *

»Du solltest ihm eine Anzeige um die Ohren hauen!«, sagte Iris und wischte sich einen Krümel ihres Croissants vom Mundwinkel. »Das war ein verdammter Angriff auf dich.«

Wir saßen in der Bäckerei Fritsche und frühstückten. Zwei Tage nach meinem Zusammenstoß mit Gleim und seinem Geschütz am See hatte ich das dringende Bedürfnis gehabt, mich jemandem anzuvertrauen. Es roch nach frischen Brötchen und nach Apfelkuchen, und zusätzlich veredelte der Duft von frisch gemahlenen Kaffeebohnen die Luft. Hinter uns steckte ein Rentner seinen Kopf in den *Tagesboten*. Es war die einzige Zeitung am ganzen Kiosk, die gestern nicht auf der ersten Seite über unsere Redaktion und den Brandanschlag berichtet hatte, etliche überregionale hatten damit aufgemacht und verfolgten das Thema weiter. Beim *Tagesboten* hatte man die Meldung über den Brand als Fünfzeiler kurz vor den Todesanzeigen versteckt, dort war lediglich die Rede von einem »Brand aus ungeklärter Ursache«. Der Verdacht auf Brandstiftung war nicht erwähnt worden.

»Iris, die Polizei würde sich über eine Anzeige totlachen«, sagte ich. »Sein Hund hat mich ja nur angesprungen. Er hat mich nicht gebissen. Wieder eine Tat ohne Spuren.«

»Aber der alte Sack wusste doch genau, wie du auf Hunde reagierst.« Iris drehte an ihren Armreifen, und es war nicht ganz ausgeschlossen, dass sie stattdessen gern Gleims Hals umgedreht hätte.

Ich schluckte. »Iris, er wusste sogar von meinem Unfall damals im Wald. Und ich kann mir wirklich nicht erklären, woher.«

Iris rührte in ihrem Kaffee. »Hast du denn wirklich niemandem in der Redaktion davon erzählt, Prinzessin?«

»Niemandem außer dir«, sagte ich.

Ihr Löffel erstarrte beim Rühren. »Hey, du willst jetzt aber nicht behaupten, dass ich dich an Gleim verraten habe?«

Ich hätte das niemals behauptet. Aber Iris war so natürlich, dass ihr die Gedanken manchmal eben gänzlich unzensiert rausrutschten. Nicht ausgeschlossen, dass sie sich mal gegenüber einem Kollegen verplappert hatte.

»Iris, du bist meine Freundin«, sagte ich diplomatisch.

»Denk nach, Prinzessin! Weiß das sonst wirklich niemand im Verlag?«

Ich biss von meinem Croissant ab und kaute. »Doch«, sagte ich mit unscharfer Aussprache, weil mein Mund noch voll war. »Ich habe Markus Hanser in einem Coaching davon erzählt. Aber ich bin mir eigentlich sicher, dass er das für sich behalten hat. Er wirkt nicht so, als ob er ein Spitzel von Gleim wäre. Und was man online über ihn nachlesen kann, wirkt völlig solide.«

»Hm … Ich habe mich schon immer gefragt, warum Gleim solche Coachings überhaupt finanziert. Das passt gar nicht zu ihm. Und wenn Hanser doch sein Mann ist, wenn er uns alle ans Messer liefert?«

Ich legte mein angebissenes Croissant auf den Teller. Irgendetwas drängte mich, Hanser zu verteidigen, auch wenn ich nicht völlig überzeugt war. »Könnte es nicht auch sein, dass Gleim die Coachings einfach abhört?«

»Bingo!«, rief Iris. »Das würde zu ihm passen.«

Ich musste an Markus Hanser denken. Es war ein merkwürdiges Gefühl, seine Hände zu spüren. Der Griff, mit dem er mein Bein umfasst hatte, war kräftig und zärtlich zugleich gewesen. Ich hatte mich sicher gefühlt in seinen Händen. Bislang hatte ich ihn als Mann nie wahrgenommen, aber jetzt stellte ich mir eine Frage, die mit seinem Lieblingswörtchen begann: Angenommen, ich wäre auf der Suche nach einem Partner – wäre er mein Typ? Andererseits wusste ich – außer dem, was man online über ihn herausfinden konnte – gar nichts von ihm, auch nicht, ob er bereits vergeben war.

Iris stützte ihr Kinn in die offenen Hände und schaute durchs Schaufenster auf den Morgenverkehr.

»Woran denkst du gerade?«, fragte ich.

»An die Notiz von Tom Harris. Ich ziehe sie mir immer wieder rein, aber habe noch keinen Durchblick. Wer ist sein Informant? Und warum hat er ihn nur X genannt?«

Ich hatte Iris den Notizzettel überlassen. Mir war ohnehin wohler, wenn ich den Beweis meiner Schnüffelei in Toms Wohnung nicht länger bei mir trug.

»Er wollte seinen Informanten schützen«, sagte ich. »Das ist ja auch ein starkes Ding: Da recherchiert er über Gleim, will ein paar Korruptionsfälle mit Kleinjohann ans Licht bringen, und auf einmal kommt ein Informant und sagt: ›Der Kerl ist vielleicht in einen Mord verwickelt.‹«

»Aber warum München? Warum wollte Tom diesen X in München treffen? Gleims Sohn Jan soll sich dort ja rumgetrieben haben. Vielleicht ist es jemand, der ihn gekannt hat und seinen Tod rächen will.«

Ich nahm einen Schluck Kaffee und stellte die Tasse wieder ab. »Ist das Opfer, wenn es denn wirklich eines gibt, tatsächlich Jan? Der Zettel von Tom enthält keine Anhaltspunkte dafür. Oder doch?«

Iris kramte ihr Portemonnaie hervor, zog den kleinen roten Notizzettel heraus und legte ihn quer mitten auf den

Tisch. Wir streckten die Köpfe nach vorne und lasen die Notiz noch einmal:

X sagt, Gleim hat seine Finger in einer ganz schmutzigen Sache. Liegt lange zurück. Es gibt einen Toten. Hinweise auf einen alten Streit. Er will die Angelegenheit nur persönlich besprechen. Keine Details am Telefon, er fürchtet, man hört ihn ab.

Ich schob den Zettel wieder rüber zu Iris. Sie senkte ihre Stimme: »Und was, wenn der Sohn sich aus Wut auf seinen Alten vor einen Zug geworfen hat? Dann gibt es zwar einen Toten, aber kein Verbrechen.«

»Aber Tom spricht von einer schmutzigen Sache. Und auch sein Unfall passt in dieses Bild. Er fährt zu einem Informanten, der Gleim schwer belasten will. Und auf dem Rückweg kommt er von der Landstraße ab, rauscht in den Wald und bricht sich fast das Genick.«

»Woher hätte Gleim denn wissen sollen, dass ihm ein Reporter auf der Spur ist?«

»Woher weiß Gleim, was mir damals bei uns im Tenger Forst passiert ist? Ich glaube, in Reinstadt kann keine Stecknadel auf den Boden fallen, ohne dass er es hört. Und hat der Informant Tom nicht gesagt, er befürchte, abgehört zu werden?«

Iris kratzte sich an der rechten Schläfe. »Mal schauen, was Christian Niggert herausfindet. Ich habe mir überlegt, dass er Toms Recherche übernehmen soll.«

»Was? Warum er? Ich bin in dem Fall doch viel besser drin.«

»Aber Christian ist viel besser drin in der Redaktion.«

»Du musst ja nicht mit dem Megafon ausrufen, was ich gerade recherchiere.«

Iris fuchtelte mit den Händen, ihre Armreife klimperten. »Prinzessin, du hast gar nichts zu recherchieren, du machst Vertrieb. Das war die Bedingung, dass sie dich aufgenommen haben.«

»Wie das klingt: aufgenommen haben! Als wäre diese Redaktion ein Flüchtlingsheim. Ich bin fremd, darf meine Arbeit nicht machen und muss jeden Tag mit meiner Abschiebung rechnen: Raus hier! Sogar den obligatorischen Brandsatz hat man mir schon vor den Latz geknallt.«

Iris zog eine Grimasse. »Hey, der Brandsatz galt uns allen, den hast du nicht exklusiv für dich.«

Ich schaute einem Punker nach, der mit einem Schäferhund am Schaufenster der Bäckerei vorbeilief, maximal mit zweieinhalb Stundenkilometern. Als wollte er den Hund möglichst lange in meinem Sichtfeld halten. Wieder schaltete mein Herz zwei Gänge höher, wieder kribbelten meine Narben am Bein, und meine Handflächen wurden klamm. Vielleicht würde es bald weniger Hunde in Reinstadt geben: Die Stadtverwaltung hatte die Hundesteuer um 75 Prozent angehoben. Endlich mal eine Entscheidung, hinter der ich als Bürgerin stehen konnte!

»Iris, Gleim hat seinen Hund auf mich gehetzt, ich werde von ihm bedroht. Ich muss etwas gegen ihn unternehmen.«

»Wenn du einen guten Vertrieb aufbaust, verpasst du diesem alten Sack den härtesten Schlag: Dann geht sein Verlag auf die Bretter.«

»Ich will, dass er selbst auf die Bretter geht. Mit seinem Verlag. Es ist meine Story! Ich hab den Zettel gefunden.«

»In der Wohnung von Tom, in der du eigentlich gar nichts verloren hattest. Damit kriegst du die Redaktion nicht rum.«

»Aber mit dem Hinweis, dass Gleim Blut an den Fingern hat. Lass mich einfach recherchieren. Du bist doch die Chefredakteurin!«

Ein Anruf unterbrach unser Gespräch. Iris ging ans Handy, hörte einen Moment zu und sagte dann: »Das ist ja völlig verrückt, Frau Bodenstedt. Bleiben Sie ganz cool. Frau Mikula und ich sind in der Nähe, wir kommen gleich bei Ihnen vorbei.«

»Wieder Ärger in der Bahnhofsmission?«

»Zumindest eine Ausnahmesituation«, sagte sie.

Eigentlich war es ein Kinderspiel, vor der Bahnhofsmission zu parken. Vier Parkplätze vor dem Gebäude waren für die Mitarbeiter der Mission reserviert. Aber Frau Bodenstedt und ihre Kolleginnen kamen grundsätzlich geradelt. Und ihre Kundschaft parkte höchstens das eigene Hinterteil auf dem Bürgersteig vor dem Haus, aber sicher keine Kraftfahrzeuge.

Doch als ich mit Iris die Bahnhofstraße hinabfuhr, sahen wir schon aus der Ferne ein mittleres Verkehrschaos. Zwei große Lkws rangierten zur gleichen Zeit vor der Mission. Ein Paketdienst blockierte die linke Spur und hatte die Warnblinkanlage eingeschaltet. Gerade reihte sich auch noch ein gelbes Postauto ins Chaos ein.

»Scheißegal, hey«, sagte Iris und platzierte ihren Golf mitten im Parkverbot. Wir liefen den Gehsteig runter bis zur Mission. Doch der Eingang war verstopft. Zwei Möbelpacker drehten gerade einen prächtigen Eichenschreibtisch hin und her, um ihn doch noch durch die Eingangstür zu bugsieren. Hinter den Möbelpackern hatten sich zwei Paketboten eingereiht, die unter ihren Päckchen kaum noch zu sehen waren. Mit einem hässlichen Scheuern fuhr der Schreibtisch durch den Türspalt.

Wir beobachteten, wie Frau Bodenstedt sichtlich genervt eine Empfangsbescheinigung unterschrieb. Unten im Redaktionskeller kreischte eine Schleifmaschine, jemand war am Hämmern, und fröhliches Gelächter schwappte die Holztreppe herauf, die den Brand auf wundersame Weise überstanden hatte.

»Zum Teufel noch mal, Iris, was ist hier los?« Ich sah sie ernst an, doch ihre Mundwinkel dehnten sich zu einem breiten Grinsen.

»Wie war das noch, Prinzessin? Wir sollten die verflixte Pressekonferenz abblasen?«

»Was hat das denn mit der Pressekonferenz zu tun?«

»Hey, was hat der Regen mit den Wolken zu tun?«

»Iris, du sprichst in Rätseln«, schimpfte ich. »Jetzt bitte mal Klartext!«

Sie blies ihre lästige Haarsträhne von der Nasenwurzel. »Schon mal was von Mitleid gehört? Jeden Tag kratzen Zehntausende Kinder ab, verhungern, verdursten, sterben. Was musst du tun, damit die Leute auch nur einen verdammten Euro spenden? Zeig ihnen einen Film, lass heulende Mütter und Kinder mit Hungerbäuchen durch ihr Wohnzimmer spazieren.«

Jetzt ging mir ein Licht auf. »Das alles sind Spenden?« Ungläubig schaute ich mich um im Saal der Bahnhofsmission. Mittlerweile glich er einem Möbellager. Ein alter Sekretär stand an der Wand, daneben türmten sich Bürostühle, Tische, Schreibtischlampen, Zimmerpflanzen, drei Kaffeemaschinen, vier Drucker und eine ganze Armada von Computerbildschirmen und Laptops. Insgesamt zählte ich 36 verschiedene Einrichtungsgegenstände.

Iris war meinem Blick gefolgt und rempelte mich freundschaftlich an. »Prinzessin, du hättest mich bei der Konferenz sehen sollen! Ich habe volle Pulle auf die Tränendrüse gedrückt und gesagt, dass wir jetzt eine nackte Redaktion sind, ohne Bürostühle, ohne Tische, ohne Schreibtischlampen, ohne Zimmerpflanzen, ohne Kaffeemaschinen, ohne Drucker und ohne PCs und Laptops. Genauso nackt wie die Menschen, denen wir verflixt noch mal helfen wollten, den Obdachlosen. Und dann habe ich mir die Tränen aus den Augen gewischt, richtig fette Dinger.«

»Du hast einen Heulkrampf simuliert?«

»Die Augen tränen ja praktisch automatisch bei so viel Blitzlicht.«

Iris war chaotisch, aber sie war auch verdammt schlau. Was für eine geniale Idee, die Pressekonferenz für einen verkappten Spendenaufruf zu nutzen und damit viele Millionen Menschen zu erreichen. Sie hatte es geschafft, die Verhältnisse umzukehren: Nicht wir wurden von den Medien instrumentalisiert, sondern die Medien von uns, ohne dass sie es merkten.

Frau Bodenstedt kam im Blümchenkleid zu uns geeilt. »Da sind Sie ja endlich!«, sagte sie. »Wenn das so weitergeht, müssen Sie eine Lagerhalle anmieten, so viele Sachspenden kommen hier an. Und bestimmt zwanzig Anrufer haben nach einem Spendenkonto gefragt. Ich habe alle Nummern notiert.«

»Spitzenmäßig«, sagte Iris. »Ich werde Frau Ziepert verklickern, dass sie ein solches Konto für uns einrichten und zurückrufen soll.«

Sie stieß ihr brodelndes Lachen aus, ich zählte vier Salven, und ich musste einfach mitlachen. Ein kleines Wunder war geschehen: Gleim hatte versucht, uns durch den Brand zu zerstören. Doch das Feuer hatte uns überregionale Bekanntheit und eine Welle der Sympathie beschert. Und je nachdem, wie rasch das Spendenkonto sich füllte, stand unsere Zeitung auf stabileren Beinen als je zuvor.

»Aber was ist da unten im Redaktionskeller los?«, fragte ich.

Frau Bodenstedt zog ihre Augenbrauen nach oben. »Ich dachte, die Mannschaft ist von Ihnen bestellt worden?«

Wir liefen die knarrende Treppe runter, es roch nicht mehr nur verbrannt wie zuletzt, sondern auch nach frischer Farbe. Rattes roter Schal leuchtete aus dem Getümmel. Mit einem Spachtel kratzte er Ruß von der Wand. Neben ihm war Mecker-Miriam dabei, verschmorte Plastikreste in einen großen Müllsack zu stopfen. Und Iwan der Schreckliche mühte sich sichtlich ab, mit einer Malerrolle eine bereits abgekratzte Wand, die noch Schmauchspuren aufwies, in frischer Farbe wieder erbleichen zu lassen.

Zwischen den sechs Obdachlosen und vier Flüchtlingen, wahrscheinlich Syrern, tummelten sich drei Handwerker aus Reinstadt, ein Maler, ein Elektriker und ein Entrümpelungsunternehmer. Die Firmennamen standen groß auf den Handwerkerjacken. Offenbar hatten sie von dem Brand in den Medien gehört und sich spontan entschieden, uns durch ihre Arbeitskraft und Materialspenden aus dem Schlamassel zu helfen.

Als Ratte mich sah, kam er mit vier großen Schritten auf mich zu und gab mir die Hand.

»Gegenwind macht Flügel«, sagte er.

Ich überlegte, was er damit meinte. »Willst du sagen, dass man erst bei Widerstand seine ganzen Kräfte mobilisiert?«

Er nickte und wirkte erfreut, dass ich ihn sofort verstanden hatte.

»Das ist ein kluger Gedanke«, sagte ich.

»Ein Zitat von Kunze«, sagte er. »Und mit Gegenwind kenne ich mich aus.«

Mir war klar, dass Ratte der Kopf hinter dieser Helferarmada sein musste. »Wie hast du so viele Leute mobilisiert?«

»Wir gehören doch auch zum Club der Gefeuerten, wir sind der Vertrieb. Meinst du, wir schauen zu, wie unsere Zukunft abgefackelt wird?«

»Das ist doch richtig gemütlich hier«, schaltete sich Mecker-Miriam ein. »Frau Bodenstedt hat uns sogar Kaffee und Brötchen gebracht. Auf der Straße bringt einem das niemand.«

Nach wenigen Tagen waren die Brandschäden beseitigt, und unser Redaktionsraum erstrahlte in neuem Glanz. Mit den weißen Wänden, den hellen Möbeln und den neuen Deckenscheinwerfern hätte unser Kellerraum auch ein Dachgeschoss sein können, so hell und gemütlich war er geworden. Endlich funktionierten die Drucker, endlich hatte jeder Redakteur einen modernen Computer, endlich waren wir arbeitsfähig.

Und das lag nicht zuletzt an Frau Ziepert. Sie hatte die Handwerker koordiniert, einen Einrichtungsplan für den Raum entworfen, das Spendenkonto eröffnet und sich die Finger wund telefoniert, um aus allen potenziellen Spendern tatsächliche Spender zu machen. Mittlerweile wurde Frau Ziepert von allen Kollegen geschätzt, sogar Christian Niggert hatte ihr bei der Einweihungsfeier für das Büro verstohlen ein Blümchen in die Tastatur gesteckt.

Und auch unser Spendenkonto war prall gefüllt: 88 329,48 Euro prasselten in unseren Hut. Dieses Geld reichte nicht nur dicke, um die Druckkosten für unsere erste Ausgabe vorzustrecken, Werbung dafür zu schalten und Honorare für Artikel zu bezahlen. Nein, wir hatten Ratte und seinen fleißigen Helfern nachträglich zwölf Euro Stundenlohn bezahlen können. Die Obdas, wie sie jetzt in der Redaktion genannt wurden, waren richtig gerührt gewesen, als Iris ihnen ihren offiziellen Lohn ausgezahlt hatte.

Das Blatt hatte sich gewendet, alles lief perfekt. In Flugblättern kündigten wir den 22. Juni als neuen Erscheinungstermin an. Und doch rumorte ein Gefühl in meinem Bauch, das nichts Gutes verhieß.

»Die Gläubiger steigen mir aufs Dach. Kannst du noch Geld für die Raten nachschießen?«

»Heiliger Strohsack, bist du irre? Ich bin Gläubiger und nicht Schuldner!«

»Du steckst in der Sache mit drin.«

»Weil du mich reingerissen hast!«

»Ich habe dich nicht zum Einsteigen gezwungen.«

»Du hast von Millionengewinnen gefaselt. Und hätte ich zuschauen sollen, wie unsere ganze Stadt in fremde Hände gerät?«

»Es war deine Entscheidung.«

»Du hast mich ruiniert mit deiner Zockerei! Wenn das so weitergeht, muss ich auch noch mich selbst entlassen.«

»Gib mir Geld für die Raten! Wenn diese Sache auffliegt, wühlen sie im Dreck von damals.«

»Es ist so lange her. Es gibt keine Spuren. Sie werden nicht mehr aufklären können, *was passiert ist.«*

»Damals hast du mich reingezogen!«

»Er war dir genauso im Weg wie mir. Du wärst immer in seinem Schatten geblieben!«

»Besser im Schatten stehen, als in der Scheiße zu stecken!«

ZWEITE JUNIWOCHE

Reinstadt, 9. Juni
Aufmacher *Tagesbote*: »Reiches Kulturleben: Städtische Bühnen freuen sich über Rekordumsatz!«

Ein Schauer war im Anmarsch, ein paar Windböen liefen ihm voraus. Die Dämmerung schüttete graues Licht über der Stadt aus und kassierte die letzten Farben des Tages. Meine Uhr zeigte 22.27 Uhr und 35 Sekunden, ich hatte die Lampe in meinem Arbeitszimmer noch nicht eingeschaltet. Vorsichtig trat ich ans Fenster, die Dielenbretter knarrten, und ich zog die Gardine einen Spalt zur Seite.

Ich wollte sehen, ob er sich wieder vor unserem Haus herumtrieb. Seit Tagen war er da, mal tags, mal nachts. Er gab sich keine Mühe, seine Anwesenheit zu verbergen. Manchmal schlich er sich auf der Straßenseite gegenüber herum. Manchmal kauerte er bei mir im Garten. Sogar in der Hauseinfahrt hatte ich ihn schon gesehen.

Dann wieder war er plötzlich verschwunden, wie vom Erdboden verschluckt. Es schien ihm Freude zu machen, mich zu beunruhigen. Als sollte ich wissen, dass er mich ins Visier nahm.

Wenn der Plan war, mich zu verunsichern, dann funktionierte er. Ich konnte keinen Schritt mehr tun, nicht auf das Haus zu, nicht aus dem Haus raus, ohne mit einem Angriff zu rechnen. Und sogar wenn ich an meinem Schreibtisch saß, schlich er sich in meine Gedanken und bremste meine Texte aus.

Im Haus gegenüber knipste jemand das Licht an, ein bis dahin blindes Fenster schälte sich als hellgelbes Quadrat aus der Dämmerung. Ein Umzugswagen schob sich durch die verschlafene Einbahnstraße und umkurvte zwei Blumenkübel, die als künstliches Verkehrshindernis garantieren sollten, dass die Tempo-30-Zone nicht nur so hieß.

Nur der Wind hielt sich nicht an die Geschwindigkeitsbegrenzung, er tobte sich aus. Ich sah, wie die Straßenbäume sich tief verneigten. Wieder orgelte der Sturm unter den Dachziegeln, ein höllisches An- und Abschwellen, die Erkennungsmelodie dieser Stadt.

Auf den ersten Blick war Reinstadt ein Ort wie viele: ähnlich groß, ähnlich bevölkert, ähnlich gelegen. Doch Reinstadt existierte in zwei Versionen. Es gab das helle Reinstadt, das sich allen zeigte: mit einem jovialen Bürgermeister, einer belebten Fußgängerzone, einer renommierten Lokalzeitung. Und es gab das dunkle Reinstadt, nicht so leicht zu fassen, dessen Bürgermeister seinen Bürgern Albträume bescherte, dessen Fußgängerzone ein finsteres Geheimnis barg und dessen Lokalzeitung auf Gehirnwäsche spezialisiert war.

Aber wie hing beides zusammen? Welche Dunkelmänner betrieben welche Geschäfte auf wessen Kosten? Und wie weit würden sie gehen, um ihre Gegner daran zu hindern, das verborgene Gesicht dieser Stadt aufzudecken?

Nebenan schälte sich ein zweites Lichtquadrat aus der Dämmerung. Mein Blick wanderte dorthin, dann wieder in unseren Garten. Da lungerte er schon wieder herum. Er drückte sich an eine Birke, regungslos. Es kam mir vor, als würde er mich beobachten. Wartete er nur darauf, dass ich einen Schritt vor die Tür machte? Ich spürte, wie ein Zittern durch meinen Körper lief.

Es konnte kein Zufall sein, dass er ausgerechnet um mein Haus schlich. Hatte Gleim ihn bei mir platziert? Ging es darum, mich einzuschüchtern?

Ich schaute mich in meinem Zimmer um. Gab es einen schweren Gegenstand, den ich auf ihn schleudern konnte? Sofort blieb mein Blick an meinen schweren Clogs hängen, meinen Haus- und Gartenschuhen aus Holz. Ich schnappte mir einen Schuh, schätze sein Gewicht auf 850 Gramm und wollte gerade das Fenster öffnen, als ich einen schwarzen Lieferwagen vorfahren sah. Er fuhr nicht, er schlich durch die Dämmerung. Kurz vor meinem Haus bremste er ab.

Der Fahrer schob die Tür wie in Zeitlupe auf. Wer war das? Kannte ich den Kerl? Er duckte sich auf dem Gehsteig und schien etwas in meinen Garten zu flüstern. Offenbar sprach er meinen speziellen Freund an. Ich sah sofort, dass die beiden miteinander vertraut waren. Hatte ich es doch geahnt, dass er sich hier nicht zufällig herumtrieb. Jemand hatte ihn hergebracht, um mich zu verunsichern.

Jetzt lief er auf den Fahrer des Lieferwagens zu. Türen öffneten sich, er sprang hinein. Gleich würde der Wagen sich verdrücken. Aber nicht mit mir! Ich rannte die Treppe runter, riss die Haustür auf und sprang auf die Straße. Der Wind orgelte wie verrückt, Regen hatte eingesetzt und peitschte mir ins Gesicht. Die Tropfen stachen in meine Haut wie kleine Geschosse. Meine Schritte klatschten über den Asphalt.

Der Lieferwagen war gerade angefahren.

»Anhalten«, schrie ich. »Ich weiß, was hier gespielt wird!«

Der Wind drückte mir kalte Luft in den offenen Mund, als wollte er mich zum Schweigen bringen. Im Schritttempo rollte der Wagen auf die beiden Blumenkübel zu, die Bremslichter leuchteten auf. Ich rannte, als wäre der Teufel hinter mir her. Dabei war es höchstens umgekehrt.

»Ihr wollt mich fertigmachen, aber das wird euch nicht gelingen!«

Fast hatte ich den Lieferwagen erreicht, da beschleunigte er wieder, und die Rücklichter entfernten sich. Ich schätzte, der schwarze Wagen war schon gut zehn Meter entfernt, als ich ausholte und meinen schweren Clog hinter ihm her schleuderte. Mit einem dröhnenden Knall schlug er gegen die Hintertür des Wagens. Volltreffer!

Die Bremslichter leuchteten alarmierend rot auf, das Auto hielt an. Kurz überlegte ich, ob ich mich nicht in mein Haus zurückziehen und die Polizei rufen sollte. Die Fahrertür des Wagens öffnete sich langsam. Der Wind orgelte noch lauter als zuvor. Der Regen krabbelte von meinem Hals unters T-Shirt, doch im Moment hatte ich ein anderes Problem.

Ein Zwei-Meter-Mann stieg aus, kam um den Wagen herum und betastete die Tür von hinten. Er tat so, als würde er mich nicht bemerken.

»Ich war das!«, sagte ich und ging einen Schritt auf ihn zu.

Jetzt schaute er zu mir. »Sind Sie verrückt geworden? Was wollen Sie denn von mir?«, fragte er.

»Seien Sie froh, dass es nur Ihr Auto erwischt hat und nicht Sie! Wer ist Ihr Auftraggeber?«

»Was haben Sie denn gegen uns?«

»Ich habe jede Menge gegen euch. Aber ich habe noch zu wenig in der Hand.«

»Ich glaube, Sie sind wirklich verrückt.«

»Das sagt ihr von jedem, der euch das Handwerk legen will!« Er trat einen Schritt auf mich zu. Der Wind schien jetzt direkt in meinem Kopf zu toben, meine Gedanken wirbelten im Kreis. Was an seinem Arm hing, waren keine Hände, sondern Pranken. Aber das Adrenalin machte mich mutig. »Ich habe doch gesehen, dass sie ihn abgeholt haben!«

»Ja und?«

»Warum tun Sie das?«

»Es ist mein Beruf.«

»Beruf nennen Sie das – weil er Sie bezahlt?«

»Arbeiten Sie denn umsonst?«

»Wer ist Ihr Auftraggeber? Ich werde die Polizei rufen, um das zu klären!«

»Bitte tun Sie das, kommt mir sehr entgegen. Meine Scheibe hat einen Sprung.« Mit seinen riesigen Pranken zeigte er auf seinen Lieferwagen. Da bemerkte ich eine Aufschrift an der Seite. Ich kniff die Augen zusammen, um die Buchstaben im letzten Licht des Tages noch zu entziffern: Tierheim Reinstadt.

»Ich wollte diesen streunenden Hund schon lange von der Straße holen. Jetzt hat es endlich geklappt«, erklärte er. Im Inneren des Wagens setzte ein eifriges Kläffen ein. Meine Narben am Bein kribbelten wie verrückt. Und das Wasser, das jetzt über meinen Rücken tropfte, kam garantiert nicht vom Regen.

Wie hatte ich nur glauben können, Gleim hätte einen Hund auf meinem Grundstück ausgesetzt? Mir fiel Rattes Lied ein: »Wozu Feinde, wenn man sich selber hat?«

Mit einer Tierheimspende von 250 Euro kaufte ich mich von einer Anzeige frei. Als der Fahrer schon wieder einstieg, sagte ich noch: »Aber bitte nicht für Hunde verwenden.«

Ein tiefes Knurren war die Antwort.

Es kam aus dem Laderaum.

Jetzt verstand ich, wie es den Opfern eines Einbruchs ging. Was dauerhaft schmerzte, war nicht der gestohlene Schmuck, sondern das geraubte Gefühl der Sicherheit. Die Wohnung war nach dem Einbruch nicht mehr dieselbe. Sie war verschmutzt durch fremde Füße, die über den eigenen Teppich gelatscht waren, durch fremde Hände, die in den eigenen Schubladen gewühlt hatten, und durch fremde Blicke, die das eigene Schlafzimmer beglotzt hatten. Geborgenheit und Intimität kamen abhanden wie Diebesgut. Die eigene Haustür schien kein Schloss, das eigene Fenster kein Glas mehr zu haben. Alles stand offen. Die Einbrecher waren einmal reingekommen, also würden sie wieder reinkommen. Jedes Knacken des Fußbodens, jedes Hagelkorn am Fenster löste im Kopf der Bewohner einen neuen Schreckensfilm aus. Die Einbrecher beherrschten die Wohnung auch noch, wenn sie längst gegangen waren. Deshalb suchten sich so viele Einbruchsopfer eine neue Wohnung.

Ich konnte das nicht. Denn meine Wohnung, die Gleim aufgebrochen und beschmutzt hatte, war mein Leben. Die Scheiben waren klirrend zersprungen, seit er mich angezeigt und entlassen hatte, seit der Schmähartikel über mich erschienen, Tom Harris verunglückt, der Redaktionsraum ausgebrannt und der Hundeangriff am See passiert war.

Mit jedem Tag, an dem er nicht erneut in mein Leben einbrach, schien mir die Wahrscheinlichkeit zu steigen, dass am nächsten Tag etwas geschehen würde. Die Geschichte mit dem streunenden Hund war kein Einzelfall: Wohin ich auch blickte, ich sah Gefahr. Ich hatte das Gefühl, von fremden Autos verfolgt zu werden. Ich sah Schatten, die abends um unser Haus huschten. Und ich redete mir ein, schon zweimal denselben Mann hinter Sebastian registriert zu haben, als ich ihn vom Haus aus in Richtung Schule hatte davongehen sehen. Alles Zufall, alles Einbildung, alles Hysterie?

Und wenn ich abends im Bett lag, fragte ich mich: Wann schlägt der Feuerteufel wieder zu? Wann wird Kanone wieder von der Leine gelassen? Wann wird der nächste Redakteur einen »Unfall« haben?

Die Haustür meines Lebens schloss nicht mehr. Das Berechenbare war unberechenbar geworden. Ich erschrak bei jeder Kleinigkeit, ordnete jedes Kläffen auf der Straße Gleims Bestie zu und rechnete beim Aufblättern des *Tagesboten* ständig mit neuen Schlagzeilen über mich.

»Das ist doch eine wunderbare Aufgabe für dich«, sagte Markus Hanser und nahm noch einen Schluck Rotwein. Das Kerzenlicht ließ seine braunen Augen leuchten. Die letzten Tage über hatten wir uns öfter unterhalten und waren zum Du übergegangen. Und hatten uns dann sogar zum Abendessen verabredet. Jetzt saßen wir beim Italiener, und ich hatte ihm gerade davon erzählt, dass es sich anfühlte, als ob in mein Leben eingebrochen worden sei. Ich staunte, wie leicht es mir fiel, über meine Verletzlichkeit zu sprechen. Lag das am Rotwein – das dritte Glas – oder an ihm?

»Was für eine Aufgabe für mich?«, fragte ich. »Du meinst, ich soll den Einbrecher dingfest machen? Ich bin Gleim ohnehin auf der Spur, ich recherchiere gerade.«

Er war sehr interessiert am Stand meiner Recherchen. Anfangs hatte ich noch gezögert, wie viel ich ihm davon überhaupt erzählen konnte. Ich hielt ihn zwar nicht für Gleims Handlanger, aber sicher konnte man ja nie sein. Gleim war sich für Erpressung schließlich nicht zu schade, um an Informationen zu kommen. Meine Zweifel an Markus Hanser waren dann aber doch recht schnell über Bord gegangen. Ich fühlte mich bei ihm sicher, er gab mir ein vertrautes Gefühl. Also hatte ich ihm erzählt, wie ich vorgegangen war: Ich hatte Toms Frau überzeugt, mir seine Handydaten zu überlassen. Nun telefonierte ich alle Nummern durch, mit denen er in den Tagen vor dem Unfall Kontakt gehabt hatte. Mit einundzwanzig Menschen hatte ich schon gesprochen, darunter auffällig viele Frauen mit jungen Stimmen. Zwei Nummern waren noch offen. Bei ihnen erreichte ich niemanden. Mich ließ das Gefühl nicht los, dass eine dieser Nummern dem geheimnisvollen Informanten X gehörte.

»Ach, Susanne!« Markus lehnte sich ein Stück über den Tisch und sah mich an, wie mich schon lange keiner mehr angesehen hatte. »Wenn ich von einer Aufgabe für dich spreche, denke ich nicht an eine journalistische Recherche: Ich denke an dein inneres Wachstum. Ein Einbruch ist doch nur möglich, wenn man sich selbst verriegelt. Aber was passiert, wenn du dich öffnest und zu deinen Schwächen stehst? Wenn du das Leben nicht mehr als Rechnung siehst, deren Zahlen du im Griff haben musst, sondern als unberechenbar akzeptierst? Dann kann dir nichts mehr passieren.«

»Toller Tipp«, sagte ich. »Dann schließen wir unsere Wohnungen also am besten nicht mehr ab und nageln ein

Schild an die Tür mit der Aufforderung: Einbruch erwünscht! Du kannst das gern Stärke nennen; ich nenne es Dummheit.«

Ich merkte, dass es mir Freude machte, ihn zu provozieren. Diese Neckerei war wie ein Band, sie zog uns näher zusammen.

»Jetzt mal ehrlich, Susanne: Ein solches Schild würde doch jeden Einbrecher irritieren. Er würde denken, dass in der Wohnung nichts zu holen ist. Und diesen Effekt kannst du auch auf deine Innenwelt übertragen: Solange du Angst vor dem Hund hast, kann er auf dich gehetzt werden. Aber wenn du den Hund zulässt, wenn du sogar zeigst, dass du ihn gern streicheln würdest, wer kann dich dann noch mit ihm bedrohen?«

Ich hatte Markus von dem Hundeangriff am See erzählt. Ich wollte hören, was er dazu meinte.

»Das klingt alles sehr klug«, sagte ich. »Aber es klingt auch sehr weltfremd. Meine Angst vor Hunden kann ich nicht einfach so ausblenden, ich kann diese Tiere kaum anschauen. Ich käme nie im Leben auf die Idee, einen streicheln zu wollen.«

»Genau so zementierst du dein eingefahrenes neuronales Verhaltensmuster! Mal angenommen, du würdest jede Woche zweimal ins Tierheim gehen und einen Hund ausführen. Was, glaubst du, könnte sich dadurch verändern?«

»Der Umfang meiner Wade! Wenn da jede Woche zweimal ein Köter reinbeißt, bleibt bald nicht mehr viel von ihr übrig.«

Er zwinkerte mir zu. »Ich glaube, der Umfang deiner Angst würde sich verändern. In der Psychologie nennt man das eine systematische Desensibilisierung: Wir fordern einen Menschen auf, immer wieder das zu tun, wovor er sich fürchtet. Wer der Angst ausweicht, macht sie größer. Wer sich ihr stellt, kann sie überwinden.«

Ich dachte an mein Verhalten, wenn ich einen Hund sah. Ich trat sofort den Rückzug an, wechselte die Straßenseite und brachte mich in Sicherheit. Vielleicht sollte ich wirklich mal probieren, Hunden zu begegnen, statt vor ihnen wegzulaufen. Aber ganz sicher nicht im Tierheim! Und ganz sicher nicht, indem ich sie streichelte!

»Ach, Markus«, sagte ich und versuchte, seine Tonlage und seinen Blick von gerade eben zu treffen. »Bevor ich einen Hund in mein Leben lasse, öffne ich meine Wohnungstür lieber für jemand anderen.«

Ich schob meine Hand nach vorne, in die Mitte des Tisches, zwischen den Kerzenständer und die schon zu gut siebzig Prozent geleerte Mineralwasserflasche. Und er, als wäre es ganz normal, legte die seine darüber. Das erste Mal. Wie weich seine Hand war, wie warm. Beim Händeschütteln war mir das nie aufgefallen. Seine braunen Augen hielten mich fest, seine Wärme floss von seiner Hand, deren leichten Druck ich genoss, durch meinen ganzen Körper. Ich fühlte seinen Puls, wollte die Schläge zählen, konnte es aber nicht. Wollte es nicht.

Vielleicht hatte er recht. Vielleicht brauchte es Offenheit, um Sicherheit zu empfinden und dem Leben zu vertrauen.

Heute hab ich wieder einen voll blöden Tag erwischt. Ich komm morgens die Treppe runter und will zum Frühstück. Aus der Küche höre ich Mamas Stimme. Und sie redet leise. So wie man redet, wenn man nur von einem Menschen gehört werden will. Aber mit wem redet sie morgens um sieben in unserer Küche?

Da fiel es mir wieder ein. Ich war wach geworden in der Nacht. Nicht so richtig wach, nur ein bisschen. Sodass ich nicht wusste, ob das jetzt geträumt oder wahr ist. Es hat unten ein wenig gepoltert. Ich hab zwei Stimmen gehört. Und dann ein Kichern von Mama. So wie früher, wenn Papa und Mama nach Hause gekommen sind, von einer Feier. Dann sind sie immer noch in mein Zimmer gekommen. Papa hat mir dann einen Bierkuss gegeben, weil Papa keinen Wein trinkt. Und Mama hat mir einen Weinkuss gegeben, weil sie kein Bier trinkt. Ich hab sie immer am Geruch erkannt. Ich hätte Papas Kuss auch ohne seine Bartstoppeln erkannt.

Erst hab ich mich also voll gefreut: Papa ist zum Frühstück da. Er war gestern mit Mama auf der Piste und ist dageblieben. Das war echt geil. Ich bin in die Küche gerannt. Papas Stuhl war besetzt. Aber da saß ein Kerl, das war nicht Papa. Das war so ein Lackaffe mit Jackett und schwarzem Rollkragenpulli. Er ist gleich aufgesprungen und hat bis zu den Arschbacken gegrinst und gesagt: Schön, dass ich dich kennenlerne, Sebastian. Seine Zähne waren schief.

Ich hab ihn gefragt, was er hier macht. Mama hat gesagt, du siehst doch, er frühstückt. Und da habe ich gefragt, ob er die ganze Nacht da war. Und Mama hat gesagt, ich soll nicht unverschämt sein. Und ich hab gesagt, dass ich die beiden gehört habe gestern Abend. Der Mann hat zu Mama gesagt, sie soll meine Gefühle akzeptieren. Ich habe ihn gefragt, was ihn meine Gefühle angehen, er kennt mich ja gar nicht. Und Mama hat noch mal gesagt, ich soll nicht unverschämt sein.

Da bin ich wieder rausgegangen. Ich hatte Hunger, aber das war mir egal. Ich hab mein Schulzeug gepackt und bin losgelaufen. Mama ist mir noch nachgerannt mit einem Pausenbrot. Ich hab sie weggeschubst. Sie hat mich an den Schultern gepackt, ich soll sie gefälligst anschauen. Ich bin aber einfach weitergelaufen, ohne mich noch mal umzudrehen.

Ich wollte nicht, dass sie mich von vorne sieht. Ich hab geweint. Ich weiß gar nicht genau, warum ich geweint hab. Das ist das Allerschlimmste, wenn ich den Grund nicht kenne. Dann gibt es meistens nicht einen Grund, sondern viele. Dann läuft es richtig scheiße.

Ich will, dass Lenas Papa wieder gesund wird. Aber er liegt im Koma. Ich will, dass Lena mit mir spricht. Aber sie spricht mit Teddy Stockstedt. Ich will, dass mich keiner mehr mobbt. Aber alle mobben mich. Ich will, dass Papa und Mama wieder zusammenkommen. Aber Mama setzt einen anderen Mann auf Papas Stuhl.

Es macht keinen Spaß mehr. Ich bin voll der Loser. Ich vermisse so vieles. Aber mich wird keiner vermissen.

Die Mittagssonne machte ihren Job prächtig, mit langen Strahlen schnitt sie in die Lichtschächte bis hinunter zu unserem Redaktionskeller. Ich fühlte mich wie am Strand der Copacabana, umspielt vom gleißenden Licht. Und klang das Rauschen des Verkehrs auf der Bahnhofsstraße nicht wie die Brandung des Meeres? Ich fand, man konnte den Frühsommer hier unten riechen, als hätte er bei uns sein Hauptquartier aufgeschlagen.

Kann zwar sein, dass es objektiv betrachtet nicht die größte Portion Licht war, die da durch den Kellerschacht drang. Und kann auch sein, dass dieses Licht, wenn man kritisch hinsah, die Gitter über den Schächten als winzige

Schattengitter in unser Büro warf. Aber ich hatte keine Lust, kritisch hinzusehen. Denn ich war gleich doppelt verliebt: in Markus, 46, und in den *Stadtstreicher*, ungeboren.

Seit einer knappen Woche traf ich mich täglich mit Markus. Ich war so hingerissen von ihm, dass ich nicht mal die Buchstaben seiner Sätze zählte. Seine sanfte Stimme umkurvte meinen Verstand und schlich sich direkt in mein Herz. Er konnte mir Gänsehäute auf den Körper flüstern. Seine Nähe machte mich fast betrunken. Und ich liebte es, wie er mich berührte. Waren wir zusammen? War das vielleicht das Ende meiner Einsamkeit – und der Beginn einer gemeinsamen Zukunft?

Meine Digitaluhr zeigte 13.27 Uhr und 42 Sekunden, die meisten Kollegen saßen noch drüben im *Weißen Adler* und nahmen gerade eines von drei sehr deutschen Gerichten zu sich. So gab es zuverlässig jeden Mittag Schmorbraten mit Nudeln, wahrscheinlich wollte der Koch immer gerne die Reste vom Vortag an den Mann bringen.

Mein Blick suchte immer wieder den magischen Punkt in unserem Redaktionskeller. Direkt gegenüber der Treppe, an der schneeweißen Wand, hing ein riesiger Plan, bestehend aus drei aneinandergeklebten DIN-A3-Ausdrucken: der Seitenplan für die erste Ausgabe. Es hätte nur noch einen Rahmen gebraucht, und er wäre als Gemälde durchgegangen, so oft standen kleine Grüppchen davor und staunten ihn an. Der Seitenplan ist für Redakteure beim Entwickeln einer Zeitung das, was der Bauch der Schwangeren für werdende Eltern ist: ein Mysterium und natürlich der Mittelpunkt der Welt.

Als ich mit Sebastian schwanger war, hatte ich mir oft über den Bauch gestrichen und konnte kaum glauben, was da rauskommen sollte. Mit einem ähnlichen Gefühl schlich ich jetzt um den Seitenplan: neugierig und ungläubig, vorfreudig und stets ein wenig besorgt.

Ich betrachtete unsere fünf Ressorts: Lokal-*Streicher* (mit Politik), Wirtschafts-*Streicher*, Kultur-*Streicher*, Sport-*Streicher* und die Sonderrubrik *Straßenfeger*, dort sollten Obdachlose über ihr Leben auf der Straße und ihren Blick auf Reinstadt berichten. Jedes Ressort hatte eine bestimmte Zahl von Seiten erhalten und Aufmacherthemen vorgeschlagen. Die Themen waren im Plan durch Überschriften vermerkt. Kleine Meldungen würden automatisch hinzukommen, die mussten nicht von langer Hand geplant werden.

Ich überflog ein paar Aufmacherthemen. Der Wirtschafts-*Streicher* wollte in der wortspielerisch betitelten Story »Zoo, oh logisch?« hinterfragen, was der Zoo mit seinem Freizeitpark wirklich für die Stadt abwarf (wir hatten das Gefühl, die Zahlen könnten getürkt sein) und inwieweit die Einnahmen tatsächlich wie angekündigt sozialen Zwecken zugutekamen. Der Kultur-*Streicher* setzte sich unter der Überschrift »Das Theater mit dem Geld« mit den beiden Bühnen Reinstadts auseinander: Warum mussten die Schauspieler eigentlich an der Armutsgrenze leben, was kaum jemand wusste, während die Tickets fast im Wochentakt teurer wurden?

Der Sport-*Streicher* porträtierte einen 15-jährigen Fußballer, um den sich schon etliche Sportinternate großer Vereine bemühten: Wie fühlte sich das an, auf dem Transfermarkt schon eine sechsstellige Summe wert zu sein, aber pro Woche nur zehn Euro Taschengeld zu bekommen? Die Sportredakteure hatten in ihrer Titelzeile mal wieder dick aufgetragen: »Reinstadts ›Maradona‹ büffelt Mathe.«

Für die Rubrik *Straßenfeger* hatten wir Ratte eingeladen, seine »Ansichten eines Kaufhaus-Clowns« festzuhalten. Wir waren alle ganz begeistert von der Doppeldeutigkeit dieses Titels: Zum einen verwies er ganz konkret auf Rattes Stammplatz vor dem Kaufhaus, zum anderen spielte er auf Heinrich Bölls Roman an, in dem die Biederkeit der Nachkriegsrepublik aufs Korn genommen wurde; und nichts weniger erhofften wir uns von Ratte, als dass er die Biederkeit der hiesigen Lokalgrößen kritisch beleuchtete. Ich war gespannt, was mein Freund den hohen Männern der Stadt ins Stammbuch schreiben würde. Sicher würde er ein paar Zitate von Heinz Rudolf Kunze in seinen Beitrag schmuggeln.

Die mit Abstand wichtigste Rubrik des *Stadtstreichers* war der Lokal-*Streicher* (mit Politik). Schon in der Journalistenschule hatten Iris und ich gelernt: Ein kleiner Verkehrsunfall vor der eigenen Haustür ist für die Leser einer Regionalzeitung deutlich interessanter als ein Erdbeben am anderen Ende der Welt. Vielleicht war diese Regel idiotisch, denn sie zementierte den begrenzten Horizont. Aber ich fand heute gar nichts idiotisch, nicht mal meinen eigenen Berufsstand, ich musste nur an Markus denken, und schon ergab alles irgendwie Sinn.

Der Lokal-*Streicher* wollte aufmachen mit »Der Höhlenmensch – über Gebühr beansprucht«, einem Porträt von Bürgermeister Kleinjohann. Auf rätselhafte Weise – ich verdächtigte den Vierteljournalisten Steiner – hatte sich meine Überschrift doch ins Blatt gepirscht. Der Artikel sollte gleichzeitig skizzieren, wie sich die Finanzlage der Stadt unter Kleinjohann verändert hatte, inklusive einer »Top 10 des Gebührenwuchers«. Ich hoffte, die Hundesteuer würde nicht vertreten sein.

Aber es gab einen geheimen Plan B: Mit Iris hatte ich abgesprochen, dass dieser Aufmacher gekippt und ersetzt werden würde, falls es mir gelänge, die große Enthüllungsgeschichte über Gleims Vergangenheit an den Start zu bringen. Offiziell recherchierte Christian Niggert das Thema, aber für eine so brisante Story ging er viel zu konventionell vor. Ich hörte, wie er mit Behörden telefonierte, zum Beispiel dem Einwohnermeldeamt unserer Stadtverwaltung – als würde uns ausgerechnet von dort, wo man die Wahrheit üblicherweise verschleierte, eine neue Erkenntnis ins Haus schneien.

Hinter den Kulissen ging ich meinen selbst recherchierten Hinweisen nach. Ich würde Himmel und Hölle in Bewegung setzen, um die Wahrheit ans Licht zu bringen. Dabei ging es zwar in erster Linie um einen journalistischen Coup, aber mich trieb ein egoistisches Motiv an: Spätestens seit dem Angriff am See fühlte ich mich durch Gleim bedroht. Ich malte mir aus, er könnte Sebastian entführen, mich von der Straße abdrängen oder unser Haus einäschern. Und wer garantierte eigentlich, dass unser frisch renovierter Redaktionsraum nicht erneut von Flammen gefressen würde? Noch immer warf mir Christian Niggert misstrauische Blicke zu, es war nach wie vor ungeklärt, wer die Redaktionstür geöffnet hatte. Saß der Brandstifter noch in unserer Redaktion? Freute er sich schon auf sein nächstes Feuerwerk?

Ich hatte keine Lust, mein Leben unter einem Damoklesschwert einzurichten, das jederzeit auf mich niedersausen konnte. Ich wusste genau, wer uns bedrohte. Und ich sah meine Aufgabe darin, diesen kapitalen Brocken anders als den riesigen Hecht damals nicht entwischen zu lassen.

Tom Harris konnte mir dabei vorläufig nicht helfen: Er lag noch immer im Koma. Eine »harmlose Komplikation«, wie die Ärzte diese Entwicklung bezeichneten – was, bitte schön, konnte in seiner Situation harmlos sein?, fragte ich mich –, hatte dazu geführt, dass sie ihn vorläufig noch nicht zurück ins Bewusstsein rufen konnten.

»Na, Prinzessin, wieder im Museum unterwegs?« Iris war in den Raum getreten, vor lauter Konzentration hatte ich nicht mal das Knarren der Treppe gehört. Ich zählte sieben Schmuckstücke an ihr, die typischen zwei Armreife, beide rechts, zwei Ringe, beide links, eine bunte Kette und zwei überdimensionale Ohrringe.

»Wie war der Schmorbraten?«

»Verdammt verschmort.«

Wir lachten.

»Ich treffe mich heute Abend mit Heiko«, sagte ich.

Iris wusste, worauf ich hinauswollte, ich hatte ihr von meinem Plan erzählt.

»Mach keinen Unfug, okay? Die Sache könnte ihn Kopf und Kragen kosten!«

»Du kennst doch Heiko! Der würde am Straßenrand verhungern, selbst wenn gegenüber eine Bäckerei wäre – falls die Fußgängerampel nicht auf Grün schaltet. Ich muss mir was einfallen lassen, damit er nach seinen blöden Gesetzen handeln kann. Aber ich habe noch keine Ahnung, was.«

Die Treppe knarrte, und Christian Niggert betrat den Raum, gefolgt vom Vierteljournalisten Steiner.

»Kleiner Scherz, ich habe den Schmorbraten natürlich gar nicht gegessen«, sagte Iris prompt, um von unserem

Gesprächsthema abzulenken. Dann setzte sie sich hinter einen Schreibtisch, der eindeutig zu gut sortiert war, um ihrer zu sein.

Frau Ziepert war wirklich eine Perle.

»Ich habe die Sache juristisch geprüft. Ich glaube, wir müssen das genehmigen.«
»Und ich glaube an den lieben Gott.«
»Wie meinen Sie das?«
»Gibt es ein Himmelreich?«
»Keine Ahnung.«
»War Maria Jungfrau?«
»Meine Frau hätte es mich nicht prüfen lassen.«
»Wer glaubt, weiß nichts. Wenn Sie glauben, genehmigen zu müssen, müssen Sie es eben nicht.«
»Ich soll die Genehmigung versagen?«
»Es ist Ihr Dezernat.«
»Juristisch gesehen handelt es sich um eine Sondernutzung der Straße. Aber bei Gemeinnützigkeit ist diese nur schwer zu untersagen. Und die Verkäufer dürfen immerhin die Hälfte der Umsätze behalten.«
»Wollen Sie die Hälfte Ihres Ansehens bei mir behalten?«
»Sie sind mein Chef.«
»Dann sagen Sie mir rasch, was eine solche Sondernutzung ohne Genehmigung ist.«
»Eine Ordnungswidrigkeit.«
»Das heißt, die Polizei kann einschreiten, wenn nötig mit Knüppeln und Hunden?«
»Nach Paragraf 53 des Gesetzes über Ordnungswidrigkeiten verfügt sie über dieselben Rechte und Pflichten wie bei der Verfolgung von Straftaten.«
»Es wird die Richtigen treffen!«

Zwei Schwäne ohne Kopf dümpelten im Kehrwasser der großen Flusskurve und bewegten sich keinen Zentimeter. Als hätte sie jemand an dieser Stelle festgeknotet, direkt nebeneinander. Als wir näher kamen, wurden beide Hälse zur selben Zeit wieder sichtbar. Mir fiel wieder einmal auf, dass die Silhouette eines Schwans mit seinem geschwungenen Hals exakt wie eine handgeschriebene »2« aussah. Eine Assoziation, die normalerweise eher für Schulanfänger typisch war.

Heiko ging neben mir und hörte sich an, was ich ihm über Sebastian erzählte. Ich berichtete von den Tagebucheinträgen, dem Mobbing, seiner unglücklichen Liebe und meiner Sorge, er könnte sich zu tief in seinen Weltschmerz fallen lassen. Markus Hanser und das, was er über ihn geschrieben hatte, erwähnte ich nicht. Ich brauchte Heiko heute auf meiner Seite, ich durfte ihn nicht gegen mich aufbringen.

Heiko blies laut Luft aus. »Du verletzt das Prinzip der Vertraulichkeit und betreibst Spionage im Tagebuch unseres Sohnes.«

»Ich bin immerhin seine Mutter. Fremde Polizisten haben dasselbe getan.«

»Aber über diese Polizisten hast du größte Verärgerung geäußert und mich für das Verhalten auch noch haftbar machen wollen.«

Ich hätte gute Lust gehabt, ihm meine Meinung über seinen Polizeiposten und dessen Leiter zu sagen. Aber jetzt war nicht der richtige Zeitpunkt dafür.

»Heiko, ich bin einfach in Sorge. Stell dir vor, ich lese nicht mehr mit, und er tut sich was an.«

»Stell dir vor, du liest mit, und es kommt trotzdem zu einer nicht revidierbaren Tat! Was hast du denn bislang dagegen unternommen? Das reine Mitlesen führt doch nicht im Geringsten zur Veränderung der Gefahrenlage.«

»Dann bin ich gespannt auf deinen Vorschlag zur Gefahrenabwehr«, sagte ich und imitierte seine Polizeisprache. Ein Akt der Anbiederung, wie ich wohl wusste.

»Es braucht eine Gefährderansprache!«, sagte er.

»Wie bitte?«

»Bei konkreter Verdachtslage bezüglich der Planung einer Tat ist es angemessen, den potenziellen Täter damit zu konfrontieren, dass seine Pläne bekannt sind.«

Seine förmliche Sprache brachte mich mal wieder zur Weißglut, der Inhalt seines Vorschlags nicht weniger. »Du meinst, ich soll Sebastian mal eben sagen: Mama liest dein Tagebuch mit und ist in Sorge, dass du von einer Brücke springst. Lass das mal hübsch bleiben.«

Er sah mich irritiert an. Wahrscheinlich nahm er mir die Brücke übel.

»Ja, genau darauf läuft eine Gefährderansprache hinaus.«

Ich hätte ihm jetzt sagen können, dass eine solche »Ansprache« ganz sicher ein Hammer wäre, mit dem ich die Beziehung zu meinem Sohn für immer zertrümmern würde. Und ich hätte ihn fragen können, wer auf der Welt davon profitiert hätte –Stichwort Sorgerecht. Aber heute brauchte ich gute Stimmung und keinesfalls einen Streit.

»Okay, ich danke dir für deine Einschätzung. Gib mir etwas Zeit, ich denke darüber nach.«

Schweigend gingen wir nebeneinander her. Der Kies knirschte unter unseren Schuhen. Ich musste an Markus denken, wie er auf diesem Weg mit seinen Händen mein Bein umfasst hatte. Es war die erste Berührung zwischen uns, die über ein Händeschütteln hinausgegangen war. Inzwischen konnte ich nicht genug von seinen Berührungen bekommen. Heute Abend wollten wir telefonieren und uns hoffentlich treffen.

»Heiko, ich wollte dich noch wegen einer anderen Sache sprechen. Ich recherchiere gerade eine ganz brisante Geschichte. Es geht um einen echten Skandal, eventuell sogar um ein Verbrechen. Ich brauche deine Hilfe.«

»Diensthilfe für Journalisten wird bei uns allenfalls von der Pressestelle geleistet.«

Sein Tonfall ließ keinerlei Ironie erkennen. Ich beschloss, meine Frage indirekt zu stellen, damit er nicht gleich dichtmachte.

»Angenommen, du würdest in einer polizeilichen Ermittlung auf zwei Handynummern stoßen und müsstest unbedingt wissen, zu wem diese Nummern gehören. Wie würdest du vorgehen?«

»Ich würde im Rahmen des Ermittlungsverfahrens eine offizielle Anfrage bei den Telefonanbietern stellen.«

»Müssen die auf so was antworten?«

Er nickte.

»Heiko, und wenn ich dich jetzt bitten würde, für mich zwei Nummern zu recherchieren?«

Er warf mir einen Blick zu, der mich an meinen alten Biolehrer Herrn Wengert erinnerte, als er mich einmal mit einem Spickzettel ertappt hatte.

»Völlig ausgeschlossen. Das wäre ein Dienstvergehen erster Ordnung.«

»Und wenn ich dir sagen würde, dass es um die Gesundheit deines Sohnes geht?«

Er blieb stehen. Im Hintergrund hämmerte wieder ein Specht. Diesmal schien er das Sprachzentrum von Heiko zu treffen, denn ich zählte sieben Sekunden, ehe er wieder Worte fand.

»Wenn es eine Gefährdungslage für Sebastian gibt, dann werde ich sofort offizielle Ermittlungen anschieben. Sag mir bitte, was los ist!«

Der letzte Satz klang, als hätte ein Mensch gesprochen und nicht nur ein Polizist. Heiko war emotional aufgewühlt, das würde mir helfen.

»Da gibt es einen Mann – ich kann dir leider nicht sagen, wer es ist –, der hat mir neulich am See aufgelauert und mich bedroht. Er hat mich rücklings ins Wasser gestoßen, ich dachte, er will mich umbringen. Und es ist gut möglich, dass er es auch auf Sebastian abgesehen hat. Wenn ich weiß, zu wem diese Nummern gehören, kann ich ihn vielleicht bremsen.«

Heiko schaute immer noch wie Herr Wengert, sprach aber wieder wie ein Polizist: »Wenn deine Behauptung bezüglich eines Überfalls zutreffend ist, musst du mir den Täter nennen. Auf der Stelle, Susanne!«

Das konnte ich natürlich nicht, da das Ausführen eines Hundes im juristischen Sinne nicht ganz als Verbrechen durchgehen würde, es sei denn, man hätte seine Hundesteuer noch nicht bezahlt. Ich wusste nur noch ein Mittel, um Heiko doch noch für mich zu gewinnen. Ich griff nach seiner Hand, umfasste sie zärtlich und streichelte mit meinem Daumen über seine Handfläche. »Heiko«, sagte ich, lehnte den Kopf gegen seine Schulter und schloss die Augen, »Heiko, du musst mir helfen, es ist wichtig. Ich habe Angst um unseren Sohn.«

Heiko schob mich zärtlich ein Stück zur Seite, um einen Jogger durchzulassen. Er nahm mich in den Arm. Ich hörte seinen Atem und meinte, seine Hand ganz leicht zittern zu spüren. »Susanne«, sagte er so leise, dass es fast ein Flüstern war und mir Hoffnung machte. »Susanne, ich habe keine Berechtigung, diese Nummern abzufragen. Es müsste ein Verfahren eröffnet sein, zumindest ein Anfangsverdacht vorliegen.«

Ich ließ seine Hand los und wich aus der Umarmung zurück. »Ich hätte mir denken können, dass deine verfluchte Dienstpflicht über allem steht, auch über dem Wohl deiner Familie.«

»Susanne«, sagte er und klang deprimiert. »Ich will dir gerne helfen, aber dazu benötige ich mehr Informationen zur Gefährdungslage.«

Ich überlegte nur ein paar Sekunden und entschied mich dann, ihm eine Lüge aufzutischen. Eine, bei der er mir einfach helfen musste. »Also gut, hier hast du deine Informationen: Ich bin von beiden Nummern aus angerufen und sexuell belästigt worden, in ganz übler Weise. Reicht das, um der Sache nachzugehen?«

»Du bist was? Bist du bereit zur Erstattung einer Anzeige?«

Ich nickte – und hoffte inständig, dass ich die Anzeige ohne größeren Schaden würde zurücknehmen können, wenn meine Lüge aufflog.

»Schnell, einen Druckverband anlegen!«
»Ich bin schon dabei.«
»Hat er viel Blut verloren?«
»Schau dir die Sauerei auf dem Boden an!«
»Ist er ansprechbar?«
»Nicht mehr richtig.«
»Lässt sich die Blutung stillen?«
»Die Wunde ist zu tief.«
»Dann brauchen wir die Oberarmmanschette.«
»Okay, einen Moment. Ich leg sie an.«
»Gut. Wir müssen so schnell wie möglich in die Klinik mit ihm.«
»Armer Kerl, hoffentlich kommt er durch.«

»Ruf mich bitte mal auf meinem Handy an«, bat ich Iris, die fünf Meter entfernt an ihrem Schreibtisch saß.

»Warum anrufen, Prinzessin? Du kannst meine Stimme auch ganz direkt hören. Sogar gebührenfrei.«

»Ich will sehen, ob mein Handy noch funktioniert.«

Sie tippte die Nummer in ihr Telefon, tatsächlich klingelte mein Handy.

»Danke«, sagte ich. Ich hatte gehofft, mein Handy wäre kaputt. Jetzt war es schon 17 Stunden und 23 Minuten her, dass ich zuletzt von Markus gehört hatte. Gestern um 16.15 Uhr hatten wir uns geschrieben und uns für ein Telefonat später am Abend verabredet.

Gleich nach meinem Spaziergang mit Heiko hatte ich Markus angerufen, aber nur seine Mailbox erwischt. »Ruf mich zurück«, hatte ich gesagt. Aber es kam kein Rückruf. Ich hatte es noch dreimal probiert. Ohne Ergebnis. Er antwortete nicht, auch meine Kurznachrichten liefen ins Leere.

Diese Funkstille passte nicht zu Markus, er war ein verbindlicher Typ und hatte bei unserem letzten Treffen den Eindruck erweckt, er könne es gar nicht abwarten, mich wiederzusehen. Jedenfalls war unser letzter Abschiedskuss am Morgen so lang geraten, dass er fast wieder ins Schlafzimmer geführt hätte.

Was war los? Warum rührte er sich nicht mehr? Ich wurde das Gefühl nicht los, dass ihm etwas passiert war. Hatte Gleim über seine tausend Augen und Ohren in der Stadt etwa mitbekommen, dass ich mit Markus mehr als Coachinggespräche führte? Oder hatte Markus am Ende doch was mit Gleim zu tun? Ich spürte, wie die Selbstzweifel anfingen, sich in meiner Magengegend festzufressen. Aber noch wollte ich ihnen nicht klein beigeben.

Ich verließ das Büro und telefonierte vom Parkplatz aus die Kliniken der Stadt durch. Nirgends war ein Patient Namens Markus Hanser eingeliefert worden. Ich fragte bei der Pressestelle der Polizei nach Unfällen. Fehlanzeige. Ich rief die Festnetznummer seiner Wohnung an. Wieder nur der Anrufbeantworter.

Meine Gedanken waren buchstäblich rabenschwarz. Was, wenn Markus schwer verletzt im Wald lag, weil man ihm beim Joggen aufgelauert hatte? Was, wenn er mit seinem Auto von der Straße abgekommen war, wie Tom Harris, und jetzt irgendwo am Grund des Flusses dümpelte? Was, wenn er zurückrufen wollte, aber festgehalten wurde und es nicht konnte?

Ein weiterer Gedanke tat fast noch mehr weh: Was, wenn er all meine Nachrichten bewusst ignorierte? Wenn er sich Dinge von mir versprochen hatte, die ich nicht halten konnte? Wenn er rasch erkannt hatte, dass ich höchstens für eine Therapie die Richtige war, nicht aber für eine Liebesbeziehung?

Vielleicht hielt er mich für berechnend, kalt und hart, für ein herzloses Monster, das Kollegen reihenweise entlassen hatte, immer alles kontrollieren wollte und sich selbst näherstand als irgendwem sonst. Hatte er nicht mehrfach angemahnt, ich sollte meiner weichen Seite mehr Raum geben? Hatte es ihn vielleicht verstört, dass ich mit Sebastian beim Frühstück harsch gesprochen und ihm seine Gefühle nicht zugestanden hatte?

Ich ging zurück in den Redaktionskeller, dort klapperten die Tastaturen wild durcheinander – wie viele Anschläge pro Minute mochten das sein? Es roch nach frischer Farbe und viel Chemie. Die Stimmung war gedämpft, denn noch immer stand die Genehmigung aus, den *Stadtstreicher* im öffentlichen Raum zu verteilen.

Ich stürzte mich in die Arbeit, um meine finsteren Gedanken zu vertreiben. An der Wand neben meinem Schreibtisch hing eine große Stadtkarte. Dort teilte ich unsere Obdas und Flülis, wie wir die Flüchtlinge nannten, den verschiedenen Bezirken zu. Ich umkreiste die »Top-Verkaufsstellen« mit rotem Edding, Orte und Institutionen, wo es jeden Tag von Menschen wimmelte. Unsere Verkäufer würden an S-Bahn- und Bus-Haltestellen stehen, vor den gut frequentierten Kaufhäusern, Kneipen, Cafés und Supermärkten, vor den großen Firmen, vor den Kinos und vor den Theatern (wenn Vorstellungen anstanden), vor der Post, den Bäckereien, den Lotto-Filialen und natürlich auch vor dem Rathaus. Ebenso vor Schulen, Kindergärten, Krankenhäusern und größeren Ämtern. Sogar an Kreuzungen, deren Ampeln im Morgenverkehr lange Rückstaus verursachen, hatte ich Verkäufer eingeteilt.

Mein Faible fürs Zählen prädestinierte mich für diese Aufgabe. Ich hatte all diese Orte aufgesucht, die Passanten gezählt wie sonst die Autos von der Brücke, auf den ganzen Tag hochgerechnet und so die möglichen Zeitungsverkäufe kalkuliert. Neben jeden Kreis schrieb ich eine Zahl, mal im hohen zweistelligen, mal im dreistelligen Bereich: So viele Zeitungen sollte der jeweilige Verkäufer idealerweise absetzen.

Der *Tagesbote* verkaufte täglich 40 000 Exemplare, wobei Gleim ihn großzügig in Wartezimmern und Cafés verteilen ließ, um die Auflage künstlich hoch zu halten. Dann konnte er seinen Anzeigenkunden mehr Geld aus der Tasche ziehen. Meine Zahlen ergaben 44 335 Exemplare. Damit hätten wir Gleim auf Anhieb überholt.

Diese stolze Zahl war nicht zuletzt unserem dritten Vertriebsarm zu verdanken: Zahlreiche Schüler, vor allem aber auch Rentner hatten sich nach der Artikelflut über den *Stadtstreicher* gemeldet und wollten die Zeitung verkaufen – wohl auch, weil die anschwellende Gebührenflut in dieser Stadt die Renten immer schneller verschlang. Jeder Verkäufer sollte vom Preis, der bei 3 Euro lag, einen Euro behalten dürfen.

Mit zögernder Hand trug ich meinen eigenen Namen in der Fußgängerzone ein, nicht allzu weit vom Kaufhaus entfernt, in Rattes Nachbarschaft. Vielleicht dachten ein paar Schlauköpfe in der Redaktion, ich würde mich davor drücken, selbst unter Obdachlosen und Flüchtlingen den *Stadtstreicher* zu verkaufen. Ich wollte ihnen zeigen, dass sie sich irrten.

»Alle mal die Ohren spitzen, hey«, sagte Iris, und das Klappern der Tastaturen im Redaktionskeller riss ab. »Jetzt ist es noch eine gute Woche, bis der *Stadtstreicher* das erste Mal erscheinen soll. Und ihr wisst alle, dass uns noch eine verflixte Kleinigkeit dafür fehlt: die Genehmigung der Stadtverwaltung, das Blatt zu verteilen. Leider hat sich Kleinjohann quergestellt. Keine Genehmigung für die Fußgängerzone, keine Genehmigung für die Straßen, keine Genehmigung für die Gehwege.«

Ein Buhen hob an und ging in protestierendes Gemurmel über. »Dieses Schwein!«, rief der Vierteljournalist Steiner, und ich musste zugeben, dass ich zum ersten Mal in diesem Jahrhundert mit ihm einer Meinung war. Christian Niggert sagte: »Dann können wir alles vergessen. Eine Zeitung ohne Leser ist keine Zeitung, sondern nur eine belanglose Selbstbespiegelung der Redakteure.«

»Moment«, sagte Iris. »Was habe ich gemacht, als heute früh die endgültige Ablehnung aus dem Rathaus kam? Ich habe eine Pressemitteilung rausgeschickt an meine Freunde aus der Pressekonferenz: ›Unsere Redaktion hat einen schweren Brand überlebt, aber Bürgermeister Volker Kleinjohann wird sie nicht überleben – er hat dem *Stadtstreicher* den Todesstoß versetzt. Wir sind traurig und verzweifelt. Die Obdachlosen und die Flüchtlinge auch.‹ Eine Stunde später sind etwa fünfzig Journalisten vorm Rathaus aufmarschiert, darunter auch vier Kamerateams.«

Iris drehte an ihren Armreifen, als wären es Lautstärkeregler, die ihr den Ton wegdrehten. Die kleine Pause schien ihr zu gefallen, denn alle warteten gespannt, was dann passiert war, wie es mit dem *Stadtstreicher* weitergehen würde.

»Red weiter!«, feuerte Christian Niggert sie an.

Iris lächelte. »Sie wollten von Kleinjohann wissen, ob er tatsächlich als hartherzigster Bürgermeister des Landes in die Geschichte eingehen will: als Feind der Obdachlosen und als Killer einer Obdachlosen-Zeitung. Mit Blick auf die nächste Wahl hat er sich entschieden: Er will das nicht. Freunde, schlechte Nachricht für Gleim und spitzenmäßige für uns: Wir haben die Genehmigung!«

Mit einem Schlag wurde der Redaktionskeller zum Partykeller. Frau Ziepert, die eine halbe Stunde zuvor mit einer schweren Einkaufstüte an den Redaktionskühlschrank getreten war, zauberte eine beachtliche Zahl von Sektflaschen hervor. Korken knallten, Gläser klirrten, alles in diesem Keller prickelte. Wir stießen auf die erste Ausgabe an. Nach dem zweiten Glas prostete mir sogar Christian Niggert zu und meinte: »Du bist gar nicht so übel, Susanne. Wie du das mit dem Vertrieb organisierst: Respekt.« Seine Pupillen hinter den dicken Brillengläsern kamen mir nicht mehr wie Kaulquappen vor, sie funkelten wie dunkle Edelsteine.

Ich nahm einen tiefen Schluck und hatte das sichere Gefühl, dass meine Tage als Straßenverkäuferin gezählt waren. Bald würde ich wieder ein vollwertiges Mitglied dieser Redaktion sein.

Erst als mein Handy klingelte, dachte ich wieder an Markus.

»Hier ist die Cornelius-Klinik«, sagte eine Frauenstimme, sie klang steril wie ein Telefonroboter. »Spreche ich mit Susanne Mikula?« Eine Hitzewelle stieg in meinem Kopf auf, die eindeutig nichts mit dem Sekt zu tun hatte. Ich fürchtete eine Hiobsbotschaft, die meine Welt aus den Angeln heben würde. Und so kam es.

Sekunden später stürmte ich aus dem Redaktionskeller und winkte oben auf der Straße ein Taxi heran – denn ich war viel zu aufgeregt, um selbst zu fahren. »Cornelius-Klinik, ganz schnell!«, rief ich schon beim Einsteigen.

»Das sehe ich«, sagte der glatzköpfige Fahrer und starrte auf mein Gesicht. Sicher war ich bleicher als eine Wachsfigur. Wie aus großer Ferne hörte ich ihn sagen: »Ist es ein Notfall, müssen Sie zur Notaufnahme?«

Meine Gedanken rasten. War ich denn blind gewesen? Warum hatte ich die Gefahr nicht kommen sehen, warum nichts unternommen? Wie hatte ich einfach davon ausgehen können, das Schicksal sei ein alter Kumpel von mir, der alle um mich herum verschonen würde? Wieder einmal hatte ich mich mit hochgekrempelten Ärmeln in meinen Beruf gestürzt und war für meine Liebsten blind gewesen.

Pausenlos war ich besorgt um mich selbst: besorgt, im Beruf nicht die Erfolgsfrau zu sein; besorgt, dass meine nächste Liebe sich wieder ein ganz spezielles Ticket von einer Politesse ausstellen ließ; besorgt, von einem Hund gebissen zu werden; besorgt, von Gleim endgültig schachmatt gesetzt zu werden; ja besorgt sogar, nachts die Augen zu schließen und unerwünschten Besuch von meinen Albträumen zu bekommen.

Ich war eine begnadete Sorgenmacherin, nur erstreckte sich mein Kompetenzgebiet lediglich von meinen Fußspitzen bis zu meinem Haarscheitel. Mich auch um andere zu sorgen, besonders um die, die mir nahestanden, darin war ich offenbar höchst inkompetent – sogar dann, wenn das Unglück sich mit Donnergrollen ankündigte.

Mit einem Ruck hielt das Taxi vor der Klinik. Waren wir wirklich schon da? Drei Minuten und achtzehn Sekunden später betrat ich den sterilen Raum in einem grünen Kittel, atmete den krankenhaustypischen Geruch nach Desinfektionsmittel und lief an Betten vorbei, die hinter Sichtblenden wie in winzigen Parklücken standen. Hinter den Sichtblenden schnarchte und stöhnte es.

Schließlich stand ich vor seinem Bett, das – typisch Krankenhaus – steril, weiß und so grotesk hoch war, dass man darin wie aufgebahrt wirkte. Ein dicker Verband schlang sich um sein Handgelenk, der Rand war mit Jod getränkt. Sein Gesicht war so weiß wie die Bettwäsche.

Ein Tropf hing von einem Metallgestänge herab. Der Tropf tat, was er am besten konnte: Er tropfte. Ich zählte sechs Tropfen auf fünf Sekunden, das waren 72 Tropfen in der Minute und 4320 in der Stunde. Ich hätte nicht gedacht, dass ein Tropf so viel tropft.

Ich beugte mich zu ihm hinunter, so dicht, dass ich seine Haut riechen konnte. Er roch nach Duschgel, nach Salz und nach Eisen. Er musste Blut verloren haben, viel Blut. Sein Atem ging in ruhigen Zügen. Ab und zu zuckte er im Schlaf, als wollte er vor einer Wespe zurückweichen. Wie er da so lag, wirkten seine Gesichtszüge noch wehrloser als sonst, noch süßer, noch weicher. Was sprach eigentlich gegen Weichsein?

Als er die Augen aufschlug, ganz langsam, wie aus einem tiefen Traum erwacht, bewegten sich seine Lippen tonlos. Ich führte meinen Zeigefinger an den Mund. Er sollte seine Kraft sparen. Ich wusste nicht genau, was passiert war. Die Schwester hatte mir nur so viel erzählt, wie sie selbst wusste, aber auch das hatte ich lediglich in groben Zügen wahrgenommen. Ausnahmsweise sollte meine Sorge einmal ihm gelten, seiner Gesundheit – und nicht meinem Hunger nach Informationen.

Sein Gesicht verkrampfte sich. Er musste Schmerzen haben, starke Schmerzen. Doch ein winziges Glänzen in den Augen verriet mir: Er wollte sich ein Lächeln aufs Gesicht quälen – ein Lächeln nur für mich. Er war froh, mich hier zu sehen. Er hatte mich doch nicht verstoßen.

Ich lächelte zurück und wuschelte ihm ganz vorsichtig durchs Haar. Es war ein so schönes Gefühl, seine widerborstigen Haarsträhnen zu spüren: wie sie sich zwischen meine Finger schoben, sich dem sanften Widerstand der Handfläche beugten und einen Moment lang flach auf der warmen Kopfhaut lagen, um direkt hinter meinem Handrücken wieder aufzuspringen, nicht ohne mich noch am Unterarm zu kitzeln.

Ich spürte, dass er viel stärker war, als ich es angenommen hatte. Er würde wieder auf die Beine kommen, sich aufrichten wie seine Haare.

Ich war den Ärzten so dankbar. Sie hatten ihn gerettet, die Kollegen meines Vaters. Ärzte, die sich mit dem Tod anlegten und manchmal verloren. Ärzte, die sich mit dem Tod anlegten, aber auch oft gewannen. Diese helle Seite der Medaille hatte mein Vater in seinen letzten Jahren viel zu oft übersehen. Im Gegensatz zu mir hatte er sich als Sorgenmacher zu viel um das Wohl anderer und zu wenig um sein eigenes gekümmert. Ich brauchte mehr von ihm. Und er hätte mehr von mir gebraucht.

Die Krankenschwester war in den Raum gehuscht und zeigte auf den Ausgang. Sie hatte mir angekündigt, er sei noch schwach und ich müsse nach zehn Minuten wieder gehen. Ich gab ihm einen vorsichtigen Kuss auf den Mund. Sein Kopf hob sich ein winziges Stück. Mit einer Stimme, die ganz leise und kratzig klang, sagte er: »Es tut mir leid!« Und er presste hinterher: »Ich hab dich lieb.«

»Ich dich auch«, sagte ich. »Aber mach nie wieder einen solchen Unfug. Hörst du, Sebastian!«

»Wir kriegen immer mehr Anrufe. Die Leute beschweren sich, dass die Gebühren in der Stadt unerschwinglich werden: öffentlicher Nahverkehr, Schwimmbäder, Theater, Kindertagesstätten, Abwasser, Friedhof und so weiter.«
»Machen wir etwa die Gebühren? Nein, wir machen eine Zeitung!«
»Warum verschweigen wir dieses Thema?«
»Eine Zeitung besteht aus Weglassen. Wir schreiben nicht über tausend angekommene Flugzeuge – nur über das eine, das explodiert.«
»Die Gebühren sind auch explodiert.«
»Alles wird teurer. Das ist die Inflation.«
»Aber die Gebühren haben sich unter Kleinjohann verdreifacht.«
»Das ist die starke Inflation.«
»Und was ist mit den Leserbriefen zu diesem Thema, die wir alle nicht bringen? Und mit den Kommentaren im Internet, die wir alle nicht freischalten?«
»Wollen Sie, dass Leserreporter das Blatt machen? Die arbeiten immerhin umsonst. Was verdienen Sie eigentlich?«
»Zu wenig.«
»Das klingt in meinen Ohren nach einem angemessenen Gehalt.«
»In meinen Ohren nicht.«
»Ich dachte, Sie sind gegen Erhöhungen?«
»Nicht grundsätzlich.«
»Sie wissen nicht, was Sie wollen: Abmarsch an die Arbeit!«

DRITTE JUNIWOCHE

Reinstadt, 18. Juni
Aufmacher *Tagesbote*: »Ich bin Reinstädter: Zehn ungewöhnliche Liebeserklärungen.«

Jeder kannte Pfeifen-Herbert, er war in Reinstadt *die* Journalisten-Legende, hatte dreißig Jahre lang die Reportageseite des *Tagesboten* geleitet und oft mit eigenen Texten gefüllt. Wer im Archiv blätterte, fand zahllose Berichte von ihm über die Lokalpolitik und entdeckte ihn auf Interviewfotos an der Seite von Ludwig Erhard, Willy Brandt, Helmut Schmidt, Helmut Kohl, Hans-Dietrich Genscher – schlicht und ergreifend neben allen prominenten Politikern, die zwischen den 1960er- und 1980er-Jahren ihren Fuß auf Reinstädter Boden gesetzt hatten.

Diese Bilder hatten mich neugierig auf Pfeifen-Herbert gemacht. Die meisten Journalisten schrumpften an der Seite von Prominenten auf das Format schmachtender Groupies. Dagegen wirkte Pfeifen-Herbert im Zweireiher mit Fliege selbst wie ein Staatsmann. Er stand immer ein bis zwei Schritte entfernt und wandte sich leicht von den Politikern ab. Helmut Kohl streckte auf einem Bild den Arm nach ihm aus, als wollte er ihn näher an sich heranziehen. Auf allen Fotos war die Pfeife zu sehen. Mal steckte sie in seinem Mundwinkel, mal hielt er sie lässig auf Hüfthöhe.

Herbert Bergedörfer – nur hinter seinem Rücken hieß er »Pfeifen-Herbert« – war ein enger Freund des Altverlegers Heinrich gewesen und bis vor neun Jahren noch Herausgeber des *Tagesboten*. Doch schon am ersten Tag seiner Machtübernahme hatte Hans-Otto ihn aus dem Impressum gestrichen und sein Büro, das er über die Rente hinaus behalten hatte, zu einem Archivraum erklärt.

»Willkommen, verehrte Frau Mikula!«, begrüßte mich Herbert Bergedörfer mit einer tiefen Stimme. Als er meine Hand schüttelte, beugte er sich formvollendet nach vorne, obwohl er schon Ende achtzig war. Das lichte Studio im Dachgeschoss seiner Zwei-Etagen-Wohnung in der Weststadt war gefüllt mit Pfeifenrauch, mit Regalen voller sorgsam beschrifteter Rechercheordner, es mussten über hundert sein, und noch mehr mit der Persönlichkeit des Hausherrn. Er trug einen dunklen Zweireiher. Der Stock, auf den er sich stützte, wirkte mehr wie ein Zepter. An seiner Souveränität konnte auch das leichte Zittern seiner Hände nichts ändern.

Ich hatte ihm schon am Telefon von meiner Recherche über Hans-Otto Gleim erzählt, und er hatte zugesagt, mich zu unterstützen.

Nach ein paar Takten Small Talk kam ich auf den Punkt. »Sie kennen die Familie Gleim doch schon seit einer Ewigkeit. Was wissen Sie über das Verhältnis von Heinrich zu Hans-Otto?«

Er zog genüsslich an seiner Pfeife, als käme die Antwort von dort. Nach genau elf Sekunden sagte er: »Es gibt nur ein Wort, mit dem sich dieses Verhältnis charakterisieren lässt: Hass.«

»Sie wollen sagen, dass Hans-Otto seinen eigenen Vater gehasst hat?«

»Ach, Frau Mikula, starker Hass ist wie starke Liebe: Es reicht nicht, wenn eine Partei ihn empfindet, er muss von beiden Seiten kommen. Hass nährt Hass.«

Seine Antwort versetzte mir einen Stich, denn ich musste an Markus denken. Hatte in unserer jungen Beziehung nur ich Liebe empfunden? Und war er deshalb untergetaucht?

»Wie hat sich dieser Hass denn geäußert?«, fragte ich.

Er konsultierte erneut seine Pfeife und ließ wieder eine beachtliche Pause entstehen, diesmal von vierzehn Sekunden. »Wer Liebe will, aber sie nicht bekommt, antwortet mit Hass. Hans-Otto fühlte sich von seinem Vater zurückgestoßen. Er war immer die zweite Wahl hinter seinem Bruder Friedemann: Seine Manieren waren schlechter, seine Schulnoten waren schlechter, sein Umgang war schlechter, und seine Rhetorik war es auch. Nicht umsonst wurde Friedemann der Kleine Kennedy genannt. Diesem Hochbegabten konnte Hans-Otto das Wasser nicht reichen.«

»Aber Sie haben gerade von beiderseitigem Hass gesprochen. Unser Altverleger galt doch als toleranter Mensch. Hasst ein Vater seinen eigenen Sohn, nur weil der Bruder begabter ist?«

Pfeifen-Herbert schaute hinauf zur Zimmerdecke, und es schien mir, dass er sich von seinem verstorbenen Freund eine Erlaubnis für die Antwort holen wollte. Falls ja, kam nach sechzehn Sekunden von oben ein Nein.

»Darüber möchte ich aus Loyalität zu Heinrich nicht sprechen«, sagte er schließlich. »Ich kann Ihnen nur sagen: Er hatte schwerwiegende Gründe. Und dieser Hass ist erst entstanden, als sein Sohn schon ein erwachsener Mann war.«

Seine Pausen waren immer länger geworden. Ich fragte mich, was ihn beim Sprechen bremste. »Hat es etwas mit dem Unfalltod von Friedemann zu tun?«

»Nächste Frage.«

Er war immer noch ein Interviewprofi, auch wenn er jetzt auf der anderen Seite des Tisches saß. Aber sein Abblocken nahm ich als Indiz, dass die Fährte nicht ganz falsch war.

»Das heißt, Sie bestätigen einen Zusammenhang?«

»Das heißt: nächste Frage.«

»Jan, der Sohn von Hans-Otto, gilt inoffiziell als vermisst. Haben Sie eine Ahnung, wo er geblieben ist? Er soll ja in München sein. Aber nicht mal das Einwohnermeldeamt weiß Näheres.«

»Jan hat keine Adresse in München«, sagte Herbert Bergedörfer mit einer Bestimmtheit, die mich aufhorchen ließ. Offenbar wusste er mehr als ich.

»Nicht in München, sagen Sie. Wo dann?«

»Ich habe nicht gesagt, dass er woanders eine Adresse hat.«

Er zog wieder an seiner Pfeife, als wollte er mir Zeit geben, über seine Worte nachzudenken. Ich unternahm einen zweiten Anlauf: »Wollen Sie sagen: Er ist in München, aber hat dort keine Adresse?«

Er nickte den Rauchwölkchen seiner Pfeife hinterher, was ich als »ja« deutete. Ich empfand ihn als höflich und doch als unnahbar. Jetzt konnte ich nachempfinden, warum Helmut Kohl nach ihm gegriffen hatte.

»Wissen Sie, warum er keine Adresse in München hat?«

»Weil er die Straße öfter mal wechselt.«

Plötzlich fiel mir ein, was Ratte vor ein paar Wochen zu dem Polizisten in der Fußgängerzone gesagt hatte: Mit Vorladungen könne man ihm und seinen Kollegen nicht drohen, denn sie hätten »nicht mal eine Postadresse«.

»Wollen Sie sagen, dass Jan Gleim obdachlos ist und auf der Staße lebt?«, fragte ich.

»Genau das«, sagte Herbert Bergedörfer. »Er lebt in München ohne festen Wohnsitz. Er ist vor Jahren Hals über Kopf von zu Hause abgehauen und dann auf der Straße hängen geblieben. Seit seine Eltern das herausgefunden haben, ist er für sie endgültig gestorben. Eine Zeit lang hat er seinem Großvater noch Postkarten geschrieben. Ich habe mit Heinrich viel darüber gesprochen.«

Nun ging mir ein Licht auf. »Deshalb lässt Gleim im *Tagesboten* an den Obdachlosen kein gutes Haar und stellt sie als Horde von Verbrechern dar, weil sie ihn an seinen Sohn erinnern – und damit auch an sein eigenes Versagen als Vater.«

»Keine schlechte Hypothese.«

Er ließ ein neues Wölkchen aus seiner Pfeife quellen. Und mir dämmerte, dass Gleim unsere Zeitung nicht nur deswegen mit allen Mitteln bekämpfte, weil wir seine Konkurrenz waren. In seinen Augen förderten wir das, was er als größten Makel seiner Familie sah: das Leben auf der Straße. Und sicher war ihm klar, dass sogar die großen Boulevardmedien mit fetten Schlagzeilen aufgemacht und damit den *Stadtstreicher* unterstützt hätten, wenn die Obdachlosigkeit seines Sohnes ans Licht gekommen wäre und sich mit dem »Zeitungskrieg« in Reinstadt hätte in Verbindung bringen lassen.

Ich suchte nach einem Übergang, um der Spur auf Toms Zettel und unserem schrecklichen Verdacht nachzugehen. »Wie weit geht Hans-Ottos Hass? Halten Sie es für denkbar, dass er seinem Sohn etwas antun könnte? Etwa um sich selbst zu schützen?«

»Wo Hass im Spiel ist, halte ich vieles für möglich. Und wo Hans-Otto im Spiel ist, halte ich alles für möglich.«

Ich wurde das Gefühl nicht los, dass er etwas Schwerwiegendes über Gleim wusste, womit er nicht herausrückte. Aber er war ein viel zu gewiefter Gesprächspartner, um sich von mir aus der Reserve locken zu lassen. Beim Abschied verbeugte er sich wieder formvollendet.

Hab voll Mist gebaut. Darin bin ich richtig gut! Mama war mal wieder bei der Arbeit. Mama ist immer bei der Arbeit, wenn ich sie brauche. Das heißt, ich hätte sie gar nicht brauchen können. Ich bin froh, wenn ich allein bin. Dann kann ich traurig sein und muss nichts dazu sagen. Mama fragt oft, warum ich traurig bin. Da könnte sie auch fragen, warum Haare auf meinem Kopf wachsen. Es passiert einfach. Die Traurigkeit taucht ohne Grund auf. Und wächst ganz schnell und ist hartnäckig, sie lässt sich nicht abschneiden wie Haare, mit 'ner Schere oder so.

Aber ich weiß gar nicht, ob ich die Traurigkeit abschneiden will. Ich mag es, traurig zu sein. Denn wenn ich traurig bin, muss ich nicht fröhlich sein. Und sonst muss man ja immer fröhlich sein. Also lachen, auch wenn man nichts wirklich lustig findet. Oder gute Laune vorspielen.

Die Traurigkeit ist mein Freund. Vielleicht mein einziger Freund. Sie kommt, wenn sonst keiner kommt. Aber die Traurigkeit ist ein ganz spezieller Freund, ein Grufti oder so. Wenn sie da ist, frag ich mich: Warum in die Schule gehen? Wofür lernen? Fürs Leben – für welches

Leben? Für den Beruf – für welchen Beruf? Ich hab keinen Beruf. Und hab kein Leben. Jedenfalls hab ich nicht das Leben, das ich haben will.

Und da war sie also wieder, die Traurigkeit. Vorher hatte mir jemand eine Mail mit Link geschickt. Schon die Überschrift der Internetseite haute mich fast um: Der gestörte Sebastian! Es war ein Foto von mir zu sehen, ein total hässliches, ich schnäuzte mir auf dem Schulhof gerade die Nase. Der Text war so krass, dass ich mich schämte. Dort stand, ich bin eine Schande für meine Schule. Alle Mädchen ekeln sich vor mir. Ich bin der hässlichste Junge meiner Klasse, und bei mir wachsen noch nicht mal Schamhaare. Das hätte ich Lena nicht zugetraut!

Ich war allein in meinem Zimmer mit dieser Internetseite. Und mit meiner Traurigkeit. Und da war noch dieses Schweizer Taschenmesser. Ziemlich scharf, das Ding. Im Internet gibt's Freaks, die ritzen sich. Das ist voll krass, die schneiden die eigene Haut an, wie man die Pelle von 'ner Wurst anschneidet. Ein ganz leichter Schnitt, bis die Haut sich öffnet. Erst sieht's aus wie ein Kratzer. Aber dann läuft Blut nach, immer mehr Blut. Ich hab mir das auf 'nem Video angeschaut.

Voll krass, wie viel Blut in so 'nem Körper ist. Und voll krass, dass man's den ganzen Tag nicht sieht, es fließt ja unter der Haut. Beim Ritzen fließt es plötzlich aus einem raus. Ich finde das ehrlicher, wenn man es sieht.

Ich saß ganz allein in meinem Zimmer vorm Computer. Also nicht ganz allein, die Traurigkeit war ja da. Und ich hab an Lena gedacht. Dass sie mich nicht mehr will. Dass sie gegen mich im Internet hetzt. Und dass ihr Vater immer noch im Koma liegt. Und dann hab ich an meinen

Vater gedacht. Dass ich noch Eltern habe, die ich aber doch nicht mehr habe.

Und dann habe ich einfach das Messer aufgeklappt und meinen linken Arm auf den Schreibtisch gelegt. Ich hab die Tastatur noch nach hinten geschoben, ich wollte sie nicht versauen. Und dann habe ich ganz langsam 'nen Querstrich über mein Handgelenk gezogen. Es tut gar nicht weh, es brennt nur ein bisschen. Einen Moment hat's gedauert, dann ist der Strich rot geworden. Und dann kam das Blut aus mir raus. Einfach so. Erst ist es getröpfelt und hat Fäden gezogen, rot auf der weißen Haut. Ich wollte mehr davon. Ich hab das Messer noch mal drüber gezogen, ein geiles Gefühl. Dann ist es schneller geflossen.

Ich dachte noch, scheiße, jetzt fließt Blut auf den Teppich. Wer macht die Sauerei weg? Aber dann war mir alles egal. Ich wollte mehr Blut sehen. Ich habe das Messer noch mal drüber gezogen. Und dann ist das Blut nicht mehr geflossen, es ist aus meinem Arm geblubbert. Voll krass, wie das da rauskam.

Ich war total benebelt, wie nach fünf Alkopops. Das Letzte, an das ich mich erinnere, ist meine Nachricht an Lena. Keine Ahnung, wie ich noch auf die Idee gekommen bin. Ich hab geschrieben: Bin in meinem Zimmer und verblute. Pulsadern aufgeritzt. Liebe dich trotzdem! Der hässlichste Junge der Klasse.

Und ein Foto von der roten Pfütze hab ich auch mitgeschickt. Die war voll schön.

Sterben ist nicht schwer. Es passiert von allein, man muss nichts tun. Das Blut läuft raus, wie wenn man beim Abwaschen den Stöpsel zieht. Der Strudel macht einen schwindlig. Irgendwann ist das Waschbecken leer. Dann bleibt noch ein Rest im Ausguss, der riecht nicht gut, das war's.

Ich bin im Krankenhaus aufgewacht. Mama war da. Ich hab mich voll gefreut, dass sie da war. Denn sonst wäre ich ganz allein gewesen. Die Traurigkeit war nämlich weg. Vielleicht ist sie aus mir rausgelaufen, zusammen mit dem Blut.

Am nächsten Tag stand plötzlich Lena bei mir vorm Bett. Sie hatte ihr rosa T-Shirt an. Ich dachte erst, jetzt bin ich doch noch gestorben. Aber sie war wirklich da. Ich hab ihr gesagt, sie soll mich kneifen. Und sie hat mich gekniffen. In die große Zehe, die hat unter der Decke rausgeschaut.

Ich habe gefragt, was sie beim hässlichsten Jungen der Klasse macht. Sie hat gefragt, wen ich damit meine. Aber ich wollte nicht drüber reden. Sie hat erzählt, dass sie ihren Papa besucht hat. Und ich hab gefragt, wie es ihm geht. Und sie hat gefragt, wie es mir geht. Und ich hab gesagt, dass ihr Papa doch viel wichtiger ist. Und dass ich so oft an ihren Papa gedacht hab. Und dann hab ich geweint. Und sie hat auch geweint. Aber wir haben nicht nur geweint, weil wir traurig waren. Wir haben vor allem geweint, weil wir über dasselbe traurig waren.

Lena hat mir gesagt, warum ich noch lebe. Wegen ihr. Sie war es, die den Krankenwagen gerufen hat.

»Der Wisch liegt gerade vor mir: Es liegt eine Anzeige gegen dich vor!«
»Gegen mich? Weshalb?«
»Sexuelle Belästigung.«
»Das ist lächerlich.«
»Hast du den Reporter etwa unter deiner Geheimnummer angerufen?«
»Was hat das denn damit zu tun? Telefonsex hatte ich nicht mit ihm.«
»Die Anzeige liegt gegen deine Nummer vor. Die Verbindungsdaten sind dokumentiert, du Idiot!«
»Scheiße.«
»Warum hast du ihn überhaupt angerufen?«
»Ich wusste doch noch nicht …«
»Unser Plan stand längst fest!«
»Er hat seine Nase in meine Finanzgeschäfte gesteckt. Was hättest du denn an meiner Stelle getan?«
»Die andere Recherche ist viel gefährlicher! Wenn das auffliegt, nur weil du dich nicht zusammenreißen kannst, sind wir alle dran!«
»Ich bin dünnhäutig geworden in dieser Sache.«
»Du verlierst die Nerven!«
»Kannst du nichts für mich tun?«
»Es ist nicht mein Job, Idioten aus der Patsche zu helfen.«
»Du lässt mich hängen?«
»Das sollte ich eigentlich!«

Am liebsten hätte ich die zwölf Stufen runter in unsere Kellerredaktion in einem großen Sprung genommen, um direkt vorm Schreibtisch von Iris zu landen. Ich wollte keine Sekunde verlieren und ihr meine neuen Erkenntnisse ins Ohr flüstern. Ich war guter Dinge, dass wir das kritische Porträt über Gleim doch noch in der ersten Ausgabe bringen konnten, als großen Aufmacher des Lokal-*Streichers*.

Doch ehe ich hinabtauchen konnte, winkte mich Frau Bodenstedt an ihren Tresen. »Frau Mikula, gehen Sie besser nicht dort runter.« Sie trug eine buddhistische Kette, an der ein Puschel aus hellbraunen Fäden baumelte, ich hatte die Perlen schon einmal gezählt, als sie ruhig mit ihrer Kaffeetasse in einem Sessel lehnte, es waren 108. Ihre Stimme klang ernst, ich befürchtete schon das Schlimmste. »Hat wieder jemand Feuer gelegt?«

»Dort unten ist die Hölle los. Aber ganz ohne Feuer.«

»Und warum wollen Sie ausgerechnet mich vor dieser Hölle bewahren?«

Sie zupfte verlegen an ihrem Blümchenkleid. »Ich glaube, die Wut hat mit Ihnen zu tun.«

»Stimmt, einige Kollegen können mich nicht leiden. Und ich glaube, sie haben allen Grund dazu. Aber jetzt werde ich ihnen eine Freude machen.«

Mit diesen Worten federte ich die knarrende Holztreppe hinab. Als ich den Redaktionskeller betrat, wurde es still wie auf einer Beerdigung. Frau Ziepert war nicht am Platz, ich blieb bei ihrem Schreibtisch stehen.

»Was ist los?«, fragte ich.

Der Raum antwortete mit kollektivem Schweigen, das sich unangenehm um meinen Hals legte. Sogar Iris sah mich an, als wäre ihr der Leibhaftige erschienen. Auf einmal fühlte ich mich von den acht Deckenscheinwerfen geblendet. Und die Wanduhr schien ihr Ticken mit einem Hammer in meinen Kopf zu klopfen.

»Eure Liebe tut immer wieder gut!«, sagte ich betont locker. »Aber jetzt mal im Ernst: Ich bringe beste Nachrichten mit, und zwar …«

»Halt deine verdammte Klappe!«, sagte Iris. Etwas stand im Raum, aber ich konnte es nicht greifen. Es musste ein Missverständnis sein, ein großer Irrtum.

»Iris, was ist los?«

Sie schob die Unterlippe nach vorne und blies Luft nach oben, die mittlere Haarsträhne flatterte von ihrer Nasenwurzel. »Das könnte ich dich fragen, Susanne!«

»Hohes Gericht!«, hob ich mit ironischem Unterton an, um die Stimmung ein wenig aufzuheitern. »Ich werde mich gern verteidigen. Aber ich muss doch erst mal wissen, wie der Vorwurf lautet!«

Sicher ging es um die Gleim-Recherche. Vielleicht war rausgekommen, dass ich fleißig mitmischte. Aber meine neuen Erkenntnisse würden die anderen besänftigen. Außerdem hatte Iris gewusst, was ich trieb. Ich fand es heuchlerisch von ihr, jetzt die Empörte zu spielen.

»Willst du den Scheißvorwurf wirklich hören?«, fragte Iris.

Und Christian Niggert sprang ihr bei: »Ja, erinnere sie doch mal. Sie muss es hören!«

Es brodelte eine Wut im Raum, die mich wieder an eine Hexenverbrennung erinnerte. Und diesmal, das spürte ich, waren die Holzscheite schon am Glühen.

Statt etwas zu sagen, schaute Iris auf ihren Bildschirm und hackte kurz auf ihrer Tastatur herum, ich zählte neun

Anschläge. Dann sagte sie: »Also, sperr die Ohren auf, Susanne.«

Ich war gespannt, was kommen würde. Der Lautsprecher ihres Computers rauschte. Im Hintergrund war ein Geräusch zu hören, das wie prasselnder Hagel klang.

Dann hörte ich eine Stimme, die ich sofort erkannte:

»Aber eines müssen Sie mir jetzt unbedingt noch verraten. Warum haben Sie ausgerechnet Ihre Freundin für die Entlassung vorgeschlagen?« Mir wurde schlecht, denn ich ahnte, was als Nächstes kommen würde. Und da kam es auch schon: »Ich habe Iris gewählt, weil ich Ihnen nicht den bequemsten, sondern den besten Vorschlag machen wollte. Sentimentalität hat im Geschäftsleben nichts verloren. Wo gekegelt wird, fallen nun mal Hütchen.«

»*Hütchen!*«, wiederholte Iris angeekelt. Sie drehte an ihren Armreifen, und ich wusste genau, wessen Hals sie diesmal umdrehen wollte. Vor Scham hätte ich mich am liebsten in die Luft gesprengt.

Das hatte Gleim also mit seiner Drohung gemeint, er habe mein Wort noch immer. Offenbar war der komplette Verlag verwanzt gewesen, er hatte alles, was ich gesagt hatte, auf Abruf. Nicht nur die Gespräche aus dem Coachingraum.

Christian Niggert schaute mich an, als hätte ich gerade Jesus ans Kreuz geliefert. »Ich habe immer gewusst, dass man dir nicht trauen kann! Du bist eiskalt, du hast uns alle reingelegt und unsere Solidarität gebrochen. Raus hier!«

»Verdammte Verräterin!«, rief der Vierteljournalist Steiner und sprang auf. Ein paar Kollegen taten es ihm gleich.

Julia Klein kreischte: »Sie hat unser Berufsleben zum zweiten Mal zerstört.«

Es sah ganz danach aus, als ob ich mich doch nicht selbst in die Luft sprengen musste, denn dieser wütende Mob würde sich um mich kümmern. Diesmal würden sie mich nicht erneut vom Scheiterhaufen entkommen lassen.

Ich musste etwas sagen, um die Gemüter zu beruhigen. Und ich entschloss mich, es ausnahmsweise mit der Wahrheit zu versuchen. Ich öffnete den Mund und war nicht sicher, worum ich mehr rang, um Worte oder um Luft. Mein Hals war wieder eng wie ein Strohhalm.

»Ihr habt recht, ich habe mich schäbig verhalten, damals im Gleim-Verlag. Ganz schäbig.« Ich atmete tief durch, um weiterreden zu können. »Ich habe meine beste Freundin verraten, weil ich dachte, es hilft meiner Karriere. Das ist unverzeihlich, Iris, es tut mir furchtbar leid! Und ich habe euch alle verraten. Auch das tut mir leid. Aber am schlimmsten ist: Ich habe mich selbst verraten. Ich habe mich zu einer Marionette von Hans-Otto Gleim machen lassen. Ich habe die harte Rauswerferin gespielt, obwohl ich das eigentlich nicht bin. Und ich schäme mich dafür.«

Ich drehte mich zur Treppe um und wollte gehen, in der leisen Hoffnung, jemand würde mich zurückhalten und mir doch noch eine Hand zur Versöhnung reichen. Doch Christian Niggert, der mir in den Weg sprang, schien andere Motive zu verfolgen: »Nicht so schnell, Susanne! Es ist ja schön, dass du deine Schandtaten wenigstens bereust. Aber eine Frage ist offengeblieben.« Das zornige Funkeln seiner Augen schien durch die dicken Brillengläser wie durch eine Lupe verstärkt und brannte sich in meinen Kopf.

»Und die wäre?«, sagte ich ahnungslos.

»Warum hast du weitergemacht mit deinem Verrat? Warum hast du dafür gesorgt, dass diese Redaktion jetzt am Ende ist? Warum?«

In dieser Sache, fand ich, übertrieb er – aber das ließe sich mit ein paar Sätzen klären: »Es stimmt, ich habe mich in die Recherche der Gleim-Geschichte eingeschaltet – hinter deinem Rücken. Aber das war nicht als Verrat gemeint. Und ich bringe wichtige Erkenntnisse mit.«

»Ich spreche nicht von einer läppischen Recherche!«, brüllte er. »Ich spreche hiervon!« Er hämmerte mit seiner Faust auf den Schreibtisch von Frau Ziepert ein. Ich spürte ein leichtes Vibrieren in den Füßen. Oder waren das nur die Hammerschläge meines rasenden Herzens?

»Worauf willst du hinaus?«, fragte ich.

»Das weißt du ganz genau!«

»Ehrlich, ich habe keine Ahnung, was …«

»Nimm nie wieder das Wort ›ehrlich‹ in deinen schmutzigen Mund, sonst …« Seine Aussprache war feucht geworden, ein Speicheltropfen spritzte im hohen Bogen aus seinem Mund. Er kam einen Schritt auf mich zu. »Warum ist Frau Ziepert heute wohl nicht im Büro?«, fragte er spöttisch. »Könnte es daran liegen, dass sie sämtliche Spendengelder veruntreut hat? Du hast diese Spionin bei uns eingeschleppt!«

Ich konnte nicht glauben, was ich hörte. Frau Ziepert als Gleims Spitzel? Hatte sie ihre Entlassung nur vorgetäuscht und Gleim brühwarm jedes Wort aus unserer Redaktion serviert? Mir wurde kalt, meine Knie würden gleich nachgeben. Kein Wunder, dass sie mich alle brennen sehen wollten: Ich hatte eben diese Frau Ziepert als Sekretärin gegen den Widerstand der anderen durchgesetzt. O Gott, ich Närrin!

»Wir wissen, dass du mit dieser verflixten Bagage unter einer Decke steckst«, übernahm Iris das Wort. »Der *Stadtstreicher* ist mausetot, gegen uns wird wegen Spendenveruntreuung ermittelt. Und gestorben bist auch du, Susanne. Für uns. Und für mich. Mach dich vom Acker und lass dich hier nicht wieder blicken!«

Diesmal war die Hexenverbrennung gelungen. Ich wankte die Treppe hoch und fühlte mich wie schwarzer aufsteigender Rauch. Hinter mir lag verbrannte Erde.

Doch vor mir lag bestimmt kein Himmel.

»Ist der Schlachtplan aufgegangen?«

»Nur fast.«

»Der Junge lebt noch?«

»Leider.«

»Habt ihr auch keine Spuren hinterlassen?«

»Tor-Browser!«

»Was ist mit dem Server?«

»Ein VPN-Server in Hongkong, nicht zu knacken.«

»Wie geht es ihr?«

»Sie ist am Boden zerstört.«

»Heiliger Strohsack, ich wusste doch, dass der Junge ihr zweiter wunder Punkt ist.«

»Er wurde ohnehin gemobbt. Wir hatten Glück.«

»Wird sie weiter Nachforschungen anstellen?«

»Höchstens, woher sie einen Strick bekommt.«

»Viel Erfolg dabei!«

VIERTE JUNIWOCHE

Reinstadt, 25. Juni
Aufmacher *Tagesbote*: »Schlechte Karten für Falschparker: Null-Toleranz-Politik bewährt sich.«

Der Laster donnerte frontal auf mich zu, mit bestimmt 120 Sachen. Ich schätzte, er war noch zwanzig Sekunden von mir entfernt, das entsprach knapp 640 Metern. Aber ich hatte nicht vor, ihm auszuweichen. Mein Leben war in Trümmer zerfallen, ich hatte versagt auf ganzer Linie.

Als Mutter hatte ich es geschafft, meinen Sohn in einen Selbstmordversuch zu treiben. Das musste man mir erst mal nachmachen. Weil ich Tom Harris entlassen hatte, war Sebastians Beziehung mit Lena zerbrochen. Und weil diese Beziehung zerbrochen war, hatte sich diese verfluchte Traurigkeit – sein letzter Freund, wie er es nannte – in ihm eingenistet. Nur deshalb hatte er diesen verzweifelten Schritt in den Abgrund getan.

Ich machte mir schwere Vorwürfe. Warum hatte ich nicht auf Heiko gehört und Sebastian auf sein Tagebuch angesprochen? Ich war zu feige gewesen, ich wollte nicht als Schnüfflerin vor ihm dastehen. Ein offenes Gespräch hätte ihm ziemlich sicher geholfen. Aber aus Sorge, auf seinem Zuneigungskonto weiter ins Minus zu rutschen, hatte ich darauf verzichtet. Auch der heimliche Wettstreit mit Heiko hatte mich gebremst, ich hatte ihm Sebastian nicht in die Arme treiben wollen. Zu einem schrecklichen Preis.

Und während Sebastian am Verrecken war, während er röchelnd in seinem eigenen Blut vor seinem Schreibtisch lag (es war qualvoll gewesen, sein Blut wegzuwischen; als ich das rötliche Wasser schließlich in den Ausguss kippte, hatte ich das Gefühl, sein Leben wegzuschütten) – derweil schlürfte ich Sekt in einem Redaktionskeller, in dem ich schon damals nicht sonderlich erwünscht gewesen war. Und inzwischen war ich bei meinen ehemaligen Kollegen der meistgehasste Mensch auf Erden.

Hätte Sebastian nicht die Nachricht an Lena geschrieben und hätte das Mädchen nicht so entschlossen reagiert: Mein nächster Zeitungstext wäre ganz sicher eine Todesanzeige gewesen. Wohl die einzige Art von Text, die ich noch in den Medien platzieren konnte. Mein Ruf als Journalistin war völlig ramponiert.

Sebastian war nach seinem Suizidversuch in eine Psychiatrie für Jugendliche eingewiesen worden, eine geschlossene Anstalt. Dort wurde er behandelt, als würde ihm ein gemeingefährlicher Verbrecher nach dem Leben trachten, nämlich er selbst. Zum Essen bekam er nur Plastikbesteck. Und wenn er auf dem Klo mal etwas länger brauchte, wachte davor jemand, der umgehend an die Tür hämmerte, ob alles in Ordnung sei. Am liebsten hätte ich ihn sofort rausgeholt. Doch dazu hatte ich kein Recht, obwohl ich seine Mutter war.

Der Oberarzt erklärte, dass Sebastians psychisches Befinden geklärt werden müsse. Mehrmals musste er mit einem Psychologen sprechen. Sebastian wirkte dabei aufgeräumt, sogar erstaunlich heiter – was wohl an Lena lag –

und bekam eine positive Prognose. Ein stationärer Psychiater, gleichzeitig Psychologe, übernahm die Behandlung. Als ich Sebastian schließlich aus der Klinik abholte, begleitete mich Heiko. Sein Vaterherz war ramponiert. Seit dem Suizidversuch trug er eine Blässe im Gesicht, die nicht mehr weichen wollte. Und seine Zunge, ohnehin nicht gerade flott, schien gelähmter als je zuvor. Tausend Vorwürfe hätte er mir machen können, ja müssen. Aber er tat es nicht. Und weil er schwieg, übernahm ich selbst das Wort und erklärte mich als Mutter zur Totalversagerin. Er stimmte nicht zu. Aber er widersprach auch nicht.

Der Laster donnerte heran, jetzt war er nur noch sechs bis sieben Sekunden entfernt. Sein Motor schien zu brüllen. Ich meinte, schon ein leichtes Beben in meinen Beinen zu spüren. Seine Lichthupe blendete auf.

Ich hatte es geschafft, mein eigenes Leben in einen Trümmerhaufen zu verwandeln. Sebastian, mein Sohn, erwähnte mich in seinem Tagebuch vor allem als Nervensäge und Killerin der Familienidylle. Iris, meine beste Freundin, sah mich nun endgültig als ihre Feindin. Und Markus, an den ich immer noch viel zu oft dachte, war wie vom Erdboden verschluckt. Wahrscheinlich hatte er als Coach und Psychologe längst erkannt, dass ich nur jemandem die Hand auflegen musste, um ihn ins Unglück zu stürzen.

Ich hatte das Gefühl, seit damals, seit jenem Vorfall im Wald vor 27 Jahren, klebte das Unglück an meinen Fußsohlen und würde sich niemals wieder lösen. Zwar konnte ich seinerzeit vom Waldboden wieder aufstehen, mithilfe anderer – aber wirklich auf die Beine gekommen war ich nicht. Ich hatte mir ein Korsett gebastelt aus Zahlen, aus Disziplin und aus dem Kinderglauben, ein erfülltes Leben ließe sich durch Karriere erreichen. Jetzt waren diese Illusionen in schwarzen Rauch aufgegangen, und ich fragte mich: Was blieb eigentlich übrig? Ähnlich musste sich Sebastian gefühlt haben, als er seine Probleme mit einem Messerschnitt für immer hatte lösen wollen.

Ich würde Heiko anbieten, Sebastian zu sich zu nehmen. Er redete umständlich, aber war doch ein gerader Charakter. Bestimmt ein besserer Vater, als ich eine gute Mutter sein konnte. Hatte er vor Sebastian nicht behauptet, er sei über die Fußmatte gestolpert, nur um mich in Schutz zu nehmen? Ich dagegen redete schlecht über ihn, weil ich Sebastian auf meine Seite ziehen wollte. Doch damit würde jetzt Schluss sein.

Der Laster war fast auf meiner Höhe. Sein Motorenbrüllen ließ mein Trommelfell beben. Gleich würde ich seinen Fahrtwind spüren.

Ich griff mein Handy, wählte die Option »anonym anrufen« und tippte den Namen »Markus« an. Es klingelte dreimal, dann hörte ich: »Markus Hanser.«

Er meldete sich tatsächlich. Mein Herz machte einen Sprung. Ich war versucht, wieder aufzulegen. Doch ich sehnte mich so sehr nach einem Menschen, mit dem ich reden konnte.

»Markus, ich bin's.«

»Susanne?«

»Die, mit der du nicht reden willst.«

Ich hoffte, er würde widersprechen und eine Erklärung liefern. Doch er schwieg.

»Markus, warum gehst du nie ans Telefon? Warum rufst du nicht zurück? Was ist passiert? Ich habe mir Sorgen gemacht. Liegt es an mir, habe ich dir etwas getan?«

»Das weißt du besser als ich«, sagte er und klang patzig.

»Ich habe keine Ahnung!«

»Überleg mal genau, was am Fluss passiert ist!«

Erwartete er jetzt, dass ich mich für meinen Wadenkrampf entschuldigte? Oder hatte ich ihn in unserem Gespräch mit einer unbedachten Äußerung verletzt? Und warum fiel ihm das erst jetzt ein, nach all unseren Gesprächen, unseren Treffen, unseren gemeinsamen Nächten? Das ergab keinen Sinn.

»Ich weiß nicht, was am Fluss passiert ist. Ich dachte, da hat alles mit uns begonnen. Aber anscheinend habe ich alles völlig falsch verstanden. Wenn ich schon damals eine Zumutung für dich war …«

Ich spürte, dass mir Tränen in die Augen stiegen. Ich legte auf.

Der Laster war längst unter der Brücke hindurch gedonnert. Ich hatte ihm ins Auge geschaut wie bei einem Duell, mir ausgemalt, ich würde ein paar Meter tiefer stehen. Es war ein Lkw mit Gefriergut, vor der Brücke hatte er aufgeblendet, um einen anderen Laster vor sich in die Spur zu lassen. Ausgerechnet Gefriergut, das passte perfekt zu meiner Gefühlslage.

Ich schaffte es nicht einmal, die Autos zu registrieren. Ich begann zu zählen, vergaß aber immer wieder, wie weit ich schon gekommen war. Ich fing von vorne an, bis ich wieder aus der Zählkurve flog. Die Gedanken an mein eigenes Versagen beanspruchten exklusives Hausrecht in meinem Kopf.

Ich war eine Null im Umgang mit meinen Gefühlen und noch schlimmer mit denen anderer, eine Null in Menschenkenntnis. Wie hatte ich auf Frau Ziepert reinfallen können? Jahrelang hatte sie Gleim die Füße geküsst und den Rücken freigehalten, jede Ameise in seinem Büro eingefangen und jeden Brief für ihn getippt. Aber ein paar Tränen hatten gereicht, um mich hinters Licht zu führen. Ich hätte mich ohrfeigen können, dass ich sie in der Redaktion als Sekretärin durchgesetzt hatte. Gegen den Willen der anderen.

Und wie gut schätzte ich eigentlich Markus ein? Gehörte er vielleicht zur selben Gattung wie Frau Ziepert? Hatte womöglich doch Gleim ihn auf mich angesetzt, wie einen Romeo-Spion, um mir dienstliche Geheimnisse aus den Rippen zu leiern und mir nebenbei das Herz zu brechen? Hatte Gleim durch ihn von meinem Hundeunfall im Wald erfahren – kein abgehörtes, sondern ein ausgeplaudertes Coachinggeheimnis?

Diese Fragen schienen mir alle sehr berechtigt, aber auch sehr unbedeutend. Die Antworten waren egal, sie spielten jetzt keine Rolle mehr. Ich hatte gekämpft, ich hatte verloren, ich war genauso am Ende wie die Redaktion und musste mir meine Niederlage eingestehen. Es brachte nichts, ein totes Pferd zu reiten.

Ein totes Pferd? Ich lehnte mich weit übers Geländer der Brücke, so weit, dass es nur noch ein winziges Abstoßen mit dem Fuß gebraucht hätte, um endlich eins zu werden mit der Dunkelheit. Dann hätte ich mich aus der Unberechenbarkeit meines Lebens in den geregelten Fluss der ewigen Ruhe begeben.

Aber sogar dafür fehlte mir die Kraft. Wenigstens heute. Ich fuhr nach Hause.

Mama hat 'ne Krise. Sie sagt, dass sie eine schlechte Mutter ist. Ich sage ihr, dass das gar nicht wahr ist. Sie sagt mir, ich soll sie nicht anlügen. Ich sage dann, ich lüge gar nicht. Und sie sagt dann, ich lüge doch.

Sie liegt fast den ganzen Tag im Bett. Sie liest nicht, tut nichts, liegt einfach nur da und starrt zur Decke. So wie Lena zum Himmel geschaut hat auf dem Schulhof, obwohl da gar nichts war.

Eigentlich ist Mama eine absolute Frühaufsteherin. Und sie macht voll den Wind in ihrem Leben. Sie organisiert was. Sie telefoniert und sitzt am Computer. Sie hat eine Idee und will sofort was daraus machen. Sie ist gut im Tun. Im Nichtstun war sie immer eine Niete. Jetzt ist es umgekehrt.

Mama hat gesagt, dass ich zu Papa gehen soll. Also für immer. Ich habe gesagt, ich werde bei ihr bleiben. Mama hat gesagt, dass Papa mich verdient hat und sie nicht. Ich habe gesagt, man muss ein Kind doch nicht verdienen, man hat es einfach. Mama hat gesagt, das ist es ja eben, sie hätte mich fast nicht mehr gehabt. Ich hab gesagt, das liegt doch an mir, ich hab ja das mit dem Messer gemacht. Sie hat gesagt, dass es an ihr liegt. Ich habe gesagt, sie soll keinen Quatsch reden. Und sie hat dann NICHT gesagt, ich soll nicht so frech sein. Das sagt sie eigentlich immer, wenn ich frech bin. Jetzt sagt sie das nicht mehr.

Ich mach mir wirklich Sorgen um Mama. Ich gehe ja jetzt zu so 'nem Psychodoktor, seit die Sache mit dem Messer war. Der hat neulich gesagt, ich soll mir meinen Kopf wie einen Himmel vorstellen. Ich fand das voll schön, 'nen Kopf wie 'nen Himmel zu haben. Und so ein

Himmel, hat der Psycho-Dok gesagt, kann ja blau sein. Und so ein Himmel hat ja auch Wolken. Und jetzt wollte er von mir wissen: Wie viel Prozent Wolken hat mein Kopf gehabt, als ich das mit dem Messer gemacht hab? Und wie viel Prozent sind es jetzt noch?

Ich hab ihm gesagt, dass die Wolken weg sind. Ich hätte ihm auch sagen können, dass Lena jetzt da ist. Das ist genau dasselbe. Wo Lena ist, ist Sonne. Wir treffen uns immer im Krankenhaus. Wir stehen bei ihrem Vater am Bett. Der hängt an ganz vielen Schläuchen. Und in der Ecke piept so ein Kasten. In dem Kasten sehen wir seinen Herzschlag. Es ist also gut, dass der Kasten piept. Aber unheimlich ist es auch. Lena spricht immer mit ihrem Papa. Ihr Papa antwortet nie, weil er ja ohnmächtig ist. Aber Lena sagt, er kann sie hören. Ich bin sicher, das stimmt. Ich könnte Lena auch hören, wenn ich ohnmächtig wäre. Ich hab sie ja auch sehen können, als sie im Klassenzimmer gar nicht auf ihrem Stuhl saß. Lena ist immer da. Für mich. Und für ihren Papa.

Jetzt bin ich voll vom Thema abgekommen. Ich wollte ja von Mama und von den Wolken schreiben. Ich glaube, Mama sieht nur noch Wolken. Da ist gar kein Blau mehr. Und ich habe ja auch nur noch Wolken gesehen, darum habe ich ja die Sache mit dem Messer gemacht. Mama hat das Messer von der Polizei wiederbekommen. Ich mag nicht, dass sie das Messer hat. Ich hab so ein blödes Gefühl.

Und dann bin ich auf diese Idee gekommen, es ist schon ein paar Tage her. Ich muss jetzt ja solche Tabletten nehmen, für gute Laune und so. Damit ich keine Dummheiten mehr mache und kein Depri bin. Mama kommt nur noch selten in die Küche runter, deshalb bring ich ihr oft was zu trinken rauf. Und jetzt werfe ich einfach jeden Tag eine Tablette in das leere Glas und mach sie mit 'nem Löffel platt. Dann verrühr ich sie in der Apfelschorle. Und Mama trinkt das. Sie weiß ja nicht, was sie trinkt. Ich hoffe, sie trinkt gute Laune.

Mama war immer so stark. Wenn ich nicht laufen wollte, hat sie mich gezogen. Jetzt ist Mama schwach. Und weil Mama schwach ist, muss ich stark sein. Ich kann das sogar, das Starksein. Vielleicht hat das mit dem vielen Blau in meinem Kopf zu tun.

Ich habe Mama gehasst, weil sie Papa rausgeworfen hat. Ich weiß noch, wie das war. Es war im Winter, kurz vor Weihnachten. Am Nachmittag ist ein Handwerker gekommen, der hat an der Haustür rumgehämmert und so. Mama hat gesagt, wir haben jetzt ein neues Schloss. Ich hab gefragt, warum. Und sie hat gesagt, damit Papa nicht mehr reinkommt. Ich hab gefragt, warum Papa nicht mehr reinkommen soll. Und sie hat gesagt, dass ich das nicht verstehe, ich bin noch zu klein und so.

Mama hat zwei Koffer vor die Tür gestellt. Und gesagt, dass Papa verreist. Und dann hat es ganz wild an der Tür geklopft. Und Papa hat gerufen, wir sollen ihm aufmachen. Und ich wollte ihm aufmachen. Aber Mama hat mich festgehalten. Und Papa hat weiter geklopft. Und Mama hat mich weiter festgehalten. Ich stand da im Flur und konnte gar nichts machen, das war voll krass. Und irgendwann hat Papa nicht mehr geklopft. Dann war er weg. Und er ist nicht mehr gekommen.

Aber jetzt bin ich ja stark. Und vielleicht ist es wirklich besser, dass Papa nicht mehr bei uns ist. Sonst hätte

Mama noch mehr Wolken im Kopf, denn sie mag Papa ja nicht mehr.

Mama soll wieder rummeckern. Mama soll zu mir sagen, dass ich nicht so frech sein soll. Mama soll wieder wie früher sein. Ich will, dass sie wieder einen blauen Himmel im Kopf hat. So wie ich durch Lena.

Ich griff nach dem vierzehnten Papiertaschentuch und rieb mir Tränen von den Wangen. Es war unglaublich, welche Mengen an Tränen aus mir herausbrachen. Als hätten sich die ungeweinten Tränen der letzten Jahrzehnte in meinem Inneren zu einem riesigen See gestaut. Und vor 36 Minuten und 29 Sekunden war der Damm gerissen. Erst ganz fein, ich spürte, dass mein Blick sich trübte und ich den Computerbildschirm nur noch verschwommen sah.

Das konnten ja keine Tränen sein, dachte ich, denn seit meiner Schulzeit hatte ich nicht mehr geweint. Mechanisch wischte ich mir das Wasser aus den Augenwinkeln. Aber sie wurden gleich wieder feucht. Und ich wischte wieder. Aber dann kamen die Tränen schneller, als ich sie wegwischen konnte, sie rannen aus mir heraus, schossen, sprudelten.

Mein Körper wurde geschüttelt, als hätte ein inneres Erdbeben begonnen. Und mit der Flüssigkeit kamen stoßweise auch die angestauten Gefühle aus mir heraus. Meine Augen liefen, meine Nase lief, alles lief.

Ich saß immer noch vor Sebastians Computer. Ich hatte gelesen, welche Sorgen er sich um mich machte und dass er mir sein Antidepressivum in meine Apfelschorle gemischt hatte. Ich war im Innersten berührt. Und beschämt. Ich spürte beim Lesen: Mein Sohn liebte mich, obwohl ich seinen Vater verlassen hatte. Er liebte mich, obwohl ich mit ihm rummeckerte. Er liebte mich, ganz egal ob ich stark war oder schwach. Ich hatte ihm immer eine gute Mutter sein wollen, um von ihm geliebt zu werden – jetzt liebte er mich, obwohl ich im Moment schwach war und eindeutig eine schlechte Mutter.

Beschämt war ich, weil die Verhältnisse auf dem Kopf standen: Er, mein Sohn, machte sich Sorgen um mein Leben. Dabei hätte ich gerade jetzt nach seinem Suizidversuch mit Argusaugen über ihn wachen müssen. Ich hätte die starke Schulter sein sollen, an die er sich lehnen konnte. Ich hätte ihm zwei offene Ohren zum Aussprechen bieten müssen, die er nur bei seinem Psychologen fand.

Doch halt! Lag ich damit richtig? Oder war es an der Zeit, mir das Schwachsein zu gestatten? Einen Sohn zu haben, der sich um mich sorgte und kümmerte, fühlte sich nicht schlecht an. Und wenn es meine Schwäche war, die ihn jetzt stark machte, fragte ich mich: War es meine Stärke gewesen, die ihn zuvor schwach gemacht hatte? Warum hätte er mit voller Kraft durchs Leben gehen sollen, solange ich ihn schob?

Vor fünf Tagen hatte ich meinen absoluten Tiefpunkt erreicht. Am liebsten hätte ich mich nur noch unter der Decke verkrochen, mein Zimmer verriegelt und wäre nie mehr hervorgekommen. Aber dann waren meine Gedanken allmählich wieder etwas lichter geworden, weil Sebastian sich so rührend um mich kümmerte. Er brachte mir Apfelschorle aufs Zimmer, erzählte lustige Geschichten, und sein immer öfter strahlendes Gesicht leuchtete die finstersten Winkel meiner Seele aus. Einen Abend habe ich sogar in einem Roman gelesen, immerhin fast sechzehn Seiten. Dieser neue Antrieb hatte mich auch auf die Idee gebracht, mal wieder in Sebastians Tagebuch zu schauen.

Waren es wirklich die heimlich eingeflößten Medikamente, die meine Stimmung aufgehellt hatten? Oder war es nicht eher seine Liebe zu mir als Mutter, die mich daran erinnerte, was für einen großartigen Sohn ich hatte und dass ich jetzt für ihn da sein musste? Spätestens sein letzter Tagebucheintrag riss mich endgültig aus meiner Starre und füllte mich mit neuem Leben.

Ich wirbelte als Putzteufel durchs Haus. Ich ging einkaufen und bereitete Sebastians Lieblingsessen vor, Kartoffelpuffer mit selbst gemachtem Apfelmus. Als er von der Schule kam und der Geruch von gerösteten Kartoffeln schon das ganze Haus füllte, hörte ich ihn im Flur sagen: »Ich glaub, ich spinne!«

Er stürmte an den Herd und fiel mir so wild in die Arme, dass mir fast die Pfanne zu Boden gerutscht wäre. Ich war froh, dass ich acht große und zusätzlich vier kleine Kartoffeln gerieben hatte, denn er verschlang einen Puffer nach dem anderen. Ich stand am Herd und sorgte für Nachschub. Pro Seite briet ich die Puffer zwei Minuten und fünfzig Sekunden. Die ideale Bratzeit. Vorher waren die Kartoffelpuffer zu labberig, danach gerieten sie zu kross. Ich briet mit exakt 125 Millilitern Öl, die ich nach jeder neuen Portion aus einer Tasse nachschöpfte.

»Vergiss das Kauen nicht«, sagte ich.

»Vergiss das Braten nicht«, sagte er.

»Werd bloß nicht frech!«

»Ich hab dich lieb, Mama!«

»Ich dich auch, Sebastian.«

Wie gut, dass der Stausee meiner Tränen bereits abgeflossen war, sonst wären unsere Küchenfliesen jetzt wieder überschwemmt worden.

»Was wird jetzt eigentlich aus dem *Stadtstreicher*?«, fragte Sebastian, während er mit dem Schöpflöffel eine Lawine aus Apfelmus über den elften Kartoffelpuffer niedergehen ließ.

Ich wunderte mich, dass er ein berufliches Thema anschnitt; das tat er sonst nie.

»Ich fürchte, das Projekt ist gestorben. Der *Tagesbote* hat ja groß und breit über die veruntreuten Spendengelder berichtet. Mit einem solchen Image lässt sich eine Zeitung kaum noch verkaufen.«

»Und wo soll Lenas Papa dann arbeiten, wenn er wieder aufwacht?«

Jetzt war mir klar, worum es ihm ging. Er war wirklich ein guter Junge, auch wenn ihm die naheliegende Frage, wo seine Mutter arbeiten würde, offenbar nicht in den Sinn kam.

»Tom Harris wird schon eine Arbeit finden. Er ist ein toller Reporter.«

»Du hast diesen tollen Reporter selbst entlassen«, erinnerte er mich.

»Sebastian, ich habe Fehler gemacht. Schwere Fehler sogar. Aber ich habe daraus gelernt und mich verändert. Ich werde versuchen, einfühlsamer zu sein und nicht mehr so hart. Apropos: Du bist doch heute bei deinem Psychologen. Kannst du mal fragen, ob er nicht eine gute Kollegin für Erwachsene empfiehlt? Meine Stimmung war in letzter Zeit ja nicht die beste, ich würde gern mal mit jemandem darüber sprechen.«

»Klar«, sagte Sebastian, und ich merkte ihm seine Freude an. »Vielleicht verschreibt er dir ja ein Medikament, etwas für gute Laune oder so.«

»Vielleicht«, sagte ich.

Und er konnte ein Lächeln nicht unterdrücken.

* * *

»Halt! Aufhören! Was tun Sie da?«
»Ich schleppe Ihr Auto ab.«
»Sie brauchen mein Auto nicht abzuschleppen: Hier bin ich.«
»Ihr Parkschein war abgelaufen.«
»Höchstens eine Minute.«
»Eben, abgelaufen.«
»Okay, dann zahle ich nach. Aber das Auto bleibt hier.«
»Das Auto geht zur zentralen Fahrzeugverwahrstelle.«
»Das können Sie nicht durchziehen, ich bin doch jetzt hier – und Sie haben noch nicht mal angefangen! Geben Sie mir mein Auto wieder!«
»Das geht nicht. Seit einer Woche haben wir die Anweisung der Stadtverwaltung, sofort abzuschleppen und begonnene Abschleppvorgänge nicht abzubrechen.«
»Sie haben das Auto doch noch keinen Zentimeter bewegt!«
»Der Abschleppkran ist bereits ausgefahren.«
»Dann fahren Sie ihn wieder ein.«
»Das geht nicht. Aber in einer Stunde können Sie Ihr Auto bei der Verwahrstelle abholen. Gegen 598 Euro.«
»Ich glaub, ich spinne! Sie müssen doch gar nicht abschleppen! Ich bin hier!«
»Ich habe meine Vorschriften.«
»598 Euro: Das ist Beutelschneiderei! Ihr seid doch nur noch hinter unserem Geld her! Diese Stadtverwaltung reißt uns allen das letzte Hemd vom Leib!«
»Ob mit oder ohne Hemd: Gehen Sie jetzt bitte zur Seite. Der Kran fährt aus.«

* * *

ERSTE JULIWOCHE

Reinstadt, 3. Juli
Aufmacher *Tagesbote*: »Immer weniger Temposünder: Verwaltung dämmt Unfälle erfolgreich ein!«

»Was hat dich nur zu diesem Amoklauf veranlasst? Man muss ja allmählich an deiner geistigen Zurechnungsfähigkeit zweifeln«, zischte Heiko. Er war außer sich vor Zorn, konnte aber nicht laut reden. Wir liefen nebeneinander durch die Fußgängerzone. Es war 12.48 Uhr und 58 Sekunden, und wir waren umgeben von Grüppchen von Anzugmännern und Kostümträgerinnen, alle eilig auf dem Weg in die Mittagspause oder bereits wieder zurück ins Büro.

Heiko, in Uniform, beachtete die übrigen Passanten nicht, sondern bahnte sich zielstrebig seinen Weg, während er mein Gesicht wie eine Zielscheibe fixierte. Eine alte Dame mit Einkaufstasche, die er beinahe über den Haufen rannte, musste sich durch einen Sprung zur Seite retten und schimpfte uns hinterher: »Was ist bloß aus der Polizei geworden!«

Ich hatte mir geschworen, den Namen Gleim nie mehr in den Mund zu nehmen und meine Recherche ruhen zu lassen. Doch die Information, die ich gerade von Heiko bekommen hatte, rüttelte an diesem Vorsatz.

»Heiko, wie hätte ich denn wissen können, wer sich hinter der Nummer verbirgt!«

»Jedenfalls ist postwendend eine Anzeige wegen Verleumdung gegen dich erstattet worden. Und jetzt stehst du in der Beweispflicht.«

»Warum stehe *ich* in der Beweispflicht? Ich bin doch von dem Anrufer sexuell belästigt worden!«

Sein Blick bohrte sich in meinen Kopf. »Deine Anzeige ist nach meiner jetzigen Einschätzung eine Lüge, die sexuelle Belästigung eine reine Erfindung. Du wolltest lediglich in Erfahrung bringen, um wessen Nummer es sich handelt. Und ich habe mich in deine journalistischen Machenschaften verwickeln lassen. Du hast mich als Handlanger benutzt. Ich bin froh, dass die zweite Nummer zu einem Prepaid-Handy gehört und sich nicht hat zuordnen lassen. Sonst wäre womöglich ein weiterer Unschuldiger in die Sache reingezogen worden.«

»Unschuldig? Moment mal, Heiko! Es ist die Geheimnummer unseres Bürgermeisters, na und? Ist es denn so unvorstellbar, dass Kleinjohann seine schmutzigen Fantasien auf diese Weise auslebt? Eine Geheimnummer ist doch der beste Schutz!«

Ich war schon wieder dabei, etwas zu freihändig mit der Wahrheit zu jonglieren, aber in diesem Fall schien es mir unvermeidlich. Und ich war extrem neugierig, warum Tom mit ihm unter der Geheimnummer telefoniert hatte. Bislang war mir kein Journalist begegnet, der etwas von einer Geheimnummer des Bürgermeisters wusste. Wichtige Anrufer wurden vom Vorzimmer durchgestellt auf die Hauptleitung oder aufs Diensthandy. Die Geheimnummer war offenbar ein sehr gut gehütetes Geheimnis des Bürgermeisters. Wozu brauchte er sie? Und welche Art von Telefonat führte er von diesem Anschluss? Und überhaupt, wie war Tom an die Nummer gekommen?

Heiko kniff die Augen zusammen, sein bohrender Blick tat fast weh. »Und warum hat die Auswertung der Telefondaten dann keinerlei Gesprächskontakt zwischen seinem Anschluss und deinem ergeben? Wo hast du die Nummer denn her? Oder hat das fragliche Telefonat etwa auf der Basis von Telepathie stattgefunden?«

Hoppla, jetzt wurde er ironisch. Das war äußerst selten der Fall und ein klarer Hinweis darauf, dass er kurz vor einer Explosion stand. Ich musste ihn abkühlen.

»Heiko, das hätte ich dir natürlich sagen müssen: Ich bin nicht auf meinem eigenen Handy angerufen worden, sondern auf dem eines Kollegen.«

Eine nicht besonders ausgeklügelte Idee, aber immerhin ließ sich der Anruf so eindeutig nachweisen.

»Dann kannst du mir ja sicher den Namen deines Kollegen nennen.«

»Er heißt Tom Harris.«

Heiko kratzte sich am Kinn. »Aber dabei handelt es sich nicht zufällig um den Reporter, der neulich diesen schweren Unfall hatte und jetzt im Koma liegt?«

»Doch, das ist Tom.«

Er blieb stehen, völlig unvermittelt, ich bremste auch. Schimpfende Fußgänger kurvten an uns vorbei. »Susanne, das ist der einzige Mensch in dieser Stadt, der im Moment zu keinerlei Aussage fähig ist. Und ausgerechnet ihn willst du als Zeugen anführen?«

Ich schaute an Heiko vorbei. In der Auslage des Schuhgeschäftes schätzte ich das Verhältnis von Frauen- zu Männerschuhen auf 85 zu 15 Prozent, neben den eleganten

Pumps wirkten die Anzugschuhe wie Kriechtiere aus der Steinzeit. Heiko wurde im Schaufenster von hinten gespiegelt. Er hatte immer noch ein breites Kreuz, bis Mitte zwanzig war er Kugelstoßer gewesen.

»Schau mich an, Susanne! Woher hätte Kleinjohann Kenntnis haben sollen, dass du unter dieser Nummer zu erreichen bist?«

»Das musst du ihn fragen!«

Ich merkte, dass es in seinem Kopf arbeitete, sein Blick war jetzt nach innen gewandt. »Aber wenn es sich bei dem Anrufer tatsächlich um Kleinjohann gehandelt hat, weshalb hast du seine Stimme dann nicht erkannt? Du hast doch schon endlos viele Interviews mit ihm geführt.«

»Die Stimme klang undeutlich und ziemlich verzerrt. Aber ich habe einen Vorschlag, wie du die Wahrheit ganz sicher herausfinden kannst.«

»Und der wäre?«

»Überprüf doch einfach, ob von Kleinjohanns Geheimnummer der Anschluss von Tom angerufen worden ist. Ich könnte das doch nicht wissen – außer, ich hätte das Telefonat selbst geführt.«

Mit diesem Schachzug würde ich Kleinjohann zwingen, das Telefonat mit mir abzustreiten – und gleichzeitig einzuräumen, dass er mit Tom gesprochen hatte. Vielleicht wäre ihm zu entlocken, worüber. Falls nicht, hätte das bestimmt schwerwiegende Gründe.

Nach einiger Diskussion ließ sich Heiko auf meinen Vorschlag ein. Ein Stoßseufzer zeugte allerdings davon, dass er nicht wirklich überzeugt war.

Es sah aus, als hätte es vom Himmel Kleingeld geregnet, ich zählte 24 Münzen im Gitarrenkasten. Ein Halbkreis aus acht Passanten hatte sich um Ratte geformt, drei davon wippten mit den Füßen. Er trug wie immer seinen roten Schal und spielte mit geschlossenen Augen. Dabei drückte er die Gitarre so zärtlich an sich, dass ich wieder dachte: Sie ist halt sein Baby, seine treueste Gefährtin. Ich lauschte dem Text:

Zuhaus nicht zuhause,
in der Fremde nicht fremd,
das ist die Wahrheit
vom letzten Hemd.

Jedes gute Gewissen
riecht am Ärmel nach Fisch,
das ist die Wahrheit
vom reinen Tisch.

Schau mich an wie ein Schwimmbad.
Flieg mir zu wie verwählt.
Wahrheit werweißwievielte,
nicht mitgezählt.

Als er sein Lied beendet hatte, klatschten die Zuhörer, und der Halbkreis löste sich wieder auf. Ratte raffte die Silbermünzen zusammen und ließ sie in seiner Hosentasche verschwinden.

Ich trat einen Schritt näher, er schaute auf. »Susanne!« Das klang freudig überrascht. Dabei hatte ich befürchtet, auch er könnte mich für eine Verräterin halten und mir das Ende des *Stadtstreichers* ankreiden.

»Hast du nicht gehört, was für ein schrecklicher Mensch ich bin?«

»Dann können wir uns die Hand reichen. Ich lebe auf der Straße, ich gelte selbst als schrecklicher Mensch. Schrecklich heißt nur: Wenn mich die anderen sehen, bekommen sie einen Schrecken – weil ich sie daran erinnere, wie es ihnen selbst ergehen könnte.«

»Die Redaktion hat mir unterstellt, ich hätte sie ans Messer geliefert.«

»Ist doch klar: Wenn du der Judas bist, dann können sie sich wie Jesus fühlen. Du hast es doch gehört: ›Jedes gute Gewissen riecht am Ärmel nach Fisch, das ist die Wahrheit vom reinen Tisch.‹«

Ich beugte mich zu ihm runter. »Hilf mir auf die Sprünge: Wie ist der Text gemeint?«

»Es gibt zwei Möglichkeiten, mit eigenem Versagen umzugehen: Man trägt diese schmutzigen Flecken offen in seiner Vita. Dann können andere sehen, was schiefgelaufen ist, und man ist angreifbar.«

»Und die zweite Möglichkeit?«

»Man wischt diese Flecken weg. Als würde jemand einen schmutzigen Tisch nach einer Fischmahlzeit mit seinen Ärmeln abwischen. Das ergibt ein gutes Bild nach außen. Dafür trägt man den Fischgeruch, den Geruch des eigenen Versagens, mit sich selbst herum. Und mit der Zeit wird er immer schlimmer.«

Mich überkam der Verdacht, dass ich viele Jahre mit stinkenden Ärmeln durch die Welt gelaufen war. Schwächen und Fehler hatte ich nie zugegeben, nicht mal vor mir selbst. Aber nach meinem Rauswurf beim *Stadtstreicher* hatte mich der üble Geruch eingeholt und regelrecht umgehauen.

»Und was hat dieser Text damit zu tun, dass ich zum Judas gemacht werde?«

»Diesmal hat die Redaktion dich vom Tisch gewischt, stellvertretend für das eigene Versagen.«

Vor ein paar Monaten hätte ich ihm für einen solchen Satz applaudiert. Aber mittlerweile ging ich härter mit mir ins Gericht.

»Schön wäre es, Ratte! Du übersiehst: Es hat keine Unschuldige getroffen. Ich habe ja tatsächlich darauf gedrängt, die Ziepert aufzunehmen, die Verräterin, die für Gleim spioniert hat.«

Sein Zeigefinger strich zärtlich über den Gitarrenhals. »Denk doch mal nach, Susanne! Hast du mir nicht erzählt, dass dein Ruf bei den alten Kollegen extrem schlecht war? Eine Empfehlung aus deinem Mund war der beste Grund, einen Vorschlag abzulehnen. Wenn sie diese Frau trotzdem eingestellt haben, dann nicht wegen, sondern trotz deiner Empfehlung. Die anderen haben das so entschieden. Aus freien Stücken und aus eigener Überzeugung.«

Seine Worte taten mir gut. Zwar drückte mich immer noch ein gewaltiger Rucksack voller Schuldgefühle, aber gerade war er etwas leichter geworden. Ich fragte mich, ob Iris jemals ihre eigene Rolle beleuchten würde – oder ob ich jetzt auf ewig ihre Feindin bliebe.

Zugleich ging mir Markus durch den Kopf. Welche Rolle spielte er in diesem Drama? Hatte er im Duo mit Frau Ziepert agiert? War er das lebende Tonband, das Gleim jedes Wort aus der Redaktion weitergetragen hatte? Falls ja, mussten sich andere dafür an die Nase fassen: Er hatte sein Eintrittsticket in die Redaktion definitiv nicht von mir bekommen.

Ratte räusperte sich, um einen Frosch aus seinem Hals zu vertreiben. Mir fiel ein, warum ich eigentlich zu ihm gekommen war. Ich nestelte mein Portemonnaie aus der Handtasche, kramte im Fach mit den Scheinen, zog einen Papierstreifen heraus und reichte ihn Ratte. Er griff danach und ließ seinen Blick lange darauf ruhen.

Und dann sagte er ganz beiläufig, was ich kaum zu hoffen gewagt hatte: »Ich kenne ihn.«

»He, du da! Was willst du hier? Runter von unserem Grundstück!«

»Ich habe mich verlaufen.«

»Wie bist du über den Zaun gekommen? Das ist ein gewerblicher Hinterhof!«

»Ach ja.«

»Hier ist betreten verboten!«

»Verstehe.«

»Du verstehst es eben nicht! Ich habe dich hier schon öfter gesehen. Ich erkenne dich an dem Gestrüpp auf deinem Kopf. Eine Frisur ist das ja nicht!«

»Aha.«

»Die Schilder sind so groß, dass sie sogar ein Legastheniker lesen kann. Aber ein Penner wie du weiß bestimmt nicht, was ein Legastheniker ist!«

»Das Wort stammt vom lateinischen ›legere‹ für ›lesen‹ und vom griechischen ›asthéneia‹ für Schwäche.«

»Auch noch frech werden! Auch noch den Schlauberger spielen! Du gammelst auf unsere Kosten!«

»München ist eine reiche Stadt. Und was ich hier mitnehme, kostet niemanden etwas.«

»Es wird dich ein blaues Auge kosten.«

»Ich geh ja schon.«

»Du wirst rennen müssen.«

Mit einem hässlichen Quietschen bremste der Zug im Hauptbahnhof. Ein Ruck, Körper wankten, Arme ruderten, dann stand der Wagen. Die meisten Reisenden hatten sich schon längst erhoben und stauten sich in einem Menschen-Koffer-Taschen-Gewirr vor den noch geschlossenen Zugtüren. Ich schätzte den Rückstau, der bis zu unseren Plätzen reichte, auf gute zwölf Meter. Die Leute kamen mir vor wie eingesperrte Tiere, die auf eine Fluchtgelegenheit lauerten.

»Die haben alle einen Hek-Tick!«, sagte mein Mitreisender. »Hast du gesehen, wie sie auf die Ankündigung ›Nächster Halt‹ reagiert haben? Dabei waren wir noch fünf Minuten vom Bahnhof entfernt. Dressierte Zirkusbären sind nichts dagegen.«

Ich schmunzelte über das Wortspiel und konnte nicht leugnen, dass ich ohne seine Begleitung sicher auch einen »Hek-Tick« gehabt hätte und früher aufgesprungen wäre. Seine Nähe entschleunigte mich. Seit Jahren, hatte er erzählt, war er mit keinem Zug und keinem Auto mehr gefahren. Die Höchstgeschwindigkeit seines Lebens bewegte sich zwischen vier bis fünf Stundenkilometern. Allerdings nicht unbedingt, weil er selbst in diesem Tempo unterwegs war, sondern weil das Leben in dieser Geschwindigkeit an ihm vorüberzog.

Aus seiner Perspektive musste sich unser modernes Leben wie ein einziges, völlig sinnloses Wettrennen anfühlen. Es ging dabei gar nicht um das »Wohin«, es ging um das »Wie schnell«. Wer den Zug als Erster verließ, die Supermarktkasse als Erster passierte, die Nachricht als Erster druckte oder die Beförderung als Erster ergatterte, war der große Gewinner. Dass er später womöglich als

Erster mit Blaulicht in die Burn-out-Klinik gefahren wurde, als Erster seine Scheidungspapiere in der Hand hielt oder als Erster mit einem Herzinfarkt ins Jenseits wanderte, interessierte keinen mehr.

Als wir aufstanden, hatte sich das Mensch-Koffer-Taschen-Gewirr aufgelöst. Unser Gepäck war leicht: Ich umklammerte meine Handtasche, und Ratte dirigierte seinen Gitarrenkoffer zwischen den Sitzen des engen Ganges hindurch. »Ohne die Gitarre komme ich mir so nackt vor«, hatte er gesagt. Der Rest seines Hab und Guts hatte bequem zu Hause in meinen Kofferraum gepasst.

Es war nicht ganz klar, wonach wir in München suchten: nach einem Lebenden oder einem Toten? Dabei machte das bei der Suche einen entscheidenden Unterschied. Dass ein Toter sich in der Halle des Hauptbahnhofs rumdrückte, im Englischen Garten auf der Parkbank eine Selbstgedrehte paffte oder am Marienplatz um einen Euro bettelte, war eher unwahrscheinlich. Ebenso sprach einiges dagegen, dass ein Lebender am Grund eines tiefen Isarwehrs in der Strömung trieb, in einem Altpapiercontainer unter zwei Tonnen Papier steckte oder unter einem Reisighaufen im Truderinger Wald den Ameisen Gesellschaft leistete.

Aus praktischen Gründen entschlossen wir uns, nach einem Lebenden zu suchen. Oder zumindest nach den Spuren eines Lebenden. Der Papierstreifen, den ich am Vormittag aus meinem Portemonnaie gezogen hatte, war ein alter Zeitungsausschnitt aus dem *Tagesboten* gewesen. Den größten Raum nahm ein Farbfoto von Jan Gleim ein, das kurz vor seinem Abgang nach München entstanden sein musste.

Jan, ein auffallend großer Junge mit hoher Stirn und rotblondem Wuschelkopf, hielt einen überdimensional großen Scheck in die Kamera: Mit anderen Abiturienten hatte er 2349 Euro für die Welthungerhilfe gesammelt. In der Bildunterschrift hieß es: »Eine engagierte Familie: Jan Gleim, der Sohn unseres Verlegers, setzt sich für Bedürftige in der Dritten Welt ein.« Ich war sicher, dass diese schleimige 18-Wort-Bildunterschrift von Hans-Otto selbst getextet worden war. Der Junge war mir als intelligenter Kopf beschrieben worden, er hatte das humanistische Gymnasium als einer der Besten abgeschlossen.

»Axel, da bist du ja!« Ein Bär von einem Mann, der mit seinem kanariengelben Genscher-Pulli aus der Menschenmenge stach, breitete auf dem Bahnsteig seine Arme aus und drückte Ratte an seine beachtliche Boxerbrust. Ich hatte schon fast vergessen, dass Ratte eigentlich Axel hieß. »Die Kollegen vermissen dich noch immer. Willst du nicht wieder bei uns anheuern? Du warst unser bester Mann.«

»Anheuern ist mir nicht geheuer«, sagte Ratte. »Ich habe mich immer gefragt, wer wen hat: der berufstätige Mensch die Position? Oder seine Position ihn? Bei mir, fürchte ich, traf der zweite Fall zu. Außerdem weißt du doch, Stefan: Ich habe die Seite gewechselt.«

»Das bedeutet, du singst jetzt Helene Fischer und nicht mehr Kunze?«

Ratte lachte. »Ich bleibe Kunze schon deshalb treu, weil ich alle seine Texte und Melodien schon kann und zu faul bin, auf meine alten Tage noch mal umzusatteln.«

Die beiden plauderten eine Weile. Dann stiegen wir in Stefans alten Kombi – allein auf der Beifahrerseite zählte ich fünf Beulen – und fuhren in sein Büro. Ratte zeigte ihm den Zeitungsausschnitt: »Das ist er. Ich habe ihn vor neun Jahren am Bahnhof aufgelesen und ein paar Wochen betreut. Kennst du ihn?«

Stefan betrachtete das Bild lange und aufmerksam. Dann schüttelte er den Kopf. »Kommt mit, wir gehen mal durch die Büros.« Wir folgten ihm von Raum zu Raum. Drei Sozialarbeiterinnen und fünf Sozialarbeitern zeigte er das Bild. Aber keiner konnte sich erinnern, Jan Gleim je gesehen zu haben.

Hatte sich sein Äußeres in den letzten neun Jahren massiv verändert? Trug er einen Bart, hinter dem sein Gesicht kaum noch zu erkennen war? Hatte das Leben auf der Straße ihn so alt und grau gemacht, dass er diesem Jüngling nicht mehr glich? Oder folgten wir einer kalten Spur, weil Jan München schon vor Jahren hinter sich gelassen hatte? Oder längst tot war? Aber Tom Harris war auch nach München gefahren, und ich war sicher, dafür gab es einen Grund.

»Die Hälfte der Kollegen ist noch auf Achse«, sagte Stefan. »Jeder betreut in der Stadt eine eigene Zone. Gut möglich, dass sich euer Jan dort irgendwo rumtreibt. Nehmt Platz. Heute Abend sind wir schlauer.«

Aber jeder Sozialarbeiter, der zurückkam, bescherte uns eine neue Enttäuschung: Kopfschütteln, Verneinungen, zuckende Schultern. Jan Gleim war in dieser Stadt ein unbekanntes Wesen.

Gegen achtzehn Uhr schlenderte, als eine der Letzten, Liane zurück ins Büro, eine junge Sozialarbeiterin mit riesigem Halstuch und hellblondem Haar, deren sommersprossiges Gesicht mich beim Zählen überforderte. Allein auf der Nase mussten es über sechzig Sommersprossen sein, wobei etliche ineinander übergingen, deshalb war meine Hochrechnung nur grob geschätzt.

Beim Anblick des Fotos stutzte sie: »Kann sein, dass ich den kenne.« Sie hielt das Bild weiter von sich weg und kniff die Augen zusammen. »Aber ich bin mir nicht sicher. Wie soll er denn heißen?«

»Jan«, sagte ich. »Jan Gleim.« Ich hielt die Luft an, so gespannt war ich auf ihre nächsten Worte.

»Nee, meiner heißt Jim.«

Ich spürte, wie meine Hoffnung zu bröseln begann. Wenn nicht einmal die städtischen Sozialarbeiter Jan Gleim kannten, würden wir ihn auf eigene Faust niemals finden.

»Immerhin ein ›J‹ am Anfang«, stellte Ratte fest. »Und du weißt doch, dass Obdachlose wie Künstler sind: Sie arbeiten gern unter Pseudonym.«

Liane sah Ratte fragend an, er fiel durch seine abgewetzte Kleidung und seinen Gitarrenkoffer auf. Stefan schien ihre Gedanken zu lesen. »Axel ist auch Sozialarbeiter. Er hat über zehn Jahre für uns gearbeitet. Bei den Obdachlosen war er der Star, er hat ihnen immer Lieder von Heinz Rudolf Kunze vorgesungen. Am Ende hat ihm das Leben auf der Straße besser gefallen als die Arbeit bei uns.«

»Du bist eingestellt als mein Pressesprecher!«, sagte Ratte. »Aber wahr ist: Das Leben auf der Straße gefällt mir nicht besser, nur weniger schlecht. Das ist ein großer Unterschied. Und du hast netterweise verschwiegen, dass mein Ausstieg einen Grund hatte: Meine Frau ist mit meinem besten Freund durchgebrannt. Und ich habe schnell einen neuen Freund gefunden. Aber Schnaps ist keine gute Gesellschaft. Ich habe etliche Jahre gebraucht, um das herauszufinden. Seit einiger Zeit lebe ich wieder solo.«

Ich hatte mich immer gefragt, wie Ratte auf der Straße gelandet war. Also ein Liebesdrama. Dass er nie nach Schnaps roch, im Gegensatz zu vielen seiner Schicksalsgenossen, war mir längst aufgefallen. Sein Kopf war ebenso klar wie seine Sprache.

Lianes Blick klebte immer noch an dem Foto, es schien sie nicht loszulassen.

»Wann haben Sie diesen Jim zuletzt gesehen?«, fragte ich.

»Erst gestern.«

Gestern! Das hieß, wenn es Jan Gleim war, dann lebte er definitiv noch und war keinem Mord zum Opfer gefallen.

»Und wenn es doch der Mann vom Foto ist?«, fragte ich.

»Das werden wir in einer Minute wissen«, sagte Liane und fuhr mit Daumen und Zeigefinger über ihre Nase, als wollte sie die Sommersprossen wegwischen.

»Ist sein Platz denn direkt hier um die Ecke?«

»Das nicht«, sagte Liane. Sie zückte ein Notizbuch und überflog ein paar Adressen. Dann tippte sie mit ihrem Zeigefinger auf eine Handynummer, vor der »Jim« stand, und hielt sie mir wie ein Beweisstück hin.

Der Anblick der Nummer traf mich wie ein Blitz. »Er ist es!«, rief ich und strahlte Ratte an. »Das ist unser Jan Gleim!«

»Woher wollen Sie das wissen?«, fragte Liane.

Ich hätte jetzt sagen können, dass ich den Inhaber dieser Nummer kürzlich wegen sexueller Belästigung angezeigt hatte, aufgrund des Prepaid-Anschlusses aber selbst die Polizei nichts hatte herausfinden können. Ich entschied mich für die diplomatische Variante: »Ich erkenne die Nummer!«

»Hier noch jemand zugestiegen?«, fragte der Schaffner übertrieben laut. Er trug einen dünnen Schnurrbart, der mich an die Barteln eines Welses erinnerte, und schritt durch den Gang wie über eine Theaterbühne. Eine kleine Wandergruppe von acht Männern und sieben Frauen, offenbar Rentner, die gerade noch ihre Rucksäcke in die Ablage überm Sitz gewuchtet hatten, waren in ein Gespräch vertieft und schauten nicht auf. Der Schaffner ging tatenlos vorbei, bis er unseren kleinen Tisch erreicht hatte. Mir nickte er freundlich zu, Gesichtskontrolle bestanden.

Dann erfasste er mit Eisesblick die beiden Männer mir gegenüber: »Meine Herren, die Fahrkarten bitte!« Es klang, als hätte ein Polizist gerufen: »Hände hoch und Waffe fallen lassen!« Offenbar war er der Meinung, zwei Schwarzfahrer ertappt zu haben. Die beiden Herren aber regten sich nicht.

Ich griff in meine Handtasche und war versucht, mein Pfefferspray einmal gegen einen Zweibeiner einzusetzen. Aber dann zog ich doch unsere drei Fahrkarten heraus und hielt sie dem Mann im Fächer hin. »Oh, Sie gehören zusammen«, sagte er. Und ich war nicht sicher, ob das »Oh« mich abwerten oder meine beiden Mitfahrer aufwerten sollte.

»Ja, überrascht Sie das?«, sagte ich. Verwirrt schaute er kurz zu mir und dann wieder zu den beiden Männern, als wollte er drei Puzzlesteine zusammenbringen, die sich partout nicht verbinden ließen. Dann senkte er seinen Blick, ich hoffte, aus Scham über seine Vorurteile – oder aber einfach, um die Fahrkarten abzustempeln. »Eine gute Fahrt noch«, sagte er. Sein Ton klang unecht.

Ratte hing schräg in seinem Sitz, hatte die Augen geschlossen und umklammerte mit dem linken Arm seinen

Gitarrenkoffer. Er hatte sich geweigert, ihn als Gepäckstück abzulegen, und erst da war mir klar geworden: Die Gitarre war nicht seine Freundin, sie war ein Körperteil von ihm.

Jan Gleim sah aus, als läge sein letzter Friseurbesuch schon ein paar Jahrzehnte zurück. Sein rotblondes Haargewächs wucherte wilder als bei Struwwelpeter und verdeckte seine hohe Stirn. Er trug einen Parka, der mal dunkelgrün gewesen sein musste, jetzt aber ins Grauschwarze changierte. Seine Sommersprossen auf der Nase erinnerten mich an Liane, auch wenn es nicht mal halb so viele waren. Mit einem träumerischen Blick schaute er aus dem Fenster, gerade ratterten wir über eine Flussbrücke, unten verlor sich ein blauer, kurvenreicher Pinselstrich im wuchernden Grün.

Sein stoppeliges Gesicht war jung geblieben, es entsprach seinen dreißig Jahren, nur die in ihren dunklen Höhlen tief liegenden Augen und die gelbliche Farbe seiner Zähne deuteten an, dass das Leben auf der Straße nicht mit einem Jungbrunnen zu verwechseln war.

»Jan, ich freue mich so, dass wir dich gefunden haben. Vielleicht kannst du uns ja doch helfen.«

Er blickte kurz auf, überlegte und nuschelte dann: »Ich habe schon mal einem geholfen. Und der liegt jetzt im Koma.«

»Wir wollen alles daransetzen, dass dein Vater keinen weiteren Schaden anrichtet. Deshalb musst du mir erzählen, was du Tom Harris gesagt hast.«

Er drehte sich weg und schaute wieder aus dem Fenster. »Ich fürchte, ich habe Unfug erzählt. Ich hatte den Bericht über den Brand in eurer Redaktion gelesen und war wütend.«

»Wütend auf wen?«

»Ich habe in der Redaktion angerufen und wurde zu Tom Harris durchgestellt. Ich war angetrunken.«

Mir fiel auf, dass er meine Frage nicht beantwortet hatte. Aber die Antwort lag auf der Hand. Natürlich vermutete er seinen Vater hinter dem Brand.

Ein Fichtenwald, ich schätzte die Höhe der Bäume auf achtzehn bis neunzehn Meter, flog vorüber, und eine Lichtung tat sich auf. Drei Rehe grasten unweit vom Gleis. Der Zug scheuchte sie auf, sie federten mit merkwürdig hohen Sprüngen in den Wald.

Auch Jan kam mir wie ein Reh vor, scheu und zurückhaltend. Er redete leise, schien jedes Wort abzuwägen und brach den Blickkontakt schnell ab. Er hielt offenbar gern Abstand zu den Menschen, darum hatte ihn in München auch nach all den Jahren kaum ein Sozialarbeiter gekannt. Die längste Zeit hatte er unter einer Brücke geschlafen, sich in Hinterhöfen von Lebensmittelabfällen aus Supermarktcontainern ernährt und aufs Betteln komplett verzichtet, wie ich von Liane wusste. Ich fragte mich, wie Hans-Otto es wohl geschafft hatte, den scheuen Jungen auf das Foto mit dem Spendenscheck zu zwingen. Aber im Grunde war diese Frage müßig, denn ich hatte ja am eigenen Leib erfahren, wie meisterlich er Menschen manipulierte.

Dass Jan uns überhaupt begleitete, hatte ich Ratte zu verdanken. Jan hatte ihn sofort wiedererkannt und in den Arm genommen. »Du hast mich aufgefangen, als ich aus dem Leben gefallen bin«, sagte er und bat Ratte, ein spezielles Kunze-Lied zu spielen: »Ich hab's versucht«. Ratte packte prompt die Gitarre aus und sang den Song, der in der Frage gipfelte: »Warum verletzt man immer die am meisten, die man liebt?«

Jan hatte gezögert, zurück in seine Heimatstadt zu kommen. Ich spürte, dass die Angst vor seinem Vater einen regelrechten Bannkreis um Reinstadt gezogen hatte. Ratte hatte ihn zärtlich angerempelt und gesagt: »Du sagst, ich hab dich einmal aufgefangen – und ich sag dir, ich tu es wieder. Gegen uns beide hat dein Alter keine Chance. Du hast die Wahl: Draufgeher oder Draufgänger? Außerdem ist der Platz neben mir beim Kaufhaus noch frei.«

Der Zug wurde langsamer und hielt an einem Bahnhof, die schwatzende Wandergruppe stieg aus, jetzt waren wir fast allein im Abteil. Nur ein junger Mann mit Boxernase döste ein paar Sitze weiter, Kopfhörerstöpsel in den Ohren. Ich mochte ihn nicht, er erinnerte mich an den Vierteljournalisten Steiner.

»Jan, vielleicht hatte Tom Harris ja auch einen normalen Verkehrsunfall«, sagte ich und versuchte sanft zu klingen. »Vielleicht gibt es gar keinen Zusammenhang zu dem Gespräch mit dir.«

Diesmal hatte ich ihn zu nichts aufgefordert. Nur hoffte ich inständig, er würde mir widersprechen.

Langsam drehte er den Kopf zu mir. »Ich fürchte, diesen Zusammenhang gibt es doch. Ich habe dem Reporter gesagt, dass mein Vater vielleicht jemanden auf dem Gewissen hat.«

»Vielleicht?«

»Das ist es ja eben. Ich habe überhaupt keine Beweise.«

Seine Hand krallte sich ins rotblonde Gestrüpp seines Haars.

»Einfach mal angenommen, dass wirklich etwas passiert ist«, hob ich vorsichtig an. »Wen könnte dein Vater auf dem Gewissen haben?«

Jan drehte sich wieder zum Fenster und schaute einer Reihenhaussiedlung hinterher, 24 uniforme Häuser, so dicht an die Gleise gebaut, dass ich gute Lust hatte, einen Stadtplaner zum Mond zu schießen. Aber 384 400 Kilometer Gratisflug wären dann doch übertrieben gewesen.

Als ich schon nicht mehr mit einer Antwort rechnete, sagte er zum Fenster: »Seinen Bruder. Meinen Onkel Friedemann.«

Natürlich Friedemann! Ich musste an mein Gespräch mit Pfeifen-Herbert denken. Friedemann war der Vorzeigesohn des Altverlegers gewesen, das helle Licht, neben dem Hans-Otto wie ein unterbelichteter Versager gewirkt hatte. Als Kleiner Kennedy hatte er die Herzen erobert und die Fraktion seiner Partei zusammen mit Kleinjohann geführt. Er wäre der natürliche Erbe des Verlages gewesen, hätte ihn nicht ein rätselhafter Unfall in der Steigenhof-Kurve das Leben gekostet. Sein Todesfall war ein Glücksfall für seinen Bruder. Damit war Hans-Otto seinen lebenslangen Konkurrenten los.

War das der Grund, warum Heinrich Gleim sich bis zum letzten Tag am Verlegersessel festgehalten und Hans-Otto den Weg zur Macht versperrt hatte? Hatte der Altverleger gewusst oder zumindest geahnt, dass sein Rabensohn den Lieblingssohn auf dem Gewissen hatte? Und war es nicht logisch, dass, wenn er diesen Verdacht hatte, auch sein Enkel Jan auf die eine oder andere Weise davon erfahren hatte?

Jan war bestimmt kein Racheengel. Ich konnte mir nicht vorstellen, dass er Vorwürfe gegen seinen Vater erhob, ohne handfeste Gründe dafür zu haben. Genau diese Gründe musste ich ihm entlocken, so behutsam, dass er sich nicht in seinen inneren Wald zurückzog. Dafür würde es Zeit brauchen.

Jan schaute immer noch aus dem Fenster. Unser Zug rauschte in einen Tunnel. Mir war, als zuckte er vor seinem eigenen Spiegelbild zurück.

»Was ist los mit deinem Gärtner?«
»Er ist schon mehrfach mit der Hacke losgelaufen.«
»Gärtner werden nicht fürs Laufen bezahlt!«
»Er kommt nicht an sein Beet! Er kann das menschliche Unkraut nicht rupfen!«
»Vielleicht sollte er bei Nacht gärtnern.«
»Geht nicht, in der Klinik wird alles abgeschlossen, besonders die Intensivstation.«
»Kann er keinen Feueralarm auslösen?«
»Hältst du das für unauffällig?«
»Und was hindert ihn am Tag?«
»Ein Drachen mit Dauerwelle. Der lässt niemanden durch.«
»Ich sehe schon, du hast einen echten Profi engagiert: Der scheitert nicht am Gärtnern, der kommt nicht mal bis zum Beet!«
»Hast du eine bessere Idee?«
»Vielleicht bessere Männer.«
»Willst du übernehmen?«
»Nur, falls er kein sabberndes Etwas bleibt!«

Ich war dabei, als es passiert ist. Die Ärzte haben gesagt, sie wollen Lenas Papa jetzt aufwecken. Ich habe an Mama gedacht, die ist voll gut im Aufwecken. Und gemein! Sie zieht mir einfach die Decke weg und nimmt sie mit. Ich steh dann auf und lauf ihr hinterher, um mir die Decke zurückzuholen. Und sie sagt, jetzt bist du ja schon aufgestanden, jetzt kannst du auch aufbleiben.

Bei Lenas Papa war das natürlich anders. Keiner hat ihm die Decke weggezogen, er hängt ja noch an den ganzen Schläuchen und so. Die haben zum Aufwecken ein Medikament. Mama würde mir diese Tropfen bestimmt auch sofort ins Glas mischen. Wie ich es bei ihr gemacht habe mit den Gute-Laune-Pillen. Ich lag da auch gar nicht so falsch, der Psycho-Dok hat ihr genau mein Medikament verschrieben. Ich bin aber gar nicht sicher, ob sie es überhaupt nimmt. Auf jeden Fall geht's ihr jetzt besser, sie ist wieder mehr unterwegs und arbeitet sogar.

Vielleicht wäre ich ein guter Arzt, so wie mein Opa. Ich war immer gern krank, dann ist Opa an mein Bett gekommen. Ich durfte ihm die Zunge rausstrecken. Und er hat mir eine Entschuldigung für die Schule geschrieben. Ein richtiges Attest, vom eigenen Opa, voll krass! Er war der beste Opa der Welt, er hat mich total verstanden. Manchmal hat er gesagt, dass mir doch gerade was auf der Seele brennt. Und das hat immer gestimmt. Und dann hab ich es ihm gesagt. Und dann hat es nicht mehr gebrannt.

Vor drei Jahren ist er gestorben. Mama hat gesagt, er ist an einem gebrochenen Herzen gestorben. Denn er hat Oma nicht heilen können. Oma hatte Lungenkrebs, wegen der Zigaretten, die sie immer geraucht hat. Und weil Oma Krebs hatte, hatte er diesen Herzinfarkt.

Opa hat das schönste Grab auf dem ganzen Friedhof bekommen. Die Kränze und Blumen waren so hoch gestapelt, dass man eine Leiter gebraucht hätte, um die Gräber dahinter zu sehen. Opa war bei allen Leuten beliebt. Er hat im Krankenhaus allen geholfen. Mama hat gesagt, jeder wollte nur ihn als Arzt, die anderen Ärzte waren schon neidisch. Auf allen Kränzen stand, dass er der tollste Mensch war und dass alle ihn vermissen werden. Vielleicht hätte das auch bei mir auf den Kränzen gestanden, wenn Lena nicht den Krankenwagen gerufen hätte. Weil es ja scheinbar immer so dasteht, wenn einer erst mal tot ist. Aber bei Opa war das wirklich so gemeint.

Ich war stolz auf meinen toten Opa, weil ihn alle so gemocht haben. Wir sind oft zum Grab gegangen, Mama und ich. Ich habe immer geweint. Und Mama hat immer gesagt, ich weine so viel, da müssen wir die Blumen nicht mehr gießen. Und ich habe gesagt, ich weine für Mama mit. Mama hat nämlich nicht geweint nach Opas Tod. Trotzdem war sie traurig und hat auf dem Grab die Blumen gezählt. Mama zählt immer alles, wenn sie traurig ist. Ich hab sie oft gefragt, wie viele Stunden Opa schon tot ist. Und sie hat es mir gesagt, sogar mit Minuten, voll krass.

Mama hat gemeint, wir müssen für Opa stark sein. Ich hab gefragt, warum man für einen Toten stark sein muss. Sie hat gesagt, weil Opa will, dass wir weiterleben. Ich hab gesagt, man kann doch auch schwach weiterleben. Und sie hat gesagt, dass der Starke den Schwachen frisst. Und ich hab mich erinnert, dass Opa das auch immer gesagt hat. Also hat es wohl gestimmt. Und Mama war stärker als ich.

Jetzt bin ich voll vom Thema abgekommen. Also, die Sache mit Lenas Papa: Lena und ich und ihre Mama stehen also vor seinem Bett. Wir warten darauf, dass er aufwacht. Ein Arzt wartet auch. Aber Lenas Papa schläft einfach weiter. Vielleicht hätten sie ihm die Decke doch wegziehen sollen. Der Arzt sagt, dass da etwas nicht stimmt. Er geht raus und will seinen Chefarzt holen.

Und auf einmal sagt Lena, dass ihr Papa geblinzelt hat. Und dann macht er die Augen auf und schaut uns an. Er fragt, wo er ist. Lena ruft ganz laut: Papa! Das war jetzt keine Antwort, denn er hat ja nicht gefragt, wer er ist, sondern wo er ist. Das war einfach so ein Freudenschrei. Er fragt dann noch mal, wo er ist. Seine Stimme kratzt so richtig, er hat sie ja schon ganz lang nicht mehr benutzt. Lenas Mama sagt ihm, dass er im Krankenhaus ist und dass er einen Unfall mit dem Auto hatte.

Und dann ist er ganz still. Und nur sein Gesicht bewegt sich, es zuckt, macht Grimassen und so. Und er murmelt vor sich hin, da war so ein ganz helles Licht im Wald. Und deshalb ist er selbst in den Wald gefahren. Also nicht in den Wald, sondern gegen den Baum.

Ein Licht im Wald, wahrscheinlich hat er rumgesponnen, wegen der Medikamente und so. Dann hat er auch nichts mehr gesagt, weil ihn das Reden so angestrengt hat. Die beiden Ärzte haben ihm eine Spritze gegeben. Er hat weitergeschlafen. Draußen hat Lenas Mutter gleich mit ihrer Schwester telefoniert, dafür ist sie um die Ecke gegangen. Und da hat Lena mich geküsst. Auf den Mund. Und ich hab gefragt, warum sie mich küsst. Und ich hab die schönste Antwort bekommen: noch einen Kuss. Ich spür ihn noch immer. Und ich spür sie noch immer. Also Lena. Und die beiden Küsse.

Ich hatte meinen Geländewagen an einer dunklen Straßenecke gegenüber des hell erleuchteten Gebäudes geparkt, in der Einfahrt einer Sackgasse. Nun lehnte ich mich auf das Armaturenbrett und drehte am langen Teleobjektiv meiner Kamera, um die etwa 85 Meter entfernte Glasfront in mein Auto zu holen. Im Radio flüsterte Bruce Springsteen »Dancing in the Dark«, ein Refrain mit sechzehn Buchstaben, ich hatte das Radio ganz leise gestellt.

Ich zielte auf ein Büro ganz oben. Der Winkel war so steil, dass ich Menschen nur fotografieren konnte, wenn sie standen. Wer tiefer im Raum saß, duckte sich unter meiner Kamera hindurch.

Es war ein Gefühl wie beim Angeln, nur dass ich am Ufer eines Gebäudes saß. Und wie ich beim Angeln nie wusste, was unter Wasser geschah, so wusste ich diesmal nicht, ob meine Zielpersonen überhaupt noch im Gebäude waren. Ich musste meinem Instinkt vertrauen und abwarten. Dass aus beiden Büros, die aneinandergrenzten, noch Licht schien, machte mir Hoffnung.

Ein Liebespärchen schlenderte durch die Sommernacht über den Gehweg der Hauptstraße. Fehlte nur noch, dass sie sich in diese dunkle Ecke hier verdrücken wollten. Doch sie gingen weiter, eng umschlungen und kichernd. Ihre Zweisamkeit wirkte wie ein Messerstich: Ich musste an Markus denken. Er fehlt mir, so wie Ratte seine Gitarre gefehlt hätte. Ich war fassungslos, wie eng mich unsere kurze Zeit mit ihm verbunden hatte. Ich war nicht sicher, woran das lag. Daran, dass der Garten in meinem Herz über Jahre ausgetrocknet gewesen war und jeden Tropfen Liebe gierig aufgesogen hatte? Oder daran, dass ich Markus nicht als einen Mann, sondern als *den* Mann für mich gesehen hatte?

Springsteen flüsterte: »I want to change my clothes, my hair, my face.« Früher hatte mir diese Zeile stets den Song verdorben: Genau das wollte ich ja nicht – meine Kleider, meine Haare, mein Gesicht wechseln. Ich war froh, wenn alles blieb, wie es war, wenn ich mein Leben berechnen konnte.

Doch jetzt fragte ich mich, ob ich nicht einen großen Umbruch brauchte, einen Neubeginn. Mit den Haaren hatte ich schon begonnen: Seit ein paar Tagen trug ich sie offen und nicht mehr streng hochgesteckt. Mehr Offenheit, vielleicht war es das.

Während meine Gedanken kreisten, schaute ich immer wieder durchs Objektiv meiner Kamera. Um Viertel nach elf regte sich etwas hinter der Glasfront. Ich wurde Zeugin, wie meine beiden Zielpersonen sich vors Fenster schoben und sich ganz nah gegenüberstanden. Erst dachte ich, sie würden sich unterhalten. Doch es kam weit besser. Mein Angelausflug hatte sich gelohnt, meine Beute war eingefangen, ich konnte das Ufer wieder verlassen.

Eigentlich wollte ich nach Hause fahren, aber ein Teufelchen griff mir ins Lenkrad, lenkte den Wagen bei Markus vorbei und parkte ihn ein Stück versetzt am Gehsteig gegenüber. Er wohnte in einem kleinen Schwedenhäuschen, das sich eigensinnig von einer Häuserreihe absetzte, als wäre es trotzig einen Schritt nach hinten getreten. Und als Holzhaus mit rotem Anstrich wirkte es neben den farblosen Betonhäusern wie eine Villa Kunterbunt, an diesem Eindruck konnte auch die seitlich mit dem Haus verbaute Garage nichts ändern.

Ein Fenster im Erdgeschoss war erleuchtet, ich zählte drei Lichtquellen, zwei von oben und eine von der Seite.

Aber mit bloßem Auge konnte ich keinen Menschen erkennen. War er überhaupt im Haus? Oder sollte die Festbeleuchtung nur Einbrecher abschrecken, die diesen Stadtteil liebten und mir als Lokalredakteurin immer wieder schöne Schlagzeilen geliefert hatten?

Meine Kamera lag noch auf dem Beifahrersitz, und ich fragte mich, was ich hier eigentlich wollte. Hoffte ich, Markus als Spion eines gemeingefährlichen Verlegers zu überführen? Was hätte ich davon gehabt, außer dass meine Enttäuschung mit einem dicken Ausrufungszeichen garniert worden wäre? Und selbst wenn das mein Plan gewesen wäre, welche Indizien hätten sich hier sammeln lassen, nachts in einem langweiligen Wohngebiet?

Oder war ich hier, weil ich das Gegenteil beweisen wollte: dass er eben kein Spion war, sondern der Mann, für den ich ihn ursprünglich gehalten hatte? Dass unsere vertrauten Gespräche für ihn nicht nur eine Recherche für den späteren Verrat waren? Dass seine Küsse keine Auftragsküsse waren? Dass unsere Nächte keine berufliche Spätschicht für ihn waren, seine Leidenschaft nicht gespielt?

Aber wenn das so war, welche Gründe hatte er so plötzlich gehabt, mich aus seinem Leben auszusperren? Und wie wollte ich diese Frage klären, wenn ich als dunkle Gestalt mit einem Teleobjektiv von nahezu waffenscheinpflichtiger Größe in meinem Auto saß?

Ging es mir überhaupt um Markus? Oder ging es um mich selbst? Wollte ich mir beweisen, dass ich liebenswert war? Also: seiner Liebe wert war? Aber was brachte ein solcher Beweis, solange er davon abhing, dass ein Mann seinen Daumen hob und seine Schlafzimmertür öffnete? Ging es nicht um die viel wichtigere Frage, ob ich mich selbst lieben konnte? Mich annehmen mit allem, was mich ausmachte, auch mit meiner weichen Seite, auch mit meinen Fehlern? War die einzige Liebe, die etwas taugte, nicht jene Liebe, die mich als Person meinte und nicht nur mein Verhalten? Jene Liebe, die mir mein Sohn schenkte, auch und gerade dann, wenn ich ihm eine besonders schlechte Mutter war? Genau das hatte mir doch auch Markus immer wieder gepredigt.

Eine Motte setzte sich auf meine Windschutzscheibe. Gleim hätte jetzt wahrscheinlich vor lauter Angst die Feuerwehr gerufen. Was zog sie an, in meinem Wagen war doch gar kein Licht? Glich ich dieser Motte? Zog mich Markus an, obwohl er gar nicht für mich leuchtete, obwohl er der Falsche war, vielleicht sogar gefährlich für mich?

Oder machte ich mir etwas vor? War dieses Philosophieren nur ein dünner Lack, hinter dem ich meine wahren Motive versteckte? Saß ich hier als banale Stalkerin, die einem Ex auf die Pelle rückte, der sie nicht mehr in seiner Nähe haben wollte? Lag die Kamera nicht nur zufällig neben mir, wollte ich ihm nachspionieren, mit Blicken in sein Haus dringen und jene Nähe herstellen, die ich mit anderen Mitteln nicht mehr erreichen konnte? Und wie hätte ich eigentlich reagiert, wenn eine halb nackte Frau durch sein Haus spaziert wäre? Konnte ich wirklich ausschließen, dass ich vor Eifersucht ausrasten würde?

Fakt war: Unsere Wege hatten sich getrennt. Er hatte unsere Wege getrennt. Aber Vernunft war das eine. Und das Herz etwas ganz anderes. Nicht alles war logisch, nicht alles war zählbar. Diese Lektion hatte ich in den letzten Wochen gelernt.

Das Licht im Haus erlosch. Ich nahm an, Markus ging jetzt zu Bett, mein Detektivspiel ergab keinen Sinn mehr. Ich wollte mich auf den Heimweg machen. Da hörte ich ein mechanisches Brummen. Das Tor der Garage fuhr nach oben. Langsam glitt der dunkle Sportwagen mit den aufgeklappten Scheinwerfern heraus. Ich sah zwei Silhouetten auf den Vordersitzen und duckte mich, bis der Wagen an mir vorbei war.

Zwei Schatten? Wer saß noch im Auto? Eine andere Frau? Mein Blick folgte den Rücklichtern. Ich ließ den Wagen an und fuhr hinterher. Die Straße war fast leer, die Laternen tauchten die Gehsteige in gelbliches Licht.

Ich hielt einigen Abstand, um mit meinem Geländewagen nicht aufzufallen. Die Ampeln waren in Feierabendstimmung, wir hatten grüne Welle, siebenmal ging alles glatt. Die Fahrt führte in die Weststadt. Dann sprang die achte Ampel vor mir auf Rot. Sollte ich bremsen und die beiden aus dem Auge verlieren? Ich fuhr einfach weiter und hoffte, dass kein Blitz vom Straßenhimmel fuhr. Obwohl Reinstadt neuerdings die höchste Blitzerdichte der westlichen Welt aufzuweisen schien. Die Stadtverwaltung hatte begriffen, wie viel Geld ihr die Fotos der Tempo- und Rotlichtsünder einbrachten. Aber ich hatte Glück, auch der Rechtsstaat schien um diese Zeit schon zu schlafen.

Als Markus in einer Seitenstraße bremste, konnte ich kaum glauben, wo er hielt. Hier war ich doch erst neulich noch zu Gast gewesen. Markus winkte zum Abschied, die Haustür wurde wie in Zeitlupe geschlossen.

Ich wendete vorsichtig und fuhr in die Gegenrichtung davon. Mein Kopf brummte wie ein Bienenstock: Was hatten die beiden miteinander zu tun? Warum trafen sie sich bei Nacht und Nebel? Welche Rolle spielten sie in diesem Marionettentheater, in dem nur einer die Fäden zu halten schien? Denn die einzige Verbindung, die ich zwischen ihnen erkennen konnte, hieß mal wieder Hans-Otto Gleim.

Gedankenversunken setzte ich den Blinker und kurvte in eine verschlafene Einbahnstraße, wo Blumenkübel den Verkehr ausbremsten und bis vor mein Haus führten. Hier wohnten viele Familien mit kleinen Kindern, hier war um diese Zeit völlig tote Hose. Die meisten Lichter in den Fenstern waren bereits erloschen, mit Jalousien schloss man die Welt vom Familienidyll aus.

Erst kurz vor meiner Haustür machte mir ein Blick in den Rückspiegel bewusst, was mein Unterbewusstsein schon an den fünf Kreuzungen zuvor registriert hatte: Ein Auto folgte mir. Und zwar unverschämt dicht.

Es war ein dunkler Sportwagen.

»Hallo! Sie sind ja schon fast Stammkunde bei uns!«
»Ist die Fünf frei?«
»Ich schalte Ihnen den Zugang frei. Waren Sie bei den letzten Malen erfolgreich?«
»Alles im Leben hat Folgen. Aber nicht alles hat Erfolg.«
»Ich musste ganz schön viel für Sie ausdrucken das letzte Mal.«
»Und ich habe es mit Erfolg gelesen.«
»Sogar auf Englisch! Da haben Sie mir was voraus.«
»War das gerade ein Geständnis? Haben Sie spioniert?«
»Ach was, nein! Ist mir einfach aufgefallen.«
»Ich hoffe, Sie sind diskret.«
»Aber so was von! Wollen Sie heute wieder was ausdrucken?«
»Wir werden sehen.«
»Okay, ich schalte die Fünf jetzt frei.«

Die Nacht war anders gelaufen, als ich erwartet hatte. Ganz anders. Sonne flutete mein Arbeitszimmer, als wollte sie mich begrüßen. An diesem Morgen hätte ich ihr sogar abgenommen, dass sie nur für mich an den Himmel geklettert war. Und mein eigenes Strahlen war so breit, dass es für ganz Reinstadt gereicht hätte.

Endlich tat ich wieder das Einzige, was ich in meinem Leben wirklich von der Pike auf gelernt hatte. Ich saß an meinem Schreibtisch und schrieb einen Artikel, genauer gesagt: eine Enthüllungsreportage. Meine Finger klapperten auf der Tastatur, ich brachte es auf 228 Anschläge in der Minute, meine Denkpausen gaben den Rhythmus vor.

Nachdenken war beim Schreiben dringend geboten, auch wenn der Text mit erstaunlicher Energie aus mir herausdrängte. Ich musste jedes Wort gut abwägen, schließlich ging es um eine brisante Operation. Diese Reportage sollte einen Toten zurück ins Leben holen. Und dieser Tote war der *Stadtstreicher*. Gleichzeitig sollte diese Reportage etwas begraben. Und zwar den *Tagesboten*.

Immer wieder wurde das rhythmische Klappern meiner Tastatur durch ein monotones Hacken gestört, das Geräusch einer einzelnen Taste – der Löschtaste, wenn ich rückwärts sprang und entfernte, was ich gerade geschrieben hatte. Wahrscheinlich hatte der durchschnittliche Zeitungsleser keine Ahnung, dass der durchschnittliche Journalist beim Schreiben eines Artikels keine Taste häufiger als die Löschtaste verwendete. Erste Textfassungen waren immer schwach, zu lang, zu umständlich, zu abstrakt. Beim Redigieren wurde der Text so lang geschliffen, bis er allen überflüssigen Speck verloren und stilistische Eleganz erlangt hatte.

Ich scrollte nach oben, lehnte mich in meinem Schreibtischstuhl zurück und las meinen Einstieg durch:

23.10 Uhr, die Lichter beim *Tagesboten* sind erloschen, blinde Fenster im Verlagsgebäude, die Büros dösen vor sich hin. Nicht so im dritten Stock, der Chefetage: Das gläserne Büro des Verlegers Hans-Otto Gleim flutet helles Licht in die Sommernacht. Auch nebenan, im Vorzimmer des Verlegers, kennen die Deckenleuchten noch keinen Feierabend.

Der gut informierte Beobachter fragt sich: Warum ist das Vorzimmer eigentlich noch beleuchtet? Hat der Verleger Hans-Otto Gleim nicht vor ein paar Wochen seine langjährige Sekretärin Christiane Ziepert betriebsbedingt entlassen? Und der noch besser informierte Betrachter fragt sich: Ist eben diese Christiane Ziepert nicht postwendend in der Redaktion des *Stadtstreichers* aufgetaucht, um sich tränenreich als Sekretärin anzudienen? Und hat sie dort nicht die alleinige Betreuung der Spendengelder übernommen, die nach einem Brandanschlag in der noch jungen Redaktion eintrafen?

23.14 Uhr, eine überraschende Szene im Verlegerbüro: Die entlassene Sekretärin Ziepert betritt den Raum, Hans-Otto Gleim kommt ihr entgegen. Die beiden tauschen etwas aus. Allerdings keine Dokumente, zum Beispiel darüber, wo die Spendengelder des *Stadtstreichers* geblieben sind. Was sie stattdessen austauschen, ist von brisanterer Art: Es sind Küsse, innige Küsse. Lange stehen die beiden am Fenster und halten sich aneinander fest.

Sie tun gut daran, sich festzuhalten. Denn in den nächsten Tagen wird ihnen ein Sturm kritischer Fragen um die Ohren brausen: Ist es wirklich Zufall, dass Hans-Otto Gleims offenbar nur zum Schein entlassene Sekretärin – oder dürfen wir Geliebte sagen? – im Alleingang der einzigen lokalen Konkurrenzzeitung den Garaus machen wollte, und das in der Entstehungsphase? War sie eine eingeschleuste Spionin ihres Chefs? Hat sie die Spenden im Auftrag des Verlegers veruntreut, um das Image des *Stadtstreichers* von Anfang an zu ruinieren? Und hat Christiane Ziepert, die über einen Schlüssel zu den Redaktionsräumen verfügte, womöglich sogar etwas mit dem Feuer zu tun, das dem *Stadtstreicher* gelegt wurde?

Ebenso stellt sich die Frage, welches Motiv Gleim bei seinem harten Kampf gegen eine Obdachlosenzeitung eigentlich leitet. Ist es wirklich nur geschäftliches Interesse? Oder reagiert er auf alles, was mit Obdachlosigkeit zu tun hat, aus einem ganz persönlichen Grund allergisch? Vielleicht weil Jan Gleim, sein Sohn, sich schon vor Jahren im Streit nach München abgesetzt hat und dort auf der Straße lebt?

Die Zählfunktion des Computers wollte mir 357 Wörter weismachen, was natürlich nicht stimmte, denn die beiden Uhrzeiten waren einfach als Wörter mitgezählt worden. Der Einstieg gefiel mir ganz gut. Der Text war aber auch nicht das Problem. Das Problem war: Die Redaktion, für die ich schrieb, gab es nicht mehr.

Gestern Abend hatte ich erfahren, dass die meisten Kollegen ihre Zelte im Redaktionskeller bereits abgebrochen hatten. Nur Iris und Christian waren quasi als Insolvenzverwalter noch dabei, die Geschäfte der Redaktion abzuwickeln und die Fragen der Staatsanwaltschaft zu beantworten. Leider hatte sich bislang nicht nachweisen lassen, wer die Spendengelder veruntreut hatte. Interessanterweise war der PC von Frau Ziepert vor ihrem überraschenden Abgang gründlich von allen Daten gereinigt worden, nicht mal die Spezialisten der Polizei konnten die Dateien wiederherstellen. Und die Spendengelder waren auf ein Nummernkonto im Ausland geflossen, dessen Inhaber sich angeblich nicht ermitteln ließ.

Aber mein Problem ging noch weiter: Selbst wenn es den *Stadtstreicher* noch gegeben hätte, wäre ich dort als Autorin so erwünscht gewesen wie Donald Trump im Ethikrat einer Non-Profit-Organisation. In den Augen meiner Redaktionskollegen hatte ich dem *Stadtstreicher* den Todesstoß versetzt. Ich war die Hinterlist in Person, und mir war völlig klar: Alles, was ich ihnen anbot, würden sie ablehnen – entweder aus Trotz, weil sie von mir keine Hilfe wollten. Oder aus Misstrauen, weil sie wieder eine Falle witterten.

Ich konnte es sogar verstehen, denn wie hatten mich die Kollegen bislang erlebt? Die erste Susanne war die brutale Karrieristin gewesen, die ohne Zögern ihre Kollegen entlassen hatte. Die zweite Susanne war die geschasste Vertriebskollegin, die so lange um das Vertrauen ihrer Kollegen gebuhlt hatte, bis sie es schließlich zurückgewonnen hatte, um es dann durch das Einschleusen einer Spionin sogleich wieder bitter zu missbrauchen. Ich war sicher, dass mir die Kollegen keine dritte Susanne mehr abnehmen würden, auch wenn sie eine sensationelle Geschichte lieferte. Was von Susanne kam, musste des Teufels sein, allein weil es von Susanne kam.

Ich war sicher, das lebensrettende Medikament für den *Stadtstreicher* zu besitzen, eine heilsame Enthüllungsreportage über die Machenschaften von Hans-Otto Gleim. Aber ich wusste zugleich, dass die Redaktion sich dieses Medikament nicht von mir würde verabreichen lassen. Was konnte ich also tun, um das Zeitungsprojekt doch noch zu retten?

Ich drehte mich auf meinem Schreibtischstuhl zum Fenster und blickte nach draußen ins Sonnenlicht. Winzige Staubpartikel wirbelten durch mein Arbeitszimmer, es sah aus wie ein Schwarm frisch geschlüpfter Insekten (eine Lieblingsspeise der Forellen, die ich beim Fliegenfischen imitierte). Wie viele mochten es wohl sein? Diese Staubpartikel gab es den ganzen Tag hier, aber fast immer waren sie unsichtbar, bis auf die kurze Zeitspanne, wenn die Sonne sie aus dem Nichts heraushob.

Unsichtbar. Das war die Idee! Ich würde es machen wie diese Staubpartikel: Ich würde als Autorin der Reportage dem Licht ausweichen und es auf einen anderen lenken, der als Autor unterzeichnen konnte und von der Redaktion als vertrauenswürdig eingeschätzt wurde. Es kam nur einer infrage.

Meine Tastatur klapperte weiter, lauter als zuvor. Ich wollte so schnell wie möglich mit dem Text fertig werden. Und zuvor zwei Gespräche führen: eines im Krankenhaus und eines in der Fußgängerzone.

Morgens um sieben, ich komm gerade zum Frühstück runter, und aus der Küche höre ich Gekicher von Mama. Ich freue mich, dass sie kichert. Als sie so mies drauf war, hat sie nicht mehr gelacht. Da war sie ganz still, wie ein Gespenst. Ich hab nie gewusst, ob sie überhaupt im Haus ist. Und wenn ich sie gesehen hab, hab ich gedacht: Sie ist wach und schläft trotzdem noch.

Aber jetzt hör ich Mama kichern. Und ich ahne schon, warum sie kichert. Ich geh in die Küche, und richtig: Auf Papas Platz sitzt wieder der Kerl mit den schiefen Zähnen. Ich dachte, sie hat ihn abgeschossen. Aber jetzt sitzt er da. Auf Papas Platz. Und ich überleg schon, ob ich wieder sauer sein soll. Ich bin richtig gut im Sauersein. Ich schaue zu Mama. Sie zwinkert, und ich weiß nicht, was sie mir sagen will. Dann schaut sie wieder zu ihm, so richtig verliebt.

Und dann weiß ich doch, was sie mir sagen will. Sie will mir sagen, dass er ihre Lena ist. Eine Lena mit schiefen Zähnen. Na gut, die Zähne sind nur ein bisschen schief. Ich hab sie mir schiefer gedacht, dann war es leichter, ihn nicht zu mögen. Ich hatte ja auch eine Zahnspange. Vielleicht hat er seine nicht so oft getragen wie ich meine. Das macht ihn irgendwie sympathisch.

Jetzt steht er auf, lächelt und hält mir die Hand hin: Schön, dass wir eine zweite Gelegenheit bekommen, uns kennenzulernen, Sebastian. Er sagt das ernst, nicht ironisch oder so. Vielleicht ist er gar kein schlechter Kerl. Er kann gar kein schlechter Kerl sein, fällt mir ein, er ist ja Mamas Lena. Und dann kann er ihren Himmel wieder blau machen.

Ich gebe ihm die Hand und sage: Sebastian. Dann fällt mir auf, wie doof das ist, er hat mich ja schon Sebastian genannt. Er sagt: Markus. Diesmal frage ich ihn nicht, was er hier macht. Ich sehe es ja, er hat was mit Mama. Und er frühstückt. Er fragt mich, ob ich ein frisches Brötchen will. Ich sage ihm, dass mir eine glückliche Mama reicht. Er fragt mich, wie es mit einer glücklichen Mama und einem frischen Brötchen wäre. Das finde ich lustig und muss lachen. Mama muss auch lachen, also lachen wir alle drei. Zu dritt lachen ist schön, das kenne ich noch von früher.

Beim Frühstück fragt er mich, welche Noten ich meinen Lehrern geben würde, also jedem einzelnen. Eigentlich ganz interessant, mal andersrum den Lehrern Noten geben. Die meisten Erwachsenen wollen immer nur wissen, welche Noten die Schüler haben. Also verteile ich jetzt Noten an die Lehrer. Herr Michels kriegt eine Zwei, weil er alles immer so gut erklärt. Noch ein paar andere Lehrer kriegen Zweier, dann gebe ich viele Dreier, ein paar Vierer. Und Frau Reichert bekommt eine Sechs. Die ist voll Panne, die unterrichtet Mathe, aber so, dass es gar keiner kapiert.

Markus sagt, ich soll mir mal vorstellen, Schuldirektor zu sein. Ich find die Vorstellung voll cool, dann könnte ich Stunden ausfallen lassen und so. Er fragt weiter, was ich Frau Reichert als Rektor raten würde, damit ihre Schüler besser lernen. Ich sage, dass ich den ultimativen Tipp für sie habe. Ich würde ihr raten, den Beruf zu wechseln.

Markus erzählt, dass er Coach ist. Ich frage ihn, welchen Verein er trainiert, Bayern München kann es ja nicht sein. Aber er trainiert gar keinen Verein, sondern Menschen. Davon hab ich noch nie was gehört, macht aber Sinn. Statt Fußballspieler Menschen trainieren, die Probleme haben. Mama plappert dazwischen, dass sein Beruf daraus besteht, Fragen zu stellen. Das hat man gemerkt. Aber man kann echt gut reden mit ihm.

Als er losmusste, hat er mich mitgenommen und an meiner Schule vorbeigefahren – in seinem schwarzen Sportwagen mit hochklappbaren Scheinwerfern. Vielleicht nimmt er mich jetzt öfter mit.

»Sie hat nicht aufgegeben! Sie schnüffelt wieder rum!«

»Haben deine Leute nicht gesagt, sie wollte sich einen Strick kaufen?«

»Das hätte sie ja auch fast! Sie war schon beim Psychiater.«

»Und jetzt ist sie wieder auf den Beinen?«

»Sie war in München!«

»Na und?«

»Sie hat Jan in die Stadt geschleppt.«

»Was ist so schlimm dran?«

»Sie hat ihn anscheinend im Zug gelöchert und ihn gefragt, was er von früher weiß.«

»Was weiß er schon!«

»Sie hat stundenlang vorm Verlag gelungert. Ihr Auto ist auf der Überwachungskamera.«

»Was kann sie da schon gesehen haben?«

»Zu viel!«

»Was willst du jetzt tun?«

»Sie wird sich den Strick nicht von alleine kaufen.«

»Du meinst …«

»Genau!«

ZWEITE JULIWOCHE

Reinstadt, 10. Juli
Aufmacher *Tagesbote*: »Ärger mit Obdachlosen: Harmlose Passanten in Schlägerei verwickelt«

Die Ampel war schon fast auf Rot gesprungen, als ich Gas gab. Ich wollte sehen, ob der grüne Fiat mir dennoch über die Kreuzung folgte. Und tatsächlich, der Fahrer startete durch. Wer hatte ein solches Interesse daran, mich nicht aus den Augen zu verlieren? Wurde Gleim allmählich nervös, hatte er jemanden auf mich angesetzt? Wusste er, dass ich dabei war, ihm für alle Zeit das Handwerk zu legen?

Oder war der vermeintliche Verfolger einfach nur ein Autofahrer, der es eilig hatte? In jedem Fall fühlte ich mich seit Tagen verfolgt, konnte aber nicht einschätzen, ob ich nun Gespenster sah oder nicht. Ich musste an meinen früheren Vergleich mit einem Einbruchsopfer denken. Die Gefahr war groß, hinter jedem harmlosen Knacken des Dielenbodens einen Eindringling zu wittern. Ich beschloss, mich nicht weiter irritieren zu lassen.

Als ich auf den Parkplatz der Cornelius-Klinik fuhr, musste ich daran denken, was ich erst vor Kurzem hier erlebt hatte. Ich sah mich selbst, wie ich aus dem Taxi gesprungen und ins Krankenhaus gestürmt war, wie ich innerlich gefleht hatte, Sebastian lebend in seinem Bett vorzufinden und nicht als Leiche in einer Kühlkammer.

Seit Sebastian versucht hatte, sich das Leben zu nehmen, hatte mein harter Schutzpanzer gegen die Welt Risse bekommen. Jedes Mal, wenn mein Handy klingelte, zuckte ich zusammen. Und jedes Mal, wenn ich abhob und *nicht* mit einem Krankenhaus sprach, war ich erleichtert. Dabei hatte Sebastian sein seelisches Tief offenbar überwunden, noch nie hatte ich ihn so unbeschwert und zugleich fast schon erwachsen erlebt. Das lag wohl an einer Pille, die ihm kein Psychiater verschreiben konnte, und die hieß Lena. Das Mädchen war am Ende doch schwer in Ordnung, sie hatte Sebastian das Leben gerettet und mich offenbar für meine Nummer an der Haustür nicht verpfiffen.

Ich war immer noch gerührt, dass Sebastian sich so um mich gekümmert hatte – und dass seine Dummheit, mir sein eigenes Medikament zu geben, sich als beste Medizin erwiesen hatte. Denn diese Geste der Liebe hatte auf mich schneller, besser und nahhaltiger als jede Pille gewirkt. Außerdem hatte ich meine erste Sitzung bei einem Psychologen hinter mir. Der nächste Termin war bereits vereinbart. Ich empfand die Möglichkeit, über alles zu sprechen, was in den letzten Wochen passiert war, als riesige Erleichterung. Ich spürte, wie meine Kräfte zurückkehrten. Was aber ganz sicher auch an einem anderen Psychologen in meinem Leben lag.

Am Empfang der Klinik saß eine Mittfünfzigerin mit akkurater Dauerwelle und knipste ihr Lächeln an: »Kann ich Ihnen helfen?«

»Guten Tag, mein Name ist Susanne Mikula. Ich möchte gern Tom Harris besuchen.«

Im Zwei-Finger-Suchsystem – ich schätzte 56 Anschläge pro Minute – hackte sie ein paar Mal auf ihre

Tastatur, ehe sie mit einem bedauernden Blick aufsah: »Tut mir leid. Herrn Harris geht es noch nicht gut genug. Er kann im Moment nur Angehörige empfangen.«

Ich hatte solche Hoffnungen in diesen Besuch gesetzt. Und jetzt schien er zu enden, ehe er begonnen hatte.

»Ich bin sicher, dass er mich sehen will«, sagte ich.

»Und ich bin sicher, dass ich meine Vorschriften habe«, sagte die Dame mit Dauerwelle.

Ich wollte sie schon fragen, wie dann mein Sohn, definitiv kein Verwandter, zu Tom vorgedrungen war. Aber dann kam mir eine bessere Idee. »Wenn Sie so wollen, bin ich eine Verwandte, nämlich die Schwiegermutter seiner Tochter. Unsere Kinder sind verheiratet. Wir haben ein sehr enges Verhältnis.«

»Tut mir leid, Sie sind keine Verwandte ersten Grades. Und nur solche haben im Moment Zutritt zur Station.«

Sicher hätte ich Frau Harris bitten können, mich mit ans Krankenbett zu nehmen. Aber das wäre höchst riskant gewesen. Erstens war das, was ich mit Tom besprechen wollte, vertraulich. Und zweitens sah Tom in mir, falls sein Gedächtnis noch intakt war, alles andere als eine enge Freundin. Was, wenn er mich vor Zeugen aus dem Zimmer werfen würde? Eine solche Situation wollte ich weder ihm noch mir zumuten und vor allem auch Sebastian ersparen. Ich hatte seine Freundschaft mit Lena wahrlich schon genug belastet.

Aber ich musste unbedingt mit Tom Harris sprechen und herausfinden, wie sein Unfall abgelaufen war und ob er von Jan Gleim mehr erfahren hatte als ich bislang.

Ich lehnte mich mit den Ellbogen auf den Empfangstresen, ließ meinen Kopf in die Handflächen sinken und schniefte. »Er hat sich so gewünscht, mich zu sehen. Jetzt muss ich ihn enttäuschen. Mein Zug zurück geht in zwei Stunden, ich bin fünfhundert Kilometer angereist. Aber ich verstehe ja, dass Sie nach Ihren Vorschriften handeln müssen. Ich würde das an Ihrer Stelle genauso machen.«

Der Trick funktionierte. Sie beugte sich über den Tresen, flüsterte »Ausnahmsweise!« und kündigte mich telefonisch bei der Station als Schwiegermutter der Tochter an. Zum Abschied schenkte sie mir sogar ein Lächeln. »Sie sind immerhin höflich. Neulich war so ein merkwürdiger Typ hier, der wollte mit aller Gewalt zu Herrn Harris. Aber dem habe ich die Tour verdorben. Danach schlich er hier noch zwei Mal rum. Seither ist alles abgeschlossen.«

Wer mochte dieser Typ gewesen sein? Hoffentlich ein Kollege aus der Redaktion und kein Dunkelmann aus der Lobby Hans-Otto Gleims. Meine Digitaluhr tickte 3 Minuten und 53 Sekunden weiter, dann stand ich vor Toms Bett. Das Bild kam mir bekannt vor: ein Tropf, viele Schläuche und ein hohes Bett, das an eine Aufbahrung erinnerte.

Tom lag auf dem Rücken und schnarchte leise vor sich hin. Ich sah, wie sich die Bettdecke auf Brusthöhe ganz leicht hob und senkte. Wenn er die Luft einsog, klang es ein wenig wie ein Grunzen. Sein Gesicht erschreckte mich. Die Sonnenbankbräune war in ein schmuddeliges Grau übergegangen. Und seine Wangen schienen schlaffer als früher, was mich nicht hätte wundern sollen, denn die Ernährung von Komapatienten besteht wohl kaum aus üppigen Drei-Gänge-Menüs.

»Sie kommen alleine klar?«, fragte die etwas nervöse, klapperdürre Schwester, die mich zu ihm begleitet hatte.

In dem Moment drehte Tom den Kopf. »Wer ist da?«, fragte er und blinzelte scheu in den Raum.

Die Schwester, schon im Gehen, kam an sein Bett zurück: »Herr Harris, die Schwiegermutter Ihrer Tochter ist da!«

»Lenas Schwiegermutter?« Tom riss die Augen auf und starrte mich entsetzt an. Er schob sich in seinem Bett ein Stück nach oben, wie eine Flucht nach hinten, die am hochgeklappten Bettgestell endete. Seine Brusthaare unter dem hellen Krankenhaushemdchen sahen verklebt aus.

»Um Himmels willen, wie lange war ich denn im Koma? Ich muss ich ja Jahre weg gewesen sein.«

»Beruhigen Sie sich!«, sagte die Schwester in besänftigendem Ton. »Sie waren nicht Jahre weg. Aber doch ein paar Wochen. Die Ärzte haben Ihnen gesagt, dass Ihr Erinnerungsvermögen eingeschränkt sein kann.«

»Seien Sie ehrlich zu mir!«, fuhr Tom sie an. »Zuletzt standen zwei 15-Jährige vor meinem Bett, Lena und Sebastian. Und die sollen jetzt verheiratet sein? Ich komme mir gerade vor wie in *Good bye, Lenin*!«

Er klammerte sich an einen Haltegriff, der von der Oberstange seines Betts herabbaumelte und mich durch seine Außenform an eine Brezel erinnerte. Ich schätzte den Längsdurchmesser auf fünfzehn Zentimeter. »Raus damit, Schwester, ich möchte die Wahrheit wissen: Was ist passiert?«

Ich wusste nicht, ob ich dieses Missverständnis komisch oder dramatisch finden sollte. Einerseits bewahrte es mich vor einer sofortigen Blamage. Andererseits regte meine Show einen schwer kranken Mann auf, und es war nur eine Frage von Sekunden, bis ich aufflog.

»Schwester«, grätschte ich in den Dialog und nahm sie zur Seite. Ich versuchte gleichzeitig besänftigend und souverän zu wirken: »Ich werde es Tom erklären. Würden Sie uns für einen Moment alleine lassen?«

»Seine Reaktion besorgt mich. Er scheint mir sehr erregt und verwirrt, ich würde gern einen Arzt rufen.«

»Geben Sie mir doch einen Moment Zeit. Ich kann ihm das alles sehr einfach erklären.«

Nach einem weiteren Zögern verließ sie schließlich den Raum. Ich wartete, bis die Tür geschlossen war. »Tom, keine Sorge: Unsere Kinder sind immer noch fünfzehn. Und sie haben nicht geheiratet.«

Ungläubig starrte er mich an. »Warum gibst du dich dann als Schwiegermutter aus?«

»Das war nur ein Trick, um hier reinzukommen. Ich muss dich unbedingt sehen.«

Sein Gesicht deutete ein süffisantes Lächeln an, seine alte Eitelkeit blitzte auf. »Ausgerechnet du, Susanne, hast Sehnsucht nach mir? Das ist ja was völlig Neues!«

Ich freute mich. Für einen Moment klang er wie der alte Tom, er erinnerte sich sogar an unser spezielles Katz-und-Maus-Verhältnis.

»Tom, ich recherchiere deine Gleim-Geschichte weiter. Der Kerl hat unseren Redaktionskeller in Flammen aufgehen lassen und ist dabei, den *Stadtstreicher* in Stücke zu reißen. Ich muss unbedingt wissen, ob dein Unfall wirklich ein normaler Unfall war. Woran erinnerst du dich?«

Er schloss die Augen und überlegte einen Moment. »Es war stockdunkel draußen auf der Landstraße. Ich bin mit flottem Tempo in eine Kurve gefahren. Das Nächste, woran ich mich erinnere, ist, dass ich hier im Krankenhaus aufgewacht bin.«

»Kann es sein, dass dein Auto manipuliert worden ist? War die Bremse nicht in Ordnung, die Lenkung defekt, ein Schlauch durchgeschnitten oder so etwas?«

»Das glaube ich nicht. Ich kam ja aus München und war mit dem Auto schon ein paar Hundert Kilometer unterwegs. Vorher ist mir nichts aufgefallen. Glaube ich.«

»Hat dich vielleicht jemand von der Fahrbahn abgedrängt?«

Er schüttelte vorsichtig den Kopf. »Meine Erinnerung ist ganz schwammig. Mir kommt alles wie ein Traum vor, von dem ich einen Teil vergessen habe.«

Ich dachte an Sebastians Tagebuch, was er über Toms erste Worte nach dem Aufwachen geschrieben hatte. »Bei deinem Unfall – hast du da vielleicht irgendwo ein Licht gesehen?«

Tom griff sich mit einer raschen Bewegung ins Gesicht, die Schläuche über ihm schwankten. »Ein Licht … ja, ich glaube, da war ein Licht im Wald. Aber warum willst du das wissen?« Er atmete jetzt schneller, und es schien, als ginge seine schmutzig-graue Hautfarbe ins Rötliche über.

Ein Apparat neben dem Bett begann laut zu piepen, mindestens dreimal pro Sekunde. »Tom, was war mit dem Licht?«

»Ich weiß es nicht mehr genau.«

»Und warum hast du mit Kleinjohann unter seiner Geheimnummer telefoniert?«

»Keine Ahnung.«

Die Tür des Zimmers flog auf, der Apparat hatte 36-mal gepiept, die Schwester kam hektisch ans Bett. »Ihr Puls ist zu hoch, Herr Harris«, sagte sie. »Bitte legen Sie sich sofort wieder hin. Sie müssen sich ausruhen.« Der Blick, den sie mir zuwarf, war nicht gerade freundlich. »Und Sie gehen jetzt besser.«

Zeit, mich zu verabschieden. »Tschüss, Tom«, sage ich noch und wandte mich zur Tür.

Ich war schon fast draußen, da hörte ich ihn sagen: »Tschüss, Schwiegermutter!« Er sagte es leise und kurzatmig. Doch mir war, als hätte ich in seiner Stimme ein wohlwollendes Lächeln gehört.

Als ich auf den Parkplatz lief, sah ich an der Ausfahrt ein Auto warten. Es war ein grüner Fiat.

»Bist du sicher, dass dieses Gebäude nicht einstürzt?«
»Es stürzt ganz bestimmt ein.«
»Was machen wir dann hier?«
»Uns verstecken.«
»Aber doch nicht in einem Gebäude, das …«
»Es wird irgendwann einstürzen. Die Frage ist nur wann. Vielleicht erst in ein paar Jahren. Alles ist vergänglich.«
»Bist du sicher, dass sie uns hier nicht finden?«
»Sie finden uns überall. Es ist nur eine Frage der Zeit.«
»Meinst du, dass sie suchen?«
»Mit Sicherheit, sie haben ihren Auftrag nämlich noch nicht erfüllt.«
»Wer sind die eigentlich?«
»Hast du den einen Typen nicht erkannt? Wir haben ihn schon mal gesehen.«
»Sorry, ich war ein wenig abgelenkt: Ich musste mein Leben retten.«
»Dann haben wir etwas gemeinsam.«
»Du siehst schlimm aus. Ich glaube, du musst zum Arzt.«
»Dann haben wir noch etwas gemeinsam.«

Mit großen Schritten durchmaß ich die Fußgängerzone, vorbei an der Eisdiele, der Pizzeria, dem Sportgeschäft, dem Brillenladen und der Parfümerie, aus der es schon um 10.12 Uhr roch, als hätten die Verkäuferinnen den ganzen Morgen Lockwolken versprüht. Der Asphalt vor dem Kaufhaus lag noch im Schatten, erst am frühen Mittag würde die Sonne hoch genug stehen, um mit ihren Strahlen in diese Häuserschlucht vorzudringen.

Die Fußgängerzone war fast leer, dennoch hörte ich schnelle Schritte hinter mir. Ich blieb stehen und drehte mich um. Ein junger Mann in Lederjacke, gute zehn Meter hinter mir, zog eine Kurve zum Schaufenster eines Sportgeschäfts. Hatte ich den Typen nicht schon mal gesehen? Konnte es der Fahrer des grünen Fiats sein? Ich ging 27 Schritte weiter und bog dann zu einer Bäckerei ab. Aus dem Augenwinkel sah ich, dass die Lederjacke diesmal am Schaufenster eines Juweliers einen Zwischenstopp einlegte. Was wollte der Kerl von mir? Mich beobachten? Oder plante er gar …

Von Ratte wusste ich, dass der Sumpf in dieser Stadt noch viel tiefer war als vermutet. Er hatte intensiv recherchiert und war dem Bürgermeister auf die Spur gekommen, illegale Aktivitäten, von denen niemand etwas ahnen konnte. Und ich fragte mich jetzt fieberhaft: Wie sahen die Zusammenhänge aus? Seit wie vielen Jahren zogen Gleim und Kleinjohann eigentlich schon an einem Strang? Beide wirkten auf mich, als würden sie über Leichen gehen, meine eigene inklusive.

Ich hatte das Kaufhaus erreicht und konnte nicht glauben, was ich sah. Sofort musste ich an eine Geschichte denken, die Iris mir vor ein paar Jahren erzählt hatte. Mit

Wolf, ihrem damaligen Lover, war sie im Sommerurlaub in Italien gewesen. Die beiden kamen vom Strand zurück, ihr Leihwagen war direkt vor einer Pizzeria abgestellt. Sie waren in ein Gespräch vertieft, als sie am Wagen angelangten. Iris drückte den Türöffner auf ihrem Autoschlüssel. Als sie kein Geräusch hörte, drückte sie noch mal. Hatte das Ding vielleicht Sand abbekommen? Erst dann sah sie auf – und stellte fest, dass dort, wo sie den Wagen abgestellt hatten, keiner stand. Sie schaute weg und noch mal hin. Hatte sie den Wagen vielleicht übersehen? Oder hatte die Sonne ihren Blick getrübt? Aber da war immer noch kein Auto. Dann klapperten die beiden alle Pizzerien in der Strandstraße ab, auf der Suche nach ihrem Auto. Natürlich ohne Erfolg, denn der Wagen war geklaut. Eigentlich hatten sie das von Anfang an gewusst. Aber weil es ihnen so unmöglich schien, zweifelten sie an sich selbst.

Diese Geschichte fiel mir ein, weil ich einen Augenblick lang der Meinung war, vor dem falschen Kaufhaus zu stehen. Und weil ich nicht nur einmal hinschaute, sondern mehrfach. Trotzdem blieb der Luftschacht neben dem Eingang verwaist. Kein roter Schal, keine Gitarre, kein Ratte. Das Kaufhaus ohne Ratte wirkte auf mich völlig nackt. Ich konnte diesen Ort nicht anschauen, ohne das Loch im Bild zu sehen.

Gestern noch hatte ich von Sebastian gehört, dass Heinz Rudolf – so nannte man Ratte in der Stadt – einen Mitsänger habe. »Voll lustig« hätten sie den Kunze-Hit gesungen, der eine die Zeile »Dein ist mein ganzes Herz« und der andere als Erwiderung »Du bist mein Reim auf Schmerz«.

Ganz bewusst hatte ich Jan einige Zeit in Ruhe gelassen, um das scheue Reh nicht noch tiefer in den Wald der

Sprachlosigkeit zu treiben. Jetzt schien mir der richtige Zeitpunkt gekommen, um das Gespräch wieder aufzunehmen, zumal ich mir davon wertvolle Informationen für meine Reportage versprach.

Aber wo war Ratte geblieben? Wo steckte Jan? Was war passiert, dass der beste Obdachlosenstandplatz der gesamten Fußgängerzone unbesetzt im Schatten lag?

Ich betrat das Kaufhaus und sah gleich den stämmigen Kerl vom Sicherheitsdienst, er trug einen auffällig-unauffälligen Stöpsel im Ohr, damit ihn auch kein Kaufhausdieb übersehen konnte.

»Entschuldigung, vor dem Kaufhaus sitzt doch sonst immer der Heinz Rudolf mit seiner Gitarre«, sagte ich vorsichtig. »Ich wundere mich, dass er heute nicht da ist.«

»Ich wundere mich nicht«, sagte der Sicherheitsmann und grinste seinem Neunzehn-Buchstaben-Satz hinterher.

Eine böse Ahnung beschlich mich. »Haben Sie ihn etwa weggejagt?«

»Ich nicht«, sagte er. »Unser Chef behauptet ja, dieser Typ sorgt dafür, dass die Leute vor unserer Tür stehen bleiben und bei uns reinlatschen.«

»Meinen Sie mit ›ich nicht‹, dass ihn jemand anders weggejagt hat?«

»Wenn ich das wüsste, hätte ich das heute Morgen schon der Polizei gesagt. Aber ich habe keine Ahnung.«

Ich spürte, wie sich mein Kopf erhitzte. Und mein Herz trommelte mal wieder wie der Schlagzeuger einer Punkband.

»Der Polizei, sagen Sie? Was ist passiert?«

Der Sicherheitsmann erzählte mir, dass es am Vorabend eine Schlägerei vor dem Kaufhaus gegeben habe.

Heinz Rudolf und sein Kollege seien darin verwickelt gewesen. Am Morgen habe die Putzkolonne sogar Blutspuren weggewischt.

»Hat man die Täter denn gefasst?«, fragte ich.

Steif drehte er seinen Kopf zweimal hintereinander nach links und rechts – es sollte wohl ein Kopfschütteln sein. »Als die Polizei kam, war keiner mehr da. Heinz Rudolf und sein Kumpel waren weg. Und die anderen auch. Die Polizei hat nur noch die schwarze Gitarre gefunden.«

Das Bild aus dem Zug stieg wieder in mir auf, wie Ratte beim Dösen seine Gitarre umarmte. Jetzt war er also von ihr getrennt. Als ob man ihm ein Körperteil amputiert hätte. Freiwillig hatte er sie sicher nicht zürckgelassen. Der Gedanke schmerzte mich.

»Wo ist die Gitarre denn jetzt?«, fragte ich in der Hoffnung, sie für ihn in Sicherheit bringen zu können.

»Na wo schon? Wahrscheinlich da hinten im Container. Die war nämlich futsch. Der Hals ist abgebrochen.«

Mein Hals war auch futsch, ich konnte kaum noch atmen. Wie furchtbar naiv war es gewesen, dass Jan sich in die Fußgängerzone gesetzt hatte, mitten auf den Präsentierteller! Hätte ich nicht ahnen müssen, dass diese Neuigkeit in Windeseile zu seinem Vater vordringen würde? Und war nicht absehbar gewesen, dass der alte Soldat dies als Kriegserklärung werten und das Feuer eröffnen würde? Jetzt hatte Ratte ein Körperteil, jetzt hatte er seine Gitarre verloren. Oder noch mehr?

Ich verließ das Kaufhaus und warf noch einen Blick in den Container im Hinterhof. Dann fuhr ich nach Hause. Im Rückspiegel sah ich einen grünen Fiat.

Die Stadtbücherei lag in einem alten Kellergewölbe. Ich sprang die neun Stufen der Steintreppe hinab und tauchte in eine angenehme Kühle ein, wie unter die Oberfläche des Sommers, der mit 29 Grad im Schatten der Stadt einheizte. Meine Schritte hallten unheimlich, zu gern hätte ich die Zahl der Bücher geschätzt, an denen ich vorüberging, aber ich war zu sehr in Eile. Die Ecke mit dem Zeitungsarchiv war mein Ziel.

Es roch nach altem Papier, etwas Staub und ganz viel Abenteuer, ein Geruch, den ich schon als Mädchen geliebt hatte, wenn ich mir in der Stadtbibliothek »Fünf Freunde«-Bücher ausgeliehen hatte, die ich immer viel spannender fand als »Hanni und Nanni«, die klassischen Mädchenbücher von Enid Blyton.

Heute musste ich ein Papierarchiv nutzen, denn ich wollte mich über einen Vorfall schlaumachen, der sich zugetragen hatte, als das Internet erst am Anfang stand.

Jedes Erdbeben hatte einen Mittelpunkt, ein Epizentrum, von dem es ausging. Und ich war sicher: Alle Erschütterungen der letzten Wochen, inklusive des Verschwindens von Jan und Ratte, gingen von einem einzigen Punkt in der Vergangenheit aus. Ich fragte mich, welche Stärke dieses Beben mittlerweile auf der Richterskala erreicht hatte – und ob es sich noch steigern würde. Gab es womöglich schon die ersten Opfer? Waren Ratte und Jan bereits auf dem Grund des tiefen Flusses entsorgt? Oder hatten sie sich rechtzeitig in Sicherheit gebracht und hielten jetzt still? Jedenfalls hatten mir Mecker-Miriam und ihre Kollegen von der Straße glaubhaft versichert, nichts über das Verschwinden der beiden zu wissen.

Ich war sicher, der Herd des Bebens, mit dem ich kämpfte, war in der Vergangenheit zu finden, genauer gesagt vor 24 Jahren. Damals war Friedemann Gleim, der Kleine Kennedy, an einem Baum zerschellt. Dass er seinen Wohnsitz auf den Stadtfriedhof hatte verlegen müssen, war für seinen Bruder der Ausgangspunkt seiner späteren Karriere gewesen. Ich wagte sogar die These: Das heutige Leben und der Erfolg des einen Bruders, Hans-Otto, war auf den Tod des anderen, Friedemanns, gebaut.

Was war in jener Nacht passiert? Offiziell ein tragischer Unfall. Ein Abend im Mai, eine Routinesitzung des Stadtrats. Danach treffen sich die Abgeordneten fraktionsübergreifend noch auf ein Bier im Brauhaus, einer Traditionskneipe in der Altstadt. Es geht hoch her, auch ein paar Journalisten stoßen mit an.

Friedemann, damals 29, trinkt nur Saft, er ist strikt gegen Alkohol. Kurz nach 23.30 Uhr verlässt er die Kneipe zusammen mit einigen Kollegen und klettert in seinen »kleinen Flitzer«, einen gebrauchten Porsche, den sein Vater Heinrich über den Fuhrpark des Verlags finanziert. Friedemann fährt gern schnell, geht aber in der Regel kein Risiko ein. Bei Glatteis soll er sogar einmal in der Stadt übernachtet haben, weil ihm der kurvige Heimweg zu gefährlich schien.

An diesem Abend aber passiert ihm ein Fehler, als er den Stadtrand erreicht und auf der Landstraße hinab ins bewaldete Flusstal fährt, wo die Villa seines Vaters Heinrich steht. Mit etwa achtzig Stundenkilometern rollt sein Auto auf die Steigenberg-Kurve zu, eine scharfe Neunzig-Grad-Kurve mitten im Wald. Direkt davor befindet sich ein Parkplatz, von dem sich ein spektakulärer Blick hinab ins Tal öffnet. Unmittelbar hinter der Kurve fällt das Gelände stark ab und geht in einen dichten Fichtenwald über.

Die Fahrbahn ist trocken in dieser Nacht, die Sicht klar, und Wildwechsel ist an dieser Stelle nicht zu erwarten. Dennoch geschieht das Unfassbare: Friedemanns Porsche fährt zügig in die Kurve, die Vollbremsung kommt zu spät, er durchbricht die Leitplanke, überschlägt sich mehrfach und prallt gegen einen Baum im tiefer gelegenen Wald.

Ein Kollege aus dem Stadtrat, der nicht allzu weit hinter ihm fährt, bemerkt den Unfall als Erster. Wenig später kommt ein Journalist hinzu. Die beiden rufen Hilfe herbei, kraxeln den Hang hinab und versuchen, dem schwer verletzten Friedemann zu helfen. Die Rettungskräfte sind bald da, die Polizei ebenfalls. Friedemann muss von der Feuerwehr aus seinem völlig zerquetschten Auto geschnitten werden. Er blutet stark, kann aber noch reden. Der Notarzt transportiert ihn in die Cornelius-Klinik. Die Fahrt überlebt er. Aber in derselben Nacht versagt sein Kreislauf. Offenbar hat er zu viel Blut verloren.

Die Feuerwehr spekuliert später, das Auto könnte einen technischen Defekt gehabt haben. Die Untersuchung ergibt aber keine Anhaltspunkte dafür. Das Auto war in einwandfreiem Zustand. Ebenso galt Friedemann als kerngesund, die Obduktion ergibt keinen Hinweis auf einen Herzinfarkt oder ein anderes körperliches Problem. Aus unerklärlichen Gründen hatte Friedemann sein Lenkrad in der Kurve nicht gedreht. Vielleicht eine kurze Unaufmerksamkeit.

Mittlerweile hatte ich mich im Archiv durch einen Stapel vergilbter *Tagesboten*-Ausgaben zum richtigen Jahrgang durchgewühlt. Die Ordnung ließ zu wünschen übrig, die Zeitungen wurden in einfachen Kisten gelagert. Vielleicht hielt es niemand für nötig, eine Lokalzeitung professionell abzulegen.

Die Sitzung hatte am 2. Mai bis gegen zehn Uhr abends gedauert, der Unfall war kurz vor Mitternacht passiert. Also würde ich die Berichte über den Unfall und über die Sitzung frühestens in der Ausgabe vom 4. Mai finden, denn um 22.30 Uhr war Redaktionsschluss für den Folgetag.

Ob der Artikel über den Unfall noch Informationen enthielt, die über mein jetziges Wissen hinausgingen? Wurden Augenzeugen zitiert oder interessante Details genannt? Würde ich erfahren, wer zuerst am Unfallort war? Und wie war die Stadtratssitzung zuvor abgelaufen? Über welche Themen war abgestimmt worden? Wessen Interessen standen auf dem Spiel? Hatte es heiße Debatten oder gar Streit gegeben?

Ich ging davon aus, dass hinter dem fingierten Unglück – wenn es denn ein solches war – keine Bürger oder Firmen der Stadt steckten, die sich von ihrem Stadtrat Friedemann benachteiligt fühlten, sondern ein Bruder, der sich ebenfalls benachteiligt fühlte, auch wenn das nicht in der Zeitung stand. Das wichtigste Prinzip jeder Recherche, das hatten wir schon auf der Journalistenschule gelernt, war das Falsifizieren, ein Ansatz des von Ratte geschätzten Philosophen Karl Popper. Im Alltag tun wir pausenlos das Gegenteil, wir verifizieren. Wir suchen Beweise für das, was wir ohnehin glauben. Meint eine Frau, ihr Mann betrüge sie, nimmt sie jedes Hundehaar am Hosenbein als Haar einer Geliebten wahr. Darum ist das Verifizieren so gefährlich: Man steigert sich in seine These hinein und übersieht Alternativen. So war es dem *Stern* mit den Hitler-Tagebüchern ergangen. Der gierige Wunsch, diese exklusive Geschichte im eigenen Blatt zu haben, hatte zur unkritischen Suche nach Argumenten für die Echtheit der Tagebücher geführt. Am Ende hatte man sogar als Argument gelten lassen, dass sich wohl niemand die Arbeit gemacht hätte, sich so viele Tagebücher auszudenken und sie in imitierter Schrift zu Papier zu bringen.

Beim Falsifizieren geht es um das genaue Gegenteil: Man sucht gezielt Argumente, die gegen die eigene These sprechen. Angenommen, Hans-Otto Gleim ist nicht der Täter: Welche Menschen hätten sonst noch ein Motiv gehabt, Friedemann von der Bildfläche verschwinden zu lassen? Hatte er Feinde oder erbitterte Gegner? War er in krumme Geschäfte mit den falschen Leuten verwickelt? Oder – weiterer Ansatz – was sprach dafür, dass es wirklich nur ein tragischer Unfall war? Oder war es am Ende Selbstmord?

Natürlich bestand dabei immer die Möglichkeit, dass meine eigene These platzen konnte, weil ich auf eine plausiblere Erklärung stieß. Oder aber meine These gestärkt wurde, weil alle anderen Möglichkeiten ausschieden. Und genau darauf hoffte ich.

Ich blies etwas Staub von den Zeitungen. Endlich hatte ich die beiden Artikel gefunden. Der Unfall war der Aufmacher im Lokalteil vom 4. Mai, auf der dritten Seite des Lokalteils stand außerdem ein Bericht über die Stadtratssitzung. Ich verschlang beide Artikel regelrecht. Der Bericht über den Unfall enthielt ein paar Fakten, die mir neu waren. Genauso aufschlussreich wie der Inhalt der Artikel waren die jeweils 18 Buchstaben, die sich in einer kleinen Zeile darüber befanden und den Namen des Verfassers anzeigten. In beiden Fällen derselbe.

Die Julinacht hatte sich auf die Dächer der Stadt gesenkt, finster war es geworden und still. Die Straßenlaternen hatten seit ein Uhr Feierabend. Nur ganz gelegentlich schoben sich die fetten Regenwolken einen Spalt weit auseinander, und ein Streifen silbernen Mondlichts fiel auf die schlafende Stadt.

Mit vorsichtigen Schritten pirschte ich mich in den Hinterhof und hoffe, dass nicht gleich ein Bewegungsmelder anspringen und mich aus der Dunkelheit schälen würde. Zum Glück hatten sich meine Augen inzwischen an den Nachtmodus gewöhnt, ich brauchte die kleine Taschenlampe nicht. Vielleicht geisterte ein schlafloser Bewohner des Hauses hinter seinen Gardinen herum und wäre durch das Licht auf mich aufmerksam geworden. Die Polizei wieder am Hals zu haben konnte ich nun wirklich nicht gebrauchen.

Erst recht nicht, nachdem Heiko mich am späten Nachmittag angerufen und mir eine gute Nachricht angekündigt hatte. Ich war sicher, Kleinjohann hatte das Gespräch mit Toms Handy eingeräumt und sich dazu geäußert. Wie sollte er den Anruf mit der Geheimnummer sonst erklären? Welche Verbindung bestand überhaupt zwischen ihm und Tom? Eigentlich galt das Verhältnis der beiden als schwierig, denn Tom hatte vor Jahren einen Korruptionsverdacht bei der Vergabe von Baugenehmigungen recherchiert und Kleinjohann damit in Erklärungsnot gebracht. Nicht gerade die Basis einer Freundschaft, die man durch die Herausgabe einer Geheimnummer besiegelt.

Doch was Heiko als »gute Nachricht« angekündigt hatte, stellte sich als schlechter Witz heraus: »Kleinjohann hat sich entschlossen, die Anzeige gegen dich zurückzunehmen.«

»Aber ich werde meine Anzeige gegen ihn nicht zurücknehmen.«

»Diese Notwendigkeit besteht auch gar nicht: Das Verfahren wurde gerade eingestellt.«

»Eingestellt? Mit welcher Begründung?«

»Aufgrund der unklaren Beweislage und der mangelnden allgemeinen Relevanz der vermeintlichen Tat.«

»Eingestellt, weil Heiner Ibendorf ein alter Spezi des Bürgermeisters ist! Und was ist schon relevant daran, wenn eine Frau sexuell belästigt wird!«

Heiko hatte versucht, mich zu beschwichtigen, aber es war ihm nicht gelungen. Zumindest hatte ich ihm abgenommen, dass es nicht seine Entscheidung war. Das Ganze sei »von oben« gekommen. Er galt bei dieser Ermittlung als befangen.

Ein Geräusch, ein metallisches Scheppern, schreckte mich aus meinen Gedanken. »Au, mein Schienbein!« Die Stimme schimpfte so leise, dass ein Bauchredner dagegen ein Schreihals war.

»Was ist passiert?«

»Ich bin über einen Stein gestolpert«, flüsterte Markus.

»Ich wünschte, du wärst über die beiden gestolpert. Es kann doch nicht sein, dass diese Stadt einfach zwei Menschen verschluckt. Niemand hat etwas gehört, niemand hat etwas gesehen. Nach der Schlägerei waren sie einfach weg.«

»Spricht da ein Wunsch aus dir, Susanne, oder Logik? Ich habe das Gefühl, du erklärst für unplausibel, was völlig plausibel ist. Damit willst du dir einen hässlichen Anblick ersparen: den der Wahrheit. Also ein Schutzmechanismus.«

»Herr Psychologe, wenn ich eine Therapie will, strecke ich dir vorher meine Versicherungskarte rüber.«

»Dann verlange ich aber einen Nachtzuschlag. Es muss schon fast halb drei sein.«

»Nicht übertreiben: Es ist erst 2.24 Uhr und dreißig Sekunden.«

Ein gedämpftes Glucksen war zu hören. »Noch ein Wort zum Sekundenzeiger, und du bekommst deine Zwangsneurose von mir schriftlich«, flüsterte Markus.

Jetzt lachten wir beide. Bislang hatte ich mit ihm noch nicht über meine Arithmomanie gesprochen, den Zahlenwahn, den mir damals der Kinderpsychologe attestiert hatte. Meine ganz persönliche Zwangsneurose.

»Du bist selbst auch nicht gerade frei von Zwanghaftigkeit«, sagte ich. »Schließlich hast du auf eine fast zwanghafte Art angenommen, ich sei wieder mit meinem Exmann zusammen.«

»Wie hätte ich die Szene am Fluss auch anders interpretieren sollen? Du lagst deinem Ex in den Armen.«

Ich musste daran denken, wie ich meinen Kopf an Heiko geschmiegt und ihn quasi zu einer Umarmung eingeladen hatte – nur um ihn zur Abfrage der Handynummern zu bewegen. Dummerweise hatte Markus uns gesehen und natürlich den einfachsten Schluss daraus gezogen. So beschämend es für mich war, einzugestehen, dass ich Heiko gegenüber so berechnend gewesen war, so froh war ich, dass es zwischen Markus und mir zu einer Aussprache kam.

Als er mir neulich Nacht, nachdem ich ihm gefolgt war, seinerseits mit seinem Auto bis vors Haus nachgefahren war, hatte er mich zur Rede gestellt: »Welchen Grund hast du, mir nachzuschnüffeln?« In einem langen Kreuzverhör hatte ich es schließlich zugegeben. Mein Grund war nur fünf Buchstaben lang: Liebe. Meine Offenheit hatte ihn dazu gebracht, ebenfalls sein Herz zu öffnen und zu gestehen, wie sehr es ihn beunruhigt hatte, was er beim Joggen am Fluss beobachtet hatte.

Plötzlich ging im obersten Stock des Hauses ein Licht an, dann noch eines daneben. Waren wir entdeckt worden? Nein, 85 Sekunden später lag wieder alles im Dunkeln. Wahrscheinlich war nur jemand kurz auf Toilette.

Wir atmeten beide durch und entspannten uns wieder.

»Dass ich mich nicht mehr gemeldet habe, war eigentlich ein Kompliment!«

»Dann sei mal froh, wenn ich dir nicht eines Tages solche Komplimente zurückschenke!«

»Susanne, nur weil ich gespürt habe, wie ernst es mir mit dir ist, habe ich mich von dir ferngehalten. Ich finde deine Nähe viel zu anziehend, wollte mich aber keinesfalls in eine Dreiecksbeziehung stürzen.«

Ich drehte mich zu ihm und umarmte ihn. Die Wärme, die sein Körper verströmte, machte mir die Kühle der Nacht schlagartig bewusst – und den Grund, warum wir eigentlich hier waren. Wo war Ratte jetzt? Und wo war Jan? Ich musste ihn unbedingt danach fragen, was er von dem damaligen Unfall mitbekommen hatte. Er musste sechs Jahre gewesen sein, alt genug, um mehr zu hören und zu sehen, als es die Erwachsenen wahrhaben wollen. War es eine Erinnerung aus seiner Kindheit, die ihn zu seiner Aussage gegenüber Tom Harris veranlasst hatte?

»Wir sollten die Suchaktion abbrechen«, sagte Markus. »Überleg doch mal: Jedes Kind schafft es, sich in einem großen Haus so zu verstecken, dass man es nicht mehr findet. Warum sollten es zwei intelligente Erwachsene nicht schaffen, sich in einer ganzen Stadt zu verstecken? Erst recht, wenn sie davon ausgehen, dass jemand hinter ihnen her ist.«

Ein feines Knirschen ließ mich aufhorchen. Schlich jemand an der Hauswand entlang? Wurden Markus und ich beobachtet? Würden sich dieselben Typen, die Ratte und Jan verprügelt hatten, jetzt auf uns stürzen? Ich musste an den Kerl in der Lederjacke denken. Und an den grünen Fiat.

»Hast du das gehört?«, flüsterte ich zu Markus. »Ist da drüben jemand?«

»Allerdings.«

Er klang kein Stück ironisch, sondern todernst. Das versetzte mich in Aufregung. »Wir werden beobachtet, und du bist so gelassen?«

»Keine Sorge. Es ist nur eine Katze. Sie ist vorhin schon an uns vorbeigeschlichen.«

Es knirschte erneut. Das Geräusch schnitt mir durch den ganzen Körper. Ich hatte das ungute Gefühl, dass diese Katze eine Lederjacke trug. Vielleicht sollten wir die Aktion besser abbrechen. Auch weil sie aussichtslos war.

Markus hatte sicher recht. Ich wünschte mir so sehr, die beiden zu finden, dass ich mir die Aussichtslosigkeit unseres Unterfangens nicht eingestehen wollte. Wie viele Hinterhöfe hatten wir allein in dieser Nacht schon abgeklappert, wie viele Seitenstraßen durchforstet, wie viele Winkel und Bänke der Parks mit unseren Taschenlampen vergeblich angestrahlt? Und jedes Mal, wenn wir einen schlafenden Menschen unter freiem Himmel entdeckten, glaubte ich fest daran, wir hätten Ratte oder Jan gefunden. Aber dann schreckte ich nur ein weiteres Mitglied meiner Vertriebsmannschaft aus dem Schlaf und musste eine Entschuldigung murmeln. Einmal blinzelte ein betrunkener Parkbankschläfer in die Taschenlampe und lallte: »Birgit, ich will schlafen, mach das Licht wieder aus!«

Markus hatte recht. Wir liefen zu meinem Geländewagen und machten uns auf den Heimweg. War es Zufall, dass hinter uns ein Auto fuhr? Eigentlich waren die Straßen um diese Zeit wie leer gefegt. Die beiden Scheinwerfer im Rückspiegel kamen mir vor wie die kühl-gelben Augen eines Raubvogels, einer riesigen Eule, die auf Beute lauerte. Ich musste wieder an den toten Brassen im Uferwasser denken. Und an sein Verhängnis, den Kormoran.

Ich parkte den Geländewagen in der Einfahrt meines Hauses und schaltete das Licht aus. Stockfinster schien die Nacht auf einmal, als hätte der Mond seinen ohnehin spärlichen Dienst eingestellt. Ein Käuzchen schrie aus der Hecke zum Nachbargrundstück. Der Ruf klang unheimlich. Welche Geheimnisse hielt die Dunkelheit verborgen? Hatte der *Stadtstreicher* nicht versprochen, das Licht in dieser Stadt anzuknipsen?

Ich öffnete die Autotür. Schwer wie Teer floss die Nachtluft in meine Lunge. Etwas war dabei, mir den Atem zu rauben. Wieder schrie das Käuzchen. So mussten Gespenster in alten Gemäuern klingen. Aber was war das? Hatte es in der Hecke nicht gerade geraschelt? Ich blieb stehen, Markus verharrte ebenfalls.

»Das ist jedenfalls keine Katze!«, flüsterte ich.

»Da ist niemand«, hauchte er zurück. »Das bilden wir uns ein.«

Mir war, als hörte ich ein leichtes Zittern in seiner Stimme.

»Wenn das Einbildung ist: Warum flüstern wir dann?«

Markus wandte sich zur Hecke. Beide lauschten wir in die Nacht. »Das ist das Käuzchen«, nuschelte er.

Ich spürte, dass ich immer weniger Luft bekam, meine Kehle war schon wie zugeschnürt.

Äste knackten in der Hecke, und trockenes Laub raschelte. Das Geräusch fuhr mir durch den ganzen Körper, ich fühlte mich am Waldboden festgezurrt. Meine Narben am Bein kribbelten. Einen Moment kam mir mein Körper wie gelähmt vor.

»Lass uns reingehen«, flüsterte Markus.

»Sollen wir vor einem Käuzchen fliehen?«, presste ich hervor.

»Eher vor den Typen, die Ratte und Jan verprügelt haben. Schnell, ins Haus!«

Meine Hilflosigkeit hatte einen interessanten Punkt erreicht. Jenen Punkt, an dem ich schon wieder mutig wurde, weil ich nichts zu verlieren hatte. Ich musste wissen, was Sache war.

»Ich habe eine Waffe bei mir, mit der ich die Sache aufklären kann«, flüsterte ich.

»Welche Waffe denn, Susanne?«

»Sie nennt sich Taschenlampe.«

Ich sah, wie er im Dunkeln den Kopf schüttelte, meine Augen hatten sich schon etwas an die Finsternis gewöhnt. »Mach keinen Unsinn, lass uns reingehen.«

Ich zückte meine Lampe, einen Stab aus massivem Metall, der sich auch als Schlagstock eignete. Ohne Gegenwehr würden mich die Rocker jedenfalls nicht zur Strecke bringen. Zumal ich sie mit meiner Lampe würde blenden können.

»Susanne!«, flehte Markus.

»Komm mit«, sagte ich.

»Ich bin Psychologe, kein Preisboxer!«

Für einen durchtrainierten Mann klang er nicht gerade heldenhaft. Oder war er nur vernünftiger als ich? Mit zwei schnellen Schritten, als wollte ich mich aus der Lähmung reißen, sprang ich auf die Hecke zu. Der Lichtkegel bohrte ein Loch in die Finsternis und traf direkt auf ein Gesicht. Es war wie aus der Geisterbahn, eine furchtbare Fratze. Ich schrie auf, während ich zu einem Schlag ausholte – und im Hintergrund schon den zweiten Gegner sah.

Ratte hatte kein rechtes Auge mehr, wenigstens sah es so aus. Seine Augenhöhle war vollkommen zugeschwollen, eine riesige lila-rötliche Beule aus Haut und Gewebe. Sein Kinn war überzogen mit hässlichem Schorf, in der Mitte nässte eine Wunde noch vor sich hin. Jan sah kaum besser aus, der Bluterguss auf seiner Stirn hätte von einem riesigen Holzhammer stammen können. Seine Lippen waren aufgeplatzt, ich sah seinen Gesichtsmuskeln an, dass er nicht ohne Schmerzen sprechen konnte. Beim Gehen zog er sein rechtes Bein nach.

Im letzten Moment hatte Ratte aus der Hecke »Ich bin's!« gerufen und meinen Schlagarm abgebremst. Erkannt hätte ich ihn mit diesem Gesicht wohl kaum.

Am Wohnzimmertisch erzählte Ratte, was vorgefallen war: Drei junge Männer in Motorradklamotten, er nannte sie Rocker, waren gegen 22.00 Uhr am Kaufhaus aufgetaucht und hatten Streit gesucht. Einer hatte Jan angerempelt und gepöbelt: »Was willst du hier, du Penner! Verzieh dich, am besten dahin, wo du herkommst!« Ein anderer hatte Ratte aufgefordert, ihm seine Gitarre zu geben. Es war zu einem Handgemenge gekommen. Dann schlugen die Rocker zu, Fäuste wirbelten durch die Luft, Tritte wurden ausgeteilt, und ein Springerstiefel trampelte auf den Gitarrenhals.

»Die hätten uns kaltgemacht«, meinte Ratte. Doch zufällig war eine Gruppe von Geschäftsleuten durch die Fußgängerzone geschlendert und auf die Prügelei aufmerksam geworden. Die Rocker rannten in die eine Richtung davon, Jan und Ratte kopflos in die andere.

Dass Ratte sich dann versteckt gehalten und mit Jan in einer stillgelegten, einsturzgefährdeten Ziegelei gehaust hatte, dafür gab es einen Grund: Er hatte den einen der Schläger schon mal gesehen. »Es war der Typ mit der Boxernase. Erinnert ihr euch? Er saß mit uns im Zug, ein paar Sitze weiter, er hatte Kopfhörer im Ohr.« Ich sah ihn in Gedanken vor mir. Er hatte mich an den Vierteljournalisten Steiner erinnert und auf Anhieb abgestoßen. Ratte schloss daraus: Der Übergriff war von langer Hand eingefädelt. Er vermutete, dass die Boxernase uns schon im Zug belauscht, vielleicht sogar in München beschattet hatte. Jedenfalls hatte der Typ mitbekommen, dass wir Jan Gleim aufgetrieben und zurück nach Reinstadt gebracht hatten. Keine Frage, an wen er diese brisante Information weitergetragen hatte.

Ich fürchtete, Gleim wollte seinen Sohn mundtot machen. Und vielleicht nicht nur mundtot. Denn seit meinen Recherchen über Friedemanns Tod ahnte ich, an welchem Ort er unliebsame Verwandte, die ihm gefährlich wurden, vorzugsweise sah. Zweifellos war die alte Ziegelei noch der weit bessere Wohnsitz als der Stadtfriedhof.

Ich flehte Jan an, uns die Wahrheit über seinen Vater zu erzählen – alles, was er als Kind über den Tod Friedemanns aufgeschnappt hatte; was er über die womöglich krummen Geschäfte seines Vaters wusste; und über die Schwierigkeiten zwischen seinem Vater und seinem Großvater. Doch mit jeder Frage, die ich Jan stellte, zog er sich mehr in sich zurück. Ganz das scheue Reh.

Es war wie ein Reflex. Manchmal sah ich regelrecht, dass er zurückzuckte, dann dachte ich an jene Sekunde, als der Zug in den Tunnel gefahren war und Jan sein Spiegelbild erblickt hatte.

Zweimal fing er an, von einer Schlüsselszene im heimischen Garten zu erzählen, einem Gespräch seiner Eltern auf der Hollywoodschaukel, das er als sechsjähriges Kind beim Indianer-spielen belauscht hatte. Aber an einer bestimmten Stelle seiner Erzählung, wenn er wiedergeben wollte, was sein Vater zu seiner Mutter gesagt hatte, geriet er ins Stocken.

Die Erinnerung, nach der er griff, schien mir wie ein nasses Stück Seife: Sie entglitt ihm umso mehr, je fester er sie fassen wollte.

Markus saß auf der Sofakante, leicht nach vorn gebeugt, er hatte unser Gespräch aufmerksam, aber wortlos verfolgt. Jetzt schaltete er sich ein: »Was tut der Körper, wenn er sich zum Beispiel einen schmerzlichen Splitter einfängt? Er verkapselt diesen Splitter, um den restlichen Körper zu schützen, etwa vor einer Blutvergiftung. Die Seele funktioniert ähnlich: Schmerzhafte Gedanken werden vom Bewusstsein abgekapselt, damit sie das seelische Gleichgewicht nicht stören. Diese Gedanken sind da, aber nicht greifbar. Verdrängung ist ein Schutzmechanismus.«

»Gibt es denn keine Möglichkeit, diesen Schutzmechanismus auszuhebeln?«, fragte ich. Wenn einer eine Idee hatte, Jan zum Sprechen zu bringen, dann Markus.

»Doch«, sagte er. »Die seelische Verkapselung muss gelöst werden. Das gelingt, sobald ein Mensch sich selbst die Erlaubnis dazu gibt. Dazu muss er seinen inneren Kritiker ruhigstellen und seine alten Glaubenssätze loslassen. Das geschieht zum Beispiel nachts, wenn wir träumen.«

»Wunderbar, dann stecken wir Jan einen Chip ins Ohr und zeichnen seine Träume auf«, sagte ich. »Und schon haben wir die Wahrheit in der Hand. Und ein stichfestes Beweismittel noch dazu.«

Markus sah mich fragend an, er schien unsicher, ob ich sehr enttäuscht oder nur sehr ironisch war. Beides traf zu, denn ich hatte auf eine praktischere Möglichkeit gehofft.

»Ich weiß einen besseren Weg, den wir aber nur beschreiten können, falls sich Jan wirklich darauf einlassen will«, sagte Markus. Sein Ton klang ernst und zugleich zuversichtlich. In mir keimte wieder Hoffnung.

»Sag schon«, drängte ich ihn.

»Hypnose.«

Ein Wort mit sieben Buchstaben, eine siebenfache Enttäuschung. Resigniert ließ ich meine Schultern sinken. »Jetzt hör aber auf! Hokuspokus auf Zirkusniveau hilft uns bestimmt nicht weiter.«

»Ich spreche nicht von einer Blitzinduktion, so nennt man eine Schnellhypnose. Ich will Jan nicht im Stehen einschläfern. Ich spreche von einer hypnotischen Trance, die auf indirekte Weise eingeleitet wird. Dieser Ansatz wurde von Milton Erickson entwickelt, einem großen amerikanischen Psychotherapeuten. Dabei versetzt man einen Menschen in einen Zustand der Tiefenentspannung, damit er Zugang zu seinem Unbewussten bekommt.«

Für mich klang das zwar immer noch nach Abrakadabra, aber ich war neugierig geworden. »Ich habe Hypnose immer für unseriös gehalten. Funktioniert so was denn wirklich?«

»Gegenfrage: Bist du noch nie im Auto auf einem vertrauten Weg gefahren und hast dich gewundert, als du plötzlich am Ziel warst, weil du einen Teil der Fahrt gar nicht richtig mitbekommen hast?«

Ich dachte an eine ganz spezielle Fahrt, die noch nicht lange zurücklag. Nämlich, als Markus mir neulich gefolgt war. Ich war so in meine Gedanken vertieft gewesen, dass mir wahrscheinlich nicht mal ein Nilpferd auf dem Gehsteig aufgefallen wäre. Jedenfalls war mir sein Auto fast bis zum Schluss entgangen.

»Klar, das passiert mir am laufenden Band«, antwortete ich.

»Dann hast du dich selbst hypnotisiert, wenn auch ohne Absicht. Man nennt das Alltagstrance. Nicht du beherrschst deine Gedanken, sondern deine Gedanken beherrschen dich. Sie treiben frei und unzensiert durch deinen Kopf. In diesem Moment hat deine rechte Hirnhälfte das Kommando übernommen, und die linke funkt nicht mehr mit ihrer Logik dazwischen. Genau diesen Effekt kann ich auch mit Elementen aus der Hypnotherapie erreichen.«

»Mal angenommen, du würdest Jan in eine solche Trance versetzen. Wie läuft das ab?«

»Es gibt nur ein Instrument: das Wort. Ich induziere eine Trance, indem ich zu ihm spreche. Ich biete ihm Suggestionen an, Sprachbilder und Analogien. Dann kann es passieren, dass sich die Verkapselung in seinem Inneren löst und er wieder Zugriff auf die verdrängte Erinnerung oder auf ungenutzte Ressourcen hat. Es kann passieren. Aber es muss nicht.«

Alle Augen wanderten zu Jan, der im Sessel lehnte und sein schmerzendes Bein weit in den Raum streckte. Seine dicke Lippe gab ihm einen schmollenden Gesichtsausdruck.

Er wusste, was unsere Blicke von ihm wollten. »Sehe ich aus wie ein Versuchskaninchen?«, fragte er.

Ich bemühte mich so sanft wie möglich zu klingen: »Aber was hast du denn zu verlieren, Jan? Doch nur die Angst vor deinem Vater.«

»Noch einmal: Sehe ich aus wie ein Versuchskaninchen?«

Wir blickten uns ratlos an. Offenbar war er nicht gewillt, sich auf eine Hypnose einzulassen. Wahrscheinlich wollte er nach einer Tracht körperliche Prügel nicht auch noch seelische Prügel riskieren.

»Warum seid ihr nicht ehrlich?«, fragte Jan und deutete auf sein Bein: »So, wie ich im Moment durch die Gegend hoppele, bin ich garantiert ein Kaninchen.«

Er deutete ein Grinsen an.

»Heißt das, du bist bereit, es zu versuchen?«, hakte ich nach.

Er zog eine Grimasse, bei der nicht sicher war, ob sie von der geschwollenen Lippe oder dem Gedanken an die Hypnose kam.

»Ja«, sagt er, »das Kaninchen ist dabei.«

»Warum habt ihr die beiden nicht erledigt?«

»Wir sind gestört worden.«

»Heiliger Strohsack, von wegen gestört worden. Wollt ihr mich etwa verarschen?«

»Was hätten wir tun sollen? Vor Zeugen ein Gemetzel anrichten?«

»Ihr solltet euren Job erledigen!«

»Wir sind ja dabei.«

»Ihr seid dabei, alles noch schlimmer zu machen. Ihr stochert im Dunkeln!«

»Wir könnten uns um die Frau kümmern.«

»Euer Auftrag waren zwei Männer!«

»Wir kennen ihre Gewohnheiten. Wir wissen, wo sie wohnt.«

»Das weiß ich auch.«

»Sie wollen es selber erledigen?«

»Ich will, dass es diesmal klappt.«

DRITTE JULIWOCHE

Reinstadt, 15. Juli
Aufmacher *Tagesbote*: »Polizeichef Ibendorf zieht Bilanz: ›Reinstadt ist sicher wie nie!‹«

Das Meer rauschte mitten durch mein Wohnzimmer. Möwen schrien – ich zählte sechs, sieben, acht Schreie –, die Brandung brach sich an Felsen, und manchmal tutete aus der Ferne ein Schiff. Draußen dämmerte schon der Morgen, die neue Woche hatte begonnen.

Markus hatte die CD aus seinem kleinen Coachingkoffer gezaubert, der immer im Kofferraum seines Sportwagens mitfuhr. Die Lampen hatte ich auf seinen Wunsch ausgeschaltet, nur auf dem kleinen Beistelltisch flackerte noch eine Kerze. Jan hatte sich hingesetzt, die Beine ausgestreckt (das rechte war unmöglich anzuwinkeln), die Augen geschlossen und seine Hände auf die Oberschenkel gelegt. Markus saß nur einen Meter von ihm entfernt und beugte sich nach vorn, als wollte er ihm ins Ohr flüstern.

Schweren Herzens hatte ich Markus angeboten, mit Ratte den Raum zu verlassen. »Ja, besser ihr geht raus«, hatte er gesagt.

Zum Glück rief Jan uns zurück: »Halt, ich möchte, dass ihr bleibt. Wer weiß, was ich sage. Vielleicht ist es gut, wenn vier Ohren mehr im Raum sind.«

Ich wurde den Verdacht nicht los, dass er vor allem Ratte in seiner Nähe wünschte, um sich sicherer zu fühlen. Aber meine Neugier war viel zu groß, als dass ich freiwillig als Einzige den Raum verlassen hätte. Würde Markus es schaffen, Jans verschüttete Erinnerungen wieder zurück ins Bewusstsein zu bringen? Würde es ihm gelingen, jenes Gespräch auf der Hollywoodschaukel hier in den Raum zu holen? Und was konnte für einen kleinen Jungen so schrecklich gewesen sein, so schmerzlich, dass es sein ganzes weiteres Leben geprägt und sein Verhältnis zum Vater für immer zerrüttet hatte? So schrecklich, dass der erwachsene Mann von heute die Worte von damals nicht zulassen konnte?

Ich saß ganz still auf dem Sofa und war gespannt, wie Markus seine Hypnose eröffnen würde. Noch schwieg er, noch war das Meer am Zug. Ich spürte, wie mich das Rauschen der Brandung einlullte. Das Geräusch schwoll an und ab, wieder und wieder, und wirkte auf mich wie ein Beruhigungsmittel, obwohl ich vor Neugierde eigentlich ganz aufgeregt war.

Es reizte mich nicht einmal, die Zahl der Wellenschläge zu zählen. Allmählich begriff ich, warum die Babyspieluhr bei Sebastian so gut funktioniert hatte und ihn regelmäßig in wenigen Minuten vom Schreihals in einen sanften Schläfer verwandelt hatte.

Endlich begann Markus zu sprechen, langsam und sanft: »Wenn du ganz bequem sitzt und deine Hände entspannt auf die Oberschenkel legst, kannst du in eine Trance eintreten. Eine Trance, die dich befreit von allem, was dich festhält.«

Er legte eine kurze Pause ein. Ich war fasziniert von seiner Stimme, für mich klang er wie ein Schamane. Einer, der völlig gelassen am Strand einer Insel sitzt, hinaus aufs weiter Meer schaut und seine Stimme mit der Brandung eins werden lässt. Die Worte schienen aus seinem Mund zu perlen, gleichmäßig fließend und selbstverständlich. Als rollten kleine Sprechblasen auf den Schaumkronen des Meeres heran.

»Eine Trance, die dich eintauchen lässt in eine Freiheit, wie du sie noch nie erlebt hast«, fuhr Markus fort. »Eine Trance, in der du alles darfst, was du schon immer wolltest. Du darfst hören, was du willst, denn du bist frei. Du darfst sehen, was du willst, denn du bist frei. Du darfst fühlen, was du willst, denn du bist frei. Du darfst denken, was du willst, denn du bist frei.«

Er schwieg einen Moment. Die Brandung rollte durchs Wohnzimmer. Meine Augen waren zugefallen. Ich musste mich beherrschen, nicht selbst in den Schlaf getragen zu werden. Das leise Meeresrauschen, die sanfte Stimme von Markus, die Wiederholung der Wellen und bestimmter Wörter, das alles schien auf mich fast genauso zu wirken wie auf Jan. Und es ließ meine Müdigkeit wachsen. Schließlich hatte ich die letzte Nacht nicht im Bett verbracht, sondern mit der Suche nach Ratte und Jan. Aber ich musste wach bleiben, musste hören, wie es weiterging.

»Du darfst jetzt alles«, fuhr Markus mit seiner Schamanenstimme fort. »Du darfst jetzt alles, was du willst. Du darfst erinnern. Vielleicht gibt es ein Gespräch, an das du dich erinnern willst. Vielleicht fragst du dich, was damals gesprochen wurde. Vielleicht fällt es dir immer leichter, in die Vergangenheit zu reisen. Zu dem Tag, als du Indianer gespielt hast. Zu dem Tag, als deine Eltern auf der Hollywoodschaukel sprachen. Zu dem Tag, als du ein Päckchen erhalten hast. Ein Päckchen mit Worten, das du mitgenommen hast auf die Reise deines Lebens.«

Ich schaute zu Jan und war verblüfft über seinen Gesichtsausdruck. Er wirkte entspannt wie ein schlafendes Kind. Seine Augenlider sahen aus wie leicht zugeklappt. Mir war, als würde ein Lächeln seinen stoppligen Mund umspielen. Sogar seine geschwollene Lippe wirkte nicht mehr so dick. War es möglich, dass er hier im Raum plötzlich nicht mehr als relativ frisch verprügelter Erwachsener, sondern als zutrauliches Kind saß?

Markus redete weiter, mit vielen Pausen, und seine Stimme umspülte mich immer intensiver: »Stell dir vor, du gehst eine Treppe hinab, die in dein Inneres führt, zu diesem Päckchen mit den Worten von damals. Diese Treppe hat genau fünf Stufen. Wenn du diese fünf Stufen hinabgestiegen bist, kannst du das Päckchen mit den Worten von damals greifen und öffnen. Vielleicht bist du schon neugierig auf dieses Päckchen. Vielleicht willst du unbedingt wissen, was es enthält.«

Ja, dachte ich, ich will wissen, was dieses Päckchen enthält. Ich will wissen, welche Worte mir mein Vater mitgegeben hat. Mein einziger Vater. Mein geliebter, toter Vater.

»Und nun trittst du auf die erste Stufe«, fuhr Markus fort, und eine Möwe kreischte, »die erste von fünf Stufen, und spürst, wie dieser Schritt dich freier macht. Du spürst, wie du näher an das Päckchen kommst.« Die Brandung übernahm sanft rauschend wieder die Führung, sie trug mich. Und ich spürte: Ich ging weiter, »immer weiter«, die Treppe hinab. Und ich kam näher, »immer näher«, an dieses kostbare Geschenk heran.

»Du fließt, wie das Wasser des Meeres, diese Treppe hinab.«

Und ich floss wie das Wasser des Meeres diese Treppe hinab. Ich nahm die zweite Stufe. Und die dritte Stufe. Und die vierte Stufe. Ich floss diese Treppe mit der Brandung abwärts, ich war so leicht wie eine Schaumkrone, es war ein zauberhaftes Gefühl, nichts mehr zu müssen und alles zu dürfen.

Es atmete mich von alleine. Es dachte mich von alleine. Es fühlte mich von alleine. Ich reiste in meinem eigenen Körper mit wie eine Schaumkrone auf den Wellen des Meeres.

Die Brandung erinnerte mich an einen Ort, der mir vertraut war. Der Ort fiel mir nicht ein, aber es war auch nicht nötig, nach ihm zu suchen, denn die sanfte Stimme sagte: »Nun hast du die letzte Stufe erreicht, und alles in dir zieht dich hin zu diesem kostbaren Päckchen aus deiner Vergangenheit. Zu diesem Päckchen, das direkt vor dir liegt. Zu diesem Päckchen mit den Worten von damals. Vielleicht fragst du dich, warum es dir so leichtfallen wird, diesen Schritt gleich zu gehen. Vielleicht fragst du dich, warum du diesen Schritt nicht schon früher gegangen bist. Oder vielleicht nimmst du diese letzte Stufe einfach, weil du spürst, dass all deine Fragen auf der untersten Treppenstufe zurückbleiben. Weil du spürst, dass dieses Päckchen alles ist, was du jetzt willst. Das Päckchen mit den Worten von damals. Das Päckchen mit dem Geheimnis.«

Ich spürte, dass all meine Fragen auf der Treppenstufe zurückblieben. Ich spürte, dass ich die letzte Stufe überfliegen würde. Ich fühlte mich wie eine Schaumkrone, die der Wind nun erfasst hatte und mit sich trug. Als die Stimme den Weg endlich freigab, schwebte ich zu meinem Päckchen, es sah aus wie meine Kindergeschenke unterm Weihnachtsbaum, versehen mit einer orangefarbenen Schleife, wie Mama sie immer gebunden hatte. Und ich öffnete das Päckchen.

Wie durch einen Bildschirm blickte ich in meine Vergangenheit. Ich sah meinen Vater, wie er am Küchentisch saß und weinte. Ich sah ein kleines Mädchen mit Zopf, das neben seinem Stuhl stand und ihn umklammerte. Ich sah, wie das Mädchen den Hals in den Nacken legte und nach oben schaute. Ich sah, wie sich der Vater nach unten beugte, wie sich eine Träne aus seinen Augen löste, wie sie warm auf der Oberlippe des Mädchens zerplatzte und salzig in ihrem Mund schmeckte. Ich sah, wie das Mädchen unendlich litt, weil sein Vater unendlich litt. Ich sah, wie der Vater das Mädchen auf den Schoß nahm und wie das Mädchen begann, ihm mit ihren kleinen Händen die Tränen aus dem Gesicht zu wischen. Aber je schneller es wischte, desto mehr Tränen flossen nach. Der Vater begann zu beben, etwas schüttelte ihn, erschütterte ihn, und das kleine Mädchen bekam eine fürchterliche Angst. Es spürte, wie alles wegbrach, der Boden unter ihm, das Leben um ihn herum – der Vater!

Und er presste stöhnend hervor: »Du darfst nie werden wie ich.« Immer mehr Tränen schossen aus seinen Augen. »Hörst du, Susanne? Leide nicht mit den anderen. Du wirst selbst genug Leid tragen müssen. Niemand kann das ganze Leid der Welt tragen. Sei ein starkes Mädchen. Denn der Starke frisst den Schwachen. Hörst du, Susanne: Der Starke frisst den Schwachen! Du darfst dich niemals fressen lassen!«

Ich spürte zwei Hände, die mich ganz sanft an der Schulter berührten. Es waren starke Hände. Mein Vater musste wieder zu Kräften gekommen sein.

»Susanne? Hörst du mich? Susanne,wach auf!« Ich öffnete die Augen. Markus saß vor mir in der Hocke, ließ seine Hände höher gleiten und umfasste zärtlich meine Wangen.

»Was ist passiert?«, fragte ich.

»Du warst selbst in Trance«, sagte Markus.

Ich hatte das Gefühl, ich war es noch immer. Meine Beine, meine Arme, meine Finger, alles kribbelte und war leicht. Erst allmählich begriff ich, dass ich auf einem Sofa saß. Es war mein eigenes Sofa, in meinem Wohnzimmer.

Und dann überfiel mich die Erkenntnis: Ich war aus meiner Rolle gefallen. Ich hatte die Hypnose nicht beobachtet, sondern mich selbst hypnotisieren lassen. Und ich hatte dabei eine Szene gesehen, die vielleicht der Schlüssel für mein eigenes Leben war.

Aber ich hatte verpasst, worum es eigentlich gegangen war: Hatte Jan in seiner Kindheit gefunden, was wir suchten? Was hatte er erzählt? Wussten wir jetzt mehr, was die Rolle von Hans-Otto Gleim am Tod seines Bruders Friedemann anging?

Markus schien meine Fragen zu erraten. Er nickte und sagte: »Es ist gut gelaufen.« Ich wollte nachfragen, doch er spitzte seine Lippen, machte »psst« und schob mich sanft zurück gegen die Rückenlehne und in eine entspannte Sitzhaltung: »Ruh dich noch ein wenig aus.«

Die Brandung rauschte. Eine Möwe schrie. Und ganz kurz, bevor der Schlaf mich erneut übermannte, fiel mir ein, woran mich die Brandung erinnert hatte. An das Rauschen der Autos – das Rauschen unter meiner Autobahnbrücke.

Der Schaukelstuhl stieß ein leises Quietschen aus, wie ein Scheibenwischer, der sich über halb trockenes Glas mühte. Der Raum war geschwängert von Rauch, der mir in die Augen biss und mich an meinen Großvater erinnerte, den ich als kleines Mädchen noch erlebt hatte. Dabei dachte ich so gut wie nie an ihn, außer wenn ich Tabakrauch roch. Dann stiegen automatisch Bilder von ihm in meinem Kopf auf.

Waren auch Gerüche in der Lage, mich zu hypnotisieren? Ich würde Markus fragen, aber vorerst schaltete ich den inneren Diaprojektor aus. Denn jetzt musste ich wach bleiben. Von diesem Gespräch versprach ich mir entscheidende Informationen über den Tod Friedemanns.

»Ich möchte Ihnen etwas vorlesen«, sagte ich, zog eine Kopie aus meiner Tasche und begann:

Das Drama tarnt sich als nächtliches Idyll: Eine Nachtigall trällert, eine Maus raschelt im Gras, und die Fichten, schwarz und mächtig, strecken sich dem Halbmond entgegen. Dann heult ein Martinshorn, ein Krankenwagen kommt quietschend zum Stehen. Im Licht seiner Scheinwerfer wird ein aufgerissenes Metallgestänge sichtbar – eine Leitplanke, in der ein Loch klafft, so groß wie ein Auto. So groß wie der Porsche von Friedemann Gleim, bekannt als Stadtrat, als Kopf seiner Fraktion und als Sohn des Zeitungsverlegers Heinrich Gleim. Zwanzig Minuten zuvor ist Friedemann Gleims Wagen nach einer Sitzung des Stadtrats in der Steigenberg-Kurve von der Fahrbahn abgekommen, hat die Leitplanke durchschlagen und wurde über den Rand der Kurve hinauskatapultiert, den steilen Abgrund zum Wald hinab. An den Fichten ist sein

Auto zerschellt. Er konnte noch lebend geborgen werden, verstarb aber um 3.45 Uhr in der Cornelius-Klinik.

Ich legte die Kopie beiseite und ließ meinen Blick auf Herbert Bergedörfer ruhen. Der schaute so konsequent zu seinem Bücherregal, als würde er einen unwiderstehlichen Fernblick genießen, und ließ dabei ein neues Rauchwölkchen aufsteigen. Ich hoffte, er würde zu dem Text etwas sagen, ihn kommentieren oder ergänzen. Aber bislang öffnete er seine Lippen nur gerade weit genug, um am Mundstück seiner Pfeife saugen zu können.

Ich musste an Heiko denken, der mir mal von einem Verhör erzählt hatte. Dabei hatte man dem Verdächtigen zur Eröffnung nur eine Adresse genannt: Steinweg 5. Dann schwiegen die Polizisten. Der Mann schwieg auch, wartete auf eine weitere Frage. Als diese auch nach einer halben Minute noch ausblieb, hatte er gemotzt: »Glauben Sie mir, ich bin kein Einbrecher!« Diese Äußerung wäre vollkommen wertlos gewesen, wenn man ihn zuvor nach einem Einbruch gefragt hätte. So aber hatte er selbst die Frage nach einem Einbruch konstruiert – und das machte ihn noch verdächtiger. Denn bis dahin war der Vorfall nicht publik geworden.

Genau diese Strategie wollte ich jetzt auch anwenden: einfach abwarten, welche Frage Pfeifen-Herbert darin vermutete, dass ich ihm aus heiterem Himmel diesen Artikel vorlas. Würde er das als Verdacht gegen sich selbst werten, sich rechtfertigen? Würde er sich als potenziellen Informanten angesprochen fühlen und Auskünfte geben oder verweigern? Oder würde er in seiner Rolle als Freund des Altverlegers und als Nennonkel des tödlich Verunglückten, sozusagen als Statthalter der Familie, antworten?

Doch Herbert Bergedörfer war leiser als sein Schaukelstuhl, der weiter vor sich hinquietschte, während er schaukelnd seine Rauchwölkchen produzierte. Wahrscheinlich hatte er in den zahlreichen Interviews seines Lebens gelernt, dass Antworten auf ungestellte Fragen die gefährlichsten waren. Aber warum witterte er Gefahr? Hatte er etwas zu verbergen? Was genau?

»Diese Reportage ist von Ihnen«, sagte ich.

»Das ist kein Geheimnis – das steht in der Autorenzeile.«

Jetzt hatte er doch auf eine ungestellte Frage geantwortet. Er wertete meine Aussage als Vorwurf der Geheimniskrämerei.

»Sie waren am Unglücksort«, fuhr ich fort und hoffte, er würde erneut eine Frage heraushören.

»Das ist der Job eines Reporters.«

»Ist es auch der Job eines Reporters, schneller als der Krankenwagen dort zu sein?«

»Das ist der Job eines guten Reporters.«

»Sie waren vorher bei der Sitzung des Stadtrates. Darüber haben Sie in der gleichen Ausgabe berichtet. Und Sie waren auch bei der Zecherei im Brauhaus dabei.«

Er sah dem Pfeifenrauch in Richtung Decke hinterher. »Das habe ich nie bestritten.«

Ich spürte immer deutlicher, dass er etwas zu verbergen hatte. Er nahm eine Abwehrhaltung ein, noch ehe ich ihn angegriffen und meinen Trumpf ausgespielt hatte.

»Friedemann hat das Brauhaus als einer der Ersten verlassen. Sie waren noch dort, mitten in der Stadt.« Ich hoffte, ihm den Eindruck zu vermitteln, dass ich mit allen Teilnehmern der Runde gesprochen hatte. Dabei spekulierte ich nur.

»Auch das habe ich nie bestritten.«

Es wurde Zeit, meinen Trumpf auszuspielen: »In Ihrer Reportage heißt es, der Krankenwagen sei nach zwanzig Minuten vor Ort gewesen.«

»Wollen Sie mich jetzt verantwortlich dafür machen, dass die Rettungskräfte so lang gebraucht haben?«

»Das nicht«, sagte ich und machte eine Pause. »Wahr ist aber: Der Krankenwagen war schon nach zehn Minuten am Unfallort. Ich habe heute Morgen das alte Einsatzprotokoll in der Cornelius-Klinik aufgetrieben.«

Er legte seine Pfeife auf den Tisch. Seine Füße standen jetzt fest auf der Erde, der Stuhl bewegte sich nicht mehr.

»Sie sind doch selbst Journalistin, Frau Mikula. Solche Ungenauigkeiten können sich leicht mal in einen Artikel einschleichen. Sie hatten doch selbst fast jede Woche eine Gegendarstellung im Lokalteil des *Tagesboten.*«

»Sie waren der beste Reporter, den diese Zeitung je hatte. Sie waren bekannt für Ihr gutes Gedächtnis und Ihre sorgfältige Recherche. Und ausgerechnet Sie wollen sich beim Zeitbedarf der Rettungskräfte um hundert Prozent verschätzt haben? Das würde ich einem Volontär abnehmen. Ihnen aber glaube ich es nicht.«

Er genoss wieder einen Fernblick aufs Bücherregal und bewies erneut seine Meisterschaft im langen Schweigen. Dann sagte er: »Und warum sollte ich eine falsche Zeit angegeben haben?«

»Weil Sie sonst eine unangenehme Antwort schuldig wären: Wie konnten Sie bereits zehn Minuten nach dem Unfall vor Ort sein? Die Cornelius-Klinik lag extrem günstig zum Unfallort. Aber von der Stadtmitte hätten sie knapp zwanzig Minuten gebraucht.«

»Ein guter Reporter ist immer ein wenig schneller, als es ihm die anderen zutrauen«, sagte er. Ich nahm ein ganz leichtes Zittern in seiner Stimme wahr. Er wirkte auf einmal nicht mehr so aristokratisch und unnahbar wie bei unserem Treffen, sondern alt und verletzlich.

»Und weshalb ist der gute Reporter so schnell? Weiß er vielleicht schon im Voraus, was zu einer bestimmten Zeit an einem bestimmten Ort passieren wird? Hat er Informanten? Oder ist er selbst in den Vorfall verstrickt?«

Er griff zu seiner Pfeife, zündete sie wieder an und blies ein Rauchwölkchen in die Luft. Und noch eines. Als wollte er meine Fragen mit dem Rauch ersticken.

Ich fragte ohne Umschweife: »Wie konnten Sie bereits zehn Minuten nach dem Unfall in der Steigenberg-Kurve sein?«

»Also gut, dann will ich Ihnen jetzt die ganze Wahrheit erzählen«, sagte er. Er stopfte seine Pfeife und begann mit seinem Bericht.

Es dauerte eine Stunde, dreiundvierzig Minuten und acht Sekunden, bis ich sein Arbeitszimmer wieder verließ. Ich war fest überzeugt, dass er mir die Wahrheit erzählt hatte. Denn es passte genau zu dem, was Jan unter Hypnose gesagt hatte. Beide Aussagen zusammen ergaben ein klares Bild.

Jetzt würde ich meine Reportage fertig schreiben können. Das war ich meinen Kollegen vom *Stadtstreicher*, dem Club der Gefeuerten, einfach schuldig. Und danach stand ein Besuch bei der Polizei an.

Ich sah, wie die letzten Fledermäuse durch die Luft schnitten. Der Morgen gab sich alle Mühe, mit seinem grauen Licht die Sterne vom Himmel zu wischen. Mit Erfolg. Nur am Mond mühte er sich vergeblich ab, vorerst blieb ein blasser Umriss zu sehen. Die Nachtlandschaft um mich herum, diese schwarz-weiß konturierte Ansicht, ging zunehmend in eine Farbaufnahme über.

Ich liebte diesen Moment, wenn die Farbe zurück in die Welt kam, wenn die Bäume keine Schattengewächse mehr waren und ihr Grün nicht mehr verleugnen konnten. Ich liebte es, wenn die Nacht endete und die ersten Amseln mit ihrem Zwitschern den frischen Tag begrüßten.

Aus den Augenwinkeln nahm ich die Bewegung wahr, ein Zittern der Schilfhalme, nur viereinhalb Meter von uns entfernt. Ein ungeübtes Auge hätte diese Bewegung nicht wahrgenommen. »Duck dich, Sebastian!«, sagte ich.

Er hörte auf mein Kommando und ging in die Hocke.

»Was ist denn los, Mama?«

»Hast du die Schilfhalme nicht wackeln sehen? Da sucht eine Schleie ihr Frühstück.«

Die Fische stießen bei der Nahrungssuche unter Wasser gegen die Pflanzenstängel und verrieten sich dabei.

Er grinste. »Und wir ducken uns, damit die Schleie uns nicht zum Frühstück frisst?«

»Damit sie uns nicht sieht. Das Wasser ist glasklar. Wenn wir uns ducken, sind wir aus ihrem Blickwinkel raus.«

»Welchen Köder hast du an deiner Angel?«

»Boilie.«

»Du brauchst einen Naturköder. Wo sind die Maden?«

»Die stehen neben mir. Machst du sie mir dran?«

Ich nickte. Sebastian reichte mir die Madendose rüber, ich zog fünf der kleinen Krabbeltiere auf seinen Haken und steckte die Dose in meine Angelweste.

»Und wie werfe ich die Maden jetzt aus, so ganz ohne Schwimmer?«

»Du musst gar nicht werfen«, flüsterte ich. »Der Fisch ist ganz nah. Pirsch dich einfach ein Stück nach vorne und lass den Köder direkt unter der Rutenspitze ins Wasser, ohne auszuwerfen, ein Stück vor dem Schilf.«

Sebastian folgte meinem Rat. Seine helle Schnur wurde wie in Zeitlupe unter Wasser gezogen, während die leichten Maden absanken. Unsere Augen fixierten die Schnur – so wie einst mein Vater seinen Schwimmer fixiert und dabei all seine Sorgen vergessen hatte. Würde die Schnur tot auf der stillen Wasseroberfläche liegen bleiben? Oder würde sie wie von Geisterhand unter Wasser gezogen? Schleien waren hübsche Wesen, aber auch bekannt für ihre Vorsicht: Oft lutschten sie nur am Köder, statt ihn richtig zu fressen.

Ich genoss es, hier am Ufer zu kauern, neben meinem Sohn, vor einem fast reglosen Wasserspiegel und unter einem Himmel, an dem gerade noch Sterne geglitzert hatten. Ich atmete die kühle Luft des Morgens ein und spürte, wie sie mich mit Lebendigkeit füllte. Brach wirklich nur ein neuer Tag an? Oder begann für mich ein neues Leben?

Die letzten Monate kamen mir vor wie eine tiefe Kluft, die mein bisheriges Leben von meinem künftigen Leben trennte. Bis Anfang Mai war ich eine Karrierefrau gewesen, mit harten Ellenbogen und enormem Ehrgeiz im Beruf. Vorbildlich hatte ich den Auftrag meines Vaters erfüllt: »Leide nicht mit den anderen. Du wirst selbst genug Leid tragen müssen.« Ja, ich hatte seinen Rat auf die Spitze getrieben – und bei anderen Leid verursacht, nur um selbst unbeschadet durchs Leben zu kommen.

Dabei hatte ich als Kind und als Jugendliche doch selbst immer wieder gelitten und geweint. Wann eigentlich zuletzt? Ich erinnerte mich an Marta, mein Zwergkaninchen, das ich zum zwölften Geburtstag geschenkt bekommen hatte. Eines Tages kam ich mit einer Möhre aus der Küche gelaufen, öffnete den Stall in unserem Hinterhof und hielt Marta eine Möhre hin. Sie schlief gerade und regte sich nicht. Ich stupste Marta mit der Möhre an. Doch sie schlief einfach weiter. Dann gab ich ihr mit der Hand einen kleinen Stoß. Marta war ganz steif und eiskalt. Ich nahm sie auf den Arm und rannte mit ihr ins Haus zu meinem Vater. Er musste ihr helfen. Doch als er das Tier berührte, verriet mir sein Gesicht: Er konnte nichts tun. Nicht einmal er, der ein großartiger Arzt war und allen half. Ich drückte meinen Kopf gegen seine Brust und weinte ihm den Pulli nass, dabei hielt ich Marta noch immer in meinen Händen.

Drei Jahre später passierte die Hundeattacke. Da merkte ich das erste Mal, wie es sich anfühlte, ein wehrloses Opfer zu sein.

Ich vermutete, dass ich an diesem Tag eine unbewusste Entscheidung gefällt hatte: Ich wollte nie mehr Opfer sein, nie mehr am Boden liegen, nie mehr wehrlos sein. Ich wollte im Leben der Hund sein, nicht die Gebissene. Und so zwang ich mir eine Härte auf, die meinem Naturell zuwiderlief.

War es nicht merkwürdig, dass ich seit der Hundeattacke über Jahrzehnte keine einzige Träne mehr vergossen hatte, nicht mal beim Tod meines Vaters? Dass Sebastian, wie ich aus seinem Tagebuch wusste, am Grab für mich hatte mitweinen müssen?

Doch trotz all meiner Anstrengungen, hart und unverletzlich zu sein, meine weiche Seite blieb der Beifahrer, der immer wieder mal ins Steuer griff. Vor allem damals in Hamburg, wo ich als Projektleiterin über Nacht fünf Redakteure hätte entlassen sollen. Ich wusste, dass diese Entscheidung gut für meine Karriere gewesen wäre. Aber etwas in mir hatte sich quergestellt, natürlich mit dem absehbaren Erfolg: Am Ende wurden dann keine fünf Leute entlassen – sondern sechs. Ich nämlich auch. Wieder einmal hatte ich die Warnung meines Vaters ignoriert und zu denen gehört, die gefressen wurden.

Nach diesem Erlebnis verlor der unerwünschte Beifahrer endgültig an Macht. Bei der Entlassung von Iris versuchte meine weiche Seite noch mal dazwischenzufunken, aber ich quetschte sie gnadenlos mit den Fingern gegen den Kugelschreiber. Danach war es mir recht leichtgefallen, Christian und Julia vor die Tür zu setzen. Vielleicht hatte ich Gleim sogar unbewusst als Vaterfigur wahrgenommen, der ich nun endlich beweisen wollte, dass ich zum Stamm der Starken gehörte, die fraßen, um sich nicht fressen zu lassen.

Als mich Gleim dann so perfide entließ, geriet meine Welt ins Wanken. Und spülte meine weiche Seite wieder aus dem inneren Exil zurück an die Oberfläche. Ich bewunderte Iris dafür, dass sie mir verzeihen konnte. Ich freundete mich mit einem Obdachlosen an. Ich meinte es gut mit Frau Ziepert, die ich bis dahin nicht hatte leiden können, und traute ihr einen echten Sinneswandel zu. Ich teilte Sebastians Liebeskummer, den ich zuvor ignoriert hatte. Und ich ließ mich auf Markus ein, eine neue Liebe.

Nun war es mein harter Anteil, der immer mal wieder dazwischenfunkte, mich kühl und berechnend gegenüber

Heiko sein ließ – für meine falsche Umarmung am Fluss kassierte ich ja auch prompt eine gerechte Strafe – und mir einredete, ich müsse beim *Stadtstreicher* Chefredakteurin werden.

Erst der zweite Keulenhieb des Schicksals brachte die endgültige Wende: Die Kollegen der neuen Redaktion jagten mich davon, diesmal völlig zu Unrecht. Danach lag ich tagelang am Boden, wie gelähmt und voller Selbstvorwürfe, und glitt dabei fast in eine Depression. Wieder hatte ich meine Verletzlichkeit am eigenen Leib erfahren. Das tat unendlich weh. Doch offenbar war dieser Schmerz notwendig für eine neue Erkenntnis. Als Sebastian mir in seinem Tagebuch den Spiegel vorhielt, schaffte ich es endlich, den Staudamm meiner Tränen zu öffnen. Ich schaffte es, zu mir und zu meinen Gefühlen zu stehen.

Jetzt kauerte ich mit meinem Sohn am Seeufer, genoss den Sommermorgen und wusste genau: Die Ereignisse der letzten Monate hatten aus mir eine andere Frau gemacht – eine Frau, die ich mehr mochte als mein altes Ich. Mein Vater hatte recht gehabt, die Starken fraßen die Schwachen. Aber eines hatte er mir nicht gesagt: dass die Rollen wechselten, dass die Starken manchmal schwach und die Schwachen manchmal stark waren. Und war es nicht auch eine Stärke, sich seine eigene Schwäche einzugestehen?

»Mama, ein Biss!«, sagte Sebastian. Ich sah, wie seine Schnur vor dem Schilf Kringel für Kringel unter Wasser gezogen wurde. Mein Herz beschleunigte.

»Schlag an!«, sagte ich.

Sebastian ließ seine Rute mit einem energischen Ruck nach hinten flitzen. Die Rutenspitze bog sich, das flache Wasser vor der Schilfkante schäumte, ich sah die grünliche

Flanke einer Schleie aufblitzen. Sebastian war aufgesprungen und streckte seinen Arm mit der Rute weit aus, um den Fisch von einer Flucht in die Wasserpflanzen abzuhalten.

Zwei Minuten später lag die Schleie in meinem Keschernetz. Ihr goldgrüner Körper schimmerte im Morgenlicht, und ihre roten Augen schienen von innen zu leuchten. Ein wunderschöner Fisch.

»Petri Heil«, sagte ich.

»Petri Dank«, gab Sebastian stolz zurück.

Die Schleie war sechsundvierzig Zentimeter lang und würde in Dillsoße ein köstliches Mittagessen abgeben. Ich griff zu Vaters Kantholz, um den Fisch abzuschlagen. Sebastian sah mich an. Wortlos. Aber ich konnte seine Gedanken lesen. Er hatte recht. Ich hätte von alleine darauf kommen müssen.

»Tu es einfach«, sagte ich. Er beugte sich runter, umfasste den Fisch mit beiden Händen und trat einen Schritt nach vorne. Seine Hände senkten sich ins Wasser. Ich sah, wie die Kiemen sich in schneller Folge öffneten und schlossen. Dann spritzte das Wasser, und die Schleie schwamm mit einem energischen Schwanzschlag davon.

Etwas war anders als sonst. Ich schaute auf den Morgenverkehr, der über die Autobahn rauschte. Ein Lkw mit flatternder Plane schob sich langsam wie ein Luftschiff an einem anderen vorbei, Zentimeter für Zentimeter. Die Pkw dahinter hatten den Blinker links gesetzt und lauerten auf eine Lücke in der Überholspur. Ein heller Lieferwagen vom Typ Sprinter war gezwungen, wie eine Schnecke zu fahren, und verlieh seiner Ungeduld mit der Hupe Nachdruck.

Ich schaute von der Brücke auf den Verkehrsfluss, der mich immer so beruhigt hatte, weil er in geregelten Bahnen und ohne mein Zutun floss, und stellte fest, dass meine innere Registrierkasse nicht mehr ansprang: Ich konnte diesem endlosen Strom zusehen, ohne seine Bestandteile zu zählen. Ich hatte keine Ahnung, wie viele Pkw und Lkw, wie viele deutsche und ausländische Kennzeichen, wie viele Dachträger und Anhänger an mir vorbeigerauscht waren. Ich konnte schauen, ohne zu rechnen. Das war neu, bislang hatte ich diesen Zustand bloß beim Joggen erreicht, und es fühlte sich gut an.

Ein frischer Morgenwind fegte über die einsame Brücke, ich war froh, dass ich meine gesteppte Angelweste anbehalten hatte. In ein paar Minuten würde ich nach Hause fahren, die Kleidung wechseln und dann bei der Polizei vorbeischauen.

Ich dachte an Iris. Markus hatte ihr meine Reportage vorgelegt und sich als Autor ausgegeben. Der Text befreite den *Stadtstreicher* vom Vorwurf der Spendenveruntreuung und versammelte starke Indizien dafür, dass der verlegerische Erfolg Hans-Otto Gleims auf ein Verbrechen gebaut war, noch dazu an seinem eigenen Bruder. Nach diesem Artikel würde kein Leser mehr zum *Tagesboten* greifen können, ohne das Gefühl zu haben, die falsche Zeitung zu unterstützen. Alles sprach dafür, dass der *Stadtstreicher* den *Tagesboten* als lokaljournalistischer Platzhirsch ablösen würde. In diesem Moment musste die erste Ausgabe durch die Druckpressen rattern. Eine Pressemitteilung hatte gestern schon eine sensationelle Enthüllung angekündigt und überregional für Aufmerksamkeit gesorgt.

Markus war offenbar ein schlechter Lügner. Kaum hatte er die Redaktion verlassen, rief Iris mich an. Sie nannte mich »Prinzessin«, gab mir ein Küsschen durchs Telefon und entschuldigte sich für den Rauswurf. Sie bot mir auch an, auf der Stelle wieder zurück in die Redaktion zu kommen. »Einen verdammt guten Artikel hast du ja schon geliefert! Jetzt kann Gleim, der alte Sack, einpacken. Aber eine bescheuerte Idee von dir, Markus als Autor auszugeben. Ich kenn doch deinen Schreibstil, Prinzessin!«

Später hatte sie noch mal angerufen. Gleim habe von der Geschichte erfahren und eine einstweilige Verfügung erwirken wollen – sein Antrag sei aber abgelehnt worden.

Das Rauschen der Autobahn erinnerte mich daran, dass ich auf der Brücke stand. Mein Handy klingelte. Ich ging ran.

Die Stimme am anderen Ende kannte ich gut: »Sie haben mir den Krieg erklärt, Mikula. Aber wissen Sie, was jetzt passiert? Ich schieße zurück!«

Offenbar brachte es auch ein paar Nachteile, dass meine innere Registrierkasse nicht mehr ratterte: Ich hatte Gleims silbernen Audi nicht wahrgenommen.

»Womit wollen Sie denn noch schießen? Mein Wort haben Sie doch schon verballert. Vielen Dank auch dafür!«

»Ich schieße mit einer Kanone.«

»Dazu werden Sie keine Gelegenheit mehr haben: Ich bin schon auf dem Weg zur Polizei.«

»Glauben Sie das wirklich? Ich nicht!«

Er sagte das mit einer Bestimmtheit, die mich irritierte. Im selben Moment kläffte ein Hund hinter mir. Langsam wendete ich meinen Kopf. Es war Kanone. Ich hätte inzwischen wissen sollen, dass man Gleim wortwörtlich zu nehmen hatte.

Ich starrte Kanone an, seine gelben Zähne waren gefletscht, sein Speichel zog Fäden. Dann folgte mein Blick der Leine und wanderte nach oben: Hans-Otto Gleim schob gerade sein Handy in die Tasche seines karierten Sakkos und marschierte in großen Schritten auf mich zu. Er biss seine Zähne zusammen, wie immer, wenn er wütend war. Sein Gesicht wirkte animalisch.

Ich stand mit dem Rücken an das Geländer der Brücke gepresst. Links führte der Weg in den Wald, rechts auch. Andere Menschen waren nicht zu sehen. Ich wusste nicht, wohin ich ausweichen sollte, ohne mich in noch größere Gefahr zu begeben.

Ich tastete nach meiner Handtasche, doch da war nichts; sie lag noch im Auto. Ohne das Pfefferspray war ich Kanone und seinem Herrchen ausgeliefert. Gleim blieb stehen, einige Meter vor mir. Kanone hatte er am Halsband gefasst, wie damals am See.

»Schau an, Frau Mikula, jetzt begegnen wir uns endlich an der Front. Mit offenem Visier. Wollen wir mal sehen, ob Sie mir ins Gesicht sagen, welche Schmiererei von Ihnen morgen im *Stadtstreicher* erscheinen wird.«

»Es erscheint keine Schmiererei – sondern die Wahrheit. Und die haben Sie lange genug vertuscht.«

Kanone scharrte mit den Beinen und riss an seinem Halsband. Gleim streichelte ihm mit der rechten Hand über den Hinterkopf, während er ihn mit der linken festhielt.

»Und wie sieht diese Wahrheit Ihrer Meinung nach aus?«

»Das wissen Sie doch ganz genau.«

»Wenn Sie nicht reden wollen, überlasse ich Kanone das Wort.«

Diese Alternative erschien mir nicht besonders attraktiv. »Sie wollten Ihren Bruder loswerden. Er war der Liebling Ihres Vaters. Er sollte den Verlag übernehmen. Sie waren immer nur zweite Wahl. Also haben Sie ihn spurlos beseitigt.«

»Mein Bruder hatte einen Unfall, das wissen Sie genau.«

»Ja, aber warum hatte er einen Unfall? Warum kam er in der Kurve von der Straße ab? Warum hatte er vorher nicht versucht, zu bremsen?«

»Weiß der Teufel. Vielleicht Sekundenschlaf am Steuer.«

»Ja, teuflisch ist das richtige Wort für Ihren Plan. Sie waren zu zweit. Und sie hatten Waffen.«

»Jetzt hören Sie aber auf! Welche Waffen denn?«

Ich spürte, dass ich richtig kombiniert hatte. Er stritt nicht ab, dass es einen Mittäter gab. Er wollte nur hören, ob ich die Waffen tatsächlich kannte.

»Ich habe mit Herbert Bergedörfer gesprochen, er war noch vor den Rettungskräften am Unfallort. Und wissen Sie, warum er dort war?«

Gleim kniff die Augen zusammen.

»Im Brauhaus war ein Anruf für ihn eingegangen – ein Anruf seines Freundes Heinrich. Der hatte zu ihm gesagt: ›Herbert, du musst sofort zu mir kommen. Friedemann hat mich gerade angerufen. Er fühlt sich bedroht.‹ Also fuhr Bergedörfer auf der Stelle los, dieselbe Strecke wie Friedemann – und war deshalb so früh am Unfallort.«

»Und wenn schon! Was hat das alles mit mir zu tun?«

»Herbert Bergedörfer kommt also am Unfallort an, aber er sieht nicht nur die durchgebrochene Leitplanke, er sieht auch ein Auto, das auf dem Waldweg davor parkt, direkt gegen die Fahrtrichtung. Es ist das Auto von Volker Kleinjohann. Er war – zufällig, wie es schien – als Erster am Unglücksort. Das stand auch in dem Artikel über den Unfall.«

Der Hund zerrte am Halsband. »Du darfst ja gleich, Kanone, noch etwas Geduld. Erst wollen wir hören, was Frau Mikula noch zu sagen hat.«

»Herbert Bergedörfer kommt so früh an, dass Volker Kleinjohann gerade erst dabei ist, die Böschung hinabzukraxeln. Er stößt zu ihm. Zusammen finden sie den eingeklemmten Friedemann mit starken Blutungen in seinem Auto. Er kann aber noch reden und sagt: ›Da waren Lichter im Wald, links und rechts. Ich habe nur noch diese Lichter gesehen.‹«

»So was sagt man halt, wenn man unter Schock steht. Was wollen Sie daraus ableiten?«

»Merkwürdig, dass mein Kollege Tom Harris fast dasselbe gesagt hat. Wieder ein nächtlicher Unfall in einer Kurve im Wald. Wieder diese Lichter. Und wieder dieselben Menschen, denen der Unfall Kopf und Kragen retten soll. Tom Harris war der alten Geschichte auf der Spur und hatte kurz vorher mit Kleinjohann telefoniert.«

Gleim machte einen Schritt auf mich zu, Kanone begann wie verrückt zu kläffen. Er befahl ihm, still zu sein. »Dann setzen Sie Ihre Märchenstunde doch mal fort: Was soll dann passiert sein?«

»Herbert Bergedörfer fand heraus, dass Ihr Auto kurz vor dem Unfall gesehen worden ist.«

»Kein Wunder, mein Heimweg verlief schließlich auch genau auf dieser Strecke.«

»Aber Sie sind in die Gegenrichtung gefahren. Zum Zeitpunkt des Unfalls standen Sie mit laufendem Motor auf der Gegenfahrbahn der Kurve, bis zum letzten Moment unsichtbar für den Gegenverkehr. Dort haben Sie auf Ihren Einsatz gelauert.«

Diese Behauptung war nicht ganz durch Fakten belegt, aber ich wollte seine Reaktion hören.

»Seit wann ist es verboten, eine öffentliche Straße zu nutzen?«

Er stritt nichts ab. Er fühlte sich noch immer unverwundbar.

»Die Methode stammt von der Stasi, so hat sie vermutlich den aus der DDR in den Westen geflohenen Fußballprofi Lutz Eigendorf umgebracht. Und andere.«

Gleim kratzte sich mit der freien Hand an der Schläfe. »Sie müssen schon etwas konkreter werden.«

»Friedemann fährt nichtsahnend auf die steile Kurve vor dem Abhang zu. Und dann, wie aus dem Nichts, fahren ihm zwei grelle Lichtblitze in die Augen, einer von links, einer von rechts. Er verliert die Kontrolle über sein Fahrzeug und schießt den Abhang hinab.«

»Jetzt werfe ich schon Blitze vom Himmel. Sie trauen mir ja wirklich allerhand zu!«

»Die Blitze stammen von Autoscheinwerfern. Die Methode wurde von der Stasi Verblitzen genannt. Kleinjohann hat sein Auto im Waldweg vor der Kurve geparkt, Sie lauern auf der Gegenfahrbahn direkt dahinter. Und als das Auto Ihres Bruders gefahren kommt, schalten Sie beide gleichzeitig das Licht ein und blenden auf. Ein perfekter Mord, denn es gibt ja keine Spuren. Und die Aussage mit den Lichtern aus dem Wald klang aus dem Mund eines Sterbenden so wirr, dass Herbert Bergedörfer sie aus Respekt vor dem Toten nicht mal in seinem Artikel zitiert hat.«

»Und welches Motiv soll Volker Kleinjohann gehabt haben?«

»Er hatte dasselbe Problem wie Sie: Er stand in Friedemanns Schatten. Noch führten die beiden die Fraktion gemeinsam, aber es war klar, wer sich durchsetzen würde – natürlich der Kleine Kennedy. Der wurde ja auch schon als künftiger Bürgermeister gehandelt. Kleinjohann war ehrgeizig und sah seinen Karriereweg versperrt. An jenem Abend war es gleich nach der Sitzung zu einer Aussprache zwischen den beiden gekommen. Friedemann hat seinem Vater am Telefon erzählt, dass Kleinjohann ihn bedroht hat. Falls er sich nicht aus der Fraktion zurückziehen würde, müsse er mit allem rechnen.«

»Ihre Fantasie in Ehren! Aber Sie haben keinerlei Beweise, Frau Mikula. Nichts als wilde Spekulationen.«

»Ihr Fehler war, dass Sie einen Menschen in den Mord eingeweiht haben. Und dass ein weiterer Mensch mitgehört hat. Können Sie sich an Ihr Gespräch auf der Hollywoodschaukel erinnern?«

Seine Gesichtszüge erstarrten. »Ich habe immer gewusst, dass er gelauscht hat! Meine Frau wollte es ja nicht glauben! Er war nie mein Sohn, dieser kleine Verräter.« Er hatte das Wort »Verräter« geradezu ausgespuckt, mit zischendem Ekel, kein Wunder, dass Jan vor seinem Hass bis nach München geflüchtet war.

Dort wäre ich jetzt auch gern gewesen: ein paar Hundert Kilometer von Gleim entfernt. Doch er stand direkt vor mir und wirkte fest entschlossen, mich an einen ganz anderen Ort zu schicken. Obwohl er noch eine gute Armlänge entfernt war, fühlte ich mich von seinem massiven Körper unausweichlich ans Geländer gedrückt.

Gleim seufzte. »Mein Motto war immer: Eine tote Kehle singt nicht mehr. Friedemann sollte sich selbst erledigen, ohne jede Spur, Ihr Reporterfreund ebenfalls. Aber die Pläne sind nicht aufgegangen.«

»Und das in jeder Hinsicht. Denn auch Ihre faulen Millionengeschäfte mit dem Bürgermeister haben Sie in Bedrängnis gebracht!« Das hatte Ratte herausgefunden. Das Gespräch der beiden Amerikaner, das er in der Fußgängerzone belauschte, hatte ihm keine Ruhe gelassen. Mehrfach hatte er ein Internetcafé besucht, um nachzuforschen, bis er es schließlich – Karl Poppers Anspruch folgend – »einfach und klar« sagen konnte. Mit seiner hartnäckigen Recherche hatte er die fehlenden Puzzlesteine geliefert, wie alles zusammenhing. Sicher wäre er ein ausgezeichneter investigativer Reporter geworden.

»Heiliger Strohsack, Sie haben wirklich Pech, Frau Mikula.«

»Warum Pech?«

»Weil alles stimmt, was Sie gesagt haben. Und weil ich nichts mehr zu verlieren habe! Morgen erscheint Ihr Artikel, dann ist die Schlacht für mich gelaufen. Auf ein weiteres Opfer kommt es da nicht an. Gleich lass ich Kanone los. Fallen Sie mir bloß nicht von der Brücke – ist ziemlich hoch. Und viel los dort unten.«

Einen Moment lauschte ich auf die Brandung des Verkehrs, die mir auf einmal kein bisschen beruhigend mehr schien, im Gegenteil.

»Ein weiterer Mord macht alles nur noch schlimmer!«

»Haben Sie vergessen, dass ich Soldat bin? Im Krieg gibt's nur auf der eigenen Seite Opfer. Und zu dieser Seite gehören Sie definitiv nicht mehr. Abschüsse auf Feindesseite gelten als Erfolge.«

Mit einer provozierend langsamen Bewegung löste sich seine Hand von Kanones Halsband. Der Hund verharrte einen Moment, überrascht von der plötzlichen Freiheit. Dann sprang er in großen Sätzen auf mich zu.

Ich presste mich fester gegen das Geländer der Brücke und spürte, wie das Metall in meinen unteren Rücken schnitt. Ein leichter Stoß gegen meinen Brustkorb würde vielleicht schon genügen, dass der Geländerrand wie ein Hebel wirkte und ich nach unten stürzte. Aber noch war ich zu starr, um mich von der Stelle zu lösen.

Kanone bäumte sich auf. Ich spürte, wie das Gewicht des Hundekörpers gegen meinen Bauch schlug, wie damals am See. Ich stemmte mich dagegen. Kanone sprang erneut an mir hoch. Mir war, als könnte ich seinen Hundeatem riechen. Sein Kläffen ließ meinen Schädel vibrieren.

Und doch war alles anders als am See: Ich fürchtete mich zwar vor dem Hund, aber ich war nicht in Panik. Nicht einmal meine Narben am Bein schmerzten. Und an meinen Armen hingen keine nassen Fischhände. Innerlich war ich beherrscht.

»Fass, Kanone, mach schon!«, rief Gleim. Doch sein Hund sprang weiter an mir hoch – ich spürte seine Krallen –, ohne zu beißen. Witterte das Tier, dass ich diesmal nicht in Panik war? War meine schwere Hundephobie ebenso verpufft wie der Zählzwang und mein zwanghaftes Starksein?

Und dann verblüffte ich mich selbst: »Ganz ruhig, Kanone«, sagte ich. »Ganz ruhig.« Und Kanone, der mich gerade noch angesprungen hatte, unterbrach seine wilden Manöver, schaute unschlüssig zu seinem Herrchen und dann wieder zu mir.

Gleim hatte einen roten Kopf bekommen, und ich war nicht sicher, auf wen er wütender war, auf mich oder auf seine funktionslose Kampfmaschine. Unten donnerten jetzt noch mehr Autos und Laster vorbei, der Morgenverkehr hatte seinen Höhepunkt erreicht.

Kanone lief zu seinem Herrchen und kassierte einen heftigen Fußtritt: »Weg mit dir, du Scheißvieh, nicht mal auf dich ist Verlass! Alles muss man selber machen.« Kanone kuschte sich ein paar Meter und saß wimmernd auf der Erde. »Ihnen ist klar, was jetzt kommt, Frau Mikula. Auf dem Feld nennt man das Nahkampf. Und ich fürchte, Sie haben schlechte Chancen.«

Das fürchtete ich auch. Er wog mindestens hundert Kilo und machte Krafttraining. Mit Leichtigkeit würde es ihm gelingen, mich über das Geländer zu stoßen. Ich dachte an Sebastian. Ihn mir als Halbwaisen vorzustellen tat verdammt weh. Und ich dachte an Markus. Konnte unser Liebesmärchen, das gerade erst begonnen hatte, schon wieder zu Ende sein? Und ich dachte an Iris: Ich hatte mich richtig darauf gefreut, wieder ihre Freundin zu sein, mehr als je zuvor.

»Eine Frage möchte ich Ihnen noch stellen«, hob ich an. Halb um Zeit zu schinden, aber auch aus Neugier. »Woher wussten Sie, wann das richtige Auto kommt? Sie hätten ja auch einen Unbeteiligten beim Verblitzen erwischen können.«

Gleim setzte ein fieses Grinsen auf. »Schon mal überlegt, warum ich so gute Kontakte zum Polizeichef Ibendorf habe? Und der Bürgermeister ebenfalls?«

»Weil Heiner Ibendorf in die Sache verstrickt ist?«

»Damals sollte der Polizeiposten einen neuen Leiter bekommen. Hinter den Kulissen hat Friedemann gegen Ibendorf gearbeitet und wollte einen eigenen Mann durchsetzen. Kleinjohann aber war auf Ibendorfs Seite. Wir drei spielten zweimal die Woche Skat und waren eng befreundet. Irgendwann fiel auf: Uns allen war derselbe Mann im Weg. Also haben wir ihn zu dritt beseitigt, auch wenn Heiner zunächst Bedenken hatte. Er hat gesagt, er sei kein Killer. Und er hatte Angst, dass alle Zeugen singen würden.«

»Und wie lief das praktisch ab?«

»Über Funk. Heiner hat fünfhundert Meter aufwärts im Wald gewartet, Friedemann vorbeifahren sehen und gemeldet: ›Jetzt kommt er!‹ Der Rest war ein Kinderspiel.«

»Aber Ihr Vater hat Verdacht geschöpft! Sein Freund Herbert hatte ihm ja von den merkwürdigen Umständen erzählt. Wenn öffentlich geworden wäre, dass ein Sohn den anderen umgebracht hat, wäre der Ruf der Familie kaputt gewesen. Und damit auch der Verlag. Also hat er Sie mit Nichtachtung bestraft und Sie so lang wie möglich vom Verlag ferngehalten.«

Ich dachte an mein Gespräch mit Bergedörfer. Er hatte seinen Freund immer wieder gedrängt, seine Erkenntnisse an die Polizei weiterzugeben, aber der war dazu emotional nicht in der Lage gewesen. Erst hatte er die Ankunftszeit der Rettungskräfte nach hinten redigiert, damit sein Redakteur niemandem erklären musste, wohin er um diese Zeit auf dem Weg war. Und später hatte er Herbert gebeten, seine Recherchen abzubrechen.

Offenbar litt Pfeifen-Herbert unter seinem jahrzehntelangen Schweigen. Zumindest hatte er sich wegen wiederholter Albträume bei einem Psychologen in hypnotherapeutische Behandlung begeben. Und dieser Psychologe, dem ihn ein alter Bekannter aus dem Verlag vermittelt hatte, war Markus. Die beiden hatten sich angefreundet und sich öfter mal getroffen – wie an jenem Abend, als ich ihm hinterhergefahren war.

»Heiliger Strohsack, genug geredet«, sagte Gleim und ging einen Schritt auf mich zu. Uns trennten nur noch dreißig Zentimeter. »Wollen Sie lieber vor einen Lkw oder einen Pkw fallen?«

Ich versuchte, seitlich zu entwischen, aber seine Hand griff das Geländer und versperrte mir den Weg. Ich spürte, wie sich seine Pranken unter meine Arme schoben. Er begann, mich vom Boden zu heben. Das Geländer rutschte tiefer an mir herunter, es war schon auf Höhe des Hinterns, gleich würde ich das Gleichgewicht verlieren und stürzen.

»Jetzt fahren Sie zur Hölle, Mikula!«

»Oder Sie«, schrie ich, riss die geschlossene Hand aus meiner Tasche, schob sie in seinen Hemdkragen und öffnete die Faust. Einen Moment hielt er mich noch auf derselben Höhe, dann plumpste ich zu Boden. Ein fürchterlicher Schrei brach aus ihm heraus. Er schüttelte sich, sprang von einem Bein aufs andere und trommelte mit seinen Fäusten wie verrückt auf den Oberkörper ein.

»Was haben Sie getan?«, kreischte er. »Was ist das? Was ist das bloß?«

Ich sprang zwei Schritte vom Geländer zurück und streckte meine Waffe, die Dose mit den Maden, nach vorn. »Das sind Fleischmaden. Lebende Fleischmaden. Und die krabbeln jetzt auf Ihrer Haut. Bestimmt kein gutes Gefühl, wenn man Insekten hasst. Sind schon welche in Ihrer Unterhose angekommen?«

Es war die beste Idee des Jahrzehnts gewesen, dass ich meine Angelweste noch nicht ausgezogen und im entscheidenden Moment in die Dose mit den Lebendködern gegriffen hatte.

Gleim sah aus, als hätte man ihn unter Strom gesetzt. Wäre ich nicht gerade einem ernsthaften Angriff entgangen, hätte ich die Situation zum Lachen gefunden. Sein fülliger Körper vibrierte, er stampfte mit den Füßen wie ein Tanzbär auf dem Boden herum und kreischte immer lauter, immer greller. Er schwankte nach vorne und nach hinten, als suchte er eine Möglichkeit, den Maden zu entkommen. Vergeblich. Dann taumelte er rückwärts auf die Brücke zu und prallte gegen das Geländer. Sein mächtiger Leib kippte nach hinten, seine Beine wirbelten nach oben. Er knickte rückwärts aus meinem Sichtfeld weg wie ein Turmspringer beim Salto.

Er schrie, wie ich noch nie einen Menschen schreien gehört hatte. Der Schrei entfernte sich, ich dachte an ein Kreischen in der Achterbahn, die abwärts fährt. Dann gab es einen dumpfen Schlag. Es schepperte, Glas klirrte, und Bremsen quietschten.

Ich schaute nicht über den Brückenrand. Ein Schatten war auf mich zugehuscht. Ich ging in die Knie und streichelte ihn. Ich hatte keine Angst mehr. Sein Fell war weich und warm.

»Sind Sie über Ihre Rechte belehrt worden?«
»Ich bin Bürgermeister! Ich muss mich nicht von Ihnen belehren lassen. Ich möchte mit dem alten Polizeichef sprechen!«
»Den werden Sie noch früh genug wiedersehen – aber an einem ungewohnten Ort.«
»Ich habe mir nichts zuschulden kommen lassen.«
»Wir haben das Rathaus durchsucht und die Bücher geprüft – wir wissen alles.«
»Na und? Andere sind auch in diese Falle getappt – Städte wie Berlin, Köln, Gelsenkirchen, Dortmund, Bochum, Dresden und Kaiserslautern.«
»Aber da haben die Bürgermeister den Stadtrat eingeweiht. Sie dagegen haben diese Geschäfte auf eigene Faust betrieben und Vollmachten gefälscht!«
»Der Vertrag war auf Englisch und über tausend Seiten lang. Den hätte eh keiner verstanden. Der liegt bis heute in New York.«
»Ich halte fest: Die Schwimmbäder, die öffentlichen Gebäude, die Parkplätze, den Nahverkehr, die Abfallentsorgung, das Wasser- und Abwassernetz – Sie haben die halbe Stadt an einen Investor in den USA verkauft und wieder zurückgeleast. Und der Investor hat seine Steuervorteile mit Ihnen geteilt. Auf einmal waren die Kassen voll – darum sind die Gebühren in Ihren ersten Amtsjahren gesunken.«
»Das nennt sich Cross-Border-Leasing. Eine deutsche Bank hat das Geschäft arrangiert. Das haben andere Kommunen auch gemacht! Allein die Berliner Verkehrsbetriebe haben 22 Leasingverträge abgeschlossen. Die Berliner S-Bahn gehörte zeitweise zum Staatsgebiet der USA.«
»Berlin ist dasselbe Malheur wie Ihnen passiert: Der Versicherer dieser Verträge ging pleite, und auf einmal sind die

Kosten explodiert. Die Verkehrsbetriebe in Berlin haben sich so im Jahr darauf 157 Millionen Euro Miese eingebrockt.«
»Woher wissen Sie das alles?«
»Wir haben einen Informanten, der die Hintergründe bis ins kleinste Detail recherchiert hat.«
»Ist in Berlin etwa jemand verurteilt worden? Der Finanzsenator hat danach bei der Bundesbank Karriere gemacht. Und sogar als Bestsellerautor.«
»Den meisten anderen Bürgermeistern hat die Presse auf die Finger geklopft – Sie allerdings hatten den einzigen Verleger vor Ort zum Freund, und seine Schlagzeilen haben Ihre Politik bejubelt. Gegen einige andere wurden polizeiliche Ermittlungen eingeleitet – aber der Leiter unseres Polizeipostens war Ihr Spezi. Sie waren also in beiderlei Hinsicht aus dem Schneider.«
»Seit wann sind gute Beziehungen eine Straftat?«
»Sie haben die Stadt nicht nur an einen Investor in den USA verkauft, Ihr Freund Gleim hat sich bei der Sache mit einem siebenstelligen Betrag über ein US-Konto als Strohmann beteiligt. Die fetten Gewinne sollten zwischen Ihnen geteilt werden. Das sind keine guten Beziehungen, das ist Vetternwirtschaft und Klüngelei.«
»Schreiben Sie lieber Krimis, Sie haben eine blühende Fantasie.«
»Warum hat Gleim immer mehr Redakteure entlassen? Warum hat er so verzweifelt gegen die neue Obdachlosen-Zeitung gekämpft? Weil seine Konten leer gefegt waren und er sich nur noch vom Tagesgeschäft ernährt hat!«
»Das ist doch eine Räuberpistole!«
»Wir haben Tonbänder. Gleim hatte seinen Verlag so gründlich verwanzt, dass auch seine eigenen Gespräche aufgezeichnet worden sind – darunter auch, wie er Frau Ziepert auffor-

dert, dem Stadtstreicher *den Garaus zu machen und Feuer zu legen. Ebenso sind alle Telefonate mit Ihnen und mit meinem Vorgänger erhalten.«*

»Das kann jeder behaupten.«

»Warum haben Sie die Gebührenschraube derartig angezogen, dass die Bürger sich kaum mehr leisten konnten, hier zu leben? Weil Ihnen Ihre Gläubiger im Nacken saßen und unangenehm wurden. Die krummen Geschäfte standen kurz davor aufzufliegen.«

»Ich habe im Interesse der Stadt gehandelt. Ich wollte nur zu Ende bringen, was ich angefangen hatte.«

»Sie haben mit einem Mord angefangen.«

»Was unterstellen Sie mir da! Ich bin immerhin Bürgermeister.«

»Damals waren Sie es noch nicht.«

»Was erlauben Sie sich!«

»Ihr Mittäter hat ausgepackt. Auf Tonband und live.«

»Der Mittäter ist tot.«

»Ist Ihnen klar, was Sie gerade gesagt haben?«

VIERTE JULIWOCHE

Reinstadt, 22. Juli
Aufmacher *Tagesbote*: »Neuer Verleger, neues Glück: Warum fusionieren Spaß macht!«

Wenn es ein Ende gab, das ich auf dieser Welt ausgeschlossen hätte, dann dieses: Das ganze Team des *Stadtstreichers* klatschte rhythmisch in die Hände und skandierte meinen Namen: »Susanne, Susanne, Susanne!« Sogar der Vierteljournalist Steiner klatschte mit. Das Licht im Redaktionskeller flackerte diesmal nicht, weil eine Glühbirne ihren Geist aufgab, sondern weil hier die größte Sommerparty der Stadt stieg. Es flackerte sogar bunt.

Der Keller war gerammelt voll mit Menschen, ich stand eingekeilt zwischen Schultern, Rücken und Brustkörben, und das fühlte sich gut an. Niemand hätte hier in Ohnmacht fallen können, ohne gestützt und aufgefangen zu werden.

Iris stand auf der improvisierten Bühne, wedelte mit einem Mikrofon und winkte mich zu sich. Die menschliche Mauer bildete eine Schneise für mich. Unter Applaus und Bravorufen zwängte ich mich nach vorne. Iris streckte mir die Hand entgegen und zog mich auf die Bühne.

»Hier ist sie, die Prinzessin und die Heldin: Hey, hier ist Susanne Mikula!«

Der Applaus steigerte sich zu einer Lautstärke, die ich sonst nur aus Clubs oder von Rockkonzerten kannte.

Offenbar hatte mir die Redaktion verziehen. Iris drückte mich. Ich drückte zurück und musste an den Tag ihrer Entlassung denken. Damals hatte sie mich auch gedrückt, aber ich stand ihr starr wie eine Litfaßsäule gegenüber. Eines war klar: Nie mehr würde ich eine Freundin über die Klinge springen lassen, nie mehr mein Ego über alle anderen stellen.

»Dieses Prachtweib«, rief Iris, und ihre heisere Stimme überschlug sich, »hat den *Stadtstreicher* aus seiner Gruft ausgebuddelt und wieder auf die Beine gebracht. Dieses Prachtweib hat ihren Kopf hingehalten, um den verflixten Sack Gleim zu enttarnen: und zwar als eiskalten Mörder, der zusammen mit dem Bürgermeister die halbe Stadt verhökert hat. Und dieses Prachtweib hat es als Vertriebschefin geschafft, dass wir von unserer ersten Ausgabe über 50 000 Exemplare verkauft haben, weit über die Stadtgrenzen hinaus – mehr als der *Tagesbote* je geschafft hat.«

Ein heftiger Applaus unterbrach sie, jemand pfiff durch die Finger. Sie zeigte zu mir und verbeugte sich in meine Richtung. Ich spiegelte die Gesten in ihre Richtung. »Ich schwöre Stein und Bein«, fuhr Iris fort, »heute gab es in Reinstadt keinen Schüler und keinen Rentner, der unseren bunten Haufen aus Obdas und Flülis nicht unterstützt hat. Susanne, du hast uns den Arsch gerettet – danke!«

Wieder brandete Applaus auf, und ich war nicht mehr sicher, ob die Hitze in meinem Kopf vom Sekt oder von der Verlegenheit kam. Über hundert Gesichter lächelten mich an und nickten mir zu. Über hundert? Früher hätte ich exakt gewusst, wie viele Menschen im Raum waren. Doch meine innere Registrierkasse hatte sich offenbar dauerhaft verabschiedet. Ich brauchte dieses Korsett aus Zahlen nicht mehr, denn ich vertraute mir selbst.

Iris gab der Menge mit einer Handbewegung zu verstehen, wieder still zu sein, ich hörte ihre Armreife klimpern. »Und jetzt aufgepasst, ihr Stadtstreicher! Ich möchte Susanne öffentlich einen Antrag machen.« Sie drehte sich zu mir.

»Heiraten, heiraten«, forderte ein Scherzkeks, es war Iwan der Schreckliche, er schwenkte sein Sektglas wie eine Wunderkerze über seinem Kopf. Neben ihm stand Mecker-Miriam. Und zahlreiche dunkle Gesichter hoben sich wie Schokoladentupfer aus der Menge. Ich freute mich, dass so viele unserer Straßenverkäufer der Einladung zur Premierenfeier gefolgt waren.

»Liebe Prinzessin, es ist ein verdammt alter Traum von dir«, fuhr Iris fort. »Und hey, heute kann er sich erfüllen. Du musst nur Ja sagen. Ich habe mir überlegt, was ich eigentlich will. Will ich organisieren? Verflixt noch mal: nein! Will ich schreiben? Verflixt noch mal: ja. Ich bin keine Chefredakteurin. Redakteurin reicht. Du, Prinzessin, bist eine perfekte Organisatorin. Und jetzt steht diese Redaktion auch voll hinter dir.« Sie machte eine Pause und sprach mit der pathetischen Stimme eines Pfarrers weiter: »Darum frage ich dich, Susanne Mikula: Willst du die hier anwesende *Stadtstreicher*-Redaktion als Chefredakteurin übernehmen?«

Damit hatte ich nicht gerechnet! Einen Moment fürchtete ich Protest im Raum. Doch der Applaus verscheuchte meine Sorgen. Ich griff zum Mikrofon und sagte: »Zumindest habe ich eine Idee für einen Artikel. Kommende

Woche ist Heinz Rudolf Kunze in der Stadthalle. Und ich weiß, wen ich bei diesem Konzert als Reporter hinter der Bühne sehen möchte, für einen tollen Bericht in der Rubrik *Straßenfeger* – und zwar ihn!«

Ratte stand mit Jan in der ersten Reihe. Er war frisch rasiert und sah deutlich jünger aus als früher. Ich streckte meine Hand aus und zog ihn neben mich auf die Bühne. Ratte, in seiner alten Lederjacke und mit rotem Schal, strahlte mich an und zwinkerte. Ich wurde das Gefühl nicht los, dass ihn sein Backstagepass bei Kunze deutlich mehr beeindruckte als der jetzt aufbrandende Applaus.

»Axel hat nicht nur die faulen Geschäfte des Bürgermeisters im Alleingang aufgedeckt und recherchiert. Axel hat für den *Stadtstreicher* sogar ein Körperteil geopfert – nämlich seine Gitarre!« Ein paar Scherzkekse lachten, doch meine eiserne Miene brachte sie zum Schweigen. Ich sah, dass Ratte schwerer atmete. Ich fuhr fort: »Eines seiner liebsten Kunze-Lieder heißt bekanntlich ›Ich hab's versucht‹. Und ich habe versucht, seine Gitarre wiederherzustellen. Schließlich bin ich Arzttochter. Okay, ich gebe es zu, ein Gitarrenbauer hat dabei geholfen. Aber hier ist sie! Ratte, hier ist deine Gitarre.«

Iris reichte mir das Instrument von der Seite, es war liebevoll restauriert und wieder komplett einsatzfähig. Ich gab es an Ratte weiter. Er nahm die Gitarre in den Arm und streichelte über den reparierten Hals. Ganz sanft, ganz zärtlich. Seine Augenwinkel begannen zu glänzen. »Das ist das schönste Geschenk meines Lebens«, sagte er. »Im Moment schwingen meine inneren Saiten zu stark, ich kann euch kein Lied spielen. Ich verspreche euch aber:

Demnächst geht es weiter. Und zwar ›Mit Leib und Seele‹.« Er verneigte sich.

Applaus. Ratte verließ die Bühne.

Und ich spürte, dass es an der Zeit war, Farbe zu bekennen.

»Guten Tag, spreche ich mit dem Management von Heinz Rudolf Kunze?«
»Am Apparat.«
»Es geht um das Konzert morgen in Reinstadt. Wir würden gern einen unserer Reporter hinter die Bühne schicken.«
»Das geht leider nicht, weil …«
»Moment, es ist ein ganz besonderer Reporter.«
»Es geht trotzdem nicht …«
»Jetzt hören Sie doch erst mal zu! Er ist der größte Fan und spielt schon seit einer Ewigkeit Kunze-Songs in der Fußgängerzone.«
»Ich dachte, er ist Journalist?«
»Wir sind eine Obdachlosen-Tageszeitung.«
»Und wenn Sie der Stern *wären: Es geht wirklich nicht, weil …«*
»Er freut sich schon so darauf. Ich habe ihm das fest zugesagt!«
»Dann müssen Sie es wieder absagen.«
»Ich verstehe wirklich nicht, warum das ein Problem ist?«
»Sie lassen mich ja nicht ausreden! Das Konzert fällt aus.«
»Wie bitte?«
»Unser Gitarrist ist krank geworden. Und so kurzfristig finden wir keinen Ersatz.«

Tom, also Lenas Papa, ist wieder zu Hause. Und er ist auch wieder voll gut drauf, er macht ständig schräge Späße. Er sagt, im Koma liegen bringt mehr als schreiben. Mit dem Schreiben, sagt er, hat er nichts bewegt. Aber mit dem Koma, sagt er, hat er den Bürgermeister ins Gefängnis gebracht. Voll krass, Kleinjohann sitzt im Knast und hat nichts mehr zu melden.

Mama sagt, dass Tom untertreibt. Denn er hat als Erster mit Jan Gleim gesprochen und seine Andeutungen ernst genommen. Als Kind hatte der wohl ein Gespräch seiner Eltern mitgehört. Kleinen Kindern entgeht ja nichts. Ich hab auch immer mitgekriegt, wenn Papa und Mama sich gezofft haben, auch wenn sie es vor mir verbergen wollten.

Tom wollte genau wissen, was damals in Reinstadt los war. Also hat er die ganzen alten Stadträte angerufen. Und die konnten ihren Mund nicht halten und haben es dem Bürgermeister erzählt. Und der hat Tom angerufen und sich beschwert. Es kam raus, dass Tom nach München wollte. Und so weiter.

Mama hat gesagt, meine Schleie hat ihr das Leben gerettet. Ohne die Schleie hätte sie die Maden nicht in der Tasche gehabt. Und ohne die Maden wäre sie von der Brücke gefallen, nicht der alte Gleim. Der ist jetzt tot, ein Laster hat ihn plattgemacht, aber richtig traurig ist deshalb keiner. Der Gleim hat seinen eigenen Bruder bei einem Autounfall sterben lassen. Jetzt ist er selbst unter einem Auto gestorben. Irgendwie passt das. Wetten, dass er nicht so viele Blumen auf sein Grab bekommt wie damals mein Opa. Von mir schon gar nicht, denn es ist rausgekommen, dass er hinter dem Internetmobbing gegen den »gestörten Sebastian« steckte. Wie doof von mir, dass ich Lena verdächtigt habe!

Ich bin stolz auf Mama. Was für eine Aktion, dass sie dem Gleim eine Handvoll Maden ins offene Hemd gesteckt hat, das muss gekribbelt haben ohne Ende, brrr! Und der Polizeichef sitzt auch im Knast, der hat mit Gleim und Kleinjohann gemeinsame Sache gemacht.

Und jetzt ist auch klar, welche Lichter Tom gesehen hat. Das war keine Spinnerei von ihm oder so. Die Polizei hat Zeugen gefunden, die haben die Autos vom Bürgermeister und vom Verleger kurz vor dem Unfall in der Kurve gesehen. Dann haben sie geprüft, wo die Handys der beiden um diese Zeit waren. Genau an dieser Stelle.

Es kam sogar raus, dass der Verleger und seine beiden Freunde einen Killer auf Tom angesetzt hatten. Aber der war ziemlich blöde, er ist nicht mal bis in die Intensivstation gekommen. Vielleicht war es einer von diesen Rockern, die haben ja Heinz Rudolf und Jan verprügelt. Und Mama verfolgt.

Am geilsten finde ich, dass der *Stadtstreicher* und der *Tagesbote* jetzt eine Zeitung sind. Das liegt an Jan, der war ja noch Penner bis vor Kurzem in München. Jetzt ist er Verleger geworden. Sein Vater hatte kein Testament. Also hat Jan automatisch den Verlag geerbt. Sein Opa hatte ihm schon was überschrieben, und jetzt hat er noch mal eine Hälfte bekommen. Auf der ersten Seite der Zeitung steht nun: *Reinstädter Stadtbote*.

Der ist schwer in Ordnung, der Jan Gleim. Mama sagt, er zahlt den Redakteuren ordentliche Gehälter. Und der Club der Gefeuerten ist wieder offiziell eingestellt. Auch

Tom darf wiederkommen, sobald er richtig gesund ist, und es geht ihm jeden Tag besser.

Sogar die Obdachlosen bekommen ganz gut Kohle. Der Chef vom Vertrieb ist der Heinz Rudolf geworden, Mama nennt den ja Ratte, das ist echt peinlich. Also, Heinz Rudolf sorgt dafür, dass die Zeitung jeden Tag gut verteilt wird. Der kann ziemlich gut organisieren. Außerdem hab ich gehört, dass er jetzt nicht mehr beim Kaufhaus übernachtet. Er hat ein Zimmer im Haus von Jan.

Und dann war da noch die Geschichte mit dem Konzert von Heinz Rudolf Kunze. Der Heinz Rudolf, also unser Heinz Rudolf, der Ratte also, der hätte darüber berichten sollen. Und der hatte sich so richtig darauf gefreut, mit dem echten Kunze zu reden. Aber das Konzert wurde einen Tag vorher abgesagt. Ein Musiker war krank geworden oder so. Mama hat dann mit dem Manager vom Kunze telefoniert. Und hat's geschafft, dass das Konzert dann doch noch stattfinden konnte.

Ich war mit Lena dabei, wir sind direkt vor der Bühne gestanden. Neben uns standen Mama und Markus, der übrigens schwer in Ordnung ist. Das Konzert geht also los, und ich denke, ich flipp aus. Denn wer steht da neben dem Heinz Rudolf Kunze auf der Bühne? Unser Heinz Rudolf mit seiner schwarzen Gitarre. Hat sich voll gut geschlagen.

Am Ende haben die beiden Heinz Rudolfs sogar ein Lied zusammen gesungen: »Mit Leib und Seele«. Geiler Song!

Mama ist nicht mehr beim *Stadtboten*. Sie hätte Chefredakteurin werden können, wollte es aber nicht. Sie sagt, der Journalismus ist nichts mehr für sie. Sie will nicht nur über Menschen schreiben, denen es schlecht geht, sie will ihnen helfen. Sie will vielleicht sogar noch mal studieren. Das wäre der Hammer, eine Studentin als Mama zu haben. Als ich ihr das gesagt hab, hat sie sich ein paar Tränen aus den Augen gerieben. Sie kann das jetzt, Weinen. Schön, dass es sie gibt.

Und schön, dass mein Himmel immer noch blau ist. Und das liegt an Lena. Und zu der geh ich jetzt rüber.

Ich schloss das Dokument und schwor mir: Es war das letzte Mal, dass ich in seinem Tagebuch gelesen hatte. Sebastian hatte sein seelisches Tief offenbar überwunden, es gab keinen Vorwand mehr für mich, in seinen Gedanken zu schnüffeln. Er hatte mein Vertrauen verdient, dieser wunderbare Junge.

Ich ging die Treppe runter, es zog mich in den Keller. Vor einer Regalreihe mit Büchern, die ich von meinen Eltern geerbt hatte, blieb ich stehen. Blind griff ich mir einen dicken Schinken, pustete ihn vom Staub frei und schaute auf den Titel des grünen Buches: »Pschyrembel – Klinisches Wörterbuch«. War das ein Wink für meine berufliche Zukunft? Und wenn ja, von wem?

Ich dachte an meinen Vater. Er hatte mir dieses Buch hinterlassen. Und ein großes Talent, anderen zu helfen und mit ihnen zu fühlen.

Höchste Zeit, dieses Erbe endlich anzutreten.

Die Zitate im Buch stammen aus Songtexten von Heinz Rudolf Kunze. Im Einzelnen sind dies: